ИРОНИЧЕСКИЙ
ДЕТЕКТИВ

Дарья Донцова

Бассейн с крокодилами

Москва

ЭКСМО-ПРЕСС

2 0 0 1

ИРОНИЧЕСКИЙ ДЕТЕКТИВ

УДК 882
ББК 84(2Рос-Рус)6-4
Д 67

Разработка серийного оформления
художника *В. Щербакова*

Серия основана в 1999 году

Донцова Д. А.

Д 67   Бассейн с крокодилами: Роман. — М.: Изд-во
ЭКСМО-Пресс, 2001. — 448 с. (Серия «Иронический
детектив»).

ISBN 5-04-004924-2

Даша Васильева очнулась в горящей комнате. На софе рядом с ней
лежал обнаженный мужчина. Вглядевшись, она поняла, что это ее
шеф Игорь Марков. Он был мертв. Чтобы доказать свою непричаст-
ность к смерти Маркова, Даша должна найти подлинных убийц. Пытаясь замести следы, они убирают всех, кто мог бы их разоблачить.
Под угрозой вся Дашина семья. Но убийцы еще не знают, что их про-
тивник — не хрупкая и беззащитная женщина, а опытный частный
детектив, за плечами которой не одно распутанное дело...

УДК 882
ББК 84(2Рос-Рус)6-4

Глава 1

Скучный вечер приближался к завершению. Дамы, увешанные ожерельями, серьгами и браслетами, уже разговаривали тише, кое-кто из мужчин включил сотовые телефоны. В последнее время на тусовках стало модно их отсоединять, всем своим видом демонстрируя: видишь, пришел в гости и забросил все дела.

На столе царил беспорядок, между блюдами тут и там торчали пепельницы с горами окурков. Несколько постоянно кочующих по разным мероприятиям халявщиков быстренько прятали в принесенные с собой пакеты остатки фуршетного изобилия. Я поглядела, как довольно импозантный седовласый мужчина с лицом профессора распихивает по карманам бананы, и отвернулась. Официанты начали разносить кофе. Слава богу, скоро можно убежать, вот уже и десерт появился — мороженое с печеньем, ликеры. Притащили огромный торт, выполненный в виде курицы, и хозяин под восторженные возгласы присутствующих принялся крошить его ножом. Кондитерский шедевр, изготовленный с пугающей достоверностью, являл собой огромную, около метра высотой, бисквитную наседку, покрытую разноцветными перьями.

Из чистого любопытства я подошла поближе и пощупала куриную «шубу». Под рукой заскрипела бумага — ну конечно, никто не стал бы втыкать в торт настоящие перья. Но как похоже! Правда, есть такое совершенно не хочется. По-моему, отвратительная выдумка...

— Отвратительная выдумка, не находите? — раздался за спиной приятный мужской баритон.

Я обернулась. Рядом стоял, улыбаясь, высокий крепкий блондин, обвешанный фотоаппаратами. Роскошные волосы, похоже, побывали в руках дорогого парикмахера, безупречный вечерний костюм, к тому же черного цвета. Сейчас сплошь и рядом мужчины забывают золотое правило, сформулированное еще в начале века: после шести вечера не надевай ничего коричневого. Ровный загар покрывал добродушное, может, чуть излишне полноватое лицо, глаза — невероятного темно-вишневого оттенка. Словом, рядом со мной оказался человек, страшно похожий на мой мужской идеал. Когда-то, еще в юности, я представляла будущего мужа именно таким — высокий блондин спортивного телосложения и обязательно с карими глазами... Ни разу не встречала ничего похожего, и вот нате, глядит на меня и улыбается, да и возраст подходящий — между сорока и пятьюдесятью. Самый мой кавалер!

Вовремя вспомнив, что являюсь бабушкой двух внуков, я отогнала игривые мысли и улыбнулась в ответ.

— Вы правы, придет же в голову сделать такое. Хотя многим нравится.

Гости радостно растаскивали по тарелкам «курятину».

— Давно смотрю на вас, — продолжал блондин. — Вот решил подойти — коллегу издалека видно. Простите, не представился. Виталий Орлов, фотокорреспондент журнала «Мир женщин». А вы в каком издании служите?

— Отчего вы решили, что я журналистка?

— Ну, сразу понятно, — улыбался Виталий. — Во-первых, не стоите с гостями, а тихонько разглядываете их, во-вторых, не обвешаны с головы до ног драгоценностями, только вот сережки да колечко. Но, простите, в них слишком крупные камни, чтобы быть настоящими. И потом ваше лицо! Для бизнес-вумен слишком спокойное, для жены «нового русского» — чересчур интеллигентное. Правда, красотой не уступаете этим «мисскам»... Так что колитесь, где кормитесь?

Я вздохнула. Как все женщины, я падка на комплименты. Понимаю, что их произносят в основном от хорошего воспитания, но все же в голову иногда закрадывается мысль: а вдруг это правда?

Я проводила взглядом прехорошенькую блондиночку лет двадцати, нежно щебечущую возле толстого одышливого владельца «Омобанка» и отвела взор — нет, до этой мне далеко. Хотя тоже блондинка и достаточно стройна для своих лет. Впрочем, упоминать о возрасте ни к чему. Но собеседник прав: я умна, интеллигентна и абсолютно уникальна — так сказать, штучный вариант. Впрочем, кое в чем доморощенный Шерлок Холмс ошибся.

Эти не похожие на настоящие бриллианты

идеальной чистоты и нехилого размера подарил мне бывший муж Макс Полянский за то, что я сумела вытащить его из тюрьмы. Кстати, именно Макс — хозяин сегодняшней вечеринки. Поэтому здесь и подали этот дурацкий торт. Полянский разбогател на торговле яйцами, а сегодня открыл магазин по продаже бройлеров со смешным названием «Цыпа». В честь основания торговой точки и устроен банкет. Я вообще-то терпеть не могу всяческие вечеринки, тусовки, празднования и ликования... Как правило, избегаю появляться на людях, лучше уж почитать детективчик, но Максу отказать не смогла. Тем более что у него новая любовница — красавица Алина, и он горел желанием показать мне даму сердца. Вот только не могу сосчитать, какой она станет ему по счету супругой — восьмой, девятой? Я-то оказалась третьей госпожой Полянской. И мы с Максом смеялись: счет — 3:3. Я — его третья жена, он — мой третий муж. Впрочем, пробыли мы вместе недолго, но хорошие отношения сохранили, сейчас просто добрые друзья.

И еще одна ошибка Виталия: я нигде не работаю потому, что богата просто до неприличия. Но, в отличие от большинства присутствующих в этом зале, моя семья получила капитал абсолютно законным путем — в наследство.

Не так давно я жила вместе с лучшей подругой Наташкой в крохотной двухкомнатной квартирке в Медведкове. Помните, как в советские времена зарплату с ужасающей точностью выдавали — 15-го и 30-го числа каждого месяца? Так вот, 13-го и 28-го мы принимались шарить по всем карманам и вытряхивать сумки в надежде найти там случайно завалившиеся копейки. Чего только не делали, чтобы скопить хоть какую-нибудь сумму. Пытались заводить сберкнижку и класть на нее каждый месяц по пятнадцать рублей, покупали копилку, засовывали десятикопеечные монеты в пустую бутылку из-под шампанского... Все без толку. Да и откуда было взяться деньгам? Я работала в третьесортном институте технической направленности на кафедре французского языка. Наташка трудилась там же, получая ставку лаборанта. На круг выходило чуть больше двухсот рублей. А в семье двое детей — сын Аркадий, дочка Маша да еще собака, кошка, постоянно приносившая котят, морские свинки, хомячки, удав и ручная крыса Фима.

Целыми днями мы носились по частным урокам, но времена на дворе были застойные, иностранный язык казался людям совершенно ненужной роскошью, за час платили полтора рубля...

Ситуация резко изменилась в 80-х. Наталья неожиданно вышла замуж за француза и укатила в Париж. В столице моды подруга не растерялась, быстренько развелась и вновь побежала под венец. Так она оказалась баронессой Макмайер, богатой и праздной дамой. Потом случилось несчастье — супруга ее убили, и Наташка получила в наследство огромный трехэтажный дом в предместье столицы, коллекцию картин, отлично налаженный бизнес и счет в банке. Никаких родственников у несчастного Жана не было, Наталья оказалась единственной наследницей. Жизнь всей нашей семьи кардинально изменилась. Вначале мы все сгоряча остались во Франции, но потом затосковали... А тут подоспел закон о двойном гражданстве. Теперь у каждого члена семьи по два паспорта, и мы живем совершенно необыкновенной жизнью: разъезжаем туда-сюда.

Богатому человеку везде хорошо. Выстроили дом в поселке Ложкино, недалеко от Кольцевой дороги и поселились все вместе. Честно говоря, нас не так уж и много — Аркашка, его жена Оля, двое детей-близнецов — Анька и Ванька, сестра Аркадия и моя дочь Маруся, няня Серафима Ивановна, кухарка Катерина, домработница Ира — вот, собственно говоря, и все. Наташка в основном живет во Франции.

Став «новыми русскими», мы не сумели расстаться со старыми привычками. Молодежь продолжает учиться и работать, хотя необходимости зарабатывать деньги нет.

Кеша — адвокат, невестка, имеющая дома кличку Зайка, отважно борется с иностранными языками в институте, Маруся ходит в колледж, готовится к поступлению в Ветеринарную академию, посещает художественную школу...

Нашла себя и Наталья. У подруги внезапно открылся писательский талант. Она строчит на французском языке угрожающе толстые и невероятно сладкие любовные романы. Речь в них идет об ужасающих временах советской истории. Главные герои — все как одна простые женщины, влюбляющиеся в диссидентов. Описания лагерных кошмаров и пересыльных тюрем перемежаются страстными постельными сценами и слащавыми признаниями... Откуда подруга черпает материал, остается для меня настоящей загадкой. В тюрьме она никогда не сидела, а лагерь видела только в детстве, да и то пионерский.

Но, к удивлению домашних, «блюдо» пришлось по вкусу француженкам, и они буквально расхватывают Натальины книжки. В прессе появляются бесконечные рецензии, гонорары приятно радуют.

Так что все члены семьи при деле, кроме меня. Я бездельница и лентяйка, не способная заработать даже на чашку кофе. Талантами не обладаю и умею только одно — вдалбливать в студенческие головы азы французской грамматики. Умею, но не хочу, потому что надоело.

Охотнее всего я валяюсь на кровати и читаю детективы. Я самозабвенно люблю таинственные истории и пару раз помогла друзьям, попавшим в трудное положение. Нашла убийцу Лариски, сумела восстановить справедливость и оправдать Рому, отыскала похищенных детей Лиды, вытащила из тюрьмы Макса...

Наверное, мне следовало стать детективом, да кто же предложит такую работу хрупкой даме, не имеющей юридического образования?

Виталий между тем продолжал мне улыбаться. В его глазах сквозило явное восхищение, и мне не захотелось говорить мужику правду. Пусть гордится своей проницательностью и думает, что угадал.

— Вы правы, — произнес мой язык. — Я журналистка, только не имею постоянного места, существую, так сказать, на вольном выпасе. Дарья Васильева.

— Понятно, — протянул собеседник, окидывая взглядом простенькое маленькое черное платьице от Шанель.

Выглядит оно очень скромно, зато цена тянет на месячный бюджет зажиточной семьи.

Но Виталий, очевидно, плохо разбирался в модных вещах, потому что сказал:

— Тут все самое интересное кончилось. Хотите поедем к моему другу на вечеринку? Гарантирую вкусный стол и отличную выпивку.

— Вроде сыта, — протянула я, лихорадочно соображая, как поступить.

— Ой, ладно тебе, — махнул рукой Виталий, переходя на «ты», — давно за тобой наблюдаю. Ни разу к столу не подошла, по углам трешься. Так на фуршетах нельзя, голодной останешься. Хорошие манеры дома оставь. Наверное, думала познакомиться с кем-нибудь, чтобы работу получить? Да не стесняйся, отлично понимаю, сам недавно на биржу бегал...

Я поглядела в его добродушное, излучающее тепло лицо. Значит, Орлов принял меня за безработную...

— Уже поздно, десять почти...

— Самое гулянье, — ответил ухажер, — пошли одеваться. Кстати, может, удастся тебе работенку подыскать. У Игоря собственное детективное агентство, вечно сотрудников не хватает. Ты, должно быть, филологический заканчивала?

Я кивнула.

— Вот и чудненько, а у Игорька восемь классов и строительное ПТУ за плечами. Постоянно теток нанимает отчеты проверять — ну там, грамотность, запятые, вот ты и подработаешь корректором...

Он радостно засмеялся. Бывают же такие милые люди, для которых оказать услугу другому — просто счастье. И потом — детективное агентство! Мечта всей жизни! А сам Виталий — оживший девичий сон.

Орлов притащил из гардероба мою легонькую курточку, подбитую мехом, и сочувственно сказал:

— Оделась не по погоде: прикид-то на рыбьей подстежке. Декабрь все-таки, хоть и теплый.

Я промолчала. Редкий автомобилист натягивает дубленку или шубу, а насчет рыбьей подстежки кавалер вновь не прав. Тоненький непрезентабельный серый мех, больше всего смахивающий на кроличий, при жизни принадлежал шиншилле. На мой взгляд, неоправданно дорогой и разрекламированной крысе. Но греет отлично. Просто в Париже считается дурным тоном демонстрировать богатство, поэтому дорогие зимние вещи шьют мехом внутрь. Это только в Москве можно встретить в метро в полдень даму, обвешанную бриллиантами и подметающую пол подолом собольего манто. Если бы подобный экземпляр оказался в парижской подземке, пассажиры решили бы, что это проститутка, едущая на работу по недоразумению общественным транспортом, а под длинной шубой скорее всего голое тело...

— И туфельки-то тоненькие, — продолжал сокрушаться Виталий, ткнув пальцем в открытые лодочки.

— Здесь все дамы в таких, сапог не видно...

— Так они в машинах приехали!

Резонное замечание. Впрочем, я тоже в «Вольво» прикатила. Стоит в непосредственной близости от парадного входа и терпеливо ждет хозяйку. Но безработной журналистке шикарный автомобиль не по карману, поэтому я быстренько пробежала мимо верного коняшки, чувствуя, как мелкие снежинки падают на ноги.

У Орлова оказались «Жигули» девятой модели со слегка помятым правым крылом.

— Садись, — предложил он, галантно распахивая переднюю дверцу, — сейчас печку включу.

Через минуту заработала не только печка, но и магнитофон. «Я люблю все твои складочки», — запела развязным тоном девица. Да уж, никогда мне не понять лесбиянок: мало того, что она увлеклась бабой, так еще и жирной, в складках...

Виталий быстро крутил рулем, улицы были почти пусты. Непогода заставила москвичей сидеть по домам. Редкие прохожие неслись опрометью, словно испуганные кошки, разбрызгивая в разные стороны жидкую грязь.

Машина вылетела к метро «Кропоткинская» и запетляла по переулкам. Наконец, проскочив какое-то посольство, замерла у большого серого дома, построенного явно в начале века.

Виталий позвонил в домофон, и дверь немедленно распахнулась. Да уж, в те далекие времена, когда проектировалось здание, на размеры не скупились. Подъезд походил на небольшой аэродром. Невероятной ширины лестничные пролеты плавно уходили ввысь. Мы полезли вверх — естественно, на последний этаж.

Хозяин приветливо улыбался на пороге.

— Здорово, Игоряша, — расцвел Виталий, — решил заглянуть к тебе с дамой.

— Вот и чудесно, — ответил Игорь, провожая нас по московской привычке на огромную кухню.

Скорее всего, чтобы получить такой тридцатиметровый «пищеблок», пришлось ломать несколько стен. Архитекторы царской поры полагали, что барин и барыня станут вкушать яства в столовой, а готовить будет кухарка — ей много места не нужно. Кстати, и у французов кухни невелики — подавать пищу принято в комнатах... Но для бывшего советского, а ныне российского гражданина большое помещение с плитой — это не просто кухня, а вопрос престижа. Поэтому и крушим стены.

— Ну, — обратился ко мне Игорь, — что будет пить дама? Ликер, коньяк, шампанское?

Я оглядела абсолютно пустой обеденный стол и пробормотала:

— Можно минеральной воды?

— Витька, — восхитился хозяин, — где взял такую неприхотливую подругу?

Орлов рассмеялся. Игорь открыл огромный четырехкамерный холодильник и принялся, насвистывая, разглядывать полки.

В кухню легким шагом вошла полная женщина в шикарном халате — кимоно. Не обращая внимания на гостей, она повернулась к плите, взяла маленькую кастрюльку, накрытую крышкой, и так же молча удалилась.

Странное поведение хозяйки озадачивало, и я пробормотала:

— Наверное, ваша жена сердится, что мы заявились на ночь глядя да еще без звонка...

— А, — отмахнулся Игорь, — у нее просто голова болит, не обращайте внимания. Ну, давайте за встречу.

Мужчины принялись болтать об общих знакомых. Я тихонько сидела в углу, разглядывая хозяина. Игорь проделал большой путь, если Виталий не ошибался, называя его бывшим строителем. Во всяком случае, сейчас его руки блистали безупречным маникюром и белизной. Лицо покрывал ровный загар, но не тот, который украшает щеки каменщика, работающего весь день под палящим солнцем, а легкая коричневатая дымка, которую получают либо в солярии, либо на пляже. Учитывая стоящий на дворе декабрь, можно было предположить, что Игорь недавно вернулся из Таиланда, Индии или, на худой конец, Австралии. И вообще у него вид богатого человека — спокойный, уверенный, не суетится, разговаривает негромко, одет безукоризненно.

— Виталий говорит, что вы филолог и без работы? — неожиданно обратился ко мне Игорь.

— Да.

— Грамотная?

— Кажется.

— Пишете без ошибок?

— Как правило.

— А с запятыми как?

— Вроде нормально.

— Чудесно, — обрадовался Игорь, — как раз ищу такого человека. Видите ли, я так и не закончил школу. Из восьмого класса вылетел за неуспеваемость, загремел в ПТУ, а там и не учили как следует. Вот штукатурить могу, а письмо написать или записку — нет. Ляпаю дурацкие ошибки... Витька говорил, что у меня детективное агентство?

Я кивнула.

— Так вот, клиентам приходится отчеты вручать, не хочется идиотом выглядеть, и я сотрудникам не рассказываю о проблеме. Нанимал разных людей, да все как-то не вытанцовывалось. Сначала учительницу русского языка пригласил, пенсионерку. Всем хороша, но замучила наставлениями. Выправит бумаги и объясняет: это по правилу безударных гласных, здесь чередование в корнях... Ну за каким шутом мне эта наука? Ладно, уволил. Нанял девчонку молодую, только-только Литературный институт закончила. Эта правила орфографии не объясняла, зато принялась править стиль. Ну, предположим, написано: объект ходил вокруг дома. Исправляет: объект обходил дом. Чувствуете разницу?

Я кивнула.

— Дальше — хуже, — продолжал Игорь. — Нашел профессиональную редакторшу из издательства «Наука». Всем хороша, но язык длиной в километр. Давай им махать, всем рассказывать об отчетах, ахать и ужасаться. Пришлось избавляться. Теперь место вновь вакантно. Можете хоть завтра начинать...

Я возликовала. Ну кто бы мог подумать, что скучный вечер завершится таким изумительным предложением! Сначала стану «орфографическим словарем», а там, глядишь, и в агенты пролезу, главное — зацепиться.

Глава 2

В Ложкино я явилась около двух часов ночи. Сначала ужинала у Игоря, потом Виталий решил во что бы то ни стало отвезти меня домой. Представляю, как вытянулось бы у него лицо при виде нашего двухэтажного дома, стоящего в конце огромного участка... Пришлось соврать, что живу недалеко от ресторана, где Макс праздновал открытие магазина. Орлов галантно притормозил возле неказистого блочного домика, на который я указала пальцем. Скорее всего кавалер рассчитывал на приглашение и приятное продолжение вечера, но я быстренько сообщила, что живу с девяностолетней мамой и двумя не менее престарелыми тетушками. Бабули страдают старческой бессонницей, к тому же у них обостренный слух. Виталий недоверчиво хмыкнул, но уехал, не забыв на прощание попросить телефон. Я не растерялась и сообщила номер, только последнюю цифру назвала неправильно — не восемь, а семь. Орлов подождал, пока дама исчезнет в подъезде, и уехал.

Я выскочила на темную, абсолютно пустую улицу и понеслась к замерзшему «Вольво». Конечно, Орлов милый человек, к тому же познакомил меня с Игорем, но заводить романы мне сейчас недосуг. Впереди маячит увлекательная работа в детективном агентстве. Как правило, все флирты заканчиваются одним и тем же — любовники, страшно злые друг на друга, разбегаются в разные стороны, проклиная день и час встречи. Ну прикиньте на минуту: сначала знакомство, потом ухаживание, следом интимные взаимоотношения, и через некоторое время наступает фаза скандалов, выяснения отношений и неизбежный разрыв. Куча разбитой посуды, горы оберток от выпитых успокаивающих средств и море слез... Так, может, лучше сберечь нервы и миновать промежуточные стадии? Сразу после знакомства переходить к разрыву?

Дом встретил меня темными окнами. Конечно, все преспокойненько спят, никому нет дела до матери! Я повернула ручку, вошла в холл, зацепилась за что-то ногой и с ужасающим грохотом и звоном рухнула на пол.

Послышались цоканье, разноголосый лай — в прихожую влетели все наши собаки: питбуль Банди, ротвейлер Снап, пуделиха Черри, йоркширская терьерица Жюли и английский мопс Хуч.

Я не видела их в кромешной темноте, а только слышала возбужденное дыхание. Всю жизнь сама любила животных, а подрастающие дети регулярно тащили в квартиру больных бездомных собачек и кошек.

Однажды я выворачивала карманы школьных брючек Аркашки перед стиркой. Там, как правило, находился всякий мусор: гвоздики, липкие леденцы, кнопки, палочки, крошки... Но в тот раз выпал только очень грязный скомканный носовой платок. Ничего не подозревая, я развернула его и заорала как невменяемая. Внутри оказалась дохлая мышь. Вызванный на допрос первоклассник, глотая слезы, сообщил, что в школе травили хвостатых. Один грызун выскочил прямо под ноги Кеше. Мальчик пожалел беднягу, закутал для тепла в носовой платок и сунул в карман. Потом, конечно, забыл. Установить причину смерти мыши оказалось невозможно: то ли скончалась от яда, то ли отбросила лапки в результате трогательной заботы.

Но пять собак все-таки слишком. И, честно говоря, мы хотели иметь только двух — пита и ротвейлера. Покупали псов для охраны. Заводчики заверили, что более злых экземпляров не найти. Но, очевидно, нам попались генетические уроды. Снап занят только едой, обожает всех входящих в дом и норовит облизать гостей с ног до головы. Правда, он храбро нападает на ворон в саду, однако от нашего попугая Коко предпочитает держаться подальше, опасаясь крепкого птичьего клюва. Банди же панически боится кошек. Хотя этому есть материалистические объяснения. Пита принесли беспомощным щенком в дом, где безраздельно царствовали ангорка Фифина и трехцветная Клеопатра. Киски принялись вовсю воспитывать неразумного младенца. Досталось бедняге по полной программе. И результат не замедлил сказаться: при виде любой кошечки наш храбрый Бандюша лезет под диван. К тому же у него оказалась чрезвычайно уязвимая нервная система — при малейшем испуге пит моментально растопыривает ноги и писается. Пуделиху Черри оставил несколько лет тому назад один знакомый, уезжавший в командировку. Всего на пару дней! Потом у Аркашки с Ольгой родились близнецы, в доме появилась няня Серафима Ивановна с йоркширской терьерицей Жюли под мышкой. А английский мопс Хуч вообще-то принадлежит ближайшему приятелю, полковнику Дегтяреву. Но мужчина работает в системе МВД и день-деньской, а порой и ночь проводит на службе. Маленькая собачка принялась тосковать, потом болеть, пришлось принять ее в стаю. Вот так и живем, да еще прибавьте к собакам кошек Фифину и Клеопатру, дружную семью морских свинок, попугая...

Я ворочалась в скользкой луже, изо всех сил пытаясь встать, но ноги разъезжались, под руками была какая-то липкая масса...

Вспыхнул свет. На пороге щурился встрепанный Кеша, на нем не было ничего, кроме трусов.

— Мать?! Что случилось?

Я поглядела на огромную лужу крови под ногами и заорала от ужаса. Боже, разодрала обо что-то вену и сейчас умру!

— Мусечка, — завопила влетевшая Манюня, — упала?

— Является ночью и будит весь дом, — возмутилась Ольга, замотанная в тепленькую байковую ночную рубашку, — вбежала как ненормальная, краску разлила.

Я прекратила визжать и переспросила:

— Краску?

— А что же еще? — спросила Зайка. — Именно краску.

— Мне показалось, что я истекаю кровью...

— Господи, — вздохнул Кеша, — мать, у тебя богатейшая фантазия: сразу кровь, трупы, убийства. Меньше детективы следует читать, тогда ничего и не причудится.

Кое-как я приняла вертикальное положение и обозрела пейзаж. Так, платье от Шанель окончательно испорчено, но что случилось с нашим холлом? Кругом какие-то банки, мешки, коробки... Еще утром здесь царила безукоризненная чистота...

— Завтра начинаем ремонт, — гордо сообщила Зайка. — Весь день по магазинам гоняли, искали стройматериалы...

— Ремонт? — переспросила я в ужасе. — Ремонт?!! Зачем?!! Жили спокойно...

— Безобразие! — возмутилась Ольга. — Ты когда-нибудь голову вверх поднимаешь? В гостиной по потолку пошла трещина, в кухне все углы черные, в столовой стены в каких-то пятнах...

— Зачем же бегали по магазинам? Сейчас бригады приходят со своим материалом...

— Мы с Кешой хотим делать ремонт собственными руками, ну еще Маня поможет, — гордо заявила Ольга. — Вот, смотри!

И она протянула мне толстенную книгу «Уют и комфорт за две недели».

Ремонт! Собственноручно! В доме, где, кроме

двенадцати комнат, пять ванных и столько же санузлов, да прибавьте к этому огромную террасу. Правда, сейчас она закрыта, и вообще, кто же пускается в такие авантюры зимой — на дворе декабрь! Опять у Зайки припадок хозяйственности. Надеюсь, не надолго, скоро ей надоест возиться в грязи, и они наймут профессионалов.

Утром я спустилась в столовую как зомби. Будильник прозвенел в семь, и, хлопнув по нему рукой, я чуть не послала подальше всю затею. Ну не могу я вставать рано!

Однако в половине восьмого все же дошлепала до буфета и ухватила холодный кофейник. Ну почему в нашем доме никогда не бывает горячих напитков!

Домашние в полном составе ели омлет. Маша, естественно, сейчас отправится в колледж, а вот Кеша с Зайкой чего вскочили? Вроде бы у сына пока нет никакого дела, Ольга пишет диссертацию и вообще не обязана являться в институт.

Ремонт! Боже, неужели этот кошмар станет явью?!

— Мать, — изумился Кеша, — не спится?

— На работу тороплюсь.

— Куда? — в один голос воскликнули дети.

— Нашла себе место.

— Кем? Где? — вразнобой принялись интересоваться дети.

— Надоело бездельничать. Пристроилась в фирму, редактировать бумаги.

— В издательство? — спросила Зайка.

— Не совсем. Так, некая лавочка, ерундой занимается, — принялась я выкручиваться, боясь сказать правду.

Только милые детки прослышат про детективное агентство, тут же запрут меня дома и станут еду подавать в комнату.

— И сколько тебе будут платить? — поинтересовалась Манюня.

Я растерялась. Ну надо же, про зарплату-то и не спросила. Хороша безработная!

Но стоило мне переступить порог агентства, как улыбающийся Игорь сообщил:

— Пока стану давать 400 долларов, а там поглядим.

Меня препроводили в маленькую комнатенку и оставили наедине с кипой бумажек. Хозяин не лукавил — он был абсолютно, картинно безграмотен. «Объект пашел на право и сдесь ево пасадили в машину». Просто катастрофа.

Через пять дней борьбы с «авторским стилем» я слегка приуныла. Никакой оперативной работы и в помине не было. В девять утра на стол сваливали разрозненные листочки. Как правило, дневники слежки. Никаких имен, только буквы. О. Р. С... Наверное, клиенты понимали, о чем речь, я же — ни слова. Сотрудников не встречала, даже не представляю, столько народу здесь трудится. Дело имею только с Игорем, а он, мило улыбаясь, протягивает работу. Свела знакомство лишь с приветливой Леночкой, секретаршей. Но глупенькая по внешнему виду девушка любой разговор сводила к теме модной одежды. То ли хитра до невозможности, то ли и в самом деле дура...

В конце концов я решилась действовать и пожаловалась Виталию:

— Уж очень скучное занятие, засыпаю от тоски...

Орлов приезжал в агентство каждый вечер к шести часам, именно в тот момент, когда Игорь говорил:

— Ну что ж, Дашенька, до завтра.

Я выходила из кабинета и налетала на Витю.

— Небось не обедала, — ласково бормотал тот и брал меня под локоток, — поехали, съедим по котлетке.

Мужик явно ухаживал, пуская в ход обычный набор соблазнителя — букеты, конфеты, рестораны, театр...

Не скажу, чтобы мне были противны его усилия. В некотором роде даже приятны. Женщина я свободная, супругом не обремененная, дети почти выросли... Вот только замуж не хочу, хватит, выходила четыре раза и пришла к неутешительному выводу: зверь по имени Даша Васильева в неволе не живет. Но процесс ухаживания доставлял удовольствие. Был, правда, один недостаток: «Вольво» пришлось оставить в гараже и передвигаться на такси. Все никак не могла сообщить кавалеру, что в средствах не нуждаюсь...

Витя с удивлением поглядел на меня.

— Скучно? За четыреста долларов? Ну знаешь! Мне в редакции меньше платят.

— Да, — протянула я, — конечно, понимаю, но вообще-то хотела не этого...

— А чего?

— Обожаю заниматься расследованием, распутывать всяческие детективные истории, надеялась, что Игорь даст увлекательную работу, а тут одни бумажки.

Кавалер хмыкнул.

— Не женское это дело. Игорьку просто в голову не пришло использовать тебя на ниве сыска... Хочешь, попрошу его?

Я радостно закивала головой.

— Да, очень, просто безумно...

— Ладно, — улыбнулся Виталий, — сегодня же вечером составлю протекцию, глядишь, у тебя и впрямь талант сыщика откроется. Кстати, похоже, я неправильно записал твой телефон. Звонил, звонил, а какая-то баба все время отвечает: нет такой.

— Тетушка вредничает, — быстренько сориентировалась я, — как слышит мужской голос, сразу звереет.

— Ну-ну, — пробормотал кавалер, закуривая «Ротманс», — бывают такие противные старухи. Моя мать тоже жутко бесилась, когда бабы звонили.

— Сейчас перестала?

— Умерла в прошлом году, — пояснил Орлов.

Да, жаль, что я приняла твердое решение больше никогда не выходить замуж. Такой шикарный вариант: хорош собой, неглуп, добр, а в придачу еще и сирота. Подобное случается только в кино.

...Холл выглядел как после Мамаева побоища, впрочем, гостиная тоже. Мне удалось убедить Зайку сначала привести в порядок только потолок в одном помещении. И сейчас, заглянув в дверь, я обнаружила невестку на козлах, азартно размахивающую валиком. Запах стоял отвратительный. Ольга походила на далматинца, вся в каких-то пятнах.

— Пришла! — обрадовалась невестка. — Давай помогай.

Ну уж нет. И я тихонько пробормотала:

— А где остальные?

— У Мани семинар в Ветеринарной академии, Кешка ушел на дежурство, а Ирка с Катериной сообщили, что у них аллергия на краску, и заперлись на кухне, — обиженно сообщила Ольга.

И правильно сделали, мы им платим за домашнюю работу, а не за услуги по ремонту квартиры. Значит, хитрые дети умчались, и мне пора что-то придумать, а то Зайка уже слезла с лестницы и, хищно улыбаясь, движется мне навстречу с валиком в руке.

— Видишь ли... — завела я, и тут зазвенел мобильный.

— Даша, — донесся безумно знакомый голос, — надо встретиться.

— Кто это?

— Твой начальник.

— Кто? — изумилась я. — Какой начальник?

В трубке секунду помолчали, а затем тот же голос пояснил:

— Самый обычный, Игорь, Игорь Марков.

Я обалдела.

— Откуда узнали номер?

Детектив засмеялся:

— Ну просто прелестная наивность. Надеюсь,

ты понимаешь, что, списав данные твоего паспорта, я тут же проверил его владелицу со всех сторон.

Я потрясенно молчала. Все, конец работы детектива, впрочем, так и не начавшейся. Меня, естественно, с позором выгонят.

— Завтра не приходить?

— Почему? — удивился Игорь.

— Ну...

— Меня не колышет твое материальное положение и социальный статус, — пояснил работодатель. — Трудишься ты хорошо, аккуратно, не болтаешь, я тобой доволен. Кстати, поговорил тут с Витькой. Он надоумил дать тебе кое-какое поручение. Заодно и знание иностранных языков пригодится... Можешь сейчас подъехать? Да садись в «Вольво», конспираторша. Твои отношения с Виталием меня совершенно не касаются. Я чужие тайны не выдаю. Так что если не хочешь смущать мужика богатством, то и не надо, усекла?

— Усекла, — радостно крикнула я, предвкушая нечто интересное, — несусь. Только адреса не помню, один раз в гостях была.

— Я не дома, — пояснил Игорь, — а на оперативной квартире. Пиши: улица Строителей, дом два.

Сунув мобильник в карман, я полетела к двери.

— Куда? — закричала в негодовании Зайка. — А потолок?

— Прости, дорогая, на работу вызывают.

— Какая работа, — возмутилась Ольга, ткнув пальцем в экран телевизора, — программа «Время» началась.

Не слушая упреков, я бросилась со всех ног в гараж и впопыхах выполнила любимый Марусин трюк — со всего размаху наступила на тонкий длинный хвост пита. Бандюша заорал как ненормальный. В гостиной моментально что-то упало, и тут же закричала Зайка. Но мне было недосуг разбираться с домашними — впереди маячило увлекательное приключение!

До Юго-Запада я донеслась на одном дыхании, моментально отыскала нужный адрес, взлетела на второй этаж, позвонила. Дверь тут же отворилась. В квартире стояла звенящая тишина. Свет выключен, и после довольно ярко освещенной лестничной клетки глаза не сразу привыкли к непроглядной темноте. К тому же дверь как-то неожиданно, как бы сама собой захлопнулась. Стало немного не по себе.

— Одна пришла? — раздался шепот.

— Да.

— Сын и невестка не провожали?

— Нет, — удивилась я, — зачем? Они заняты.

— Чудесненько, — прошелестел Игорь.

Потом что-то пребольно кольнуло меня в бедро, и ноги, разом став ватными, подломились в коленях.

Глава 3

Я сидела в безумно прокуренной комнате и, морщась, вдыхала дым. Противный, вонючий, он заставил меня резко закашляться, и мои глаза открылись.

Боже, оказывается, я сплю, а вокруг пожар. Языки пламени лижут край небольшой софы, где рядом со мной лежит абсолютно голый мужчина. Может, все еще сон длится? Но нет, пламя бойко подбиралось к ногам, нечего было и думать о том, чтобы погасить его подручными средствами. Обмотав тело простыней, я резко потрясла мужика:

— Эй, вставай, мы горим!..

Но он не откликался. Я принялась тянуть его за руку и увидела лицо Игоря с широко открытым ртом. Глаза глядели, не мигая. Он потерял сознание и сейчас задохнется. Откуда-то взялись нечеловеческие силы, и я, взвалив тяжелое неподатливое тело начальника на плечи, поволокла его сначала в коридор, а потом на лестничную клетку. С душераздирающим воплем: «Пожар!» я принялась что было сил стучать в дверь соседней квартиры.

Высунулась встрепанная девчонка и, увидав происходящее, тут же вызвала пожарных. Судя по звукам, огонь тем временем пожирал все что мог, разбиваясь пока о железную дверь.

Буквально через несколько минут прилетела, завывая, красная машина. Парни принялись тащить по лестницам какие-то брезентовые штуки и ящики. Появившийся неизвестно откуда врач потрогал Игоря, перевернул мужика на живот и, безнадежно вздохнув, подошел ко мне с дурацким вопросом:

— Как самочувствие?

— Что с Игорем? — спросила я в ответ, сотрясаемая крупной дрожью, несмотря на то, что кто-то из сердобольных соседей накинул мне на плечи одеяло.

— Вашего мужа спасти не удалось, — пробормотал врач, вытаскивая из ящика какие-то ампулы. — Похоже, сердце отказало, но подробности после вскрытия узнаете. Как же это вы так. Небось курили в постели?..

— Он мне не муж, — забормотала я, глядя, как по лестнице бегают пожарные. — Я знаю его всего неделю...

— Понятно, — протянул доктор и посмотрел на любопытных, устроившихся на подоконнике. — Слушайте, бабы, возьмите кто-нибудь потерпевшую в квартиру. Сидит тут голая...

— Пошли, — тут же откликнулась первой соседская девчонка, вызвавшая пожарных.

Мы вошли в небольшую комнату. У стены скучал диван с весьма несвежим постельным бельем. На кресле в беспорядке валялось неожиданно дорогое бельишко: кружевное черное боди и тоненькие колготки, все это пахло приторными духами явно арабского происхождения. Девчонка распахнула шкаф и вытащила потрепанные джинсы, синенький свитерок. Потом бросила мне упаковку трусиков и носки.

— Надевай, не голой же сидеть.

Полная благодарности, я натянула шмотки. Почти как раз, только джинсы слегка великоваты.

— Ну и талия у тебя, — завистливо отметила добрая самаритянка, — небось гимнастику целый день делаешь...

При этих словах в комнату вошли два офицера и принялись выбивать из меня информацию. Но я не могла сообщить ничего интересного. Пришла в гости к Маркову, почему-то упала в обморок на пороге, а очнулась голой на кровати в эпицентре огня...

Один офицер молча записывал показания, другой недоверчиво переспросил:

— Значит, явились к начальнику на дом ночью? Работать?

— Марков заведовал детективным агентством...

— Понятно, — сомневающимся тоном протянул пожарный, — а разделись догола зачем?

— Не знаю, упала одетой.

С недрогнувшими лицами офицеры записали весь этот бред в блокнот и, еще раз уточнив мои данные, ушли. На лестнице установилась тишина. Зарычал мотор, красная блестящая машина уехала. Я повернулась к девчонке:

— Поеду домой, вещи постираю и верну.

Та великодушно сообщила:

— Можешь не торопиться, все равно такую дрянь не ношу. Надень кроссовки в передней...

«Вольво» мирно поджидал хозяйку в дальнем углу двора. Ключи вместе с одеждой, сумкой и мобильным скорее всего погибли в огне. Но, как многие рассеянные люди, я держу под бампером запасной комплект ключей.

Утром я долго мылась в ванной, пытаясь обрести душевное равновесие, но абсолютно не преуспела в этом занятии и спустилась в столовую, сохраняя в душе нервное напряжение.

Стоило войти в комнату, как сердце мое неприятно екнуло. За большим круглым столом восседал ближайший приятель — полковник Дегтярев. Александр Михайлович преспокойно ел творожную запеканку. Увидев меня, он отложил чайную ложку и, мило улыбаясь, спросил:

— Выспалась, Дашутка?

Больше всего боюсь, когда мой испытанный друг наклеивает себе на лицо сладенькую гримасу, а уж если начинает называть Дашуткой, то, значит, сейчас разразится буря, по сравнению с которой тайфун «Эдуард» — детский лепет.

— Спасибо, — осторожно ответила я, — великолепно отдохнула.

— Надо же, — продолжал фальшиво растягивать губы приятель, — скажите пожалуйста, какая отличная нервная система. У меня бы после подобных приключений началась бессонница...

— Ты все знаешь? Откуда? — решила я аккуратненько разведать обстановку.

— В сводке происшествий за сутки прошли твои данные, — пояснил Александр Михайлович, буравя меня тяжелым взглядом.

Нашей дружбе много лет. Дегтярев испытанный, надежный человек. Как-то раз мне приснился кошмар: почему-то я должна куда-то бежать, вроде совершила какое-то преступление — то ли убила кого, то ли украла формулу ракетного топлива. Во всяком случае, во сне я бестолково неслась, преодолевая разнообразные препятствия, к тому, кто спасет, укроет, поможет, — к Александру Михайловичу.

Мои дети долго надеялись, что когда-нибудь полковник предложит их матери если не сердце, то хотя бы руку, а я отвечу «да». Но заводить любовные отношения с приятелем, которого после двадцати лет дружбы знаю как облупленного, просто невозможно. На глазах у Дегтярева прошли чередой мои четыре мужа, и он только крякал, глядя, как я с радостным лицом в очередной раз бежала в загс. В конце концов не вынес и заявил: «Нормальные женщины наступают на одни и те же грабли один, ну максимум два раза, ты же — бесконечно».

В наших отношениях есть всего один, зато огромный подводный камень. Приятель всю жизнь служит в системе МВД и в результате имеет погоны полковника. Как называется его должность, я запомнить не могу, но в большом здании, расположенном в центре Москвы, у него отдельный кабинет. Несколько раз нам приходилось общаться на официальной почве, потому что неприятности притягиваются ко мне как магнитом. Ничего хорошего из моих приключений, как правило, не получается, и полковник просто синеет, столкнувшись со мной на узкой дорожке.

Вот и сейчас он явно еле-еле сдерживал гнев. Довольно обширная лысина покраснела, а щеки приобрели геморроидальный оттенок — явный признак душевного расстройства.

— На этот раз, Дашутка, ты влипла в пренеприятнейшую ситуацию, — сообщил приятель, сосредоточенно разглядывая чайную чашку. — Еле-еле упросил не арестовывать тебя под свою, так сказать, ответственность. Надеюсь, оценишь мои героические усилия.

Я так и села на маленький диванчик.

— Арестовать? Да за что? Я же ничего не совершила противозаконного!

— Зачем ты явилась вчера вечером на улицу Строителей в квартиру, принадлежавшую Соколовой Антонине Андреевне?

— Не знаю никакой Соколовой, приходила к своему начальнику, Игорю Маркову.

Полковник вскинул брови.

— На работу устроилась? Кем, если не секрет?

Пришлось рассказать правду. Александр Михайлович молча выслушал мой рассказ, потом сказал:

— Я-то хорошо знаю тебя и понимаю, что ради работы сыщика ты пойдешь на все, только у Игоря Маркова никогда не было никакого агентства.

— Что ты имеешь в виду? — изумилась я.

— Ничего особенного. Господин Марков занимался оптовой торговлей продуктами: макароны, растительное масло, сахар... имел несколько точек на оптовом рынке.

— Не может быть! Я собственноручно правила отчеты для клиентов.

— Значит, он занимался сыском незаконно, без лицензии. Фамилии клиентов можешь назвать?

Я растерянно покачала головой.

— Вот видишь! К тому же убитый...

— Убитый?!

— Чему ты так удивляешься? Игоря Маркова предварительно отравили. Вскрытие обнаружило увеличение размеров почки, корковый слой утолщен, имеются красные полосы и точки.

Меня начало тошнить. Какой ужас! Только что я разговаривала с человеком, и вот он уже разделан, словно свинина на рынке.

— Не скрою, — продолжал Дегтярев, удовлетворенно поглядывая на мое слегка перекосившееся лицо, — у сотрудников органов родилась официальная версия. Ты, моя радость, какое-то время состояла с покойным в интимных отношениях, поэтому он взял тебя на работу и платил абсолютно невероятную для подобного места зарплату. Скорее всего ему надоела любовница, и Марков просто решил откупиться от назойливой бабы. Но ты никак не хотела отпускать мужика, поэтому решила убить его. Отравить. Что и выполнила с милой непосредственностью, прямо после очередных любовных утех.

— Бред сумасшедшего. Зачем же я тогда подожгла квартиру?

— Хотела представить все как несчастный случай. Но произошла беда: вы легли, покурили, заснули... Сплошь и рядом такое случается.

— И вызвала пожарных?

— Конечно, сама-то погибать не хотела, вот и дождалась нужного момента, чтобы представить дело как отравление угарным газом...

— Бред, бред! — заорала я так, что мирно дремавший Хучик подскочил на полметра от пола. — Ну за каким чертом мне было тащить мужика на лестничную клетку? Абсолютно нелогично. Тогда уж следовало оставить его в полыхающей квартире!

— Действительно, тут маленькая неувязка, — мирно согласился Дегтярев, вертя в руках чашку, — только вот у следователя свое объяснение. Ему, видишь ли, кажется, что совершенное убийство слегка повлияло на твою психику и у тебя начался реактивный психоз. Увидела дело рук своих, спонтанно раскаялась и решила спасти любовника. Этакий психологический выверт.

Я обозлилась окончательно:

— Совершенно не подвержена никаким психозам! Если уж решу убить кого-нибудь, так сделаю все по высшему классу и без истерических припадков. Кстати, готова отправиться к милицейскому гинекологу, пусть обследует и подтвердит, что я не спала с этим мужиком!

— Ну и что это докажет? — ухмыльнулся полковник. — Просто в последний раз не потрахались, связь-то была, или намекаешь, что после четырех супругов все еще девственница?

— Нет, — завопила я, чувствуя, что теряю самообладание, — никаких отношений я с Игорем не заводила, хотела только поработать в его конторе, понимаешь?

— Ой ли? — ухмыльнулся Александр Михайлович. — А вот свидетели утверждают другое.

— Кто?

— Во-первых, супруга Маркова сообщила, что некая дама неоднократно звонила ему домой и буквально изводила несчастную бабу требованиями развестись с Игорем. Потом обнаглела окончательно и заявилась в гости. Она чуть не треснула тебя кастрюлькой по башке. Еле сдержалась, говорит.

— О боже! Я и впрямь заходила к ним, но только абсолютно случайно, вместе с Виталием Орловым, ведь рассказывала только что.

— Адрес и телефон Орлова, — потребовал полковник.

Я потрясенно молчала.

— Не знаю.

— Вот видишь! А еще соседка Соколовой, Алла Симонова вспоминает, что частенько видела худенькую элегантно одетую блондинку, проскальзывавшую быстрее тени в квартиру напротив. Дама старательно прятала лицо, но Аллочка все же разглядела голубые глаза и правильные черты лица. Кстати, это именно она приютила тебя вчера. Говорит, страшно похожа, просто одно лицо. Да еще та дама приезжала на бордовом «Вольво». Вот номер она, к сожалению, не помнит.

— В Москве десятки бордовых «Вольво», — огрызнулась я.

— Да, но у твоего на заднем стекле болтается утенок Дональд Дак, а бампер слегка погнут.

— Ну и что? Случайно задела ворота и никак не исправлю...

— В общем-то ничего, но полюбовница Маркова тоже привесила идиотское водоплавающее и исковеркала где-то бампер. Аллочка — девушка глазастая, все разглядела. Странное, даже мистическое совпадение, не находишь?

Я молчала, не в силах раскрыть рот. Вдруг в голову пришла мысль:

— А когда он умер?

— Женя предполагает, что около восьми вечера.

— Так я была дома. И потом это неправда. Игорь позвонил в девять, как раз начиналась программа «Время».

— Может, «Вести»?

— Нет-нет, именно на первом канале, такая специфическая музыка. И свидетели есть. Зайка еще ругалась, что не помогаю ей потолок красить, а уезжаю.

— Ольга, поди сюда! — громовым голосом крикнул Александр Михайлович.

— Ну что тебе? — недовольно отозвалась Зайка, появляясь на пороге.

Волосы невестка убрала под бейсболку, а на тело натянула старый джинсовый комбинезон. Вместе с Ольгой в комнату вплыл резкий запах краски. Собаки тут же расчихались.

— Помнишь, когда твоя удалая свекровь вчера уходила из дому?

Ольга нахмурилась.

— А она, можно сказать, и не приходила. Влетела в полдевятого, волосы торчком, глаза горят, а через полчаса ей позвонили, и все... Нет видения, испарилось практически без слов. Между прочим, у всех моих подруг бабушки тихонечко сидят дома, носочки внукам вяжут... — И она выскочила в коридор, хлопнув дверью.

Александр Михайлович вздохнул.

— Совсем плохо.

— Почему?

— Любой следователь сразу заподозрит спектакль. Сначала убила, потом принеслась домой, чтобы обеспечить себе алиби.

— Но он мне звонил!

— Это ты говоришь!

— Зайка слышала.

— Только звонок, трубку она ведь не снимала?

— Нет.

— Грош цена тогда ее свидетельству, мало ли кто звонил, а ты соврала.

— Сразу после работы я поехала с Виталием обедать, в восемь еще ела.

— Сообщи название ресторана, спросим официально мэтра...

— «Макдоналдс» на Тверской.

Полковник уставился на меня во все глаза, потом фыркнул:

— Это было бы смешно, когда бы не было так грустно...

Несколько минут мы молча смотрели друг на друга. Потом Дегтярев произнес:

— Ладненько. Поскольку мы с тобой старые приятели, формально я не имею права вести следствие. Дело принял Крахмальников. Но, как ты сама понимаешь, я буду помогать ему изо всех сил. Времени у нас месяц. За этот срок я должен разобраться во всем. Странная, однако, штука приключилась с тобой.

— Веришь мне?

— Слишком хорошо тебя знаю, поэтому верю. Но больше никто не поверит. Единственный способ избавить тебя от СИЗО и суда — найти настоящего преступника. Но, честно говоря, я пока совершенно не понимаю, кто это сделал, а главное — зачем? Считай, что ты дала подписку о невыезде. Сиди дома, не носись по городу. Кстати, если решишь смыться в Париж от греха подальше, у меня будут очень серьезные неприятности. Поняла?

Я кивнула.

— Только детям не рассказывай.

— Пока не буду, — пообещал Дегтярев и ушел.

Не успела я закрыть за ним дверь и перевести дух, как из гостиной донесся грохот, звон и Ольгин крик. Я ринулась на шум.

Посередине комнаты сидела Зайка, сжимая рукой ногу.

— Что случилось? — испугалась я, разглядывая опрокинутую банку с краской.

— Упала, — процедила сквозь зубы Ольга. — Ой как больно, кажется, ногу сломала!

Я кинулась к телефону вызывать «Скорую помощь». Машина почему-то пришла сразу. Защитного цвета «рафик» замер у ворот. Из пахнущего бензином салона выбрался молодой щупленький доктор с железным ящиком в руках.

— Где больной? — осведомился он суровым голосом, всем своим видом показывая, что шутить не намерен.

Я повела эскулапа в дом. Ольга продолжала сидеть на застеленном картоном полу. Доктор кинул взгляд на ногу и вынес вердикт:

— На перелом не слишком похоже, но рентген сделать надо, возможна микротрещина. Только травмопункт обслуживает исключительно с московской пропиской.

— Ложкино относится к столице, — успокоила я паренька, — мы живем тут постоянно, и полис на руках.

— Совершенно не сомневаюсь, что вы москвичка, — отрезал доктор, — а вот малярша откуда: Молдавия, Украина?

— Это моя невестка, — быстренько прояснила я ситуацию.

У врача на лице промелькнуло что-то напоминающее жалость, но он удержался и ничего не сказал о жадных, богатых свекровях, заставляющих безропотных невесток делать ремонт собственными руками.

Кое-как мы влезли в «рафик». Внутри парадоксальным образом было одновременно холодно и душно. Зайка затряслась. Я подумала, что она замерзла, и накинула ей поверх шубки застиранное байковое одеяльце, валявшееся на носилках. Но Ольга скинула его и, корчась от смеха, ткнула пальцем в большой лист, прикрепленный на дверце микроавтобуса. «Список оборудования «Скорой помощи»: одна подушка, одно одеяло, носилки, два запасных колеса, огнетушитель».

— Зачем это тут? — удивилась я, разглядывая грязные внутренности автобусика без каких-либо признаков медицинской аппаратуры.

— Наверное, чтобы больные не уперли, — веселилась Зайка. — Интересно, а как они оказывают помощь при инфаркте или инсульте?

— Небось кладут на носилки, а сверху наваливают подушку, чтобы несчастный поскорее отключился, — ляпнула я.

Машина тем временем, резво проскакав по всем ухабам, затормозила у какого-то дома.

— Дальше не проедем, — сообщил доктор, — вылазьте, пешкодралом придется.

— Почему? — в один голос изумились мы.

— Там мостик через овраг сломался, еще летом.

Мы медленно проковыляли по замерзшему тротуару, потом свернули налево и очутились перед забором.

— Вот сюда, — велел доктор и пролез между прутьями. — С вами легко, вы тощенькие. Кто пожирнее — застревают.

— Интересно, — продолжала веселиться Зайка, — а если человек на носилках, то как?

— Перебрасывают через забор или пристегивают ремнями и проталкивают боком, — снова не удержалась я. — Это такой своеобразный естественный отбор. Выдержал дорогу от дома до больницы, выжил — станут лечить, не дотянул — ну что же, слабому в седле не место.

— Ну и глупости несете, — оскорбился парень, — а по виду интеллигентная дама. Лежачего вокруг обносим, там ворота, метров пятьсот пройти. Просто я решил путь сократить. Ну народ! Всем недовольны. Приехали в момент, помощь оказали, в травмопункт везем... Ничего у вас страшного нет. Подумаешь, ногу повредила. Раз идет — следовательно, полный порядок.

— Так больно же, — попробовала пожаловаться Ольга.

— Скажите, какие мы нежные! — фыркнул доктор. — Вон вчера я женщину вез, с четвертого этажа упала. Так она ни звука не проронила. Знал бы, что вы такие капризные, ни в жисть бы не поехал. Может, пока с вами вожусь, там кто-нибудь от мерцательной аритмии загибается!

«И как бы ты, милый, помог несчастному, имея в руках только подушку с одеялом?» — подумала я, но вслух не произнесла ни слова. Ольга тоже пристыженно молчала. Продолжая недовольно ворчать, Гиппократ втолкнул нас в тесную приемную, а сам скрылся за дверью с табличкой «Посторонним вход воспрещен». Оттуда незамедлительно послышался его раздраженный голос. Удивительное занудство в столь юном возрасте! Представляю, во что он превратится в старости.

— Наверное, надо дать ему сто рублей, — тихо проронила Ольга.

— Никогда, — обозлилась я. — Во-первых, ничего хорошего он не сделал, а во-вторых, хоть что-то в этой стране должны делать бесплатно?

Отвернувшись, я принялась разглядывать обстановку. Выглядело все удручающе. Несколько разномастных стульев с продранными сиденьями, потертый линолеум, вешалка прибита к стене, выкрашенной унылой зеленой краской. На подоконнике горшки с засохшими останками герани и алоэ. Это сколько же времени надо мучить несчастный столетник, чтобы довести его до смерти! На другой стенке висит стенд с милым заголовком: «Бешенство приводит к смерти». Заинтересовавшись, я уткнулась глазами в листочки, написанные крупным, похоже, детским почерком. «Следует помнить, что в случае заражения бешенством вы неминуемо умрете. Бацилла страшной болезни может попасть в организм в результате укуса, обгрыза или ослюнения». Не сдержавшись, я захохотала в голос.

— Чего там? — заинтересовалась Зайка.

— Да вот, увидела доселе неизвестные слова — «обгрыз» и «ослюнение».

— Видишь, как здорово, — вздохнула Зайка, — заодно и словарный запас пополнишь.

Тут дверь распахнулась, и худой как жердь мужик приказал Ольге:

— Идите мыть ногу.

— Она чистая, — заикнулась Ольга.

— Мне лучше знать, — велел хирург. — Мойте не меньше десяти минут лежащим там хозяйственным мылом.

— Я его на дух не переношу, — призналась Зайка.

— А зря, — отрезал врач, — это лучший антисептик.

Да, можно подумать, что время тут не властно над людьми. Живут, как в начале века. Пока бедная Ольга, кое-как засунув больную конечность в раковину, мылила лодыжку, я вышла в соседнее помещение и, наплевав на сидящую там тетку в окровавленной юбке, сунула доктору в карман пару бумажек.

— Нам бы рентген...

— Зачем? — изумился травматолог, пряча деньги в кошелек. — Сейчас зашьем — и все!

— Ничего не надо шить, — испугалась я, — только подозрение на перелом.

— Ну и ну, — покачал головой врач. — Думал, у вас укус собачий! И зачем она тогда ногу моет?

— Не знаю, вы велели, — ответила я.

— Укус у меня, — тихо пробормотала женщина в разодранной юбке.

— Действительно, — напрягся врач, — перепутал! Ну ничего, с кем не бывает, дело житейское. Эй, дама, заканчивай ногу мыть и прыгай сюда, рентген делать будем.

В рентгеновский кабинет мы попали только через час. Худенькая женщина повернулась лицом к двери, и Зайка издала непонятный звук:

— Ой-ой-ой!

— Так больно? — испугалась милая рентгенолог. — Вечно они заставляют людей на одной ноге прыгать.

— Нет, — пробормотала Ольга, — просто вы с Дашей похожи, как родные сестры.

Мы с докторшей уставились друг на друга. Действительно, словно в зеркало гляжусь. Тоже голубые, близко посаженные глаза, бледный цвет лица, такая же легкая светло-русая челка и прямые коротко стриженные волосы. Форма рта, носа, подбородка... Даже фигура один к одному — худая, подтянутая. Интересно, у нее тоже проблема с зубами?

Доктор встала и быстрым движением раздернула тяжелые шторы — наваждение сразу исчезло. Стало понятно, что мы, безусловно, принадлежим к одному славянскому типу, однако глаза у рентгенолога не голубые, а зеленые, волосы крашеные. Возле корней пробивалась предательская чернота. Рот более широкий, скулы высокие, нос слегка вздернут. Пугающим сходством мы обладали только в полумраке кабинета.

— Да уж, — первой пришла в себя доктор, — я прямо испугалась вначале. Вас как зовут?

— Даша.

— Хорошо, хоть имена разные, я Валя, но близкие зовут меня Тина.

Валя довольно быстро осмотрела ногу и поморщилась.

— Там сегодня такая смена работает! Чукчи. Ничего у вас нет, просто сильный ушиб. Езжайте спокойно домой, ложитесь в кровать, к утру пройдет. Ну, синяк будет.

Мы облегченно вздохнули. Я протянула Тине деньги.

— Что вы, не надо, — пробормотала рентгенолог, однако бумажку взяла.

Мы пошли к выходу. Но тут внезапная мысль влетела мне в голову, и я чуть не упала, споткнувшись о порог. Двойник! Игоря убила женщина, похожая на меня, она же была его любовницей. Дело за малым. Осталось найти тетку, у которой в придачу еще и бордовый «Вольво».

Глава 4

Несмотря на все треволнения, ночь я проспала великолепно. Наверное, причиной тому была хорошая порция ликера «Бейлис», которым мы с Зайкой угостились после ужина. В ответ на рассказ о наших злоключениях Аркашка только пожал плечами:

— Ну какого черта потащились в районную

травматологию, да еще на «Скорой помощи»! Мать что, не могла сама отвезти Ольгу в Склиф?

Дельная мысль! Если бы не полковник с обескураживающим сообщением об убийстве, я непременно бы сообразила. Но, к сожалению, Зайка упала в страшно неподходящий момент, вот разум мне и отказал.

— Говорил ведь, — продолжал Кеша, — не следует самой под потолком лазить! Нет, надо всегда по-своему поступить, упорствовать, вот и награда за вредный характер.

Внезапно Зайка уронила голову на руки и зарыдала.

Ее реакция удивила меня чрезвычайно: Ольга крайне редко заливалась слезами. Кеша моментально засуетился вокруг жены:

— Ну ладно, ладно.

— Ты меня не любишь, — причитала Зайка, — просто живешь по привычке. Ужасно!

— Малыш, прекрати, — забубнил сын, и я вышла из комнаты, оставив их разбираться без свидетелей.

В голове у меня был полный сумбур. Ситуация выглядела так: некая женщина, страшно похожая на меня, к тому же обладающая бордовым «Вольво», состояла в любовницах у Игоря Маркова. Но как объяснить то, что случилось у него на квартире? Зачем было втягивать меня в эту историю? Может, я вошла случайно, как раз в тот момент, когда убийца, разделавшись с жертвой, собирался уйти? Наверное, киллер не знал, что хозяин вызвал сотрудницу, и жутко удивился, когда позвонили в дверь. Хотя он же спросил у меня что-то, вот только никак не припомню, что именно. Ладно. Похоже, на самом деле события разворачивались так. Игорь Марков завел любовницу. Дело житейское, с кем не бывает. Ну а потом повздорил с теткой, и она его убила. Я же влипла в эту ситуацию по чистой случайности. Но могло быть еще и такое: Маркова уничтожил кто-то из клиентов. За что? Вот когда узнаю ответ на этот вопрос, тогда пойму, кто! Во всяком случае, следует искать сразу в нескольких направлениях. Ладно, сначала займусь секретаршей Игоря, девушка довольно мило общалась со мной, вот только никогда не заговаривала на профессиональные темы. Будем надеяться, что смерть хозяина развяжет ей язык.

Увидев меня, Леночка всплеснула руками:

— Ничего не знаешь?

— А что? — прикинулась я идиоткой. — Я опоздала, конечно, но Игорь разрешил мне в понедельник прийти попозже.

— Его убили в пятницу вечером, — пробормотала Лена. — Меня в субботу из дома вызвали, тут обыск делали, бумаги какие-то искали.

— Ужас! — пролепетала я, стараясь изобразить искреннее удивление. — Под машину попал?

— На пожаре в дыму задохнулся, — пояснила девушка, — ночью на квартире...

— А как жена, дети?

Леночка аккуратно вытащила из стола пачку «Парламента» и спросила:

— Ты давно его знаешь?

— Дней десять. Виталий Орлов свел.

— Ясно. Так вот Игорь с женой практически не жил. Цапался с ней, как кошка с собакой, дело шло к разводу. Детей у них не было. Вечно с какими-то женщинами путался, квартиры снимал. И погиб не дома, небось баба закурила в кровати.

— Почему именно баба?

— Сам-то он никогда к сигаретам не прикасался. Здоровье берег. Знаешь, какой был правильный: мясо не употреблял, водку не пил, ел по часам...

— Как же такой мог по бабам бегать?

— Да, был такой изъян. Никого не пропускал, брал буквально все, что шевелится. Честно говоря, я подумала, что он и с тобой тоже перепихивался. С чего бы, думала, взял ее на работу?

— Ошибки править!

— Ха! Я их всегда сама выправляла. Слава богу, не первый год сижу, а сразу, как он этим всем заниматься начал!

— Чем? Детективной работой?

Леночка заколебалась. Я смотрела в детское, слегка глуповатое личико. На нем не отражалось ни одной мысли. Кудрявые, осветленные почти добела волосы делали ее похожей на куклу. Весь вид девушки говорил о недалеком уме и полном отсутствии какого-либо образования. Что ж, попробуем потрясти ее. Я поплотнее уселась на стул и попросила:

— Уж поделись со мной, наверное, милиция тоже допрашивать будет, не хочется глупость ляпнуть.

Леночка пожала плечами:

— Да рассказать-то нечего.

— А ты как сюда попала? К тебе Игорь не приставал?

Выяснилось, что нет. Леночка — дочка одной из пассий Маркова. У ее мамы несколько лет тому назад был с ним короткий, но бурный роман. Поэтому, когда Ленуся, окончив школу, не сумела поступить в институт, мамочка связалась с бывшим любовником и попросила помочь.

Уж если говорить совсем честно, Леночка училась отвратительно и окончила десятилетку на одни тройки, да и те ей поставили из жалости. Только по русскому языку у девочки выходила полная и абсолютная пятерка. Не зная ни одного правила, Леночка писала без ошибок и никогда не путалась, расставляя знаки препинания.

Вот так она и оказалась в приемной Игоря. Зарплата хорошая, Игорь, помнивший ее двенадцатилетней девочкой, никаких попыток к сближению не делал. Первый год девушка просто выправляла бумаги, подавала кофе и записывала посетителей. Но потом Марков неожиданно понял, какой алмаз попал к нему в руки. Леночка оказалась абсолютно не болтлива. Конечно, она искренне считала, что Солнце вращается вокруг Земли, и не могла совершать даже самые простые арифметические действия, но язык за зубами держала крепко. Обрадовавшись, Игорь свалил на нее всю документацию, правда, зарплату увеличил вдвое.

— Много тут народу трудилось?

Секретарша засмеялась:

— Да никого. Ты, я и хозяин.

— Как же он успевал дела раскручивать?

— Брался только за одно... — начала Леночка и осеклась.

Девушка явно не хотела говорить лишнего.

— Прикинь на минутку, — тихонько сказала я, — если здесь никого, кроме нас двоих, не было, то и подозрения падут на нас.

— Какие подозрения? — испугалась девчонка.

— Думаешь, он так просто взял и умер? Нет, скорее всего это убийство, а менты не хотят говорить правду. Киллера, как всегда, не найдут, но обвиняемый-то должен быть. Усекаешь?

— Нет, — остолбенела Леночка, — не усекаю.

— Господи, ясно как день. Сделают нас с тобой крайними, объявят виноватыми, в момент дело состряпают и в тюрьму сунут. Чао бамбино, сиди на нарах, как король на именинах. Ментам — медали, нам — срок. Ты газеты почитай, там о таком все время пишут!

Леночка уставилась на меня огромными глазищами. У девушки был взгляд спаниеля — мягкий и бесконечно тупой.

— Не может быть, — прошептала она.

— Запросто, — успокоила я ее, — вот ты, например, что делала в пятницу?

— Ничего, — обескураженно пробормотала бедняга, — продукты купила, дома сидела, а в десять спать легла. Погода плохая, никуда идти не хотелось.

— Мама тебя видела?

— Нет, живу одна, квартиру снимаю...

— Вот видишь, — обрадовалась я. — Как докажешь, что на самом деле лежала в кровати? Вдруг успела съездить к начальнику на квартиру и устроить аутодафе? Могут дать пожизненное заключение...

Крупные слезы хлынули потоком из детских глаз Леночки. Испугавшись, что в результате стресса она растеряет и без того скромные мыслительные способности, я поспешила успокоить девчонку:

— Не реви, слезами горю не поможешь...

— Что делать-то? — шмыгнула носом привыкшая слушаться старших Леночка.

— Точно, думаю, убили его. Значит, когда милиция нас арестовывать придет, мы должны сказать: погодите, погодите, есть тут господин N, очень подозрительный тип. Его и допросите...

— Кто такой господин N? — удивилась Лена.

Я вздохнула. Трудно иметь дело с беспросветными идиотами.

— Скорее всего Игоря пришиб кто-то из клиентов. Вспоминай быстро, чем он занимался последнее время?

Леночка нахмурила гладкий лоб и сказала:

— Он вообще-то лицензии не имел, торговал вроде бы продуктами, а на самом деле работал стрейк-мастером.

— Кем? — изумилась я. — Каким таким стрейк-мастером? При чем тут тогда продукты и детективное агентство?

Секретарша воткнула в сеть кофеварку и принялась выбалтывать все, что знала.

Марков на самом деле не имел никакого образования, только строительное ПТУ. И, когда грянула перестройка, мужик первое время занимался ремонтом квартир. Грязное, утомительное, малоприбыльное дело. Надоело это ему быстро, и Игорь решил завести собственный бизнес. Недолго думая, принялся торговать продуктами. Зарегистрировал фирму и начал скупать рис по оптовой цене, а сбывать по розничной. Этим нехитрым бизнесом занимается почти вся бывшая Страна Советов, и барыши Маркова оказались небольшими. У него есть вагончик на оптовой ярмарке, где торгует нанятый продавец. Но Игорь давно потерял интерес к крупе, потому что наконец нашел себя, став стрейк-мастером.

— Да объясни же толком, что это за профессия такая?

— Игорь помогал сотрудникам фирм и учреждений избавляться от начальства.

— Зачем? — пришла я в недоумение.

— Ну, представьте такую ситуацию. Работаете в банке, зарплата прекрасная, коллектив чудесный, коллеги милые, но начальник жуткий, отвратительный тип. Без конца орет, ругается, заставляет оставаться до ночи... Менять место? Страшно, сейчас безработица жуткая. Проще избавиться от негодяя. Вот сотрудники и сбрасываются, чтобы нанять для этой цели Игоря.

— Как же он такое устраивает?

Лена улыбнулась.

— По-разному. Сначала собирал сведения о человеке, можно сказать, разузнавал всю подноготную. У него поговорочка была: «В каждом святом есть три кило говна, это вытекает из физиологии». Потом так поворачивал дело, что людям просто было некуда деваться. Не так давно обратился к нему коллектив «Монобанка». Два вице-директора и заведующий отделом кадров — жуткие бабники. Ни одной сотрудницы не пропускали. Могли прямо на рабочем столе завалить. Вот женщины и не выдержали, наняли Маркова.

— И что?

— В два счета справился.

— Как же? — абсолютно искренне поинтересовалась я. — Импотентами их сделал?

— Нет, конечно, — засмеялась Леночка. — Игорь обладал потрясающей фантазией. Нанял дорогую девочку по вызову и отправил ее в банк наниматься на работу. Девица с виду — конфетка. Ну, начальники слюни и распустили. Тут же секретарем оформили и давай вовсю пользовать. Та, конечно, никому не отказывала и целый месяц на диванах кувыркалась. Трое начальников оттянулись всласть.

Расплата грянула через два месяца. Однажды секретарша, заливаясь слезами, положила на стол одному из вице-директоров положительный анализ на СПИД.

— Я больна, — пролепетала девушка. — Как вышло — не понимаю...

Сластолюбец чуть не скончался от ужаса и побежал к «подельникам». Ни один из них, само собой, не пользовался презервативом. Секретаршу тут же уволили. Мужики в страхе затаились.

Через две недели в кабинет все того же несчастного вице-директора явилась дама лет шестидесяти с бумагой. Документ, подписанный председателем правления «Монобанка», предписывал произвести анализ крови всех служащих без исключения.

— Многие скрывают, что больны СПИДом, — пояснила врач. — Наше дело — выявить носителей и изолировать этих гомосексуалистов и развратников от общества. А поскольку зря пугать людей не надо, сделаем вид, что проводим в банке день донора. Позаботьтесь, чтобы все сотрудники поголовно и добровольно явились к врачу.

— И когда начнете? — пробормотал, заикаясь, любитель утех.

— В среду, то есть завтра, — утешила дама.

На следующий день оба вице-директора и начальник отдела кадров подали заявления об уходе с работы. Дело завершилось к обоюдному удовольствию. Женщины вздохнули спокойно, Игорь получил крупную сумму денег.

— Да уж, — только и смогла я пробормотать, — ловкий малый...

— Это что, — махнула рукой Леночка, — вот с парикмахершами и впрямь красиво вышло...

В салоне «Орхидея» работали 24 девушки — кто-то стриг и укладывал волосы, кто-то делал маникюр и педикюр, имелся и косметический кабинет. Клиентура подобралась замечательная — сплошь люди из шоу-бизнеса, капризные, вредные, но денежные. Чаевые давали огромные, красуясь друг перед другом. Сбрасывали девочкам с барского плеча практически новые платья. Кое-кого из парикмахерш приглашали на дом... Словом, чудесное, сладкое место. Было только одно «но». Управляла салоном пятидесятилетняя Нонна. Каждое утро протекало одинаково. Брызгая слюной и размахивая руками с угрожающе длинными гелиевыми ногтями, хозяйка начинала бесноваться.

— Всех уволю, на улицу выгоню, мерзавки ленивые, падлы безрукие! — вопила Нонна, постепенно теряя человеческий облик. — Опять кресла краской вымазали! Вычту из зарплаты...

Разбор полетов проходил дважды: перед работой и вечером, когда последний клиент покидал зал. Впрочем, угрозы были пустыми. Ни у кого ничего никогда не вычитали. Просто Нонне требовалось излить желчь — ну не дома же это делать, не на голову невинного мужа? А супруга своего хозяйка «Орхидеи» любила, хоть и прожила с ним уже десять лет. Милый, интеллигентный мужчина, историк по профессии, иногда появлялся в парикмахерской. В его присутствии Нонна делалась тихой, начинала называть мастеров на «вы».

Игорю хватило двух дней, чтобы решить проблему. Как-то утром, после того как Нонна, всласть наоравшись, повернулась к входной двери, она увидела там скромно стоявшего на пороге салона супруга. Хозяйка залилась багровым румянцем, муж молча вышел. Что у них произошло дома, не знает никто. Только на следующий день тихая, будто побитая собака, Нонна собрала весь коллектив и сказала буквально следующее:

— Прошу прощения за хамское поведение.

Просто давно болит желчный пузырь, лягу на операцию и избавлюсь от проблемы. Вы ведь извините меня?

— Конечно, Нонночка, — закричали обрадованные девушки, — да мы за вас в огонь и в воду пойдем!

Хозяйка разразилась бурными рыданиями, парикмахерши немедля схватились за платки.

— Вот так Игорь за два дня работы получил десять тысяч долларов, — сплетничала Леночка.

Мысленно я присвистнула. Если мастерицы отвалили такую сумму, сколько же дали сотрудники банка?

— Милиции все рассказала? — спросила я.

— Нет, — покачала головой Лена, — бизнес-то незаконный, вот и сообщила, что Игорь только продуктами занимался. Они, правда, прознали откуда-то про отчеты, да я от всего открестилась. Ничего не видела, ничего не слышала... Кстати, и про тебя спрашивали...

— Ну?..

Леночка потупила взор.

— Уж извини, сказала, что думала: Марков тебя на работу взял, потому что ты была его любовницей.

Да, удружила, нечего сказать. Теперь оперативники только укрепятся в своих подозрениях!

Глава 5

Домой я вернулась только к девяти вечера. В кабинете Игоря не оказалось никаких бумаг. Вернее, они были, но все относились только к

продуктам — всевозможные сертификаты качества, накладные... И никаких следов розыскной
деятельности... Хотя, по словам Леночки, Игорь
сейчас занимался чрезвычайно трудным делом.
Некая Надежда Фомина наняла его, чтобы избавиться от Константина Яковлевича Точилина.
Милейшая Наденька служила в фирме по продаже детского питания заведующей отделом рекламы, а Точилин был директором. Чем он замучил
Фомину, Леночка не знала. Игорь никогда не
посвящал ее в незаконченное дело. Зато, завер-
шив работу, радостно делился информацией.
Похоже, у Маркова и впрямь существовали проблемы с женой, раз он выбрал в наперсницы
девчонку.

Проблемой Надежды Марков начал заниматься в октябре. Очевидно, это была не простая
задача, раз он не сумел решить ее до декабря.

Сентябрь Игорь провел в Таиланде, а лето
посвятил актерам театра «Рампа». У тех возникли трения с женой главного режиссера. Но все
окончилось благополучно, и, получив от благо-
дарных служителей Мельпомены хороший кусок, Марков уехал нежиться на солнышке.

«Ладно, — думала я на бегу из гаража в дом, —
завтра поеду к Фоминой, вдруг следы убийцы
следует искать там».

Я влетела в холл и принялась стряхивать с себя
липкий снег. Всегда в Москве так — май ледяной, зато декабрь теплый. Природа совсем сошла с ума. А сейчас к тому же, кажется, начинается землетрясение.

Пол задрожал под ногами. Из-за стены донесся жуткий грохот, треск и звяканье. Послышался разноголосый лай. Потом все внезапно стихло, и незнакомый мужской голос произнес:

— Ох черт, никак не идет!

Я распахнула дверь в гостиную и увидела странную картину. Посередине комнаты стоит нечто, больше всего напоминающее ванну, только очень низенькую и страшно грязную. Вся емкость заполнена какой-то твердой серовато-беловатой массой. На краю этой посудины сидит незнакомый мужчина лет этак пятидесяти, ноги его погружены в это месиво почти до колен. Рядом с отбойным молотком в руках бегает щупленький парнишка. Тут же Зайка, Кеша, Маня и Ирка. Словом, семейство в сборе.

— Мусечка, — завопила Маруся, — смотри, Семен Андреевич замуровался!

Сидевший в ванне мужик затравленно глянул на меня и пробормотал:

— Дык не нарочно, случай вышел.

— Давай, давай, — велел Кеша пареньку с отбойным молотком.

Рабочий послушно подошел к ванне, раздался жуткий грохот, пол затрясся.

— Готово! — закричал паренек.

— Ноги все равно в бетоне, — робко проговорил его старший напарник.

— А как я его тебе сниму? — обозлился парень. — Вдруг задену. Нет уж, садиться в тюрьму я не намерен. Бери молоток, долото и вырубайся потихоньку, коли такой идиот.

— Хоть на пол посадите, — взмолился мужчина.

Аркадий и парень ухватили говорившего под локти и, отдуваясь, вытащили из ванны. Я смотрела на них во все глаза. На ногах несчастного были огромные застывшие куски бетона, словно чудовищные испанские сапоги.

— Что случилось? — поинтересовалась я, глядя, как мужчина молотком отбивает бетон.

— Это твой сынок нанял рабочих, — ехидно заметила Зайка, — не любит, когда своими руками ремонтируют, предпочитает иметь дело с профессионалами. Вот, любуйся, Семен Андреевич и Жора, мастера экстра-класса.

Кешка вздохнул. История с наймом и впрямь выглядела глупо. Отругав Зайку за стихийно начатый ремонт, сын схватил газету «Из рук в руки» и позвонил по первому попавшемуся на глаза объявлению. Мастера, обрадованные предстоящим заработком, примчались через час.

— Вот, — радостно сказал Кеша, — быстро сделают.

— И качественно, — пообещал Жора. — Всю жизнь добрым словом поминать станете.

Аркашка увел сопротивлявшуюся Зайку, и бригада приступила к работе. Что там произошло точно, сын не знал, так как работал в кабинете. Но около семи вечера он спустился вниз, чтобы предложить работягам поужинать. Жоры не было, а Семен Андреевич мирно спал, сидя на краю этого подобия корыта и засунув ноги в застывающий бетон. Пока Кеша приходил в себя от увиденной картины, вошел бегавший за сигаретами Жора и тоже замер с раскрытым ртом.

Выяснилось, что уставший Семен Андреевич

присел на край ванны и, сам не зная как, заснул. Почему ноги очутились внутри ванны, а не снаружи, он не понимает. Ясно одно — следует как можно быстрее высвободить его из плена. Жора сбегал за отбойным молотком, и операция началась.

— Зачем вам бетон? — робко спросила я.

— Плинтуса прикрепить, — сообщили мужики. — Крепко держаться будут, насмерть берет!

Я промолчала. Ни за что не стану влезать в ремонтные проблемы. Только начни давать советы и моментально окажешься начальником стройки. Нет уж, дети сами ввязались в это дело, им и карты в руки. Хотят плинтусы на бетонной основе — бога ради, кто бы спорил, только не я.

Тут позвонили в дверь. Маня рванулась в прихожую и завопила:

— Денька приехал!

В грязную гостиную влетел лучший Машкин друг, семнадцатилетний Денис, за ним неслись два скотчтерьера и стаффордширская терьерица Рейчел.

— Чего это у вас тут? — оторопел Денька.

— И правда, — раздался за спиной голос его матери Оксаны.

— Ремонт, — в один голос сказали все.

— А Семен Андреевич замуровался, — подскакивала от радости Маня.

— Что у вас стряслось? — спросила я.

Оксана рассмеялась.

— Соседи из верхней квартиры забыли закрыть кран в ванной, залили нам кухню, коридор и Денькину комнату. Обои поотлетали к чертям, потолок как будто проказой заболел. Мрак!

— Пусть теперь ремонт делают, — резонно заметила Маня.

— Да они и не отказывались, — ответила Оксана, — наоборот, людей привели и в два дня закончить обещали. Только Денька расчихался.

В подтверждение этих слов Дениска оглушительно закашлял.

— Вот и подумали у вас перекантоваться, — продолжала подруга, — только гляжу на гостиную...

— Зайка ремонт затеяла! — гордо сообщила Маруся и вновь добавила «новость дня на этот час»: — А Семен Андреевич замуровался.

— Ладно, — вступил Кеша, — пойду велю Ирке застелить для вас кровати в комнатах для гостей.

Не успел он выйти, как вновь зазвенел звонок. Удивленные, мы все вместе побежали в холл. В дверях стояла очень худенькая, просто прозрачная девушка. Несмотря на декабрь, вошедшая была одета в тонюсенькую курточку и легкие джинсики, а на ногах у нее красовались ботиночки. Темно-каштановые, почти черные волосы обрамляли продолговатое бледное лицо. Чистая кожа, полное отсутствие каких-либо морщинок без слов говорили о возрасте — скорее всего около двадцати, может, чуть за двадцать.

Увидев свору из восьми лающих собак, девушка испуганно попятилась.

— Они не кусаются, — сказала Зайка.

— Вам кого? — спросила я.

— Аркадий тут живет?

— Да, — хором ответили мы.

— Ой, как хорошо! — вздохнула гостья. — Ну наконец-то! — Потом она повернулась к Оксане. — Вы, наверное, его мама?

— Нет, — ответила обескураженная подруга и ткнула в меня пальцем. — Знакомьтесь, Даша.

Девчушка зарделась как маков цвет и пролепетала:

— Очень приятно. Нюся.

Потом оглядела всех присутствующих и добавила:

— Только он не говорил, что у него такая большая семья!

— Вы кто? — спросила Зайка.

Нюся вновь засмущалась и забормотала:

— Конечно, так не принято, но как уж получилось. Извините бога ради.

— Так кто же вы? — упорствовала Зайка.

— Я его жена, — наконец сообщила девушка.

— Жена?! — воскликнули мы все разом.

Бедная Нюся попятилась, потом быстро сунула руку в карман куртенки и протянула мне зелененькую книжечку.

«Гражданин Воронцов Аркадий Константинович и гражданка Попова Анна Николаевна вступили в брак, о чем 17 сентября сделана запись в книге записи актов гражданского состояния г. Верми за номером 846». Печать и подпись.

Я оторопело повертела брачное свидетельство в руках. Кажется, документ подлинный. Во всяком случае, выглядит таким. Ольга выхватила у меня книжечку и впилась в нее глазами. Я лихорадочно соображала, как поступить. Тут в самый подходящий момент появился многоженец и, ничего не подозревая, сказал:

— Комната готова.

Потом узрел Нюсю и пробормотал:

— Здравствуйте.

— Добрый вечер, — прошелестела гостья.

— Узнаешь ее? — злобно прошипела Зайка.

— Кого? — изумился Кеша. — Вот эту девушку? Кто она?

— Твоя жена, негодяй! — заорала Ольга и, со всего размаху влепив мужу пощечину, вылетела во двор на снег в одних домашних тапочках.

— Заинька, погоди! — взвыли Маня с Дениской и кинулись за ней.

Кеша удивленно покрутил пальцем у виска.

— Говорил ведь: не затевай ремонт, не делай глупостей! Пожалуйста, результат — капитально съехавшая крыша.

Я молча протянула ему свидетельство. Аркадий открыл книжечку и хмыкнул:

— Бред. У меня в свое время утащили сумку, а там лежал паспорт. Пусть лучше дама скажет: это я с ней расписываться ходил, ну?

— Нет, — затрясла головой Нюся, — мой пониже ростом будет, потолще, волосы прямые, да и вообще лицо другое... Нет, не он... А где Аркадий, позовите его!

Тут распахнулась дверь, и Зайка вплыла в холл, словно вдовствующая королева.

— Малыш, — кинулся к ней Кешка.

— Не надо, — царственным жестом остановила его Ольга, — не оправдывайтесь, господин Воронцов Аркадий Константинович. Я, безусловно, тут же покину ваш дом, только детей возьму...

— Зая! — простонали Маня и Денька.

— Это он?! — вскрикнула Нюся, бледнея на глазах. — Он, он?

— Да, — подтвердила Ольга, — он. Между прочим, на мне успел жениться раньше. Разрешите представиться — мадам Воронцова-старшая.

Не говоря ни слова, Нюся рухнула на пол.

— Надо вызвать «Скорую помощь»! — завопила Маня.

— Ой, прекрати! — вступила в разговор Ксюша и схватила девушку за вялую руку. — Принесите нашатырный спирт.

Дети с топотом понеслись по лестнице, собаки с лаем за ними. Хорошо, что у нас нет соседей.

Через час установился относительный порядок. Слегка порозовевшая Нюся с благодарностью взглянула на принесенный — почему-то на сей раз горячий — чай. Очевидно, Ирка по недоразумению подогрела чайник. Обычно она подает нам тепловатую водичку. Аркадий с виноватым видом сидел возле Ольги. На всякий случай Зайка крепко держала его руку. Оксанка пристроилась у окна и закурила. Мои дети отрицательно относятся к «дымоглотству», но своей обожаемой Ксюше, конечно же, ничего не сказали. Вместе со всеми с радостным видом уселись Маня и Дениска. Вся собачья стая разлеглась на ковре, бросая косые взгляды на печенье и вожделенно вздыхая. Я попробовала изобразить строгую родительницу:

— Маша, скоро полночь! Завтра рано вставать!

Но Машка сделала вид, что не слышит, и спросила у гостьи:

— А где ты познакомилась с мужем?

Аркадий нервно вздрогнул. Нюся тихим голосом принялась рассказывать не слишком оригинальную историю.

Всю свою двадцатилетнюю жизнь она прожила в Верми. Ездить дальше было незачем, да и не на что. Родителей Нюся не помнила, об их судьбе воспитывавшая ее бабушка говорила весьма расплывчато. Да и причина смерти каждый раз называлась новая: то они погибали в авиакатастрофе, то разбивались на машине. Но Нюся особо и не интересовалась судьбой мужчины и женщины, давших ей жизнь. У всех соседей и приятелей был некомплект — у кого отсутствовал папаша, у кого мамаша. Нюсе еще повезло. Ее воспитывала бабуля, дама редкого образования и безукоризненного поведения — учительница музыки. В доме, где все жильцы днем работали на чугунолитейном комбинате, а вечером пили горькую, Екатерина Ивановна выделялась интеллигентностью и кротостью нрава. Преподавала она в музыкальной школе, имела довольно широкий круг частных учеников. Даже когда школа закрылась, а комбинат перестал платить рабочим зарплату, Екатерина Ивановна не растеряла учеников. Просто они стали другими.

Скромно одетых девочек и мальчиков с нотными папками в руках сменили нарядные дети, которых привозили на урок в «Мерседесах» и «БМВ». Ноты за ними носили шоферы и охранники. Екатерина Ивановна старательно учила «новых вермяков», и им с Нюсей хватало на хлеб, масло и сыр.

Бабушка строго воспитывала Аню. К девятнадцати годам девушка была студенткой третьего курса университета, но видела мир исключительно сквозь розовые очки. Анечка не замечала ничего плохого, во всех людях видела только положительные стороны и, замирая, ждала появления принца. А вокруг, как назло, крутились совсем другие кавалеры — наглые, развязные, пьющие, поэтому после занятий Нюша прямиком бежала домой.

— Ты так никогда не выйдешь замуж, — смеялись подруги.

— Судьба и за печкой найдет, — рассудительно отвечала Анечка.

Беды посыпались словно из рога изобилия в январе этого года. Сначала умерла бабуля. Похоронив Екатерину Ивановну, Нюся по-прежнему беззаботно лазила в коробочку, где старушка держала деньги. В марте коробочка опустела. Как отличница, Нюся получала повышенную стипендию — целых 120 рублей. То, что прожить на эту сумму невозможно, стало ясно сразу. И в апреле Анечка оказалась под угрозой голодной смерти. Продав все, что можно, и кое-как перебившись до июля, Нюся решила сдать одну из трех своих комнат. Дала объявление в местную газету, и через десять дней пришел предполагаемый жилец.

Как только Нюся открыла дверь, она сразу поняла, что судьба и впрямь нашла ее за печкой. На пороге стоял принц из ее девичьих грез.

Сговорились быстро, квартирант внес задаток и в тот же день переехал. Вел он себя безупречно: не пил, не курил, покупал продукты, приносил цветы и осыпал девушку комплиментами. Наивная Нюсенька приняла такое поведение за глубокую, искреннюю любовь и стала поджидать объяснения. И не напрасно. Через неделю Аркадий явился с огромным букетом и буквально встал на колени.

— Дорогая, — проникновенно сказал он, — я много лет искал свою половину и уже отчаялся, как вдруг встретил тебя. Твоя необычная красота...

Женщины любят ушами, и Нюсенька не оказалась исключением. Предложение руки и сердца было принято. Жених быстренько устроил бракосочетание, и почти целый месяц Анечка порхала на крыльях счастья. Она даже бросила ходить на занятия, чтобы целый день быть около мужа, готовить ему шанежки и пироги с черемухой, гладить его рубашки.

Единственная тень набежала только один раз, когда на ее просьбу позвать подружек, чтобы отметить свадьбу, Аркадий резко сказал:

— Значит, я уже надоел тебе...

— Что за ерунда, — ответила Нюсенька, — просто так принято.

— Мы будем только вдвоем, — мечтательно

протянул Аркадий, — никому пока не говори о свадьбе, девки злые, еще сглазят счастье.

Поглощенная необычной ролью замужней дамы, Нюсенька забыла про подружек и погрузилась в новые ощущения. Каждый день походил на праздник. В любовном угаре девушка не подумала поинтересоваться местом работы супруга, его профессией и даже прежним адресом. Деньги, которые Аркадий заплатил за комнату, кончились через три недели. Нюша пришла к мужу с вопросом:

— Что делать?

Новобрачный нахмурился:

— Совсем ничего нет?

Анечка побренчала монетками:

— Вот.

Супруг вздохнул.

— Настоящие деньги не звенят, а шуршат! Ладно, настало время рассказать правду.

Заинтригованная Нюся пошла на кухню. Разлив по чашкам чай, Аркадий принялся излагать невероятные вещи.

Оказывается, он офицер ФСБ. Работает в Главном разведывательном управлении, заведует девятым отделом, внешней разведкой. В Верми выполнял особое секретное задание. Жениться ему без разрешения начальства нельзя. Но Аркадий увидел Анечку и забыл все на свете: влюбился с первого взгляда. Теперь скорее всего ему надают по шапке. Но это еще не самое страшное. Основная проблема заключалась в его родителях. И если папа, генерал-лейтенант, еще сможет примириться с невесткой из-за Уральских гор, то мама, певица Большого театра, — никогда. Тем более что она уже приготовила для любимого сыночка достойную партию.

— Я слетаю на пару деньков в Москву, — втолковывал ей супруг, — попробую уломать мамулю.

Утром он отбыл, а вечером позвонила женщина и сказала:

— Ну, невестка, собирайся, будем знакомиться, очень уж Аркадий тебя любит, значит, и мы с отцом примем.

Через день вернулся муж, сияя от радости.

— Все чудесно устроилось, — сообщил он. — На работе отнеслись с пониманием, дома и того лучше.

Оставалась ерунда — продать квартиру в Верми, так как жить молодые собирались в Москве. Аркадий провернул дело за сутки. В ответ на робкие попытки Ани не торопиться и поторговаться Аркадий недовольно сказал:

— Зачем? Дали сорок тысяч «зеленых» и хорошо, из-за пары лишних долларов можно тут надолго застрять.

Вечером, когда деньги были уложены и спрятаны в чемодан мужа, раздался телефонный звонок. Аркадий несколько раз коротко ответил:

— Да, да, да.

Потом пояснил:

— Сегодня срочно вылетаю в Москву, на военном самолете. Извини, служба такая.

— А я? — робко спросила Нюся.

— Спокойно дождись четверга, — велел муж, — принесут билет, я в аэропорту встречу. Записывай: Домодедово, газетный киоск, в пятницу, в 19.40.

С тем и уехал. Был вечер понедельника. Вторник и среда прошли в сборах, в четверг никто не позвонил, впрочем, в пятницу, субботу и воскресенье тоже. В понедельник явились новые жильцы и потребовали освободить жилплощадь. Нюся упросила их подождать недельку и дежурила у аппарата. Кроме того, она никак не могла найти записную книжку с адресом и телефоном Аркадия. Блокнотик как сквозь землю провалился. В понедельник опять пришли хозяева и начали шумно возмущаться. Анечка выпросила еще недельку отсрочки, но сегодня, когда она вернулась из университета, ее бывшая квартира встретила ее железной дверью. На звонки изнутри ответил мужчина:

— Убирайтесь, а то и милицию можем вызвать. Хулиганка! Раз продала квартиру, так освобождай жилплощадь.

Анечка чуть не зарыдала. В сумочке у нее как раз лежала только что полученная стипендия. Вместе с копейками, оставленными Аркадием, должно было хватить на билет до Москвы.

Ей повезло, и в восемь вечера она уже стояла в Домодедово. Адреса Аркадия Нюся не помнила, но храбро пошла в милицию и, рассказав всю историю, попросила объяснить, как найти таинственную ФСБ. Усталый милиционер с жалостью поглядел на девушку, но все же выяснил, что Воронцов Аркадий Константинович действительно прописан в Москве, в коттеджном поселке Ложкино. Дали ей и наш номер телефона.

— Это он, — радостно выкрикнула Аня, — хорошо помню, как записывала — Ложкино! Все никак не могла вспомнить.

Денег у нее не было, на звонки почему-то никто не отвечал. Сердобольный дежурный дал 40 рублей, и Нюся храбро двинулась в путь. Промокла, замерзла, устала, ужасно хотела есть и пить, но все же добрела до цели. Двухэтажное каменное здание вселило в ее душу надежду. Именно так, по мнению дурочки, должен был выглядеть дом генерал-лейтенанта и оперной певицы...

— У меня стянули сумку, — пояснил Кешка, — а там лежали деньги, телефон, ну и паспорт. Номер-то я отключил, на деньги наплевал, паспорт получил новый.

— Почему мне не сказал? — накинулась на него Ольга.

— Подумал, чего зря волновать, — каялся Аркашка.

— Какая сволочь! — закричал Дениска. — Попадись он мне в руки! Гадина! Сироту обманул...

Нюша тихонько заплакала. Ольга погладила девушку по голове.

— Ладно, ладно, успокойся. Сейчас помоешься, поешь, выспишься. А завтра подумаем, как поступить.

— Надо Александру Михайловичу сказать, — влезла Манюня, — пусть поймает суку.

— Маня, — укоризненно сказала Оксана, — что за выражение!

— Молчи, мама, — велел Денька, — это еще

мягко сказано. А Дегтярева и впрямь надо попросить.

«Боюсь, ему сейчас будет некогда, — подумала я. — Полковник занят избавлением подруги от пожизненного заключения».

Глава 6

В фирму по продаже детского питания я явилась к двум часам. Предварительно заехала в ГУМ и накупила элитной косметики. Больше всего о начальстве знают секретарши, а их сердце дрогнет при виде пудры и помады «Ланком» за смешные деньги.

Так и вышло. Тоненькая черноволосая девушка моментально выбрала ярко-красную упаковку и подозрительно спросила:

— Подделка, что ли?

— Ни в коем случае! — заверила я ее. — Просто рекламная акция. Вот посмотрите тени.

Минут десять мы азартно перебирали коробочки и баночки. Потом я спросила, кивая на дверь с табличкой «Начальник»:

— Можно предложить вашей директрисе?

Секретарша, назвавшаяся Верочкой, покачала головой:

— Мы сейчас без руководства, да и раньше мужчина работал, Точилин Константин Яковлевич.

— Уволился? — равнодушно спросила я, сгребая косметику в сумку.

Вера помотала головой.

— Умер от инфаркта. Вот уж Надежда убивалась, просто черная ходила, да и понятно...

Я затрясла головой, пытаясь вернуть мысли на место.

— Как умер?

— Просто. Вечером лег спать, утром не проснулся — говорят, мгновенная смерть.

— А Надежда — кто такая?

— Фомина, начальница отдела рекламы.

— Зачем ей убиваться?

— Ха! — ухмыльнулась Вера. — Надьке полтинник подкатывает, особого образования нет. Диплом ей в городе Иваново выдали, в педагогическом институте. Ну что такая умеет?

— Так уж прямо ничего и не умеет?

— Она лентяйка, постоянно бюллетенит, на здоровье жалуется, ноет...

— А Точилина такое положение устраивало?

— Небось не очень, — вздохнула Вера, — а куда денешься?

— Почему?

— Да она его сноха, жена старшего сына Якова.

Вот это новость! Чем же свекор не угодил невестке?

Но Верочка не заметила моей реакции и продолжала радостно болтать, подмазывая глаза новыми, доставшимися по дешевке тенями:

— Надька дура. Яша младше ее. Тоже здесь работает, за компьютеры отвечает. Где уж он свое сокровище отыскал, никто у нас не знает. Только пять лет тому назад заявляется вдруг на работу с обручальным кольцом на пальце. Все, естественно, стали поздравлять, радоваться... У нас тут отношения почти семейные — родственники работают, друзья, чудесный коллектив. Но когда он Надежду привел... просто шок, паралич!

— Почему?

Верочка замерла на секунду, потом нанесла на хорошенький тоненький носик последний слой пудры и вздохнула:

— Стерва, лентяйка, истеричка — всего и не перечислить, и нам теперь мало не покажется!

— Почему?

Вера горестно вздохнула.

— У Константина Яковлевича двое сыновей. Яков — старший, а Николай — младший. Весь бизнес оформлен на Яшу. И сейчас он скорее всего начнет начальствовать. Угадайте, кто им вертит во все стороны? Надька. У нас годами люди не увольнялись, да и зачем? Работа прекрасная, зарплата как по часам. Но стоило Надьке подружиться с Люсей Рагозиной, Светой Малаховой и Таней Костиной, как разом у них конфликт вышел. Женщины все вместе и уволились. Жаль ужасно, прямо до слез.

— Отчего?

Верочка опять вздохнула.

— Вы когда-нибудь работали в коллективе? Небось не всю жизнь по организациям коробейничали, были раньше приличным человеком, так ведь?

— Преподавала французский язык...

— Ну и как у вас взаимоотношения с коллегами складывались?

Я пожала плечами.

— Ничего особенного, как везде. Кое с кем дружила, кое с кем едва здоровалась, ну сплетни, конечно, скандалы...

— А у нас никогда! — гордо заявила Верочка. — Первый раз попала в такую команду. Словно мушкетеры — один за всех и все за одного. Домой идти не хочется. Здесь либо родственники, либо друзья, других нет. И вот все начнет разваливаться... Народ бежать собирается. Но я никого не осуждаю. С Надькой не сработаться. Жаль, погибнет контора.

— Значит, Константин Яковлевич был хорошим руководителем?

— Чудесным. Добрый, даже жалостливый, интеллигентный. Слова грубого никому не сказал. А умница какая! Начинали с крохотного магазинчика в подвале. Сейчас огромный комплекс с молочной кухней и научным центром!

Испросив у словоохотливой Верочки разрешение походить по конторе, я побежала по коридорам, раздавая почти бесплатно направо и налево элитную косметику. Конечно же, милая секретарша слегка преувеличила размеры предприятия. На первом этаже типового здания детского сада помещался магазин, забитый баночками, бутылочками и коробочками. Здесь же молочная кухня с ацидофильными смесями, администрация, рекламный отдел и еще какие-то комнаты. Везде сидели милые женщины, на столах торчали компьютеры.

Завидя коробейницу, дамы тут же бросали неотложные дела и начинали самозабвенно рыться в моей сумке. Я потратила около часа, чтобы собрать все сплетни. Их просто не было. Служащие просто как одна убивались по поводу безвременной кончины Точилина и хором ругали Надежду. О Якове говорили хорошо, но настороженно. Николая в конторе не знали, он работал в другом месте. За все время существования фирмы из нее уволились только три женщины. Причем оставшиеся крайне недоумевали, отчего бывшие коллеги решились на такой шаг. Зарплата прекрасная, коллектив сказочный. И сделали они это очень странно: почти в один день убежали молчком, не устроив проводов и традиционного в таком случае чаепития. Мне это показалось крайне подозрительным, и я вернулась к любезной Верочке.

— Вот, — весело проговорила я, протягивая ей последнюю оставшуюся коробку туши для ресниц, — подарок от фирмы за оказание помощи.

— Спасибо, — обрадовалась девушка. — Все продали?

— Подчистую. Знаете, о чем я подумала: эти женщины, которые уволились из вашей фирмы, вдруг они работу ищут?

— Не знаю, — протянула секретарша, — они не звонят...

— Хорошие работницы были?

— Отличные! — с чувством воскликнула девушка.

— Дайте мне их адреса и телефоны. Нашей фирме требуются распространители, зарплата хорошая.

Ничего не заподозрившая Верочка радостно сообщила координаты уволившихся.

Я пошла было к выходу, потом сделала вид, что в голову мне пришла неожиданная мысль, и обернулась:

— Вера, извините, но вы были так любезны со мной, скажите, а где живет Надежда Точилина?

— Фомина, — поправила собеседница. — Да зачем вам?

— Понимаете, — начала я мямлить, — она, наверное, красится?

— Как забор, в три слоя.

— Ну вот, а я имею процент с продажи, заглянула бы к ней ненароком, на рабочем месте ее нет...

— Пишите адрес, — велела Вера, — только не говорите, что я дала.

— Никогда!

Выйдя на улицу, я со всего размаху угодила в ледяную, наполненную жидкой грязью лужу. А на ногах-то всего лишь тоненькие замшевые ботиночки. Чертыхаясь, я села в машину, стащила ботинки с ног и надела валявшиеся под сиденьем босоножки. Ну вот, а Аркадий еще говорит, что у меня в машине бардак. Вот ведь как пригодились.

Кеша с детства обожал автомобили. Первый раз за руль сел в двенадцать лет — сосед разрешил покрутить баранку. К глубокому изумлению мужика, Аркашка поехал абсолютно ровно и быстро.

— Слушай, — приговаривал мужчина, — да он родился с ключом от зажигания в руке.

Когда остальные дети гоняли во дворе в мяч

или играли в прятки, Кешка будто привязанный торчал возле ненормальных автолюбителей, самозабвенно копавшихся в чреве своих «коней». Потом ему стали доверять несложные операции — подкачать колесо, долить дистиллированной воды в аккумулятор, прокалить свечи... Постепенно процедуры усложнялись, и через два года почти все мужское население близлежащих домов ломилось к нам в квартирку с незатейливой просьбой:

— Кешик, глянь, не работает...

Аркашка со скучающим видом спускался вниз, поднимал капот, засовывал руку в грязные внутренности машины, и через пару секунд бодрое фырчание мотора повергало очередного хозяина в транс.

— Господи, как он это делает? — изумлялись автовладельцы. — Раз, два — и все...

Увидав такой расклад, соседки понесли нам утюги, кофемолки и радиоприемники. Но их ожидало глубокое разочарование. Ни один из бытовых приборов в руках Аркадия и не собирался оживать. Талант Кешки распространялся только на автомобили.

Поэтому, как только на нас свалилось богатство, Аркадий тут же купил «Мерседес». Именно этой марке безраздельно принадлежит его сердце. Абсолютно не жадный, сын просто звереет, когда кто-нибудь приближается к его сокровищу.

Мой «Вольво» и Зайкин «Фольксваген» в случае необходимости отправляются в авторемонтную мастерскую, и моет их по утрам садовник Петя. Свой «Мерседес» хозяин обрабатывает собственноручно. Все полочки в гараже забиты шампунями, натирками и полиролями. Набору губок позавидует любая кокетка. Стоит ли говорить, что свое «сокровище» Кеша моет самолично, причем температура воды в ведре предварительно проверяется термометром. Только 35,6! Иначе потускнеет лак. Зайка, увидевшая один раз эти приготовления, просто затряслась от злости.

— Прикинь на минутку, — закричала она, врываясь ко мне в спальню, — Аньку с Ванькой он просто запихивает в ванну, а когда те начинают орать, приговаривает: «Ну подумаешь, чуть-чуть холодновато, ну ошибся папа!»

Откуда у него страсть к автомобилям, я не знаю, но явно не от отца. Моего первого мужа — художника Костика любой предмет, состоящий из гаек и шестеренок, приводил в ужас. Может, страсть пришла по линии матери? Я с ней не была знакома. Костя уже состоял в разводе, когда познакомился со мной. Куда подевалась его бывшая супруга, было непонятно, но она исчезла из жизни моего первого мужа, оставив ему ребенка. Я воспитывала его с младенчества, и после нашего с Костей развода мальчик остался со мной.

Машу принесло последнее, четвертое замужество. Мой тогдашний избранник Генка был хорош всем, кроме небольшого изъяна — пил горькую, не просыхая ни днем, ни ночью. Поняв, что битва с зеленым змием будет мной проиграна, я просто-напросто отправила супружника домой к маме.

Спустя два года помолодевший и похорошевший Гена пришел ко мне вместе с приятной светловолосой женщиной. Оказалось, он встретил настоящее сокровище — Ренату. Той удалось сделать невозможное — Геннадий бросил пить, и супруги собрались эмигрировать в Америку. У Ренаты была дочь — полугодовалая Маша. Об ее отце женщина говорила скупо — вроде он бросил ее беременной и ни разу не встречался с дочерью. Супруги боялись брать с собой в неизвестность малышку.

— Будь человеком, — просил Генка, — подержи полгода девчонку у себя.

— Но как же так? — растерялась я.

— Просто, — пожал плечами бывший муж, — мы укажем в документах, что девочка временно остается у бабушки, матери Ренаты. Ее и оформим опекуном.

Подавив на корню желание задать вполне естественный вопрос, почему родная бабуля не желает на самом деле позаботиться о внучке, я опрометчиво согласилась. И только когда заболевшей девочке пришлось впервые вызвать врача, сообразила, что никаких документов они мне не оставили. Ни метрики, ни карты ребенка. Забыли дать и телефон заботливой бабушки, равно как и свой американский адрес...

На моих руках оказался ребенок, как бы не существующий в действительности. Единственное, что я знала точно, — имя матери — Рената. Даже день рождения — 6 сентября — придумал позднее Аркадий. Спустя несколько месяцев из маленького городка Юм, штат Пенсильвания, пришло письмо. Генка сообщал, что Рената скоропостижно скончалась, а ему чужая девочка абсолютно не нужна. Правда, указал номер телефона бабушки. Но нелюбезный мужчина невнятно пробормотал в трубку, что прежняя хозяйка поменяла квартиру и съехала. Увы, никаких сведений о ней он не имеет. Целый год я ломала голову, как поступить. Наконец Александр Михайлович взял метрику Аркадия и через неделю принес небольшую книжечку. Я раскрыла ее и пришла в ужас: «Воронцова Мария Константиновна»! Приятель, недолго думая, превратил Аркадия и Маню в родных брата и сестру.

— Ребята в техотделе сказали, что так лучше, — пояснил полковник, впрочем, тогда еще майор. — Опасно вписывать в документ несуществующих лиц...

На моей памяти это был единственный случай, когда он нарушил закон. Но как орал Костик, когда я явилась к нему с просьбой отказаться от родительских прав в мою пользу!

Отвизжавшись, он заявил:

— Тогда уж и Аркадия забирай, нечего на мои алименты всех кормить.

Так дети стали окончательно моими, и мы никогда не пожалели о случившемся.

* * *

Отъехав несколько кварталов, я позвонила милой Леночке и немедленно узнала, что Игорь Марков всегда решал дела без крови, действуя где шантажом, где уговорами, а где угрозами.

Дальше угроз дело не шло: Марков хоть и нарушал Уголовный кодекс, все же старался особо не зарываться.

— Знаешь что, — зашептала Леночка трагическим шепотом, — ты, кажется, права. Тут сегодня опять менты приходили и все вверх дном перевернули, по гвоздику кабинет разобрали. Что-то искали.

— Нашли?

— Да он отродясь здесь ничего не держал, все в кейсе возил. Наверное, дома хранил, в компьютере. Хотя у меня вот, например, есть его ежедневник. Ну знаешь, календарик такой, куда пишут план на неделю.

— И милиция его не забрала?

Леночка придушенно захихикала:

— Так он у меня в сумке лежит, а туда никто и не лазил.

Я пообещала ей подъехать к шести часам и забрать «склерозник». Но сейчас только два — самое время зарулить в «Макдоналдс». Нацепив на ноги мокрые ботиночки, прилипшие к ступням, как компрессы, я вошла в мирно гудящий зал. Рот сразу наполнился слюной. Обожаю вредные котлеты с булками. Понимаю, что они наносят непоправимый вред моему организму, но поделать ничего не могу. И нигде мне не думается так хорошо, как в ресторане «Макдоналдс». А поразмышлять есть о чем!

Марков в пятницу сказал Леночке: дело Фоминой закончено. Интересно, что он имел в виду? Ведь Константин Яковлевич Точилин умер в прошлый понедельник, а в среду был кремиро-

ван. Неужели Игорь пошел на убийство? Просто
невероятно! Тогда о каком завершении дела шла
речь? И где хранится архив? Дома в компьютере? Но тогда небось милиция уже перерыла все
файлы. Как бы узнать? Есть только один путь:
поехать к жене Маркова и попробовать произвести разведку боем. Заодно узнаю, кто трети-
ровал несчастную бабу по телефону и почему
она приняла меня за любовницу блудливого муженька! Вот только адреса не знаю. Виталий вез
меня тогда какими-то переулками в район метро
«Кропоткинская». Причем дом помню хорошо:
большой, старинный и квартира на третьем
этаже.

Пришлось опять звонить Леночке. Та немедленно сообщила адрес и добавила:

— Ну так я жду тебя к шести, не опаздывай.

Я заверила ее в своей точности и попросила:

— Слушай, вдруг Виталий Орлов появится,
пусть меня подождет.

— Да он тут с пятницы не показывался! —
пробормотала Лена. — Ладно, скажу.

Я позвонила по телефону, услышала тихое,
печальное: «Алло», — и обрадованно повесила
трубку. Птичка в клетке!

Дом я узнала сразу — на этой небольшой
улочке он был один такой: огромный и слегка
нелепый. Дверь квартиры приоткрылась, и я
увидела довольно полную небрежно одетую женщину. Углядев, кто стоит на лестничной клетке,
тетка возмущенно воскликнула:

— Ну не стыдно ли! Домой заявилась!

Она попробовала захлопнуть дверь перед моим носом, но я ловко просунула ногу в щель и быстро пробормотала:

— Надо поговорить.

— Не о чем! — отрезала Маркова. — Пошла вон, нахалка! Да заруби себе на носу, что квартира, дача, машина — все записано на мое имя. Даже если этот идиот пообещал тебе золотые горы, ничего не получишь! Ну куда лезешь, наглая тварь?

Не обращая внимания на ругань, я втиснулась в прихожую и с чувством произнесла:

— Я не та, за кого вы меня принимаете.

Маркова рассмеялась злым, нервным смехом.

— Правда, правда, — попробовала я успокоить женщину, — я никогда не состояла с Игорем ни в каких отношениях.

— Ха! — выкрикнула вдова. — Что, я тебя на кухне не видела? Сидела, улыбалась, крыса недоенная.

Я хотела было возразить, что доить крысу — неблагодарное занятие, но осеклась и миролюбиво сказала:

— На кухне и правда сидела. Только пришла вместе с Виталием Орловым, и речь шла о моем трудоустройстве на фирму Игоря.

— Ой, хватит врать-то! — не успокаивалась баба. — Кем же хотела пристроиться? Продавцом в вагон? Так там полный комплект... Ну, зачем явилась? Мало меня мучила? Сейчас-то что? Все, никому не достался, ни тебе, ни мне...

И она разразилась отвратительными рыданиями. Я глядела на нее во все глаза, отчего-то совершенно не испытывая жалости. Честно говоря, женщина выглядела непривлекательно. Из-под коротковатого застиранного байкового халата торчали белые опухшие ноги со змеящимися крупными венами. Талия практически отсутствовала. Весьма объемная грудь уютно устроилась на подушкообразном животе. Шеи не наблюдалось. Голова покоилась непосредственно на жирных плечах. Морщин, правда, оказалось мало, да откуда они возьмутся, если под кожей лица такой слой сала? Заплывшие глаза были невыразительны.

Исключение составляли роскошные черные волосы, вьющиеся картинными кольцами. Любая цыганка позавидует таким кудрям! Впрочем, и зубы оказались хороши... Вспомнив элегантного, подтянутого, благоухающего дорогим парфюмом Игоря, я вздохнула и тронула вдову за лилейное плечико.

— Послушайте, хотите, поклянусь на Библии, что увидела вашего мужа в первый раз совсем недавно? Сама ищу его таинственную любовницу, меня из-за нее могут в тюрьму посадить.

Маркова прекратила истерически взвизгивать, пошмыгала носом и неожиданно приказала:

— Снимай брюки.

— Зачем? — изумилась я.

— Снимай, говорю, если хочешь, чтобы я тебе поверила!

Недоумевая, я стащила черненькие узенькие слаксы. Маркова толкнула меня в спину.

— Иди на кухню, там светлее.

Держа штаны в руках, я пошла за ней. На кухне женщина развернула меня спиной к окну, минуту смотрела на мои ноги, зачем-то провела рукой под правой коленкой и пробормотала:

— Гляди-ка, и впрямь, похоже, правду говоришь!

Я возликовала:

— Слава богу, вот видишь! Да что ты там искала, на ноге?

— У той бабы, — сообщила вдова, — родимое пятно как раз в сгибе ноги, довольно большое. Я ее один раз случайно без колгот увидела!

— Где?

— Без пол-литра не расскажешь! — вздохнула Маркова. — Только сначала объясни, откуда ты взялась и что случилось?

Я уселась на табуретку и поискала глазами пепельницу.

— Кури, кури, — успокоила женщина, включая чайник, — а я выпью, чтоб расслабиться. Кстати, не представилась — Алиса.

— Даша, — пробормотала я, роняя пепел на стол, — Даша Васильева.

Глава 7

Расслабилась Алиса капитально — упилась до свинячьего визга. Не знаю, была ли у нее привычка к регулярному пьянству, но сегодня она не охнув приняла на грудь сначала почти целую бутылку водки и отлакировала это кокосовым ликером. Причем разобрало ее не сразу. Я только дивилась, глядя, как Алиса лихо опрокидывает рюмку за рюмкой. Правда, она налегала и на закуску. Проворно слопала целиком довольно упитанную курицу, потом соорудила несколько многоэтажных бутербродов с маслом, сыром и ветчиной. Мне такого количества харчей хватило бы на месяц. Увидав мой изумленный взгляд, Алиса пояснила:

— Как начинаю нервничать, никак не могу с собой справиться, мету все подряд. Психолог говорит, это я душевную боль заедаю...

— Небось у тебя много поводов для дерганья, — констатировала я, оглядывая тумбообразное тело.

— С таким-то кадром, как мой, — махнула рукой Алиса, — каждый день как на чеченской границе. Ты послушай, что за тип.

Женаты они были пятнадцать лет. Алиса не поленилась и принесла тяжелый альбом с фотографиями. Трудно было узнать в хорошенькой смугляночке нынешнюю госпожу Маркову.

— Сорок четвертый размер носила, — со вздохом объяснила обжора, — со спины за мальчика принимали...

Игорь тогда бегал по стройке с ведром и лопатой. Заработок грошовый, Алиса приносила в семью на порядок больше мужа. Одевала, обувала да и кормила. Потому что трудилась женщина не где-нибудь, а массажисткой в поликлинике Союза театральных деятелей.

— Сказать тебе, кого голым видела, — откровенничала Маркова, — так не поверишь! Сколько их через мои руки прошло!..

Руки у нее действительно были хорошие, и в

карман ручьем текли левые заработки. В те годы Игорь вел себя очень смирно, встречал жену вечером у метро, безропотно бегал на рынок за картошкой и никогда не ругался. Он вообще заметно выделялся на фоне всех остальных знакомых мужчин Алисы — не пил, не курил, не хулиганил... Детей им бог не дал, куковали вдвоем, тихо проводя вечера у телевизора...

Когда Марков решил попытать счастья и начал торговать продуктами, деньги на раскрутку ему дала Алиса. Сначала дела шли бойко, потом через пень-колоду, но все равно в семейный бюджет тоненьким ручейком текла прибыль. Алиса мечтала о новой квартире. Их однокомнатная казалась слишком тесной. Женщина самозабвенно меняла рубли на доллары, складывая «зелень» в коробку из-под обуви.

Однажды Игорь пришел домой возбужденный и страшно веселый. Не объясняя ничего, велел Алисе собираться и привез жену в роскошные четырехкомнатные апартаменты в центре города.

— Это наша новая квартира, — гордо заявил он.

Алиса обомлела и пошла разглядывать комнаты. Потом, прикинув, сколько может стоить подобная хата, подумала, что муженек ограбил банк, и ужасно испугалась. Но Игорь утешил супругу:

— Все абсолютно законно, просто бизнес хорошо идет.

Ночью Алиса долго ворочалась без сна в жаркой супружеской кровати. У нее было несколько знакомых, тоже торговавших продуктами, и все жаловались на почти полное отсутствие прибыли!

Отогнав ненужные мысли, Маркова принялась обустраиваться. Комнат много, и она оборудовала себе отдельную спальню. Игорь не возражал, даже радостно заметил:

— Ну теперь можно телик хоть до утра смотреть, никто ворчать не станет.

Алиса, не умевшая спать при свете, только вздохнула. Потекла размеренная жизнь, в семье прочно поселился достаток. Летом съездили в Турцию, осенью купили машину. Но в душе Алисы начали копошиться нехорошие подозрения. От природы она обладала не слишком пылким темпераментом, и Игорь иногда ругал ее за вялое исполнение супружеских обязанностей. В последнее же время перестал выяснять отношения на эту тему. Раз в неделю, обычно по субботам, приходил в спальню к жене и довольно быстро завершал «упражнение». Алиса решила, что муж постарел, и успокоилась. Жизнь казалась ей прекрасной. Она забросила работу и занялась разведением комнатных цветов.

Неизвестно, сколько времени Алиса пребывала в блаженном неведении, но однажды, выворачивая карманы брюк мужа перед стиркой, она обнаружила квитанцию из медицинского центра на фамилию Молокян.

Полная дурных предчувствий, Алиса съездила на Полянку и узнала, что Лиана Молокян делала там аборт. В тот же день над головой мужа разразилась гроза. Когда перебившая чайный сервиз Алиса перевела дух, Игорь рассмеялся и сказал:

— Такой ты мне нравишься: ревнивая, как тигра. Только повода нет. Лиана работает в вагончике, вот я и пожалел дуру. Залетела неизвестно от кого, а квитанцию мне принесла для отчета, надо в бумаги вложить!

Алиса сделала вид, что поверила, но на следующий день не поленилась съездить в Бирюлево, нашла вагончик. Покупая бутылку растительного масла, спросила у торговки — разбитной бабенки лет пятидесяти:

— Здесь вроде другая женщина работала, Лиана?

— Уволилась давно, — засмеялась торговка, — у нее теперь другая работа.

— Какая? — с замиранием сердца спросила Алиса.

— Хозяина нашего обслуживает, некогда за прилавком стоять, — ухмыльнулась бабенка. — Я бы и сама под него легла, да Игорек кого помоложе ищет, повкусней. Тут такие кадры приезжают — закачаешься!

Домой Алиса явилась сама не своя. Вновь разгорелся скандал, звенела разбитая посуда и разлеталась мебель. Алиса потребовала, чтобы в вагончике работали только мужчины. Муж согласился, но это не погасило ревности. Стоило Игорю чуть задержаться на службе, как в него летели тяжелые предметы, а тирады, которыми разражалась супруга, были подобны залпам артиллерии. Но военные действия не помогали. От мужа периодически пахло чужими духами, а на губах Игоря играла сытая улыбка, и был он похож на кота, всласть нализавшегося сметаны.

Так прошло еще несколько лет. И однажды в ответ на очередные попреки Марков заявил:

— Хватит! Не устраивает тебя такая жизнь — я согласен на развод.

Алиса прикусила язык. Ее возраст стремительно катился к сорока — негодный товар для ярмарки невест. К тому же быть женой даже неверного мужа лучше, чем убогой разведенкой. Алисе оставалось только рыдать в подушку да заедать горе. Супруг, почуяв безнаказанность, распоясался окончательно. Несколько раз не приходил ночевать и на все попреки отвечал одной фразой:

— Неси заявление на развод.

Потом он вообще перестал обращать внимание на супругу. Не поздравил с днем рождения, забыл про годовщину свадьбы, а потом сообщил:

— Еду отдыхать.

Алиса радостно бросилась собирать чемоданы, но Игорь притормозил жену:

— Без тебя, один!

Несколько дней женщина не находила себе места и в день отъезда приехала в Шереметьево. Спрятавшись возле туалета, Алиса увидела, как к мужу подошла тоненькая блондиночка. Парочка, обнявшись, отправилась на таможенный контроль. Трясущимися от злобы руками госпожа Маркова сделала несколько фотографий и поехала домой.

На кухне она первым делом бросилась опустошать холодильник. Вес Алисы давным-давно перевалил за девяносто килограммов, но она никак не могла справиться с ненасытным желудком.

Когда блудный муж, загоревший и веселый, переступил порог родного дома, на столе лежали готовые фото. Игорь повертел снимки в руках.

— Ну и что? Между прочим, Люке почти столько же лет, сколько и тебе, а посмотри, как выглядит! Ты вообще в зеркало давно смотрелась? Так пойди поинтересуйся.

— Машина, квартира и дача записаны на мое имя, — твердо ответила Алиса, — а развода никогда не дам, хоть убей!

Игорь рассмеялся.

— А мне развод не нужен. Совершенно не собираюсь вновь связывать свою жизнь с одной бабой. Я теперь вольный стрелок. Но спать с тобой больше не стану.

Так их отношения вступили в новую фазу. Квартира превратилась в коммуналку. Пару раз вспыхивали скандалы, потом наступал шаткий мир, и даже выработался своеобразный уклад жизни. Игорь давал деньги на хозяйство. Алиса ходила по магазинам и готовила еду. Убиралась домработница. Игорь вел себя прилично. Никаких женщин в дом не водил, ночевал в своей постели... Ругань прекратилась.

В сентябре Марков предложил жене съездить в Карловы Вары. На знаменитом курорте работала клиника для тучных. Алиса согласилась. Но накануне отлета тайком установила в спальне мужа «шпионский» фотоаппарат. Хитрая машина была налажена таким образом, чтобы раз в сутки — в одиннадцать вечера — делать компрометирующие снимки. В пленке было 24 кадра. Игорь не поскупился — приобрел для жены тридцатидневный тур.

3 сентября она вернулась в Москву. Специалисты хорошо знали свое дело, и лишние пятнадцать кило остались на курорте. Игорь одобрительно посмотрел на постройневшую супругу и даже зашел в ванную, когда та принимала душ.

Но радость моментально покинула Алису, когда на следующий день она добралась до фотоаппарата. Из двадцати четырех снимков на девятнадцати оказалась запечатлена все та же стройная блондинка в разной степени раздетости. Чувствуя, как волна злобы поднимается по спине к затылку, Алиса разглядела соперницу в деталях. Пришлось признать: любовница выглядела изумительно. Единственное, что портило даму, — довольно большое родимое пятно на правой ноге, как раз в сгибе колена. В остальном — высший класс.

Алиса не показала мужу фотографии, тем более что Марков вел себя просто безупречно. Нервозность неожиданно стала проявлять соперница. Первый раз она позвонила утром и нагло потребовала:

— По-моему, вам следует дать мужу свободу. Не надоело быть собакой на сене?

Алиса даже растерялась от подобного заявления и не нашла достойных слов для ответа. Но женщина принялась беспокоить ее каждый день. Сначала просто упрашивала, потом начала хамить — описывала достоинства Игоря как любовника.

— Такая жирная корова, как ты, ему не нужна, — заявляла соперница, — отпусти Игоря.

Алиса купила определитель номера, но хитрая тетка, очевидно, звонила из телефонной будки: вместо цифр в окошечке выскакивали черточки...

В конце концов Алиса попробовала поговорить с мужем, но он возмутился:

— Не ври, Люка — интеллигентная женщина и просто не способна на такие выходки.

— У нее есть настоящее имя или только собачья кличка? — усмехнулась Алиса.

Игорь походя смазал ее по лицу кухонной тряпкой — не больно, но очень обидно — и произнес:

— Ты не стоишь ее мизинца.

— Вот как! — озверела Алиса. — Значит, когда деньги на основание бизнеса брал, я была хороша? Кстати, должок ты так и не вернул, мое, мной заработанное потратил...

Игорь молча вынул из кармана портмоне, отсчитал десять пятисотрублевых бумажек и протянул ей.

— Это что? — изумилась Алиса.

— Ты права, давно следовало отдать, извини. Брал пять тысяч, вот они, забирай.

Алиса поглядела на Игоря и поняла, что тот просто издевается. Пять тысяч в 1993 году и пять тысяч в нынешнем — это абсолютно разные тысячи. Жизнь демонстрировала ей звериную морду.

Но человек привыкает ко всему. Бесконечные

звонки Люки перестали волновать, превратились в обыденность. Да и самой любовнице, очевидно, поднадоело тиранить законную супругу. И резкий, похожий на пингвиний крик голос звучал в телефонной трубке все реже и реже.

Злость ударила Алисе в мозги только один раз, когда она увидела, как Люка нагло восседала на ее собственной кухне с сигаретой в руке.

— Мы так похожи? — удивилась я.

— Как яйца, — заявила, икнув, Алиса. — Гляди.

Она достала из кухонного стола пачку фотографий. На всех снимках красовалась одна и та же женщина. Да, действительно сходство феноменальное. Только я — натуральная блондинка, а дама, вольготно раскинувшаяся на большой кровати, явно крашеная. Фотоаппарат запечатлел ее совершенно обнаженной, а цвет волос на теле, как правило, совпадает с оттенком шевелюры. Правда, мужчины не обращают внимания на такие детальки, а вот женский глаз провести трудно. И грудь у нее больше. Мне господь от щедрот своих отсыпал нулевой размер, а у этой мадам скорее всего второй, а может, даже и третий...

Я взяла другой снимок, тот, где Люка, уже полностью одетая, сидит у стола. Да, невероятное, потрясающее сходство. Голубые глаза, тонкий нос, маленький рот и даже родинка на правой щеке. Но это только на первый взгляд. Когда присмотришься повнимательней, становится понятно, что скулы у Люки более высокие, возле губ залегла глубокая складка, а глаза смотрят на мир жестко, цепко и зло. У меня никогда не было такого акульего взгляда. К тому же в правой руке Люка сжимала тоненькую коричневую сигарку. Такие продаются в плоских железных коробочках. «Кофе с молоком» — кажется, так называется этот сорт курева. Абсолютно невозможный для меня сорт: я сразу зайдусь в кашле, едва вдохну этот дым.

Но пока ничего криминального нет. Краситься в блондинку законом не возбраняется, курить сигарки тоже разрешено. Вот охота на чужого мужа осуждается, но только людской молвой. В Уголовном кодексе ничего не сказано о прелюбодеянии. А что не запрещено, то можно.

Люка совершенно меня не заинтересовала бы, но только вот одна маленькая деталька. Скорее всего именно ее видела соседка Маркова, Алла Симонова. Это она, а не я состояла в связи с Игорем, и, очевидно, именно она ездила на бордовом «Вольво». Однако слишком уж много совпадений в этой гнусной истории. Следует найти данную особу и задать ей пару вопросов.

— Как ее фамилия? — спросила я у зевающей Алисы.

— Не знаю ничего — ни имени, ни отчества, ни адреса, — пробормотала вдова, роняя голову возле недопитой рюмки с липким кокосовым пойлом, — ни-че-го!

Да уж, нелегкая задача — отыскать в многомиллионном городе женщину без опознавательных знаков. Хотя...

— Эй, — принялась я толкать Алису, — эй, скажи, когда похороны Игоря?

— Завтра, — заплетающимся языком проговорила та, — завтра в 12 дня едем от судебного морга...

Вести с ней дальнейший разговор было бессмысленно. От стола понесся пьяный храп. Я сунула в карман несколько фотографий загадочной Люки и отправилась на поиски документов.

Апартаменты были обставлены богато. Вернее, так, как бывший советский человек представляет себе богатство. Кругом кожа, бронза и позолота. Не обошлось и без комнатного фонтанчика. Спальня Алисы выглядела кошмарно — полированный шкаф с вензелями, огромное трюмо, кровать с витиеватыми спинками — все белое с голубым. По-моему, такой гарнитур называется «Людовик XVI». Интересно, как отреагировал бы король, увидав мебель, названную в его честь?

В гостиную Марковы, похоже, забредали редко. Пыльная стенка с обязательным хрусталем, обеденный стол, двенадцать обтянутых бордовым атласом стульев и шторы из того же материала. Вот уж не думала, что драпировки стоимостью полторы тысячи за метр могут так препохабно выглядеть. Ольга недавно меняла гардины в кабинете, и мы проехались по магазинам. Так вот, этот атлас — самый дорогой и модный прикид для окон. Но даже если бы мне дали его бесплатно, я ни за что не взяла бы.

Игорю принадлежали две комнаты. Поменьше — спальня, побольше — кабинет. В обеих царил жуткий беспорядок. Наверное, милиция производила обыск, а может, он просто так жил, в полном бардаке.

В спальне не нашлось никаких бумаг. Только гора видеокассет. Я перебрала коробочки. Так, ерунда. Парочка разрекламированных импортных боевиков, комедии Рязанова и немного порнухи. Обычный, не представляющий интереса набор...

В кабинете на письменном столе валялись какие-то бланки. Я взяла верхний. «Сертификат качества. Растительное масло в бутылках». Руки как бы сами собой быстро перебирали документацию. Чем он только не торговал: рис, гречка, сухари, сахар, сельдь, пшено... Просто бакалейная лавка. Здесь и расписки продавцов в получении зарплаты, какие-то счета, справки... Но все относится только к продуктам. Куда же подевались следы работы детектива?

У окна красовался на специальном столике роскошный компьютер с огромным монитором. Я включила машину, и она, загудев, тотчас же вывесила меню. Игорь ни от кого не прятался и пароля не заводил.

Щелкая мышкой, я принялась лазить по тайникам, но и здесь меня поджидало горькое разочарование. Великолепная суперсовременная машина использовалась только в качестве партнера по играм — в памяти компьютера хранились сотни вариантов пасьянсов. Вскоре я поняла, что Марков резался посредством Интернета в преферанс и покер. Еще обожал всяческие стратегические игрушки. Часть из них инсталлирована, а в столе лежали горы дисков. И никаких документов!..

Я выключила компьютер и взглянула на часы — пять. Пора торопиться, а то Леночка уйдет домой...

Бросив последний взгляд на кабинет, я решила покурить перед уходом. Села на диван и попробовала выдохнуть дым колечком, но изо рта вылетел бесформенный сизый клочок. Он быстро поплыл к потолку и зацепился за люстру. Странный осветительный прибор привлек мое внимание. Интересно, вся квартира отделана по высшему классу, в туалете стоит унитаз из розового мрамора с «золотом». Во всех комнатах свисают с потолка хрустальные люстры с подвесками и «слезками», а в кабинете хозяина на потолке мирно пристроилась пластиковая трехрожковая люстрочка производства ГДР. Когда-то они висели в каждой второй квартире. Народ любил их за дешевизну и практичность. И у меня была такая, правда, плохо кончила. Под каждым рожком свисает этакая кругленькая бомбочка. Так вот, маленькая Маруся вознамерилась достать их. Притянула из туалета стремянку, залезла на самый верх, покачнулась и, чтобы сохранить равновесие, уцепилась за светильник... Короче, когда я пришла с работы, под потолком тосковал одинокий крючок. Разбитые плафоны и лампочки Кешка выкинул. Правда, бомбочки Маруське все же достались. Они оказались развинчивающимися, полыми внутри и долго служили для кукол суповыми тарелками...

Я схватила стул, влезла на него и отцепила

пластиковые кругляшки. Два легких, третий заметно тяжелее. Внутри лежал небольшой ключик от английского замка, самый обычный, без брелочка и колечка...

Я глядела на него, как Буратино. Даже мысли у меня были такие же, как у деревянного мальчика: ключик в руках, но где же к нему дверь? Где найти каморку папы Карло с нарисованным очагом?

Глава 8

В декабре полшестого вечера — глубокая ночь. Мрак окутал город. Под ногами липкая грязь, сверху сыплет что-то похожее на манную крупу. Чтобы хоть чуть развеселиться, я включила радио. Бодрый голос ди-джея с идиотским энтузиазмом принялся верещать:

— А теперь ждем ваших звонков. А вот уже... Здравствуйте, как вас зовут?

— Что в имени тебе моем? — усмехнулся женский голос в ответ.

Ди-джей, не ожидавший ничего подобного, сначала оторопел, я расхохоталась и в превосходном настроении понеслась к Леночке, слушая, как несчастный сотрудник радиостанции пытается выбраться из глупой ситуации.

Леночка сидела за столом и выглядела плохо. Бледное лицо, почти бескровные губы. На кухоньке стояли две чашки с кофейной гущей, на ободке одной из них виднелась ярко-оранжевая помада.

— Гости были? — радостно спросила я, глядя на губы Леночки, не тронутые губной помадой.

— Из милиции заходили, — тихо сказала девушка и схватилась за живот.

— Что такое? — испугалась я.

— Гастрит разыгрался, — пояснила Леночка, — прямо скрутило. Только кофе выпила, и сразу началось...

— Кто же пьет кофе с больным желудком?

— А!.. — махнула рукой Лена и, порывшись в большой сумке, вытащила элегантную книжечку в кожаном переплете. — Вот, это ежедневник Игоря.

— Почему он у тебя? — спросила я.

— На столе всегда лежал, — пояснила Лена, — а когда милиция нагрянула, я его аккуратненько в карман опустила. Менты сначала не сказали, что Игорь мертв, просто начали обыск. Я подумала, что он доигрался и в тюрьму попал, ну и решила помочь...

Внезапно девушка побелела еще сильнее и прошептала:

— Дай воды!

Я протянула ей стакан. Лена залпом опустошила его и попросила:

— Будь другом, помой чашки, сил нет, как больно.

Я слила гущу в раковину и предложила:

— Давай врача вызову!

— Не надо, — пробормотала Лена, — сейчас де-нол приму, живо отпустит. Мне болеть нельзя, Алиса Евгеньевна уволит.

— Кто? — не поняла я.

— Жена Игоря, Алиса. Она теперь тут хозяйничать станет. Кстати, завтра похороны, подъезжай к двенадцати на Козлова.

Я кинула взгляд на часы — половина седьмого.

— Иди, иди, — поняла по-своему Леночка, — за мной скоро мама явится, в семь договорились.

— Послушай, Игорь снимал квартиру?

Лена кивнула.

— Называл ее оперативной. Держал там грим, парики, всяческую ерунду. По-моему, он просто был большим ребенком. Играл в шпиона. Надо не надо, обязательно переоденется... Менял квартиры. Наверное, и с любовницами там встречался...

Секретарша встала из-за стола и легла на диван. Лицо ее посерело.

— Все-таки вызову врача, — забеспокоилась я.

— Не волнуйся, — улыбнулась Лена, — у меня с детства такие приступы, да и мама сейчас придет.

— Давай съезжу за ней?

— Она уже, наверное, ушла, впрочем, позвони...

Я набрала продиктованный Леночкой номер. Но в трубке мерно пищали длинные гудки.

— Мама в шесть заканчивает, — пояснила девушка. — Иди домой, все в порядке.

Я поколебалась еще пару минут, но потом все же пошла к выходу. В это время дверь распахнулась, и в комнату быстрым шагом вошла хорошенькая маленькая блондиночка. Бросив на меня быстрый взгляд, она посмотрела на дочь, растянувшуюся на диване, и с чувством произнесла:

— Ну не дура ли! Опять кофе пила?

Я оставила их разбираться и поехала в Ложкино. Дома на меня первой налетела Маруся. Подпрыгивая на месте, она тут же принялась выкладывать новости. Получила пятерку по литературе, зато биологичка поставила двойку абсолютно ни за что. Кирюша Когтев утащил у Мани ластик, а Манюша не осталась в долгу и влепила ему учебником по голове... Вот оба и получили по «лебедю».

— Ну разве это справедливо? — ныла девочка. — При чем же тут биология? Ставь неуд по поведению! Не видать мне в четверти пятерки!

— И правильно, — вступил в разговор Кеша, — в школе следует получать знания, а не балбесничать. Я в твоем возрасте сидел смирно и имел одни «отлично».

Чтобы не расхохотаться, я быстренько набила рот творогом. Почему-то все старшие братья и папы в детстве непременно получали золотые медали. Но, как правило, это неправда. Помню, в конце девятого класса Кеша радостно влетел на кухню и громко объявил нам с Наташкой:

— Ура! Каникулы!

— Как закончил? — спросила Наталья.

— Без троек, — радостно объявил отпущенный на свободу ребенок.

Мы переглянулись. Успехи в течение года не предвещали такого блестящего результата.

— Давай дневник, — велела Наташка.

Через секунду, увидав отметки, мы остолбенели. В клеточках и в самом деле не нашлось ни одной тройки, только красивые двойки с изогнутыми шеями. Внизу пара строк: «Переведен в десятый класс, чтобы побыстрее от него избавиться».

Но в выпускной год Аркашка вдруг взялся за ум и, к нашему удивлению, получил вполне приличный аттестат. Наверное, просто повзрослел.

— Где все? — переменила я тему.

— Зайка поехала с Нюсей в магазин, у нее ведь даже белья с собой нет, — ухмыльнулся Аркадий. — В общем, обе мои жены при деле. Оксана спать легла, а Денька на кухне чешет Черри. Лучше туда не ходить, ругается страшно...

Дениска учился в Ветеринарной академии и профессию «собаколога» выбрал по велению сердца. С самого раннего детства тащил в дом щенков и бездомных собак. Годам к четырнадцати освоил нехитрые процедуры — стрижку когтей, измерение температуры... Мог принять роды и сделать укол... Наши собаки просто обожали его. Став студентом, Денька посерьезнел и, входя в дом, первым делом проверяет состояние их ушей и шерсти. И тут же начинает плеваться огнем. Дело в том, что питбуль, ротвейлер и мопс — короткошерстные животные. Вымыл их, высушил — и все. Йоркширица Жюли обладает длинной роскошной шерстью. Каждый вечер Серафима Ивановна, вооруженная специальными расческами и щетками, причесывает любимицу, затрачивая на процедуру около часа. А вот несчастная пуделиха Черри носится по дому вся в колтунах. Домашним недосуг рыться в ее на удивление густой шерсти. Примерно раз в три месяца парикмахерша, горестно вздыхая, совершает процесс превращения Черри из заросшего полкана в «голую ложкинскую собачку».

— Это не стрижка, а бритье несчастного животного, — причитает мастерица, — ну хоть раз в недельку чесаните беднягу.

Но все пропускают ее мольбы мимо ушей. Единственный человек, мужественно берущий в руки щетку-пуходерку, — Денька. Правда, разрезая и вычесывая спутанные клоки шерсти, он употребляет отнюдь не парламентские выражения.

На следующий день я проснулась почти в темноте и сладко потянулась. Наверное, солнце еще не вылезло — часов шесть, не позже. Когда я была преподавателем, приходилось вставать в семь, и я очень любила, открыв ночью глаза, сообразить, что подниматься еще рано и впереди пара часиков безмятежного отдыха. Однако странно, время раннее, а чувство такое, будто я великолепно выспалась. Кинув взор на будильник, я слетела с кровати. Стрелки показывали десять! Отчего такая темень?

Раздернув занавески, я выглянула в сад. Серые тучи низко нависли почти над самой землей. Осадков пока никаких, но, очевидно, скоро над Москвой разразится то ли пурга, то ли дождь...

На похороны Игоря собралось совсем немного народа. Да и судебно-медицинский морг не располагал ни к каким прощаниям. Несколько помятого вида мужиков в грязных белых халатах споро запихнули самый обычный, обтянутый ситцем гроб в автобус, и тот помчался в Николо-Архангельский крематорий. На боковых сиденьях ритуального транспортного средства скорбно сидели незнакомые люди: пожилая женщина в платке, девчонка лет пятнадцати, мужчина на вид моложе Игоря и опухшая то ли от слез, то ли от выпитой водки Алиса. В крематории к катафалку подошел благоухающий дорогим одеколоном Виталий. Он положил в гроб роскошный букет белых хризантем, пышный и абсолютно неуместный. С такими цветами отправляются замуж, а не на тот свет.

Пожилая женщина с рыданиями кинулась на грудь того, что осталось от Игоря. Желтое восковое лицо, заострившийся нос, руки почему-то сжаты в кулаки, а на лбу белая бумажная лента с молитвой. Вот уж не подумала бы, что Марков верующий, хотя, наверное, отпевание заказал кто-то из родственников...

Полная тетка с равнодушным взглядом произнесла пару дежурных фраз о скорби и горе. Потом полозья запищали, и гроб погрузился в бездну, где телу Игоря предстояло стать горсткой пепла. Есть в обряде кремации какая-то безнадежная жестокость!

Молодой мужчина подошел к нам с Виталием и пригласил на поминки. Оглядев жалкую кучку родственников, я с тяжелым сердцем согласилась и пошла к «Вольво».

— Погоди, — крикнул Орлов, — садись ко мне, я за автобусом поеду!

Я вздохнула. С неба сыпал то ли дождь, то ли

снег. Завывал бешеный ветер, холод стоял немыслимый — впрочем, на погосте всегда пробирает дрожь. Если начну вновь прикидываться бедной журналисткой, придется потом ехать выручать свой автомобиль. К тому же там сотовый, сигареты и все документы вместе с кошельком. Маркова уже нет, в детективном агентстве мне не работать, так что Орлову придется сказать правду. И, чувствуя, как пронизывающая стужа забирается под юбку, я резко ответила:

— Сама за рулем. Ты езжай первым, а я следом...

Увидав, как «безработная» влезает в «Вольво», Виталий был поражен.

В небольшой стандартной трехкомнатной квартирке громоздился накрытый стол. Вокруг суетились две женщины — помоложе и постарше. Подхватив горячий блин, я моментально проглотила его. Терпеть не могу жареные куски теста, но в желудке что-то противно дрожит, а горячая еда снимет это мерзкое ощущение. Впрочем, больше я все равно ничего не смогу съесть. В качестве угощения предлагались салат «оливье», холодец, красная и черная икра, семга, осетрина и еще тройка неизвестных, щедро залитых майонезом салатов. Я не ем такую еду из-за ее жирности и повышенного содержания холестерина. Но тут, на мое счастье, внесли отварную картошку и стали наполнять рюмки.

Через полчаса стало ясно, кто есть кто: пышная женщина Варвара Степановна — мать Игоря, мужчина — его брат Андрей, девочка Зоя — дочь Андрея и моложавой дамы Нины, а еще одна женщина — Софья Евгеньевна — просто подруга матери.

Пили быстро и много, даже ребенку налили бокал отвратительного портвейна. Мы с Виталием поднимали стаканы с минеральной водой. Первой напилась Алиса. Скорее всего водка просто упала на старые дрожжи, и вдову оттащили в спальню. Оставшиеся, окончательно забыв повод, по которому собрались за столом, загорланили «Ой цветет калина».

Я вышла на кухню и закурила возле форточки. Надо же, проводить Маркова в последний путь не пришли друзья, хотя, может, их просто не было?

— Не было у него друзей, — прозвучал голос за спиной, и я поняла, что Виталий каким-то образом услышал мои мысли.

— Странно, — ответила я.

— Ничего подобного, — возразил Виталий. — Полно людей, у которых не то что приятелей, даже знакомых нет. А Игорек, царство ему небесное, свободное время на баб тратил. Вот если их всех обзвонить и пригласить, тогда и квартиры не хватит. Только я этого делать не стал из-за Алисы.

— Ты хорошо знал Игоря?

Виталий пожал плечами.

— В душу к нему не лез, про работу не спрашивал. Так, общались порой за бутылочкой.

Мы помолчали, потом Орлов с заметной завистью добавил:

— У тебя шикарный «Вольво». Дорогая тачка для безработной журналистки. Или, прежде чем потерять работу, ты служила на посту главного редактора «Нью-Йорк таймс»?

Я выбросила окурок в форточку и рассказала мужчине все. Виталий обалдело уставился на меня.

— Ну знаешь ли! Вот это пердимонокль, как говаривала моя бабушка.

В душе я удивилась, до чего мы похожи. У меня тоже была бабушка, употреблявшая это выражение. Совершенно невероятная женщина — азартная картежница и шулерша. Она проигрывала довольно крупные суммы, и дедушка запретил ей брать в руки карты. Бабуля не растерялась и начала играть на бегах. Дедушка озверел, но сделать ничего не мог. Супруга трудилась стоматологом, имела дома «подпольный» кабинет и отлично зарабатывала. Правда, частенько по вечерам раздавался телефонный звонок, и дедуля, чертыхаясь, ехал к неизвестным людям, на квартире у которых играли «в лото». Звонок означал, что бабуся в очередной раз проиграла все до копейки и ее нужно было привезти домой.

— За что мне такое горе?! — ворчал старик. — Ненормальная женщина, даже имя у тебя мужское.

Что правда, то правда. Бабушкин отец ухитрился поругаться с настоятелем церкви. Вроде бы они не поделили какие-то деньги... Во всяком случае, когда прадед принес крестить младенца, зловредный поп, порывшись в святцах, ехидно заявил, что родилась девочка в день святого Афанасия и поэтому быть дитю — Афанасией.

— Побойся бога, — взмолился молодой отец, — нет такого женского прозванья!

— Значит, будет, — не пошел батюшка на попятный, — не хочешь — крестить не стану. Можешь ехать в город.

Родилась бабушка второго октября в деревне Вяземки. До ближайшего селения сто верст по осеннему бездорожью на телеге... Так и пошла она по жизни — Афанасией Константиновной. И если модные нынче учения об именах справедливы, судьба ей предстояла неординарная. Только, думается, дело все-таки в генах. У бабули была сестра — Анастасия. Правда, родственники звали ее Стюра-катафалк. Тетка семь раз бегала под венец. Не успев прожить и года в счастливом браке, она тут же становилась вдовой, причем каждый раз вследствие форс-мажорных обстоятельств. Один муж скончался от воспаления легких, второй умер во время операции аппендицита, третий попал в какую-то катастрофу — всех и не упомнишь! Правда, последнее, седьмое замужество оказалось счастливым: вроде у Стюры даже родилась дочь. Я не знаю подробностей, так как муж увез тетку куда-то за Урал и мы никогда не встречались. Бабуля, правда, переписывалась с ней, но потом отношения прервались. Иногда, думая о своей родне, я считаю, что страсть к игре в бридж и покер, равно как и любовь к детективным расследованиям пришла ко мне от Афанасии, а склонность бесконечно выходить замуж — от Анастасии. Светлые волосы, голубые глаза и полное отсутствие музыкального слуха я унаследовала от матери.

Интересно, кто поделился плохими зубами и глупостью? Вероятно, отец, но, честно говоря, я его не знаю, как-то не удалось встретиться! Имелся еще дедуля, и я точно знаю привычки, исходящие от него: курение, полное наплевательство на домашнее хозяйство и редкие, зато бурные припадки гнева. Поэтому, когда я нарываюсь на неприятности, это не моя вина. Просто в этот момент верх одерживают гены Афанасии... Но сегодня, кажется, побеждала Анастасия, потому что Виталий нравился мне все больше и больше...

— Уже поздно, — вырвалось у меня, — зато завтра часам к семи приезжай к нам на обед, познакомлю со своими. К тому же ты — мое единственное алиби.

Виталий удивленно поднял брови.

— Мы ведь сидели в пятницу в ресторане «Макдоналдс», помнишь?

— Конечно.

— Вот и придется рассказать об этом полковнику Дегтяреву.

— Нет вопросов, — бодро ответил кавалер.

Я безумно обрадовалась. Наконец-то в этом темном деле прорезался луч света.

Но ликование оказалось преждевременным. На следующий день прямо с утра я предупредила своих домашних о визите гостя. Аркадий и Ольга промолчали, Денька скорчил гримасу и начал о чем-то шептаться с Машей, Оксана осторожненько осведомилась:

— Это что, новый кандидат на руку и сердце?

— Нет, конечно, — обозлилась я, — просто

мужчина, которому твоя подруга по чистому недоразумению понравилась. Ну может у меня быть личная жизнь?

— Нет, — хором ответили дети и уткнулись в тарелки.

Одетая во все новое, Нюся демагогически заявила:

— Сейчас следует крайне осторожно заводить новые знакомства.

От злости я чуть было не швырнула в нее тарелку с омлетом. Чья бы корова мычала...

Ровно в семь Виталий бодрым шагом вошел в столовую. Сначала все шло прекрасно. Кавалер вручил мне и Зайке роскошные букеты, Мане — коробку конфет. Я заулыбалась и попыталась завести разговор. Но все мои усилия разбивались о каменное молчание детей и друзей. Лишь изредка, глядя на мои ухищрения, они выдавливали из себя однозначное «да» или «нет». В общем, когда в половине восьмого Ирка объявила, что ужин готов, я сидела вся потная, красная и злая до невозможности.

На ужин подали... паровые рыбные котлеты, тушеные овощи, какую-то зеленую размазню. Я в ужасе уставилась на стол. Никогда никто из присутствующих не возьмет в рот и кусочка этих яств. Но противные родственники принялись шумно смаковать «деликатесы», восторгаясь их вкусом.

Я молча ковыряла вилкой полусъедобные биточки и мрачно думала о том, что скажу всем после ухода Орлова. И тут в столовой появился Александр Михайлович.

— Ура! — завопила Манюня.

— Дядя Саша! — завизжал Денька, вешаясь полковнику на шею.

Все разом оживились. Аркашка пододвинул стул, Зайка расправляла на брюшке приятеля салфетку, Оксанка заботливо щупала пульс, а Дениска сметал крошки со скатерти, куда поставили чистую тарелку. Кусочки хлеба летели прямо в сторону Виталия.

— Да ладно, — отбивался ничего не понимающий приятель, — чего суетитесь-то?

— Разрешите вам представить, — церемонно обратилась Маня к моему кавалеру, — Александр Михайлович Дегтярев, старинный мамин приятель, можно сказать, наш отец, мы его все очень любим!

Повисло напряженное молчание. И тут в столовую вплыла Ирка с тарелкой. Изумительный запах домашней буженины и свежеподжаренной картошки разнесся в воздухе. Перед полковником возникло блюдо с большими ароматными кусками свинины.

— У дяди Саши аллергия на рыбу, — быстро прояснил ситуацию Денька.

Александр Михайлович с глубоким изумлением посмотрел на мальчика.

К чести Виталия надо сказать, что держался он безукоризненно. Изобразив полный восторг, съел мерзкие биточки, мило пытался завести светскую беседу, гладил собак по головам и рассыпал как ни в чем не бывало комплименты.

Я стала потихоньку успокаиваться, и тут из гостиной донесся нечеловеческий вопль. Все вскочили и бросились в соседнюю комнату. Взору предстала страшная картина. На полу среди расстеленных газет и картонок лежал на спине Семен Андреевич.

— Что случилось? — испуганно спросила Зайка.

— Парализовало меня, — пробормотал работяга почему-то шепотом. — Притомился немного, вот и прилег поспать на полчасика, пока Жорик чаек на кухне пьет.

— Пустите меня, — велела Оксана. — Чего столпились. Я хирург, а вы здесь зачем?

Она присела возле закатившего глаза страдальца и расхохоталась.

— Парализовало, говоришь, пока напарник чаек пьет? Полчаса всего?

— Да, — простонал Семен Андреевич, изображая на лице крестную муку.

— Врешь, — продолжала смеяться хирург, — небось часа три дрыхнешь.

— Нет.

— А вот и да, потому что лак засох!

— Лак? — удивились мы, окружая кольцом «паралитика». Около рабочего действительно валялась опрокинутая банка. Кешка взял железную емкость и прочел: «Лак для мебели. Огнеопасно, ядовит, сохнет за два часа». Очевидно, во сне Семен Андреевич задел банку, и содержимое, вылившись на пол, «залачило» его накрепко. На наш громкий смех из кухни прибежал с виноватым видом Жорик и тут же принялся оправдываться:

— Катерина попросила шкафчик поправить,

там дверцу перекосило, вот я и задержался чуток!

Я поглядела в его жуликоватые бегающие глазки и предложила:

— Давайте расстегнем одежду, и несчастный попробует из нее вылезти.

Маня кинулась к недотепе. Семен Андреевич попытался выползти из рубашки и закричал:

— Ой, ой, голова, очень больно!

— У него волосы приклеились! — ахнул полковник. — Что делать?

— Стричь под корень, — велела предприимчивая Оксана. — Денька, тащи ножницы.

Через десять минут полуголый Семен Андреевич, горестно ощупывая остатки волос на голове, со вздохом произнес:

— Эх, рубашечка пропала и брюки! Жаль-то как, денег ведь стоят.

— Дам свои, — успокоил Аркадий, — подвернете штанины, и все.

Видя, что народ занят происшествием, я тихонько шепнула Александру Михайловичу:

— Вот этот человек может подтвердить, что ужинал со мной в «Макдоналдсе».

Полковник внимательно посмотрел на Виталия и отозвал его в сторону. Через несколько минут мужчины тихонько вышли из комнаты. Их отсутствия никто не заметил. Кеша ушел за одеждой, Маня с Дениской повели рабочего в ванную, а Оксана, угрожающе щелкая ножницами, двинулась с ними, Зайка отправилась поглядеть, что случилось с кухонным шкафчиком.

Я осталась тупо стоять в гостиной, глядя, как

Жора, чертыхаясь, отдирает от вконец испорченного пола остатки шевелюры Семена Андреевича.

Глава 9

Виталий откланялся в десять. Я вышла проводить его. Заводя «Жигули», кавалер улыбнулся.

— Похоже, пришелся не ко двору!

— Что ты, — фальшиво возмутилась я, — отчего сделал такой странный вывод?

— Кажется, дети спят и видят тебя женой этого смешного лысого толстячка-полковника, — вздохнул Орлов.

— В конце концов сама решаю, с кем иметь дело, — вспылила я.

— Ну-ну, — пробормотал Виталий. — Видишь ли, ты мне очень нравишься. Ну-ка, залезь ко мне в машину.

Я села в салон.

— На, — кинул кавалер мне в руки ежедневник и ручку, — пиши.

— Что? — удивилась я.

— Расписку. Я, Дарья Васильева, даю честное слово, что не выйду замуж за полковника в течение полугода.

Смеясь, я написала «документ».

— Подпишись, — попросил Орлов.

Расписку он спрятал.

— Вот теперь у нас равные шансы с толстяком. Буду сражаться за твою благосклонность.

Тронутая старомодностью оборота речи, я поплелась в дом. Гадкие друзья и родственники весело допивали чай. На столе, кроме конфет и торта, появились еще нуга, рахат-лукум и пирожные.

— Как вам не стыдно!

— Почему? — изумленно спросила Маня. — Что мы сделали не так? Я даже пользовалась ножом и ни разу не сказала «блин».

— Кто заказал идиотский ужин?

— Интересное дело! — возмутилась Ольга. — Сама каждый день твердишь, что к вечеру лучше еду полегче, а когда сделали по-твоему, злишься.

— А рахат-лукум?

— С ним-то что?

— Почему не дали к чаю, а вынесли, когда Виталий уехал?

— Забыли! — выкрикнула Маруся.

Оксана ухмыльнулась, а честный и бесхитростный Денька ляпнул:

— Нечего всех рахат-лукумом угощать, сами съедим. И вообще, мне твой кавалер не понравился.

— Почему? — изумилась я.

— Противный и неискренний, — сообщил Дениска. — Сам присюсюкивал: «ой, собачки какие хорошие», гладил Хучика, а потом тихонько руки салфеткой вытирал. Ну раз не любишь животных, чего прикидываться?

Я вздохнула. Может, у Виталия никогда не было животных?

Словно подстегнутые Дениской, домашние принялись ругать Виталия.

— Он какой-то масленый, — заявила Зайка, — все комплименты отвешивал.

— И похоже, что у него с желудком проблемы, — вздохнула Оксана. — Ни разу хлеб маслом не помазал и биточки уродские нахваливал.

— Наверное, совсем нищий, — ринулась в бой Маня, — вот и привык к минтаю. А его даже наши кошки не жрут! Мы с Денькой вчера строго-настрого велели Катерине — только паровые котлеты из минтая. То-то она ругалась: никогда, говорит, такую дрянь не готовила!

Дениска украдкой показал Марье кулак, и та тут же захлопнула рот. Тяжело вздохнув, я села возле мрачно молчавшего полковника и уставилась вместе с ним на экран телевизора. Там шел какой-то дурацкий боевик. Плохо приходится воспитанному человеку. Похвалил из вежливости еду, сказал приятные слова дамам, и вот результат!

Фильм мы смотрели, не произнося ни слова. Там парочка полицейских ловко расправлялась с врагами. В таких случаях Александр Михайлович, как правило, едко комментировал происходящее, сразу замечая, как профессионал, нелепицы, которые совершали «коллеги». Но сегодня он не издал ни звука и, только дождавшись, когда все убежали из столовой, процедил:

— Кстати, мне этот хмырь тоже не по душе, лучше бы ты его не приводила!

— Хватит! — обозлилась я. — В конце концов, это единственный свидетель в мою пользу.

— Ох, не скажи, — пробормотал полковник. — Потолковал я тут с ним, на неофициальной, так сказать, почве, так от его заявлений только хуже!

— Почему?

— Говорит, что сидели вы в «Макдоналдсе» до без пятнадцати семь. Он заехал за тобой на работу в шесть, а в девятнадцать у него у самого была редколлегия. Показывал запись в еженедельнике — там черным по белому: пятница, 19.00, у главного редактора. Там, говорит, присутствовало человек тридцать и все подтвердят, что он участвовал. Так что получается, опять против тебя. Ты вполне могла успеть к восьми отравить Маркова.

— Он перепутал, — строго заявила я. — Заехал он за мной без пятнадцати семь, спроси у Леночки, секретарши, она видела.

— Нет, — покачал головой приятель, — ничего она не вспомнит.

— Должна, — упорствовала я, — мы еще вместе курили, и Лена включила телевизор, новости в семь ждала по НТВ, а тут и Виталий явился, так что она Миткову без меня слушала. Когда мы уходили, Виталий возмущался по поводу дурацкой рекламы прокладок.

— Ты могла перепутать. В 18 часов идет информационная программа по первому каналу, и перед ней тоже гоняют рекламные ролики. Орлов очень уверенно сообщил о времени — в семь он уже сидел в кабинете главного редактора.

Я подавила приступ злобы и деланно спокойно посоветовала:

— Ты допроси секретаршу Леночку, может, она другое скажет. В конце концов, Виталий просто перепутал!

— Не могу, — тяжело вздохнул Александр Михайлович, — никак не получится!

— Это почему же? — вскипела я.

— Елена Кострова, или Леночка по-твоему, скончалась сегодня ночью в институте Склифо-совского.

— Как?! Она же была совсем молодая!

— Чуть больше двадцати.

— Под машину попала?

— Нет. Все намного хуже. Кострова поступила по «Скорой помощи» с гастросиндромом. И только когда состояние девушки стало критическим, дежурная бригада заподозрила неладное. Но было поздно. Никакие меры не помогли — в четыре утра она умерла.

— Что случилось?

— Кострову отравили.

— Господи! Кто же ее нашел?

— Мать. Елизавета Николаевна заехала вечером за дочерью. Они должны были идти на день рождения. Леночка с детства маялась желудком, поэтому когда мать обнаружила ее на диване с болями, то не слишком удивилась и принялась лечить дочку привычными в таких случаях средствами. Медиков вызвала слишком поздно.

— Кто же мог отравить девушку, а главное — зачем? Абсолютно безвредное существо, тихое и приветливое...

Полковник вздохнул.

— Елизавета Николаевна столкнулась в дверях конторы Маркова с какой-то женщиной, но не обратила на нее никакого внимания. Помнит только, что она худощавая, даже цвет ее волос не приметила — ни к чему было. На столе Лены обнаружили стакан. Похоже, что в нем ничего кроме воды не было, рядом лежала упаковка таблеток де-нол. Очевидно, почувствовав себя не слишком хорошо, девушка легла на диван и приняла лекарство. Но!..

— Что «но»?

— На стакане нашлись отпечатки пальцев покойной и еще чьи-то, а в шкафчике две мокрые чашечки с блюдцами.

Я в ужасе молчала.

— Пока ситуация выглядит так, — мирно продолжал приятель. — Неизвестная дама пришла под конец рабочего дня и угостилась вместе с секретаршей кофе, подсыпав в чашку Лены яд. Потом подождала, пока он начнет действовать, и, наверное, даже «ухаживала» за Леной, подала ей стакан воды. Кофейные чашки гостья вымыла. Но тут неожиданно пришла Елизавета Николаевна, и отравительница убежала, забыв про стакан. Скорее всего она не профессионалка, а любительница, так сказать, неопытная киллерша. Дело за малым — найти даму и сверить «пальчики».

У меня онемели щеки. Я сидела с дурацкой улыбкой на морде, чувствуя, как горячая волна медленно опускается от затылка к ногам. Вот это влипла! Сначала собственноручно вымыла кофейные чашки, а потом принесла бедняжке воды. Рассказать все полковнику? Да он никогда не поверит в такое! Значит, неизвестная тетка, подсыпавшая секретарше яд, ушла за несколько минут до моего прихода! То, что это была женщина, знаю точно. На ободке одной из чашечек сохранился четкий след помады, а губы Леночки в тот день не были накрашены...

— Когда подозревают кого-то в убийстве, то снимают отпечатки пальцев?

— Конечно, — «успокоил» меня Александр Михайлович, — это обязательная процедура. А почему ты спрашиваешь?

Я ничего не ответила и, подавив желание поглядеть поближе на свои руки, закурила.

— Скорее всего девчонка погибла из-за глупости и жадности, — резюмировал приятель.

— Почему?

— Марков занимался работой детектива абсолютно незаконно. Лена утверждала, что ничего о его «сыщицкой» деятельности не знает. Кстати, никакого архива ни дома, ни на работе мы не нашли, но ведь бумаги где-то есть? Конечно, можно их держать на другой квартире, той самой, что сгорела, но и там не обнаружили ничего похожего на картотеку...

— Небось погибла в огне!

— Ну, вряд ли он хранил документы просто на тумбочке. Скорее всего прятал в шкаф или в стол. А пожарные приехали быстро, там даже одежда в гардеробе уцелела... Очевидно, наивная девочка решила либо сама распутать какое-то дело, либо принялась шантажировать объект в надежде получить мзду...

Полковник закашлялся и принялся энергично размахивать руками, разгонять дым, потом сочувственно спросил:

— Мигрень начинается? Ты прямо в лице переменилась.

Да уж, хорошо, что не перекосилась. Покажите мне человека, который останется спокоен, узнав, что к нему подбирается суровая Фемида, размахивая приговором о пожизненном заключении!

Стоит ли говорить, что ночью я не сомкнула глаз, разрабатывая план действия. Утром пошла в столовую в девять часов и наткнулась там на Ольгу, хмуро пьющую кофе. Пощупав чайник, я поинтересовалась:

— Кипяточка нет?

— Тут никогда не бывает горячего, — зло сообщила Зайка, — все имеет одинаковую, а именно комнатную температуру — чай, кофе, суп, сок и компот. Зимой и летом. Мы никогда не справимся с Ирой.

Да уж, чего не умеем, так это разговаривать с наемными работниками. Проклятая интеллигентность и остаточная совковость не разрешают произнести этаким железно-любезным тоном: «Ирина, чайник остыл. Вскипятите быстро, а если не нравится работать у нас, скатертью дорога! Наймем другую домработницу. За 500 долларов в месяц любая прибежит!» Наверное, после такого замечания мы стали бы получать обжигающий кофе, но окаянства не хватает. Поэтому молчим, обнаруживая разводы от мокрой тряпки на экране телевизора, горы пыли на полках, а в библиотеке не всегда чистые подоконники. Садовник

Петя, глядя на палую листву, элегически замеча-
ет, что всего сора не уберешь, и упорно моет у
машины только крылья, капот и багажник, трогательно забывая про колеса и крышу. Правда,
кухарка Катя готовит безупречно, а няня Серафима Ивановна любит близнецов до такой степени, что практически не подпускает к ним родителей, боясь тлетворного влияния отца с матерью. На какие только ухищрения не пускается
старушка, чтобы выгнать Кешу из детской! Но
Ольга, как правило, воспринимает все с юмо-
ром. Что же стряслось сегодня?

— Где Аркашка? — спросила я, разглядывая
плоский и малосимпатичный по виду круассан.
Хоть и из французской пекарни, но до парижской булочки ему далеко.

— Уехал твой сынок, — фыркнула Зайка.

Так, все ясно — поругались.

— Куда?

— В Третьяковскую галерею, с Нюсей...

— Куда?!

— Незачем кудахтать, — окончательно рассердилась невестка. — Повторяю для особо глу-
пых по буквам: в ТРЕТЬЯКОВСКУЮ ГАЛЕРЕЮ!

— Господи, — пробормотала я, — да его тошнит при виде любого музея, он в Лувре-то от нас
сбежал...

— Точно, — подтвердила Зайка. — Только эта
Нюся, кошка облезлая, вчера горестно так вздыхала и намекала, что вещей у нее никаких нет, и
пришлось ехать за обмундированием. Жаль, ты
ее в боевой готовности не видела, — разоделась,

накрасилась и давай Кешку жалобить: мол, и сирота она, и квартиры у нее нет, жить не на что, голодает... Твой сыночек причитать принялся: «Что ты, Нюсенька, живи здесь, сколько захочешь, нам только приятно». А эта дрянь такая хитрая! Вот вчера к ужину не спустилась.

Ольга, задыхаясь от злости, вываливала свои обиды.

Оказывается, вчера они полностью одели вторую «жену». В новеньких брючках от Труссарди и дубленочке Нюся похорошела чрезвычайно. К тому же Зайка по доброте душевной научила девчонку краситься, и маловыразительное личико превратилось в хорошенькую мордашку. К ужину гостья отказалась спуститься. Ольге она объяснила, что очень устала от непривычной беготни по магазинам и хочет рано лечь спать. А заглянувшему позже Аркадию сначала сказала, что не хочет мешать во время приема гостей, а потом начала выспрашивать, где находятся крупнейшие столичные музеи...

— Прикинь, — пылала Ольга, — он ради нее, этой выдры, все дела отменил! Как я чего попрошу, так сразу ноет: «Прости, малыш, работа заела!» А тут — все побоку и вперед.

— Почему с ними не поехала? — вставила я во время возникшей паузы.

— Меня не звали, — сердито сообщила Зайка. — И вообще, кто-то должен за ремонтом следить!

При этих словах она с грохотом отодвинула стул и вылетела в коридор. Я в задумчивости отдала несъедобный круассан подскочившему Банди и призадумалась. Ольга ревнует — надо что-то срочно предпринимать. Ну что за жизнь такая! Дети переругались, в доме ремонт, а саму хозяйку скоро закуют в наручники!

Сев в «Вольво», я порулила на улицу Котикова. Здесь в огромном блочном доме жила одна из спешно уволившихся после смерти Константина Яковлевича Точилина сотрудница — Люся Рагозина. Все-таки, кажется, убийцу Леночки и Игоря следует искать возле этого незаконченного дела. Что-то узнали они эдакое, вытащили какой-то скелет из шкафа. Скорее всего полковник прав. Секретарша знала все, прибрала архив и решила подзаработать, шантажируя убийцу. Глупенькая, наивная девочка.

Рагозина оказалась дома. Я бодро представилась:

— Дилер фирмы «Ланком».

— Извините, — тут же отозвалась Люся, — сейчас ничего не покупаю, денежные затруднения.

Я окинула быстрым взглядом красиво отделанную прихожую: встроенные явно импортного производства шкафы, дорогой ковер, элегантный светильник, шуба из нутрии, висящая на вешалке... Если затруднения и есть, то возникли они совсем недавно.

— Вот как раз пришла, чтобы помочь, — проговорила я, радостно улыбаясь. — Верочка нашептала, будто службу ищете.

— Кто? — удивилась Люся.

У нее были совершенно необычные глаза. Абсолютно круглые, словно нарисованные циркулем. Реденькие светленькие бровки и реснички терялись на лице. Маленький носик, губки бантиком, остренький, торчащий вперед подбородок.

— Вера, секретарша вашего бывшего начальника. Неужели уже забыли?

— А, — протянула Люся, — ну и что за работа?

— Представителем фирмы.

— Коробейником, что ли?

— Ну зачем же так? Распространителем элитной косметики.

— Как ни назови, суть одна, — отмахнулась Рагозина. — И сколько платят? Небось процент с выручки?

— Нет-нет, — поспешила я успокоить собеседницу, — твердый оклад — триста долларов в месяц!

Женщина расхохоталась.

— Да за такую сумму я с дивана не встану, не то что по квартирам с торбой носиться!

Я возмутилась.

— Сколько же вам платил Точилин?

— Да уж побольше, — завелась Люся, но тут же прикусила язычок. — Вам-то что? Зарплата там у всех отличная...

— Чего же уволились с такого сладкого места?

— Вот что, — вежливо, но твердо сказала Люся, — ступайте себе по своим делам. Большое спасибо за ласку и заботу, только я уже устроилась на другое место — по специальности.

— Кто вы по профессии? — предприняла я последнюю попытку.

Но Рагозина буквально вытолкнула меня на лестницу и с шумом захлопнула железную дверь. Первый раз встречаю такую бесцеремонную хамку! Даже в комнату не пригласила — продержала в прихожей!

Пристроившись на подоконнике между этажами, я быстренько позвонила в фирму детского питания.

— Алло, — пропела Верочка, — слушаю внимательно.

— Это Даша, распространитель фирмы «Ланком»...

— Ой, здравствуйте, — обрадовалась девушка. — А меня тут все спрашивают, когда опять придете. Такие цены замечательные!

Еще бы, пудру стоимостью сто пятьдесят рублей я отдавала за тридцать, а помаду вообще за двадцатку.

— Думали сначала, обман какой, — щебетала, чуть шепелявя, Верочка, — но сейчас видим — фирма, без надувательства. Так когда снова к нам?

— Скоро, — утешила я ее. — Кстати, небольшая просьба...

— Для вас все, что угодно, — захихикала Верочка.

Глупое и опасное замечание: вдруг потребуют невероятных услуг, но мне нужна сущая ерунда.

— Я уже говорила — хочу предложить тем трем женщинам, что уволились от вас, работу в региональном отделении. Нам приплачивают за каждого нового приведенного человека.

— Отлично, — одобрила Верочка, — и вам прибавка, и им зарплата.

— Так вот, как раз о зарплате. Сколько они получали у Точилина, а то неудобно, вдруг «Ланком» намного меньше предлагает...

— А какой у вас заработок?

— Триста долларов.

— Ха, — вскрикнула Верочка, — сама бы побежала! Даже не волнуйтесь, здесь им давали на руки тысячу двести рублей, не подумайте, что долларов, ну еще премиальные иногда. В лаборатории самый большой оклад.

— В лаборатории?

— Ну да. Константин Яковлевич тщательно следил за качеством продукции, вот и создал научный отдел. Они все трое там и работали. Костина — заведующей, а Рагозина и Малахова — сотрудницами. Консервы исследовали, смеси фруктовые, каши...

Я села в «Вольво» и закурила. Вот ведь странность! Женщина, получавшая раз в месяц небольшую сумму, отказывается от вполне приличного вознаграждения! К тому же все три уволившиеся бабы трудились вместе в какой-то лаборатории. И зачем, спрашивается, менять хорошее место с приличным коллективом на положение безработных? А то, что Люся Рагозина сидит дома, стало понятно сразу. Голова у бабы не причесана, лицо не накрашено и потом, уже полдень, а она, судя по всему, недавно вылезла из кровати. Что ж, попробуем счастья в другом месте. Надеюсь, ее товарки окажутся полюбезнее.

Глава 10

Бывшая начальница лаборатории Таня Костина жила в совершенно непотребном месте — Люблино. Здесь когда-то находились отстойники городской канализации, потом их закрыли, забетонировали и отдали под строительство домов для москвичей. Ушлые столичные жители вовсю сопротивлялись и не ехали на «какашкины болота», но в конце концов район потихоньку заселился. Говорят, летом тут появляются какие-то ядовитые испарения и чудовищного размера комары. Но в декабре пейзаж выглядел вполне обыденно. Шеренги уходящих вдаль абсолютно одинаковых домов — грязно-белые башни, между которыми изредка попадались школы и детские сады. Как только люди не сходят с ума, видя каждый день в окне унылые однообразные строения! Хотя жила же я в Медведкове и ничего, даже счастливой себе казалась, а в окно просто не смотрела — некогда было.

Найдя нужную мне квартиру, я позвонила. За простенькой, обитой дешевым дерматином дверью послышался топот детских ножек, и тоненький голосок крикнул:

— Мамы и папы дома нет, а я вам не открою.

— И вообще у нас тут папа в большой комнате спит и два брата старших, — добавил другой.

— Овчарка еще злая в кухне сидит!

Я рассмеялась.

— Очень жаль, я боюсь собак, значит, придется призы другим детям отдать.

— Какие призы? — немедленно донеслось с той стороны.

— Да вот, раздаем в качестве рекламной акции детям наборы «Лего». Вы мальчики?

— Девочки.

— Значит, по небольшой куколке с одеждой получите. Вы там со старшими посоветуйтесь, через пять минут снова позвоню.

Оставив детей колебаться между твердо данным обещанием никому не открывать дверь и желанием получить куклу, я сбежала вниз. На первом этаже дома я заметила игрушечный магазин, что было очень кстати.

Когда, сжимая две розовые коробки, я очутилась вновь перед дверью и позвонила, она незамедлительно распахнулась. Правда, ее придерживала довольно длинная цепочка. Кстати, и взрослые, и дети, открывающие таким образом дверь, крайне рискуют. Цепочку можно элементарно разрезать кусачками.

Две пары голубых бесхитростных глаз уставились на «призы». Лет девчонкам, наверное, было шесть-семь. Под мышкой одна из них держала маленького кудрявенького щеночка, который, увидав меня, незамедлительно принялся демонстрировать радость и беспричинную любовь.

— Он очень злой, — на всякий случай пробормотала одна.

— Это нам? — спросила другая.

Я отдала им коробки и спросила:

— Как зовут вашу маму?

— Ольга Тимофеевна, — хором ответили малышки.

— А Таня Костина вам кто?

— Хозяйка. Мы у нее квартиру снимаем! — вновь в унисон прокричали девочки.

— Она здесь не живет?

— Нет, — ответила та, что держала щенка, — мама ей каждый месяц возит деньги.

— Куда?

Девицы призадумались, потом сообщили:

— Далеко. Сначала автобусом, потом метро.

— Станцию помните?

— Большая такая, там еще магазин подземный есть и «Макдоналдс».

«Тверская»!

— А дом где?

— Прямо за «Макдоналдсом», — затараторили информаторши, — на третьем этаже, дверь с золотыми буковками. Мама нас всегда потом гамбургером угощает.

Что ж, я тоже люблю котлеты с булками и надеюсь, что мать этих доверчивых детей выдаст им по полной программе за то, что открыли дверь незнакомой женщине да еще взяли у нее подарки!

Прямо за «Макдоналдсом» находится только один дом из светлого кирпича. Я зашла в первый подъезд и пошла искать дверь с «золотыми буковками». Но ничего похожего там не обнаружилось, как, впрочем, и во втором. Зато последний обрадовал красивой лестничной площадкой. На третьем этаже вместо двух квартир — одна, со сверхширокой дверью, и около номера переливались елочным блеском буквы «Т» и «К».

Я нажала на звонок. Тут же раздался весьма

злобный лай. Судя по басу, там скрывалась по меньшей мере овчарка, а может, пит или фила. В глазке мелькнула легкая тень, а сверху раздалось тихое пощелкивание. Я задрала голову и увидела под потолком миниатюрную камеру. Да уж, квартира охраняется, как Алмазный фонд. Интересно, где тут спрятана гаубица или станковый пулемет?

— Вам кого? — послышался мелодичный голос.

— Меня прислала Верочка, секретарша Константина Яковлевича Точилина.

— Подождите, — раздалось из динамика.

Потянулись минуты, затем «сезам» открылся. Я вошла в просторный холл, обставленный с элегантной лаконичностью. Это была та самая простота, для создания которой явно привлекли хорошего дизайнера, да и мебель в прихожей стоила не одну тысячу долларов. Хозяйка выглядела безупречно. Возраст подкатывает к пятидесяти, но с первого взгляда кажется тридцатилетней. Стройная фигура, прямая спина, модная стрижка. Только приглядевшись, замечаешь предательские морщины вокруг красивых голубых глаз и слегка обвислую кожу под подбородком.

— Проходите, — довольно любезно предложила дама, показывая рукой куда-то внутрь квартиры.

Длинный коридор сверкал светло-бежевым шерстяным ковром, и я какую-то секунду колебалась, не следует ли снять ботиночки. Потом положила сумочку и сотовый на маленькую полочку у зеркала — там, кстати, уже лежал один мобильный — и смело потопала по маркой дорожке. Конечно, сотовый телефон для дамы, подрабатывающей продажей косметики, скорее всего непозволительная роскошь. Надо было спрятать аппарат в карман. А вдруг бы он зазвонил! Впрочем, может у меня самый дешевый вариант с «кривым» — через восьмерку — номером и карточкой «БИ+».

Хозяйка привела меня на кухню. Нет, все-таки у нас неистребимая привычка вершить дела и готовить в одном месте!

Интересно, с каких доходов милейшая Таня Костина оборудовала себе такую норку? Впрочем, может, она замужем за каким-нибудь авторитетом?

— Итак, — мило улыбнулась Костина, — вас послала Верочка!

Я принялась вновь петь песню о великолепной работе в фирме «Ланком», не скрывая, что мне приплачивают за каждого приведенного сотрудника. Таня спокойно выслушала и пояснила:

— Большое спасибо, очень лестное предложение, но я уже устроилась в фармацевтическую фирму.

— Вы провизор?

Костина опять улыбнулась. Ее постоянно радостная физиономия почему-то стала безумно меня раздражать. Что она нашла веселого в моих вопросах?

— Скорее химик, — пояснила Костина. — А вы, Верочка рассказывала, очень дешево продаете косметику? Можете оформить заказ?

— Каталога с собой нет.

— Не надо, я просто покажу, чем пользуюсь.

И Таня исчезла. Я оглядела шикарно оборудованную кухню. Ох, непохоже, что у дамы есть муж. На плите стоит крохотная кастрюлька с супом, граммов триста, не больше. При наличии супруга объем кастрюль, как правило, превышает три литра.

Вернувшись, Костина стала показывать косметику. Хорошо, что я сама пользуюсь только товарами «Ланком», поэтому смогла дать даме исчерпывающую консультацию. Любезная Танечка упорно сводила разговор только к новинкам ухода за лицом. Любые попытки сделать шаг в сторону тут же пресекались. К тому же она врала как сивый мерин. Когда я, изобразив картинный испуг, пролепетала: «А где собаки? Очень боюсь животных!» — хозяйка тут же сообщила:

— Не стоит беспокоиться. Они заперты в гостиной.

— Вдруг выскочат? — упорствовала я.

— Никогда, — успокоила Костина.

Я мысленно ухмыльнулась. Да нет никаких собак! Закрытые в комнате псы обязательно начнут царапаться или по крайней мере шумно вздыхать, втягивая носами запах незнакомого человека. А за плотно прикрытыми дверями комнат не раздавалось ни звука. К тому же на кухне не было миски с водой. Вероятно, у Костиной одна из модных сейчас мулек — магнитофон, соединенный с дверным звонком. Громкий лай способен отпугнуть домушников. Но только мелких воришек, солидный урка сначала разведает обстановку и только потом полезет «потрошить икряного». Но как здорово врет! Не моргнув глазом.

Через пятнадцать минут я поняла, что ничегошеньки не узнаю, и принялась откланиваться. Все так же улыбаясь, Костина проводила меня до двери и буквально на пороге сказала:

— Кстати, вы не ходите к Свете Малаховой, вам Верочка ведь дала адреса всех уволившихся?

Я кивнула.

— Наверное, не слишком хорошо так говорить о своих бывших подчиненных, но Света — ненадежный человек.

— Мне как-то все равно, а деньги за лишнего сотрудника заплатят!

Таня совсем расплылась в сладкой гримасе, но глаза женщины смотрели настороженно.

— Вы мне очень симпатичны, — принялась она мести хвостом. — Знаете, Света, к сожалению, алкоголичка, поэтому ее и уволили.

Я уставилась на Костину. Та решила, что дилерша не слишком большого ума, и продолжала жать на ту же педаль:

— Мы с Люсей Рагозиной ушли в другое место — нам предложили отличную зарплату, грубо говоря, переманили, а Светочка, увы, была уволена из-за пьянства. Она милая девушка, приветливая и с первого взгляда производит крайне приятное впечатление, но запойная...

— Какой ужас! — пробормотала я.

— Да, — приободрилась Костина, — такой нельзя доверять: получит деньги от покупателей и тут же пропьет. Кстати, чтобы вы не потеряли в заработке из-за нее, поищите других сотрудников.

И она протянула мне двести долларов. Я сунула бумажки в карман и принялась униженно рассыпаться в благодарности. Продолжая улыбаться, Танечка вручила мне сумку, сотовый и хлопнула дверью. Я пошла вниз. Вновь послышалось легкое стрекотание. Хозяйка явно следила за «дилершей».

Спустившись, я сразу вошла в «Макдоналдс». Устроилась в самом дальнем углу и начала смаковать «двойной с беконом». Калорий в блюде невероятное количество, жиров немерено, а холестерин просто вылезает из всех щелей, но, черт возьми, как вкусно! Вот сейчас проглочу последний кусочек и сразу поеду к Свете Малаховой. Что-то улыбчивая Таня Костина слишком удерживала меня от «опрометчивого» поступка, а я с детства не любила, когда меня куда-нибудь не пускали!

— Сядем здесь или у окна? — послышался внезапно знакомый голос.

Я повернула голову и моментально надвинула шапочку на лоб. Буквально в двух шагах от меня с подносом в руке стоял... Кеша. Аркадий в «Макдоналдсе»?! Да он иначе как «рыгаловкой» никогда не называл всемирно известное предприятие. Более того, узнав, что я ела биг-мак, сынуля презрительно морщил нос и цедил: «То-то в Москве бродячие собаки пропали! Тут недавно в газетах писали, что «Макдоналдс» из благотворительных целей открыл в столице питомник для бродячих псов! Знаем, знаем, куда собачатина идет!»

И вот теперь он сам стоит с горой еды на подносе. А рядом просто светящаяся счастьем Нюся.

— Можно вон туда, под Эйфелеву башню, будет как в Париже, — пропела девушка и добавила: — Ой, Кешик, сколько ты денег на мои развлечения истратил! Просто стыдно.

— Ладно тебе! — отмахнулся сын, шагая к окну. — Там под башнями полно народа. Не расстраивайся, поедем в январе в Париж и тебя возьмем.

Какое безобразие! От гнева у меня просто потемнело в глазах. Нюся явно изо всех сил кокетничала с Аркашкой. Наливаясь злобой, я исподтишка следила, как девушка без конца трогает сына за руку и постоянно кивает аккуратно причесанной головой. Справедливости ради следует признать, что она довольно хорошенькая, в особенности после того, как Ольга купила ей одежду и дала косметику. И вот в благодарность эта нахалка решила отбить у нее мужа!

Сегодня же вечером поговорю с Аркадием! Я резко вскочила на ноги. Сейчас нужно бежать. Не дай бог, заметят мое присутствие! Но не успела я сделать и полшага, как глупенькая уборщица сунула швабру прямо мне в ноги. Я случайно наступила на длинные мокрые веревочки, а девчонка дернула за ручку. Мое тело начало неудержимо падать. Пытаясь удержаться, я зацепилась за свой пустой поднос и с жутким грохотом свалилась около столика, где мирно наслаждался едой мужчина лет шестидесяти. Краем глаза я увидела, что Кеша обернулся.

— Вам помочь? — спросил мужчина.

— Не надо! — злобно рявкнула я, заползая под стол.

Аркашка и Нюся с любопытством глядели в мою сторону. И тут зазвонил телефон. Чертыхаясь, я вытащила его из кармана и прошептала:

— Алло!

— Таня, спишь?

— Не туда попали.

Мужчина начал проявлять нетерпение:

— Вы не можете встать? Ушиблись?

Черт бы побрал тебя, вот ведь заботливый какой!

— Спасибо, все чудесно.

Снова зазвонил телефон.

— Тань!

— Набирайте правильно номер!

Мужчина продолжал настаивать:

— Давайте руку.

— Не надо.

— Но вы сидите под моим столом!

— Слушайте, — обозлилась я, — стол — не ваша личная собственность, я заплатила за гамбургеры и могу есть там, где мне заблагорассудится. На данный отрезок времени хочу находиться тут!

Мужик тяжело вздохнул и переместился в другое место. Выждав момент, когда Кеша и Нюся вплотную занялись едой, я стремглав вылетела из убежища и понеслась к «Вольво». Вновь зазвонил телефон.

— Танюша...

Я без слов отсоединилась и уставилась на трубку. Вот это финт — перепутали телефоны. У Костиной тоже «Эрикссон», и она перепутала мобильники, торопясь выставить назойливую посетительницу. Мобильный вновь принялся надрываться. Ладно, грех не использовать шанс.

— Таня!

Я слегка изменила тембр и, прикрыв мембрану платком, просипела:

— Ну?

— Наконец-то, сто раз не туда попадала, — сказал раздраженный женский голос. — Пиши адрес: Водный переулок, 26, квартира 7. Да смотри не продешеви, как в прошлый раз! Меньше чем за пять тысяч не соглашайся!

— Ладно, — прохрипела я.

— Что у тебя с голосом? — изумилась собеседница.

— Ничего, батарейка садится.

— Вставь новую. Значит, так, прямо сейчас и отправляйся, тебя ждет Королева Тамара Федоровна. Не бойся и не волнуйся, на нее вывел верный человек, тут все чисто. Поговоришь, уточнишь детали, выясни про аллергию, уточни режим питания, ну, любимые продукты, напитки... Словом, полная разведка. Мне сегодня не перезванивай, иду с Колькой в театр, лучше завтра, после семи. Днем у нас тут полно народу — не поговорить. Люську сама предупреди, а Светку больше видеть не хочу. Дура стоеросовая, пусть живет, как может, идиотка! Чао тебе!

И, не дождавшись моего ответа, собеседница

отсоединилась. Не успела я переварить ситуацию, как «Эрикссон» вновь зазвенел.

— Тусик-пусик, — пропел мужской голос, — уже готова к встрече? Еду по Кольцевой, говори, что купить?

— Кто это?

— Я, твой котик!

Пришлось объяснить милому животному ситуацию с телефоном. Безусловно, хотелось подержать подольше в руках аппарат, но ведь кому-то может прийти в голову позвонить и мне! Пришлось спешно бежать назад.

Таня недоуменно спросила, глядя на свой телефон:

— Как это перепутала? Ну надо же, похожи как две капли воды! Мне никто не звонил?

— Только мужчина, назвавшийся котиком, с сообщением, что стремительно несется к вам по Кольцевой.

Костина напряженно рассмеялась и бросила взгляд в зеркало.

«Отлично, — подумала я, влезая в «Вольво», — мадам сейчас кинется изо всех сил наводить марафет, а потом отключит телефон и дверной звонок, чтобы ничто не мешало приятному времяпрепровождению...»

Водный переулок тянется перпендикулярно Ленинградскому шоссе. Дом 26 расположился чуть в глубине большого, аккуратно убранного, явно не муниципального двора. Во всем чувствовалась рука хозяина. Мусорные бачки стоят в специально сделанном загончике, и каждый закрыт крышкой. Слева детская площадка, справа небольшой пустырь, сейчас покрытый грязью, и табличка «Выгул собак». Естественно, в каждом подъезде домофон. И на мой звонок немедленно ответил девичий голос:

— Кто там?

— Татьяна Костина.

Королева Тамара Федоровна оказалась совсем юной, звать ее по отчеству явно преждевременно. Мы прошли на кухню, и девушка почему-то шепотом спросила:

— Сколько?

— Пять тысяч, — спокойно сообщила я.

Тамара кивнула и пошла было в комнату, но я остановила ее:

— Погодите, сначала дело.

— Хорошо, — покорно согласилась женщина и вытащила фотографии.

— Вот!

Я внимательно разглядела породистое, чуть полноватое лицо мужика. Снимок великолепного качества и чудно передает темный цвет волос, смугловатый тон кожи и неожиданно голубые глаза.

— Сколько времени займет... э... ну сами понимаете, — промямлила девица.

Я как раз ничего не понимала, но старалась изо всех сил сохранить лицо.

— Пока не могу точно сказать, а вы торопитесь?

Тамара вспыхнула словно маков цвет и отрицательно помотала головой. Похоже, девчонка сильно нервничает, вон как вцепилась в стол, прямо костяшки пальцев побелели!

— Для успешного исхода дела, — осторожно начала я, — следует знать все, в особенности пристрастия в еде...

— Да, — кивнула Королева, — мне объяснили. Слушайте... Только я закурю, не помешает?

Она вытащила отвратительную коричневую цигарку и принялась пускать черный дым.

— Феоктистов Станислав Олегович, 64 года, владелец фирмы «Ротонда». Абсолютно здоров, к врачам не обращается, не курит, не пьет, тщательно следит за здоровьем. Мяса не употребляет, но и полным вегетарианцем не является, так как с удовольствием ест рыбу, яйца, сыр. Особо тяготеет к сладкому, но из-за склонности к полноте вынужден ограничивать себя. Крайне охотно ест продукты австрийской фирмы «Захер» — пирожные и торты со взбитыми сливками. Из питья предпочитает зеленый чай и минеральную воду, но только не газированную, изредка сок...

Выпалив все на одном дыхании, девушка закашлялась. Я подождала немного и спросила:

— Все?

— Вам мало?

— Думаю, достаточно, хотя еще могут понадобиться сведения, — расплывчато сообщила я и поинтересовалась: — Кто вас вывел на меня?

— Надежда Фомина.

— Это я знаю, — наобум ляпнул мой язык, — а вот с ней как вы познакомились?

Девица молчала, как партизан на допросе.

— Душечка, — протянула я наглым голосом, — так дела не делаются. Все-таки риск существует, и я должна быть уверена, что имею

дело с надежным человеком. Впрочем, не хотите — не надо, пойду себе дальше.

— Нет-нет, — закричала Тамара, — бога
ради, не отказывайте! Помните Золотарева
Юрия Петровича?

Я нахмурила лоб.

— Ну, директора магазина «Мир техники» на
Кустовской?

— Ах, это...

— Телефон дала Лика, его жена. Мы давние
подруги, в школе в одном классе учились!

— Понятно. Ну что ж, вполне положительная
рекомендация, — сообщила я, лихорадочно думая, о чем еще можно спросить девицу, чтобы в
тумане забрезжил хоть какой-нибудь свет.

— А когда ждать результат? — вдруг поинтересовалась Королева.

— Через неделю, — наобум пообещала я.

— Так быстро? — потрясенно ахнула Тамара. — У Лики это почти два месяца длилось!

Я молча пожала плечами.

— Можно подольше? — настаивала девуш-
ка. — А то я боюсь очень, да и не готова морально.

— Пожалуйста, — с готовностью пообещала
я, — желание клиента закон!

Говорить нам явно стало не о чем, и, прихватив фотографию, я пошла к выходу, на пороге
решив слегка испугать девицу:

— Вам не следует больше звонить Фоминой.

— Понимаю, — пробормотала девчонка.

— И имейте в виду: Таня Костина — просто
псевдоним, к вам может прийти еще одна женщина под таким же именем...

— Зачем?

— Повторите ей еще раз про еду и привычки...

— Да зачем? — окончательно занервничала девчонка.

— Так надо, — пояснила я. — И не сообщайте никому о моем визите, даже этой другой Костиной. Мы работаем автономно, каждый решает свою задачу, только тогда достигается оптимальный результат.

— Ясно, — прошептала Королева. — Страшно-то как!

Глава 11

Устав как собака, я приехала в Ложкино с гудящей головой. Неприятно ощущать себя мухой в варенье. Именно такие ассоциации вызывали события последних дней.

В столовой никого. Я распахнула дверь гостиной. На коврике спиной к входу возвышалась здоровенная бабища в обтягивающем ситцевом платье. Мощные ноги дамы покрывала густая растительность, бицепсам на руках позавидовал бы иной мужчина. Услышав шум, малярша обернулась, и я узнала Семена Андреевича.

— Господи, что это на вас надето?

— Так брюки с рубашкой спортил, вот Ирина старый халат дала!

— Неужели Аркашка забыл и не принес вам одежду?

— Принести-то принес, только жалко очень,

я в ней домой поеду! — И он ткнул пальцем в угол комнаты.

Там висели на стуле слегка потертые джинсы «Ливайс» и пуловер с маленькой черненькой пумой на кармашке.

— Где же вы живете? — машинально спросила я, разглядывая довольно неровно покрашенный потолок.

— В Верми, — сообщил мужик, размахивая валиком.

Надо же, Нюсин земляк!

— Далеко заехали!

— И не говорите, — отмахнулся Семен Андреевич. — Работы у нас никакой, ремонты давно не делают, не на что. Спасибо родственники надоумили: поезжай в Москву, там богатых дураков много, станешь им хаты красить. Вот мы с Жоркой и подались.

— Семья у вас есть?

— А как же... Жена и двое деток. Вот деньжонки получу и им отправлю. Все попросить хотел... Девчонке моей младшенькой никаких вещичек от вашей Маши не найдется?

— Конечно, — успокоила я работягу, — там в чулане ими целый шкаф забит. Маруся выросла, а куда деть — не знаю! Кстати, где Жора?

Семен Андреевич начал широко улыбаться, но вовремя спохватился и закашлялся.

— На кухне, помогает Катерине мясо провертывать. Она сама пришла и попросила: «Жорик, не могу ручку скрутить, слишком жилистое попалось!»

Я удивилась.

— У нас ведь электромясорубка!

Семен Андреевич принялся с удвоенным усердием возить валиком по стене.

— Он холостой, она разведенка...

На кухне возле большого стола, покрытого клеенкой в красно-белую клетку, уютно устроились голубки. Сидели они, очевидно, давно. На плите мирно шипела кастрюля, готовился ужин. Увидав меня, Катерина заметно напряглась, а Жора суетливо принялся приговаривать:

— Ну вот, Катерина Андреевна, с мясом все, зовите, ежели чего. Пока здесь — помогу...

— Мясорубка сломалась? — спросила я.

Полное лицо Кати приобрело виноватое выражение.

— Там заедает винт, ну тот, который крутится...

— Плохо, — серьезно заметила я, — надо отвезти в сервисный центр. Безобразие, конечно. Совсем недавно купили, вроде фирма приличная — «Мулинекс», а оказалось, что сплошной обман!

— Не нужно, — испуганно пробормотала Катерина, — пусть полежит, авось само наладится. Пока механической пользуюсь, вот Жора ручку крутит...

— Вместо мотора, — рассмеялся парень.

Я оставила их блаженствовать и пошла к себе. Позавчера на обед нам поджарили котлеты, на ужин биточки, вчера подали макароны по-флотски, сегодня, кажется, опять нечто из фарша... Да, похоже, пока Жора не покинет нас, семья обречена есть только провернутое мясо...

Я зажгла настольную лампу и стала вниматльным образом изучать ежедневник убитого Игоря Маркова. С первых страниц поняла, что в нем скрыт кладезь информации, только мне никогда не понять, о чем идет речь! Все зашифровано. Вместо имен и фамилий стоят инициалы: «9 января. 13.00 О. ждет у Огурца», «12 марта. 18.00 П. встретить на Мигалке». И так везде. Только по тому, что в январе он виделся без конца с О., в марте с П., а в июне с К., я поняла, что это были клиенты.

Работал Марков как вол. Целыми днями носился по городу — строчки ежедневника были густо исписаны ручкой с черной пастой. Пролистав тщательно книжечку, я обратила внимание на то, что примерно три-четыре раза в неделю он ездил к... поросенку. Так и стояло: «Ночевал у поросенка», «Ужинал у поросенка», «Весь день сидел у поросенка». Может, кодовое название любовницы? Примерно раз в три месяца стояло: «Сменил К.» и далее шел адрес, тоже закодированный. Последний выглядел так — улица Разрушителей. Но я-то знала, что на самом деле данная магистраль носила название — улица Строителей, сама приходила туда в тот роковой день! Загадка-то оказалась не так уж и сложна.

Я разложила на полу гигантскую карту и принялась ползать по ней и вокруг нее на коленях. В январе он жил на проспекте Землепроходцев — это скорее всего улица Космонавтов. В конце апреля перебрался в проезд Каменного домика. Ясно как божий день: это место именуется — Соломенная Сторожка. А это что? Тюремная улица! Может, имеется в виду Матросская Тишина или Новослободская, где расположены столичные тюрьмы? Именно на этой улице и находился таинственный поросенок. Но где бы это ни было, в сентябре Марков вновь переехал на Разрушителей. Интересно, от кого он бегал? Или несчастная Леночка права и Игорь просто получал колоссальное удовольствие от игры в пинкертона? И к какой же из квартир подходит найденный в люстре ключик? Неразрешимая задача! Даже установив улицу, я все равно не узнаю номер дома — в ежедневнике номера не значатся.

Открыв окно, я закурила. Ледяной декабрьский ветер влетел в комнату, стало холодно. Из темного тихого сада не доносилось ни звука — казалось, живу совсем одна на заброшенной планете.

— Мама! — вскрикнула у меня за спиной Маша.

Я вздрогнула и, быстренько выбросив окурок, захлопнула раму.

— Куришь! — неодобрительно отметила дочь. — Скажи спасибо, что Кеша не видит...

Это точно. На примере Аркадия можно защитить диссертацию «Влияние телепередач на ум ребенка». Кажется, ему было лет семь, когда, заболев корью, мальчик от скуки глядел по телевизору все передачи. Я не противилась. В советские времена ничего аморального или криминального по телику не показывали. Представляю, что случилось бы с тогдашним председателем

Комитета по телевидению и радиовещанию Лапиным, если бы он узрел мультик про Бивиса и Бат-Хеда...

Так вот, Аркашка случайно наткнулся на передачу «Здоровье». Ведущая Юлия Белянчикова, дама с пристальным взглядом и проникающим в самую душу голосом, повествовала о раке легких... Когда я вернулась домой, весь запас драгоценных сигарет «БТ», изрубленный ножом в мелкую крошку, валялся на кухне. Заплаканный сын, истребляя последнюю пачку, поставил жестокое условие: или мать бросает курить, или он не знает, что сделает...

— Не хочу твоей медленной и мучительной смерти от рака, — рыдал октябренок.

— Успокойся, — принялась я утешать ребенка, — у меня никогда не будет ни рака, ни краба, ни лангуста.

— А она... — всхлипывал Аркашка, указывая пальцем в экран, — она сказала, что все, кто курит, — погибают!

Пришлось, дабы успокоить жертву средств массовой информации, дать торжественное обещание никогда не приближаться к сигаретам ближе чем на полметра. Начались годы гонений. Я лишилась таких милых радостей, как первая сигаретка с кофе и последняя перед телевизором. Теперь приходилось спешно дымить на автобусной остановке и прятать «бычок» в кулаке, стоя на балконе... Квартиру объявили «бездымной зоной», и гостям предлагалось выходить покурить на лестничную клетку. Думаю, Юлия Белянчикова была бы довольна — всего лишь одна передача, а какой эффект! Естественно, что сам сын никогда не курил... Зайка тоже питает здоровое отвращение к табаку, а Маруська каждый раз демонстративно чихает и кашляет, застав мать за запрещенной забавой, но не выдает, только осуждает!

— Иди ужинать, — позвала Маня и скрылась в коридоре.

На столе стояла миска с тефтелями. Надо проверить в кулинарной книге, много ли блюд можно приготовить из фарша? Думается, перепробуем все! Но дети довольно быстро расхватали еду.

Ольга первой управилась с ужином и сообщила:

— Очень голова болит, пойду лягу!

— Бедненькая, — пожалел жену Кеша и, обняв Зайку за плечи, сказал: — Раз у нас мигрень, то всем спокойной ночи.

Они вышли вместе из комнаты. Ну и глупость же мне пришла в голову, конечно, у них все в порядке. Просто сын — вежливый, хорошо воспитанный человек, вот и сводил провинциалку в музей, а потом в «Макдоналдс». Ну не морить же человека голодом!

Нюся как ни в чем не бывало пила крепкий чай. Вернулся Кешка.

— Уложил малыша в кровать и дал аспирин.

— Как Третьяковка? — спросила я.

— Восхитительно! — оживилась Нюся. — Кеша такой умный, столько интересного про художников рассказал!

Маруся замерла с открытым ртом. Я сама

чуть не застыла с такой же гримасой. Аркадий — знаток живописи? Да он всегда считал Левитана диктором на радио, а Сурикова упорно именовал Суржиковым.

— Долго там проходили?

— До вечера, — тут же отозвалась Нюся.

— Обедали?

— Не захотели отвлекаться, — лицемерно сообщила нахалка.

Аркашка молча ковырял вилкой в тарелке. Так! Значит, у них уже появилась общая тайна, а это очень и очень плохо. Я перевела взгляд на гостью. Нюся преспокойненько намазывала масло на хлеб, лицо ее сохраняло полное благодушие. Вот она откусила от тостика, легкая прядка приклеилась к маслу. Девушка недовольно откинула ее, на мгновение мелькнуло маленькое розовое ушко и небольшой шрам как раз за мочкой. Волосы легли на место. Ничего не подозревающая Маруся бодро рассказывала о планах на предстоящие зимние каникулы... В глубокой задумчивости я пошла в спальню. Пришла беда — отворяй ворота. Неприятности имеют обыкновение ходить тучами, и, кажется, одна грозовая зависла над нашим домом. И какой странный шрам у Нюси, такой остается после косметических подтяжек. Но вряд ли она делала подобную операцию в двадцать лет!

В нашей семье спокойно пораскинуть мозгами можно только ночью. Поэтому я не стала укладываться в кровать, а достала лист бумаги и принялась чертить схему. Итак, что известно? Игоря Маркова убили. У мужчины любовная связь с женщиной, отвратительно похожей на меня. Они встречались в квартире на улице Строителей. Марков занимался нелегальной детективной деятельностью и раскручивал по просьбе Надежды Фоминой дело Константина Яковлевича Точилина. Но объект скончался от инфаркта, сама же Фомина вовлечена в какой-то криминальный бизнес! Глупая Леночка решила шантажировать неизвестного клиента, за что и поплатилась жизнью... И если я не найду настоящего преступника, придется очень даже плохо, потому что тогда я окажусь в комнатке с решетками на окнах и запорами на двери с внешней стороны. А еду мне будут подавать в маленькое окошечко...

По-хорошему, следовало сначала найти эту таинственную даму. Но о ней ничего не известно: ни имени, ни фамилии, ни адреса, только идиотская кличка — Люка. Попробуй угадать, как женщину зовут в действительности!

Со мной в классе училась Буба, которую родители нарекли Антониной, а в институте встретился Мика, по паспорту — Сергей. И зачем любовнице убивать Игоря? Сделать это было выгоднее жене. Алисе отошло все — дача, квартира, машина и какой-никакой, но все-таки бизнес. Люка, похоже, не получила ничего. Нет, киллера следует искать возле Фоминой. Интересно, чем занимаются бабы?

Проведя полночи в бестолковых раздумьях, я решила действовать осторожно. Сначала съезжу в магазин «Мир техники» и попробую аккуратненько разузнать про тамошнего директора. Его жена Лика зачем-то обращалась к Фоминой и потом дала подставку своей подруге...

Большой торговый зал был забит всевозможными электробытовыми приборами — холодильниками, тостерами, чайниками, утюгами и обогревателями. Милые девочки со значками «продавец-консультант» скучали у окна. Народ совершенно не собирался крушить прилавки. При виде покупательницы девицы оживились и табунком двинулись вслед за мной, нахваливая ассортимент. Я капризничала как могла. Нужен холодильник с тремя камерами, пятьдесят сантиметров глубиной и красного цвета! Естественно, такого не оказалось, и, скорчив недовольную гримаску, я процедила:

— Что-то у Юрия Петровича выбора совсем нет...

— У кого? — переспросила продавщица.

— Как это у кого? У вашего хозяина, господина Золотарева...

Девушка, однако, вздохнула:

— Здесь начальницей Анжелика Федоровна...

— Юрий Петрович умер год назад, — пояснила другая девчонка.

— Надо же! Такой молодой! Отчего?

— Ну не очень и молодой, — серьезно ответила собеседница, — шестьдесят отметил. Инсульт случился, резкое нарушение мозгового кровообращения, прямо на работе, сразу после обеда. Вот мы перепугались! Анжелика Федоровна отдыхать уехала, а он возьми да умри!

— Кто это — Анжелика Федоровна?

— Жена. Только три года вместе и прожили. Хотя ясно сразу было...

Девушка замолчала.

— Ну?.. — поторопила я ее.

В это время в магазин вошли парни явно кавказской национальности, и все продавщицы опрометью кинулись к богатым клиентам. Мы остались вдвоем. Я вытащила сто долларов и протянула девчонке.

— За что? — удивилась та.

— За информацию о Золотареве и Лике. Будет интересно, еще прибавлю.

Продавщица быстро сунула купюру в карман и пробормотала:

— Я сразу поняла, что вас Анна Степановна подослала...

Мы прошли в маленькую тесную подсобку, и благодарная девушка рассказала довольно обычную историю. Я многократно слышала такие. Стареющий мужчина на пороге шестидесятилетия поменял старую, испытанную в жизненных неприятностях жену Анну Степановну на моленькую сексуальную Анжелику. Краткая вспышка любовного угара — и, пожалуйста, безвременная кончина ловеласа. А ведь врачи предупреждают: не меняйте коней на переправе, чрезмерные утехи могут дорого обойтись. Но нет, седина в бороду, а бес в ребро. Кстати, поговорку придумали бог знает когда. Следовательно, милые мужские забавы остаются в веках одними и теми же. Анжелика погоревала, погоревала, завела себе нового ухажера и сделала его главным менеджером предприятия. Сама стала хозяйкой.

Ездит на джипе, два раза скатала за границу и, похоже, абсолютно счастлива. Бывшая супруга Анна Степановна попробовала судиться, но, естественно, проиграла дело. Развод и новый брак оформлены по всем правилам, чего же еще надо?

Никому происшествие не показалось подозрительным. Меня бы тоже ничего не насторожило, только зачем Лика обращалась к Фоминой? И что это «длилось» почти два месяца?

В полном недоумении я влезла в «Вольво» и включила радио.

— А теперь информация о пробках на дороге, — весело объявил диктор. — На въезде с Рублевского шоссе образовался затор. Там потерпел аварию роскошный «Мерседес». В беднягу на полном ходу врезался мусоровоз. Информации о жертвах пока не поступало, но, судя по свидетельствам очевидцев, водитель «Мерседеса» скорее всего погиб. Сейчас на месте аварии работают спасатели МЧС. При помощи резаков они пытаются вытащить тело несчастного.

Я быстренько выключила приемник. Дальше лучше не слушать — сейчас парень начнет радостно описывать раны, которые получил бедняга.

Съезд с Рублевки — какое-то заколдованное место. В начале 80-х все автолюбители, ездившие на работу этой дорогой, твердо знали: хочешь вовремя поспеть на службу, минуй развязку до восьми утра. Чуть позже ГАИ перекрывала движение, сгоняла все «простые» машины на правую полосу, и там образовывалась километровая пробка, которую прозвали «кремлевский запор», потому что по свободному левому ряду с жуткой скоростью, пугая люд мигалками и сиренами, торопились к станку «слуги народа» — чиновники всех мастей и рангов. Рублевское шоссе всегда было заповедником государственных дач партийной элиты.

Резкий звонок телефона заставил меня вздрогнуть, отчего-то нехорошо сжалось сердце.

— Воронцов Аркадий Константинович, — загремел в ухо железный голос.

— Нет, — поспешила я внести ясность, — спутали номер, у сына другой, записывайте.

— Дарья Васильева? — уточнил все тот же голос. — С поста ГИБДД беспокоят. Подъезжайте срочно. Воронцов Аркадий Константинович попал в аварию.

— Он жив?

— Немедленно приезжайте, мне запрещено давать информацию по телефону.

— Куда? — спросила я, чувствуя, как во рту с трудом ворочается ставший отчего-то огромным и тяжелокаменным язык.

— Пост ГИБДД, аккурат у съезда с Рублевки. Там затор, но вы включите фары — и по встречной. Номерок сообщите, патрульный подъедет, а то еще тоже в катастрофу угодите.

Руки и ноги перестали слушаться. Дергаясь, как деревянная кукла, не помня себя, я доехала до хвоста пробки. На встречной полосе скучал гаишник на мотоцикле. Я поморгала фарами. Парень махнул рукой, нацепил шлем, врубил ревун, и мы мигом оказались у головы змеящейся очереди.

Огромный красномордый постовой открыл дверь и сказал:

— Мамаша «Мерседеса» будете?

Не в силах издать какой-либо звук, я просто кивнула головой.

— Посидите тут, — велел офицер. — Там доктор в «Скорой», сейчас пришлю.

— Не надо, — пробормотала я, вываливаясь на мокрую, скользкую дорогу.

Перед глазами предстало место происшествия. Кешкин «Мерседес», смятый в гармошку, стоял на крыше, почти полностью перекрыв проезд. Чуть поодаль наискосок высился огромный вонючий мусоровоз, его передняя дверца была открыта нараспашку. Возле искореженного «Мерседеса» суетились люди в синих комбинезонах с какими-то штуками в руках. Время от времени раздавался жуткий, хватающий за душу звук распиливаемого металла. Кругом полно людей в форме. Слева в узенькую щель медленно проползали по одной машине желающих попасть в Москву. У водителей были вытянувшиеся лица и какое-то облегченно-злорадное выражение.

Возле «Скорой помощи» прямо на земле стояли носилки, полностью закрытые одеялом. Чувствуя, что силы сейчас покинут меня, я подскочила и сдернула легкий плед. Ничего! То, что я приняла за тело, оказалось просто сложенным пластиковым черным мешком. Но на сердце не стало легче. Хорошо знаю, что кладут в такую упаковку. Собрав все свое мужество в кулак, я приблизилась к «Мерседесу» и громко спросила:

— Как это случилось?

— Иди, иди отсюда, — огрызнулся один из мужиков с резаком. Несмотря на собачий холод, его лицо покрывали крупные капли пота.

— Мать приехала, — пояснил патрульный.

Офицеры и спасатели переглянулись. Внезапно наступила звонкая тишина, и я выкрикнула:

— Когда достанете тело?

— Не надейся, — донеслось из перекореженных внутренностей поверженного скакуна, — небось уже раскатала губы на мое наследство. Жив, здоров и невредим мальчик Вася Бородин.

— Вот, етит твою, шутник фигов, — шмыгнул носом один из спасателей, — он тут нам все анекдоты рассказывает. Эй, Воронцов, ты там как?

— Как в Сочи, — донеслось из того, что было машиной, — околел от холода, печка не работает, а я в одном костюме и отлить хочу.

— Во, блин, дает, печка! — ухмыльнулся постовой. — Надо же уцелеть в такой каше. Давай ходи под себя, коли невтерпеж.

Я почувствовала, что у меня нет ног, секунду словно висела в воздухе, потом рухнула задом в жидкую декабрьскую грязь и отчего-то принялась хохотать. Все казалось жутко смешным — приготовленные носилки, ждущая «Скорая помощь», спасатели и милиция. Они явно собирались увидеть свежий труп, а там совершенно живой и, кажется, не слишком пострадавший Аркадий. Потом из моих глаз потекли слезы, и подошедший врач ловко вколол мне что-то в руку. Следом наступило отупение.

Абсолютно спокойно я наблюдала, как «мерс»

развалился на куски. Вот спасатели с матерком выволакивают Кешку, ставят на ноги, и он, ухмыляясь и прихрамывая, идет ко мне. Гаишники хлопают его по плечам и бесконечно повторяют: «Во, блин!» Потом откуда-то из недр развороченной тачки извлекается кейс с неразбившимися бутылками коньяка. Их появление встречают громким смехом.

Потом провал в памяти, и вот мы стоим в нашем холле. Последнее, что я услышала, были слова Нюси:

— Ах, сволочь, ну погоди!

Глава 12

Утром я с трудом пришла в себя. Немилосердно болела голова, к тому же кололо в правом боку, и почему-то отказывались служить ноги. В ступни словно налили минеральную воду: там бегали пузырьки и жутко ныли пятки.

В столовой сидела заплаканная Зайка.

— Господи, — проговорила она, — представляешь, «Мерседес» предлагают сдать в металлолом за какие-то копейки...

— Отдай бесплатно, — отчего-то шепотом сказала я и налила себе кофе. Напиток оказался на удивление обжигающим, и пальцы от неожиданности разжались. Любимая чашка, украшенная изображениями кошек и собак, — подарок Александра Михайловича на Новый год, — упала на пол как раз в том месте, где не оказалось ковра. А как же иначе, ведь у меня бутерброд всегда падает маслом вниз.

Секунду мы глядели на остатки чашечки, а потом зарыдали в голос словно две кликуши.

— Хватит изображать тропический ливень, — велел вошедший Кеша, — я жив и здоров, нас так просто не возьмешь. Живучий, как...

— Таракан, — докончила появившаяся Маня.

— Кружечку жалко, — пробормотала я, тыча пальцем в пол.

— Ну, мать, — развел руками Аркадий, — думал, ты обо мне зря беспокоишься, а у тебя тут и впрямь горе!

Отчего-то после его ехидных слов рыдать расхотелось.

— Как спал?

— Подобное времяпрепровождение нельзя назвать сном, — вздохнул Кеша. — Вкололи какую-то дрянь, и всю ночь я пролежал обездвиженный... Во, гляди!

И он задрал рубашку. От шеи до пояса по спине расползся невероятный разноцветный синяк — от сине-бордового до темно-розового оттенка. Тут и там виднелись порезы. А справа на ребрах явный ожог.

— Сейчас же идем к врачу! — завопили мы с Зайкой.

— Зачем? — перепугался сын. — Хочешь, бегом по лестнице на второй этаж поднимусь?

— Где он? — раздался вопль из холла, и в столовую влетела Оксана.

— Да тут я, — вздохнул Кешка, — тут! Ну все,

конец пришел! Хирург явился! Сейчас влепит укол от столбняка, укол от бешенства...

— И десять в язык, чтобы заткнулся, — ответила Ксюша, ощупывая наше сокровище. — Удивительный случай! Похоже, только гематомы и мелкие порезы, а ожог откуда?

Кешка отмахнулся.

— Как ты узнала? — спросила я.

Оксана села на диван и закурила. Сегодня никто даже не поморщился при виде дыма.

— У меня больной один лежит ненормальный. Записывает ночной выпуск «Дорожного патруля» и смотрит утром. Я как раз с обходом явилась, а там на экране Кешкин «Мерседес». Кинулась к телефону, никто трубку не берет, ну и поехала...

— То-то ты в таком странном виде, — пробормотала Зайка, оглядывая Ксюшину одежду — голубую пижаму с застежкой на спине.

— Ага, — пояснила Оксана, — мне уже собрались Ковалева к столу подавать, только какая операция, когда руки трясутся. Чтоб ты провалился! Рассказывай, что произошло.

— И до мельчайших подробностей, — произнес мужской голос. Мы обернулись. Александр Михайлович стоял на пороге.

— О боже! — простонал Кешка. — Не стая воронов слеталась! Я жив-здоров, только слегка помят, ну, чего так суетиться?

— Абсолютно нечего, — согласился полковник, — нами движет естественное человеческое любопытство.

Все сели вокруг стола и уставились на Аркашку. Если сын чего и не переносит, так это рассказывать о своих неприятностях при большом скоплении любопытных. Но сегодня ему просто некуда было деваться. И, глубоко вздохнув, жертва принялась описывать событие.

Он ехал после встречи с клиентом по Рублевке. Место, где шоссе выходит на Кольцевую дорогу, узкое, к тому же там находится пост ГАИ со светофором. Час пик еще не начался, машин оказалось не так много. Собственно говоря, на красный свет остановился только один Аркадий. Справа было пусто, сзади и спереди тоже. Сын совершенно не ожидал никаких неприятностей, а спокойно слушал музыку, поджидая зеленый сигнал. Тут раздался страшный удар. Кеша ничего не понял. Машину поволокло куда-то вбок, последовал еще удар, потом еще...

Земля и небо поменялись местами, посыпались стекла. Спасли парня сразу надувшиеся подушки. Они выскочили одновременно изо всех возможных мест. Водитель оказался спасительно зажат ими. Единственную неприятность доставили осколки, засыпавшие сына мелким дождем. Каждый раз, когда он пытался шевелиться, мелкое крошево царапало тело. На улице декабрь, но в «Мерседесе» работала печка, и Аркаша сидел в одном костюме. К тому же от сильнейшего удара выпала из гнезда зажигалка и обожгла бок. Но все могло закончиться намного хуже...

— О чем ты думал, когда переворачивался? — поинтересовалась любопытная Маня.

Аркашка глянул на сестру и ухмыльнулся.

— Все произошло мгновенно, в голове пусто, даже руки с руля снял, так растерялся. Вот когда «мерс» на крышу встал и я вопли снаружи услышал, то обозлился. Ну, твою мать, влип! Теперь на встречу с другим клиентом опоздаю!

— Между прочим, твоя мать — это я, — возмутился во мне преподаватель.

— В рубашке родился, — вздохнула Ксюша, — так просто не бывает!

— Главное, видел я этот мусоровоз! — воскликнул Кешка. — Он за мной ехал. Вывернул откуда-то с боковой дорожки и замаячил сзади. Очень мне это не понравилось.

— Почему? — спросил Александр Михайлович.

— Не знаю, — пожал плечами сын, — тихий внутренний голос шепнул: пропусти эту консервную банку вперед. Ну я и припарковался, подождал минут пять, потом поехал. Еще удивлялся, куда он подевался. Шоссе-то прямое, далеко видно. Ну, думаю, и скорость у помойщика... И потом странно, подобные машины ведь по утрам ездят... Как он снова сзади оказался, ума не приложу...

— Выясним, — пообещал полковник.

— А что водитель говорит? — поинтересовалась Оксана. — Пьян небось...

Приятель вздохнул.

— Шофера не нашли.

— Как? — хором изумились все.

— В первую минуту патрульные бросились к «Мерседесу», очень уж страшно он выглядел, — пояснил Александр Михайлович. — На Рублевке вчера как на грех дежурили только три сотрудника. Двое из них первый день вышли на работу. Третий, опытный офицер их, так сказать, опекал. Вот молодые и растерялись слегка. Только-только учиться закончили, первый раз вживую аварию увидели. Гаишники тоже люди, к крови и страданиям еще нужно адаптироваться. Короче, виновник столкновения воспользовался суматохой и удрал. Там лесок в двух шагах...

— Между прочим, — влезла я в разговор, — найти его ничего не стоит. Каждый мусоровоз закреплен за конкретной конторой, шоферы работают по графику...

— Давно хотел оформить тебя в свою команду, — ухмыльнулся полковник, — останавливает только маленькая зарплата. Небось не захочешь за копейки работать, потребуешь, как Ниро Вульф, тысячные гонорары... Нашли и контору, и водителя, только он ни при чем.

— Да ну?

— Со слезами на глазах божится, что мусорник угнали. Шофер нарушил должностную инструкцию — зарулил домой позавтракать. А когда спустился во двор, колымаги своей не обнаружил. Он решил подождать и не сообщать начальству. Подумал, что кто-то из соседей схохмил. У них там через одного идиоты...

— Врет, — отрезала Маня.

— Похоже, что нет, — откликнулся приятель, — милиция нашла его дома в ванне...

— Подумаешь, — не успокаивалась девочка, — на такси домчался и придумал на ходу сказку.

— Шофер — мужчина пятидесяти лет, недавно женился на тридцатилетней даме, — пояснил полковник, — стесняется седины, хочет казаться моложе и тайком от супруги красит волосы. Его застали, когда он уже вытирал каштановую шевелюру, рядом валялась упаковка из-под дешевой болгарской краски. Держать такую на голове следует почти два часа. Так что, похоже, мусорщик говорит правду.

— Хватит, — резко сказал Аркадий, — надоело! «Мерседес» восстановлению не подлежит, а я жив и здоров. Куплю новую машину.

Все принялись пить остывший кофе. В некоторой растерянности я пережевывала отвратительно сладкий кусок хлеба. Итак, что я сегодня делаю? Наверное, поеду к Свете Малаховой и попробую все-таки узнать, чем занимаются милые дамы из лаборатории.

Материальное состояние Малаховой, очевидно, оставляло желать лучшего, так как проживала женщина в дешевом панельном доме. Правда, не на окраине, а недалеко от Птичьего рынка. Есть в столице такие местечки — вроде бы и близко от центра, а настоящие трущобы. Время приближалось к обеду, но на дворе стояла непроглядная темень. Кое-кто из водителей включил фары. Прохожие серыми тенями бежали через дорогу. Вдобавок с неба сыпался мелкий противный снег, тут же таявший на асфальте. Из-под колес «Вольво» вырывались фонтаны грязи. В такую погоду даже немытый подъезд с экономичными лампочками в двадцать пять ватт показался уютным. По крайней мере тут было сухо. Я сняла куртку и энергично встряхнула ее. Всего несколько секунд бежала от машины до двери, а промокла почти насквозь. Что за напасть! И еще одна закономерность — если в здании нет лифта, нужное мне помещение всегда оказывается на последнем этаже.

Похоже, что Малахова совершенно не боялась грабителей. Во всяком случае, дверь после звонка распахнулась сразу, без ненужных вопросов. Довольно молодая рыжеволосая женщина слегка встревоженно спросила:

— Вы ко мне?

Я посмотрела на ее безвольное лицо с мягкими чертами и прозрачно-зелеными глазами. Точь-в-точь такой взгляд у нашей йоркширской терьерицы Жюли, милой, воспитанной, очаровательной, но восхитительно глупой и трусоватой собачки.

— Света Малахова?

Хозяйка кивнула.

— Меня прислала Анжелика, жена Юрия Петровича Золотарева, директора магазина «Мир техники».

— Не знаю такого, — побелевшими губами пробормотала Света, быстро отступая в глубь квартиры, — первый раз слышу...

Но посеревшее лицо и бегающие глаза без слов свидетельствовали: врет.

— Ну-ну, не надо волноваться, — успокаивающе прочирикала я, пытаясь вернуть даме спокойствие, — дело для вас привычное, просто я подумала: работаете втроем, зачем мне переплачивать? Услуга стоит пять тысяч, вам небось долларов пятьсот достается? Так вот, дам две штуки, и вы сами все сделаете. Компаньонам не рассказывайте, все быстренько обстряпаем. Вам навар — мне экономия. Только одно условие!

— Какое? — пролепетала Света, входя задом в маленькую комнатушку, обставленную разнокалиберной мебелью.

Да, скорее всего ей и трехсот баксов не дают. Только за что? Чем занимаются удалые девицы? Вон как Светочку перекосило...

— Расскажите по порядку, как будете действовать. Во всех подробностях...

Света кивнула.

— Хорошо, только сначала в туалет схожу, подождите секундочку.

Понятно, от страха медвежья болезнь приключилась. Я села в продавленное кресло и принялась оглядываться. Комната как комната, без особых изысков. Отечественный диван-раскладушка, журнальный столик, полированная стенка и пятирожковая люстрочка. Выбивался из ряда недорогих вещей только большой импортный телевизор. Он смотрелся на маленькой тумбочке, как «Мисс Европа» среди колхозниц.

Из коридора между тем не доносилось ни звука. Здорово Малахову прихватило, ну да ничего, сейчас все узнаю. Будильник мерно отстукивал минуты. Через полчаса я заволновалась. Конечно, понос — дело неприятное, не сразу от унитаза оторвешься, но вдруг ей стало плохо с сердцем?

Я вышла в коридор и сказала:

— Светлана, вам помочь?

В ответ тишина. Из-под двери ванной не пробивается полоска света. Я толкнула легко поддавшуюся дверь — пусто! На вешалке висит только моя куртка! Ай да йоркширская терьерица, ну и глупенькая собачка! Обвела вокруг пальца. Изобразила полный испуг, усыпила бдительность и удрала. Причем не просто так, а заперев меня снаружи на замок. Простая отечественная продукция, но изнутри без ключа не открыть. Впрочем, у меня есть отмычки, но они лежат дома в спальне, в тайнике. Что же делать? Я кинулась к телефону. Дома никто не снимал трубку. Кешкин мобильный погиб в «Мерседесе», Зайка сидит в библиотеке и, естественно, отключила звонок, противный голос мерно повторяет: «Абонент находится вне зоны приема или временно недоступен». Значит, на помощь никто не придет и нужно выбираться самой. Но как?

Пнув для порядка пару раз плотно запертую дверь, я оглядела комнату. Естественно, есть окно, но пятый этаж и никаких деревьев рядом. Связать простыни и спуститься? Такое удается только в кино. И потом я не Тарзан, руки слабые, тяжелее чашки с чаем давно ничего не поднимаю... Либо узлы развяжутся, либо лапки разожмутся...

Маленькая пятиметровая кухня выглядела крайне убого, зато там был крохотный, похожий на скворечник балкончик. Рядом — о радость — балкон соседней квартиры.

— Эй! — проорала я. — Эй, люди!

Ни звука — скорее всего соседи на работе. Ладно, перелезу через перильца и погляжу. В крайнем случае разобью стекло и оставлю на столе сто долларов на ремонт.

Сказано — сделано. Сначала я перебросила куртку, потом стала осторожненько перебираться через пропасть. Главное — не смотреть вниз. Скользкие перильца слегка дрожали, впрочем, может, это просто тряслось мое тело. Наконец ноги ступили на бетонный пол, и я увидела через стекло балконной двери другую кухню.

За столом сидела огромная бабища и надувалась чаем. Изобразив самую любезнейшую улыбку, я постучала в стекло. Тетка глянула в сторону балкона мутноватым взглядом и открыла рот. Впрочем, ее можно понять. Не каждый день к вам приходят гости через балконную дверь на пятом этаже...

— Откройте, пожалуйста, очень холодно.

Баба как сомнамбула подошла и распахнула «ворота».

— Большое спасибо, — проникновенно произнесла я. — Можно на улицу выйти?

— Ты кто такая? — обмерла хозяйка.

— Долго рассказывать, да, вы боюсь, и не поверите, — щебетала я, протискиваясь в коридор.

— Ну Федька, ну козел поганый, — пришла в негодование баба, — уже домой блядей водит! То-то смотрю, едва вошла с работы, а он в ванну да еще зовет спинку ему потереть! Вона чего удумал! Думал, ты потихоньку слиняешь с балкону, да только я чай пить села, потому что мне насрать на его спину, он сейчас ваще без головы останется, маньяк сексуальный!

Пока ревнивая супруга плевалась огнем, я

справилась с нехитрым замком и с чувством произнесла:

— Федя тут совершенно ни при чем, ей-богу!

— А откуда ты тогда его имечко знаешь? — взревела баба, распахивая дверь в ванную, где мирно напевал ничего не подозревающий мужик.

Вот дура, сама же только что назвала мужа Федькой! Но баба уже бушевала:

— Ах козел, гадина поганая, дрянь такая!..

— Ты чего, Кать? — оторопел не ждавший скандала супруг. — Белены объелась?

— Щас ты у меня говна нахлебаешься! — пообещала ласковая женушка, и из ванной донесся глухой удар, всплеск и вопль.

Углядев на вешалке мужскую куртку, я быстренько сунула во внутренний карман сто долларов и понеслась по лестнице. Надеюсь, небольшое вознаграждение смягчит боль от ран, которые сейчас наносит ни в чем не повинному Федору рассвирепевший мамонт.

Глава 13

Добежав до «Вольво», я прыгнула за руль и отдышалась. Так, ничего не узнала, кроме одного — все тетки, уволенные из лаборатории, явно занимаются чем-то противозаконным. Ладно, поеду напугаю теперешнюю владелицу магазина «Мир техники».

Анжелика Федоровна Золотарева подняла глаза от кипы бумажек и, мило улыбаясь, спросила:

— Какая-то проблема?

— Проблема у вас, — сурово заявила я, поплотнее прикрывая дверь кабинетика, — нехорошая такая проблема...

Женщина вздернула брови. Она оказалась очень хороша собой — этакий карамельно-конфетный вариант. Легкое облачко светло-русых волос, приятные карие глаза, милая ямочка на правой щеке. Похоже, что и фигура не подкачала, хотя видно только верхнюю половину туловища...

— Вы ненормальная? — осведомилась Лика и тут же осеклась, увидев, как я помахиваю перед ее носом бордовой книжечкой с золотыми буквами МВД.

Купила я «удостоверение» за двадцать пять рублей на Митинском рынке. Понадобилось оно для одного щекотливого дела, и я ничтоже сумняшеся вклеила туда свою фотографию, а печать изобразила при помощи ластика «Архитектор». Правда, похоже, зря потратила целый вечер на создание «ксивы». Никто ни разу не заглянул внутрь. Наш народ традиционно боится всяких аббревиатур и тисненных золотом букв. Лика не оказалась исключением. И у нее явно было рыльце в пушку, потому что прекрасные глаза забегали из стороны в сторону, а щечки слегка порозовели. Потом она все же собрала волю в кулак и решила действовать испытанным методом.

— Нас только что проверяла налоговая инспекция, — прощебетала очаровательная начальница, выставляя на стол бутылку водки, — полный порядок...

— Я из уголовного розыска...

Личико Анжелики заметно дернулось, и девушка быстренько продолжила:

— Есть великолепный телевизор, «Филипс», родной, вам — бесплатно, за счет магазина...

Я рассмеялась и села возле стола.

— Деточка, за твое дело телевизором не расплатишься.

Анжелика удивилась:

— А что, на меня завели дело?

— Обязательно заведут.

— Интересно, по какой статье? — упорствовала молодая директриса. — Закон соблюдаю, налоги плачу, покупателей не обманываю...

— Надежду Фомину знаешь?

Золотарева минуту глядела на меня остановившимся взором, потом, странно всхлипнув, упала головой на стол.

Недолго думая, я вылила ей на волосы полбутылки водки. Резкий запах спиртного разлетелся по комнатушке. Анжелика вздохнула и тихо спросила:

— Ее арестовали?

— Фомину?

— Да.

— Тайна следствия не подлежит разглашению. К тому же вопросы здесь задаю я.

Лика провела рукой по волосам и сморщилась.

— Ничего, — подбодрила я женщину, — в камере есть вода, правда, только холодная, ну ничего, как-нибудь помоешься...

— Где? — окончательно испугалась девушка.

— В СИЗО, на Петровке.

— За что? — помертвевшими губами прошептала красавица и совершенно по-детски добавила: — Не хочу в тюрьму.

— Понимаю и, если поведете себя правильно, можете избежать ареста.

Анжелика поняла мои слова по-своему, вновь попыталась поправить взлохмаченные волосы и деловито осведомилась:

— Сколько?

А еще утверждают, что в нашей стране трудно заработать! Да просто в руки всовывают доллары, только возьми. Но мне была нужна информация, а не зеленые бумажки. К тому же я совершенно не знаю таксу на такие услуги.

— Гражданочка, — решила я еще раз припугнуть девицу, — за дачу взятки привлекаются обе стороны — тот, кто получает, и тот, кто протягивает... Необходимо от вас другое.

Девушка попыталась улыбнуться и произнесла:

— Может, лучше ко мне поедем?.. Вечереет уже...

О господи! Предложила все, что могла. Сначала деньги, потом себя... Неужели я похожа на лесбиянку?

— Вот что, гражданка Золотарева, заканчивайте цирк, а то сейчас конвой вызову...

Лика сравнялась цветом со своей белоснежной блузкой и, окончательно теряя рассудок, поинтересовалась:

— Так чего надо-то? Денег не берете, кровать не интересует...

Я медленно закурила, наблюдая, как директриса лихорадочно вертит в руках карандаш. Хорошая, однако, репутация у наших правоохранительных органов! Людям даже в голову не приходит, что сотрудник может просто выполнять свой служебный долг...

— Если поможете следствию, вам ничего не грозит.

— Совсем? — с надеждой осведомилась Лика.

— Да... Только расскажите, что за интересы связывали вас с Фоминой, и я отпущу вас на все четыре стороны...

Анжелика колебалась. Чтобы подстегнуть ее, я вытащила сотовый, нажала несколько кнопочек и, слушая, как бесстрастный женский голос произносит: «Московское время — семнадцать часов десять минут», каменным тоном произнесла:

— Гараж? Майор Васильева из пятнадцатого отдела. Машину и конвой по адресу...

— Ой, не надо, — заломила руки Лика, — расскажу все, а вы, правда, потом отпустите?

— Честное слово сотрудника МВД.

Анжелика вздрогнула и принялась каяться.

Лет ей совсем немного — всего двадцать семь. И с самого рождения жутко не везло. Отца никогда не видела. Мама, не разгибая спины, мыла подъезды, чужие квартиры и магазины, чтобы купить девочке еды и кое-какие игрушки. Иногда она брала с собой на работу Лику. Хорошенькая светлокудрая малышка, подражая маме, терла тряпочкой дверь. Люди приходили в умиление и одаривали «уборщицу» конфетами, шоколадом и яблоками.

Жизнь Лики резко изменилась, когда мама пристроилась домработницей в богатую семью высокопоставленного чиновника Павла Андреевича Комова. В огромной пятикомнатной квартире жили сам хозяин, его жена Элла Марковна и дочка Ира, хрупкая, болезненно тихая девочка.

Анжелике исполнилось семь, когда она впервые переступила порог комнаты, до отказа набитой игрушками. Двух недель хватило девочке, чтобы увидеть гигантскую пропасть между собой и Ирой. Дочка Комовых ездила в школу на машине с личным шофером отца, уроки ей помогали делать репетиторы, а ее нарядам могла позавидовать любая столичная модница. У бессловесной Ирочки имелось все, начиная от невесомой норковой шубки и заканчивая кедами «Адидас». Такая обувь тогда была экзотикой.

Да и дома у них существовали особые порядки. Макароны, картошку и хлеб там практически не ели, каши не варили. Иногда Комов привозил из-за границы пакеты, где лежала смесь геркулеса с орехами и фруктами. Содержимое пакета заливали кипятком и подавали на завтрак. Лика попробовала заморское кушанье и скривилась. Мамочкина геркулесовая каша на молоке, щедро сдобренная сахаром и маслом, казалась куда вкуснее.

Элла Марковна поощряла дружбу дочери с Ликой. В классе у Ирочки не нашлось подруг, и Лика заполнила эту брешь. Целыми днями Анжелика пропадала у Комовых. Когда к Ирочке приходили репетиторы, подружка тихонько сидела в уголке, слушая объяснения учителей. Результат не замедлил сказаться: через год Лика выбилась в отличницы и даже начала немного говорить по-английски. Элла Марковна только вздыхала по субботам, разглядывая два дневника: Ирочкин, полный двоек, и Ликин, где были сплошные пятерки.

Не расставались они и летом. На огромной даче Комовых места хватало всем. Одевалась Лика исключительно в Ирочкины вещи, а когда выяснилось, что она переросла хрупкую подружку по всем параметрам, Элла Марковна стала привозить из заморских путешествий два комплекта шмоток.

Правда, надо отметить, что Анжелика верой и правдой служила Ирочке. Она ни разу не поссорилась с подругой, не предлагала той играть в подвижные игры или танцевать. Нет, Лика терпеливо разделяла нехитрое Ирочкино хобби — вязание, вышивание, бисероплетение... Но иногда энергия так переполняла Анжелику, что, тихо перебирая спицами, она невольно начинала отбивать такт ногами — как бы танцевала сидя. Однажды это увидела Элла Марковна, вздохнула и, погладив Лику по голове, тихо сказала:

— Ты настоящая подруга.

Так они и росли вместе — бессловесная Ирочка и бойкая Лика. Потом началась перестройка, перестрелка, развал СССР, стремительное падение рубля... К власти пришли новые люди, и Комов оказался не у дел.

Однажды вечером заплаканная Элла Марковна, обняв Лику, сообщила, что они эмигрируют в Америку. В 1993 году Лике пошел двадцать первый год, и они с Ирочкой заканчивали Плехановский институт.

— Как же так? — оторопела Анжелика. — А на пятый курс Ира не пойдет?

Элла Марковна развела руками. В октябре Комовы уехали. Лика вернулась к матери — в коммунальную слободку с пьяными соседями. Больше никто не покупал ей дорогих вещей, не совал денег в карман и не предлагал перекусить... Следовало позаботиться не только о себе, но и о мамуле...

Писем от Комовых не было. Но в конце ноября пришел молодой человек, представился риэлтером и вручил Лике договор. Она с изумлением узнала, что является собственницей отличной двухкомнатной квартиры, правда, в Матвеевской.

Войдя в новое жилище, Анжелика чуть не расплакалась. Комнаты и кухня были обставлены знакомой, можно сказать, родной мебелью. А на столе лежала большая открытка «С днем рождения, дорогая...». Это был прощальный подарок от Комовых.

Но вместо благодарности Лика парадоксальным образом ощутила безумную злобу. С ней поступили, как с комнатной собачкой! Сначала купили для своего ребенка живую игрушку, а потом, избаловав болонку, выкинули на улицу выживать на помойке! Как они могли уехать и бросить ее здесь, пусть даже в новой квартире с мебелью и посудой?! Безумно раздражала Анжелику мать, тут же кинувшаяся в церковь ставить свечи за здоровье «благодетелей».

— Как ты не понимаешь! — взорвалась однажды Лика. — Я отработала эту квартиру целиком и полностью, просидев все детство и юность с этой хныксой Иркой!

— Побойся бога, — запричитала мать, — да Комовы тебя, считай, вырастили, выкормили и выучили, а теперь еще и озолотили! Нам никогда бы самим квартиру не получить!

Лика молчала. В июле следующего года пришло письмо от Ирочки. Та подробно описывала их жизнь. Сначала было трудно, зато сейчас все «устаканилось». Папа на пенсии, мама выращивает розы, сама Иришка заканчивает Калифорнийский университет, но главное не это! Она познакомилась на вечеринке с парнем, который оказался сыном богатых родителей, к тому же красавец. Словом, в апреле сыграли свадьбу, и тихая Ирка счастлива безмерно. «Обязательно напиши, — стояло в конце, — очень беспокоюсь о тебе».

Отметив, что письмо не содержит приглашения в гости, Лика разорвала послание в клочья. Верная подружка вышла замуж за миллионера и кайфовала в далекой Калифорнии, а перед Анжеликой стояла неотложная проблема — где найти работу?

С трудом удалось пристроиться бухгалтером в магазин «Мир техники». Потянулись скучные, однообразные дни.

Скоро Лика поняла, что хозяин предприятия, полный, одышливый Юрий Петрович, слишком часто заходит в бухгалтерию. Потом последовало недвусмысленное предложение съездить вместе в выходные на дачу.

Лика призадумалась. Она стойко оберегала свою девственность, но теперь решила продать этот товар подороже.

Каменным голосом бухгалтерша сообщила хозяину, что является невинной девушкой и лишиться этого качества желает только в первую брачную ночь.

Золотарев хмыкнул, но ухаживать не перестал. Лика же пустилась во все тяжкие. Носила вызывающе обтягивающие пуловеры и короткие до неприличия юбочки. К тому же оказалась умна и подсказала хозяину пару финансовых трюков для увеличения капитала. Именно Анжелике пришла в голову идея нанять для оформления витрины и торговых залов студентов из Строгановки. Получили недоучившиеся дизайнеры копейки, но работу выполнили отлично.

Скидки для постоянных покупателей, мелкие грошовые подарки детям, бесплатные авторучки и регулярные лотереи — из Лики бил фонтан идей. Юрий Петрович резко повысил девчонке зарплату и сделал своей правой рукой. Когда хитрая Лика подарила одному из корреспондентов холодильник, журналист кинулся прославлять «Мир техники». Анжелика не жадничала и одаривала писак. Известности добавили и благотворительные акции — телевизор, переданный детскому дому, и стиральная машина, отправленная в приют для престарелых.

Народ валом повалил в магазин.

В один прекрасный день Лика положила на стол хозяина заявление об уходе.

— С ума сошла! — испугался Золотарев. — Увеличу оклад вдвое...

Но девушка покачала головой. Дело не в деньгах, а в глубоко личных переживаниях. Потупив глазки, хитрюга призналась:

— Я уже давно люблю вас. Ни разу в жизни мне не встречался такой человек. Ваш удивительный ум и благородная внешность покорили меня, но у вас семья, жена, а я не хочу мешать чужому счастью.

Покажите хоть одного мужчину, сомневающегося в своей исключительности! И найдите такого, чье сердце не дрогнет при виде очаровательной девушки, шепчущей признание в любви!

Юрий Петрович заключил пройдоху в объятия и пообещал золотые горы. Руки его потянулись расстегнуть брюки, но Лика осадила кавалера:

— Я честная женщина, только после свадьбы...

Нехитрая, проверенная многими тактика принесла плоды. В считанные недели Золотарев развелся с Анной Степановной и женился на юной прелестнице. В жадные ручки негодяйки попали роскошная дача, шикарная квартира, солидный банковский счет, предусмотрительно размещенный в Эмиратах, и магазин. Лишним в данном списке был только старый муж, решивший проявлять не по годам резвую сексуальную прыть.

Анжелику просто перекашивало, когда Юрий

Петрович подходил нагой к супружеской кровати и мило чирикал:

— Ждешь меня, пусик?

Девушку раздражало все — короткие ноги, густо поросшая волосами спина, выпирающий живот и постоянно потное тело. К тому же Юрий Петрович решил ублажать жену по полной программе, и «сеанс удовольствий» длился больше часа.

Лике оставалось только терпеть, изображая африканскую страсть. Но все чаще в голову приходила одна простая, как грабли, мысль — вот бы муж умер, оставив ей наследство. Мысль росла, крепла, оформлялась... Мешал страх. С детства в душе Лики жила уверенность: убийцу обязательно поймают, наказание неотвратимо! Провести лучшие годы жизни за решеткой как-то не хотелось. Вот если бы Юрий Петрович просто умер от инфаркта, инсульта или какой-нибудь болячки... Но, как назло, Золотарев отличался отменным здоровьем, а женитьба на юной прелестнице омолодила мужика. Юрий Петрович никогда не чувствовал себя лучше, чем в год перед смертью.

Время бежало. У Лики начались неприятности с желудком. Резкие боли мучили ее после любой еды, а от голодной диеты становились невыносимыми. Ей бы обратиться к психотерапевту или, на худой конец, к невропатологу, но лечащий врач велел проконсультироваться у гастроэнтеролога. Анжелику принялись потчевать абсолютно бесполезными лекарствами, никто и не подумал о том, что таким образом тело мстит душе за отвратительные мысли.

Однажды Лика лениво листала «Из рук в руки». Ей нравилось читать чужие объявления, попадались безумно прикольные — просто обхохочешься: «Овощной базе требуются две пожилые женщины для закваски и три молодые для засолки», «Две индейки и одна корейка, студентки, снимут комнату», «Арбузницы от производителя». Стараясь понять, что это за зверь такой — «арбузница», Анжелика перевернула страницу, и ее глаза выхватили текст: «Избавлю от надоевших мужа, жены, свекрови и других родственников. Абсолютно законно, полное алиби. Дорого».

Поколебавшись несколько дней, девушка позвонила по указанному телефону. Ответила шамкающая бабка, которая предложила Анжелике явиться в понедельник в кафе «Венера».

Там за самым маленьким, расположенным в углу столиком сидела приятная дама. Беседа протекала за кофе. Женщина представилась Надеждой Фоминой и сказала, что услуга стоит пять тысяч долларов. Когда Лика робко поинтересовалась, что потребуется от нее, Фомина, мило улыбнувшись, ответила:

— Ничего, только деньги. Да еще ответите на пару вопросов.

Надежда слукавила — вопросов оказалось очень много, и Анжелике пришлось почти целый час рассказывать о привычках Юрия Петровича и состоянии его здоровья.

Фомина велела через неделю приготовить деньги и ушла. Спустя ровно семь дней Лика передала Надежде толстый конверт. Потянулось тягостное ожидание. С Юрием Петровичем ничего не происходило, он, по-прежнему веселый и бодрый, активно занимался с женой сексом... В конце концов в голову Лики пришла мысль: ее кинули! Мошенники пообещали избавить от мужа, взяли деньги — и тю-тю. Чудесный бизнес, кто рискнет рассказать в милиции о таком? Никому не захочется признаться в планировании убийства.

Не надеясь ни на что, девушка вновь позвонила по заветному телефончику. К ее удивлению, та же бабка велела явиться в ресторанчик «Ромашка».

На этот раз Надя Фомина опоздала, и Лика нервно ерзала на стуле, поджидая ее. Не успела дама сесть, как Анжелика накинулась с претензиями. Деньги заплачены, а муж как ни в чем не бывало попивает пиво. За обман можно и схлопотать.

Фомина продолжала улыбаться. Выслушав гневные речи, она спокойно ответила:

— Быстро только кошки родятся. В вашем случае спешить нельзя.

— Ну смотри, — пригрозила Анжелика, — обманете — в милицию пойду.

Надежда радостно расхохоталась.

— И что скажете? Наняла, мол, киллера убить мужа, а он обманул? Предположим, что вы назовете меня. Ну и что? Я ни от кого не скрываюсь, работаю на фирму, к суду не привлекалась. Приведете свидетелей, якобы видевших, как вы мне давали деньги? И тут отопрусь — выставлю

своих, которые заявят, будто вы долг отдавали...
Назовете телефон, а на другом конце провода
восьмидесятилетняя бабуля со справкой из псих-
диспансера. Шизофрения! Мало ли какие она
объявления публикует... Только никуда вы не
пойдете, так как подобная инициатива обернет-
ся против вас. О преступных намерениях слышали? Вот-вот, прямо про Анжелику написано, да
и муженек не обрадуется, когда ему позвоню...

Заказчица прикусила язык. Фомина продолжала улыбаться.

— Ну-ну, — приободрила она Лику, — не
стоит нам ругаться. Все пройдет отлично. Поезжайте лучше куда-нибудь отдохнуть, расслабиться, только оставьте дубликат ключей.

— Зачем? — насторожилась Лика.

— Дорогая, — вкрадчиво ответила Надежда, — лучше не уточнять деталей.

Очевидно, улыбчивая убийца обладала гип-
нотическим даром, потому что Анжелика как во
сне протянула ей ключи и поехала домой. Прошла неделя. Юрий Петрович исправно ходил на
работу. Лика отправилась за границу лечить же-
лудок. В момент, когда она потягивала минеральную воду из специальной кружки с длинным
носиком, ее застало долгожданное известие:
«Срочно возвращайся. Юрий Петрович попал в
больницу. Очень плох. Мама». Лика кинулась в
Москву. Уже в аэропорту узнала правду — Золотарев умер от инсульта. Удар приключился на
работе, и в клинику доставили уже остывающее
тело.

Лика зарыдала от счастья, но окружающие

восприняли слезы как признак скорби. Юрия Петровича похоронили. Вопросов ни у кого никаких не возникло. Женитьба старика на моленькой частенько приводит к подобному исходу. К тому же Золотарев был тучен, неумерен в еде, общался с людьми в основном на повышенных тонах... Типичный гипертоник, не желавший ходить по докторам. А его семейная жизнь с Ликой казалась всем образцовой...

Накануне похорон девушке позвонила Надежда и мирно посоветовала:

— Чтобы от греха подальше, тело лучше бы кремировать...

Лика послушалась. Так благополучно все и закончилось. Сбылись заветные мечты. Нелюбимый муж сгинул безвозвратно, а молодая вдова осталась отлично обеспеченной. Дела в магазине пошли успешно, и через полгода у Лики появился более подходящий по возрасту кавалер — двадцатипятилетний Никита. Жизнь только-только начиналась, и тут заявилась я...

— Как они устроили убийство?

Лика пожала плечами.

— Мне кажется, никто его не убивал. На самом-то деле мне попались мошенники. Сначала выспросили про здоровье и поняли, что скоро может случиться инсульт. Потому и тянули так долго. Зря только потратилась. Юрик не жилец был! Я не виновата, роковое стечение... Жена уехала, он ел жирных кур, пивом наливался, вот и результат!

Она говорила быстро, горячо, даже страстно. Убеждая меня, а вероятнее всего, себя в собственной невиновности... Но мне было наплевать на душевное состояние негодяйки.

— Значит, решили, будто муженек умер сам по себе, и порекомендовали своей подружке обратиться к Костиной с той же проблемой? Господин Феоктистов Станислав Олегович, владелец фирмы «Ротонда», как, кстати, его здоровье?

— Он жив, — посеревшими губами пробормотала Лика, — жив.

— Ладушки, — мирно согласилась я. — Ваша помощь следствию будет оценена по достоинству. Никуда вас не повезу, но...

Не дослушав, Лика зарыдала. Крупные слезы красиво текли из намазанных глаз. Но сейчас изобретена замечательная косметика, которой не страшны дождь, снег, буря и дамская истерика! Поэтому, даже заливаясь слезами, Анжелика оставалась прехорошенькой.

Глядя на ее очаровательную мордашку, я невольно вздохнула. Надеюсь, что на жизненном пути ей не встретится еще один богатый и влюбчивый идиот. Да, эту историю следует отпечатать и повесить на дверях загса, чтобы престарелые донжуаны знали, чем рискуют, меняя прежних жен на молодых и прекрасных. И как хорошо, что Лика оказалась абсолютно юридически безграмотна. Небось ни разу не смотрела по телевизору нужную и интересную передачу «Человек и закон». Так вот, ведущие там без конца повторяют: допрашивать вас имеют право только в служебном кабинете у следователя. Причем в процессе допроса оформляется протокол, где вам предложат подписать каждую страницу. Все остальные разговоры — просто беседа, дружеский треп и не более того. Кстати, при аресте всегда требуйте показать ордер, этакую бумажку с подписями и печатью, и ни за что не соглашайтесь никуда идти с таким сотрудником, который, отмахиваясь, сообщает: «Все документы в машине!»

Но Лика ничего такого не знала и сейчас билась в рыданиях.

— Хватит выть! — прикрикнула я. — Во-первых, звони подружке и вели ей дать отбой в отношении мужа. Во-вторых, давай телефон, по которому связывалась с Костиной.

Продолжая всхлипывать, Анжелика продиктовала номер и схватилась за трубку. Я пошла к выходу, слушая, как женщина сообщает несостоявшейся вдове о том, что лавочка прикрыта.

Надо же, некий неизвестный мне Станислав Олегович Феоктистов так и не узнает, что я спасла ему жизнь!

Глава 14

Домой я заявилась к одиннадцати часам, но, несмотря на позднее время, в холл выбежала заплаканная Маша.

— Что случилось, детка?

Всхлипнув, Маруся побежала в столовую, я, испугавшись, кинулась за ней. На диване, укрытая до носа пледом, лежала Зайка. Тут же сидели Кеша, Дениска, Оксана. В углу пристроилась Нюша. Все молча уставились на меня покрасневшими глазами. Здесь явно только что стоял общий плач.

— Да что происходит? — севшим голосом поинтересовалась я, оглядывая домашних.

Кажется, все живы и здоровы, только Ольга какая-то странная...

— Банди убили, — наконец выдавил Аркадий, — Бандюшу...

— Как?!

— Застрелил милиционер, — всхлипнул Денька, — из табельного оружия...

— За что?

— Он укусил Зайку!

Банди напал на Зайку? Невероятно! Наш пит никогда никого не трогает, а уж Ольгу просто обожает. Бандюшу принесли в дом трогательным голенастым месячным щеночком. На дворе стоял ветреный февраль, и гладкошерстный песик отчаянно мерз. Зайка брала его с собой в постель, закутывала в одеяло. Благодарный Бандюша прижимался к ней всем тельцем и спокойно спал. Из кровати пита стали выгонять, когда почти семидесятикилограммовая туша вытеснила оттуда хозяев. Но все равно, дождавшись, пока невестка заснет, Банди частенько залезал к ней под одеяло, так что снаружи торчала только треугольная морда...

Услышав недоумение в моем голосе, Зайка вытащила из-под пледа тонкую бледную руку. На коже виднелись смазанные йодом ссадины. Я перевела глаза на ее лицо — лоб заклеен пластырем, и на щеке довольно глубокая царапина.

— Он чуть не загрыз меня, — прошептала Зайка, — спасла куртка, а потом патруль...

— Да расскажите наконец, что случилось! — потребовала я, чувствуя, как сжимается сердце.

Конечно, заводя собаку, понимаешь, что в конце концов переживешь ее. Но Банди был еще так молод — веселый, озорной, добрый пес...

Зайка тем временем откинула плед и села.

— Ну, быстрей! — велела я, глядя, как Снап мирно грызет в углу косточку из бычьих жил. Просто невозможно представить, что Банди мертв!

Оказалось, днем невестка решила съездить в магазин «Марквет». Мы регулярно покупаем там собачьи корма и игрушки. Правда, кошки предпочитают мясо, но псы охотно лакомятся консервами. Хозяева «Марквета» нас обожают. Еще бы, в каждый приезд мы оставляем там кучу денег, сметая все, что выставлено на прилавки. Поэтому, как постоянных и выгодных покупателей, нас привечают и оказывают всяческие услуги. Например, дарят лишние пакеты корма или предлагают бесплатно сделать псам прививки. Очень трогательно выглядят открытки, рассылаемые дирекцией к Новому году: «Поздравляем Снапа, Банди, Черри, Жюли и Хуча с праздником. Желаем отличного собачьего здоровья». Трогательно и мило. К тому же два раза в неделю в магазине принимает ветеринар, у которого можно получить исчерпывающую консультацию.

В понедельник Банди прищемили дверью хвост. Во вторник небольшая ранка загноилась, и Ольга громко объявила всем, что, если ссадина не заживет, в пятницу она поедет в «Марквет» обработать болячку. В четверг вечером, осмотрев хвост, дети решили отправиться к врачу.

С утра стоял ужасный холод, и Зайка надела пуховую куртку, спасшую ей в результате жизнь. Когда «Фольксваген» подкатил к зданию комплекса, Ольга нацепила на Бандюшу поводок и повела его в медицинский кабинет. Но там уже возникла небольшая очередь. Старушка с кошкой подняла жуткий крик, увидав пита без намордника. Никакие заверения Ольги, что пес боится кошек как чумы, не подействовали — вопли усиливались. Тогда, чтобы предотвратить скандал, Зайка вышла на улицу, привязала Бандика возле двери и, велев ждать, спустилась к вредной бабульке.

Пит преспокойно остался сидеть у порога. Минут через пятнадцать невестка вновь вышла и, наклонившись, стала отвязывать пита. И тут собака, не издав ни звука, ухватила ее за волосы. Ольга вздрогнула. Глаза Банди отчего-то покраснели, из груди вырывался злобный рык.

— Фу! — закричала Ольга.

Вновь лязгнули зубы, и питбуль, взметнувшись всем телом, опрокинул невестку на землю. Зайкины пятьдесят кило рухнули под натиском семидесяти, состоящих из одних железных мышц. Банди, отвратительно рыча, принялся раздирать толстую, как одеяло, куртку, пытаясь добраться до горла хозяйки. Еще несколько минут, и пит перегрыз бы Зайке шею...

По счастью, именно в этот момент в «Марквет» приехали патрульные. У одного из них дома живет кошечка, вот парень и решил использовать свободную минутку — купить киске «Вискас». Увидев огромную тушу, терзающую девушку, милиционер вытащил табельное оружие и выпустил в пита всю обойму.

— Голова его просто раскололась, — плакала Ольга. — Я вся была в крови...

Выскочившие на истошные крики прохожих сотрудники «Марквета» моментально увели внутрь рыдающую девушку и вызвали Аркадия. Сын прибыл как раз в тот момент, когда специальная служба, запаковав то, что осталось от Бандюши, в мешок, забирала труп в лабораторию на улицу Юннатов.

Сын привез жену домой в полубезумном состоянии. Часов до восьми все просто плакали. Потом позвонили в лабораторию и узнали, что ни о каком бешенстве речи и быть не может. Бедный Бандюша оказался абсолютно здоров. Отчего он так агрессивно повел себя, оставалось загадкой.

Стоит ли говорить, что заснуть было невозможно. Около пяти утра я выползла на первый этаж, думая: «Возьму в столовой коньяку и напьюсь как свинья!» Первый раз в жизни я поняла, что выражение «камень на сердце» не является красивым преувеличением. У меня было полное ощущение, что в левой стороне груди каким-то образом оказался булыжник.

В пустом полутемном холле валялась в углу разодранная и окровавленная желтая курточка. Я подошла к одежонке, и слезы покатились у меня из глаз. Господи, что же случилось? Бедный мой Бандюшка, ласковый мальчик, обожающий блинчики и боящийся кошек!

Тут за дверью послышалось характерное поскуливание. Сначала тоненькое «и-и-и», потом басовитое «у-у-у». Так Бандюша просился с прогулки в дом... Вот, пожалуйста, глюки пошли...

Я наклонилась к куртке, но с улицы донеслось вполне материальное царапанье и нервное «гав-гав-гав»... Ничего не понимая, я приоткрыла дверь и увидела... Банди. Пит улыбался во всю пасть, тонкий длинный хвост мел по крыльцу, поднимая фонтанчики грязи.

— Гав! — радостно повторял он. — Гав!

Крик, вырвавшийся у меня из горла, был настолько ужасен, что в холл кубарем скатились все.

— Что?! — проорал Кеша, подскакивая ко мне. — Что?

Не в силах произнести ни слова, я ткнула пальцем в дверь и вновь издала вопль раненого бизона.

Аркадий взял шоковую дубинку, рывком открыл дверь... Замерзший Банди влетел в холл и принялся отряхиваться, разбрызгивая во все стороны мелкие холодные капли...

— А-а-а! — завизжала Ольга и опрометью кинулась вверх по лестнице.

— Привидение! — взвыла Маня. — Кыш, чур меня, отче наш, изыди, сатана!

— Этого не может быть. Просто невероятно! — прошептала потрясенная Нюся.

Я была с ней солидарна. Оксана и Кеша молча в ужасе уставились на весело прыгающего пса. Первым от шока опомнился Денька. Мальчишка подскочил к питу и попытался ухватить его за ошейник, но тут же отдернул ставшую красной руку. Через секунду Дениска схватил Банди за хвост и втащил абсолютно не сопротивляющееся животное в чуланчик, где хранились ведра, тряпки и пылесос. Собака обиженно зарыдала. Обычно запихивали туда за какие-нибудь провинности, но сегодня пит не чуял за собой вины.

— Что с рукой? — кинулась Оксана к мальчику.

— Ничего, — медленно произнес наш ветеринар, разглядывая пальцы, — у Банди на шее свежий кровоточащий след...

— Пришили голову! — ахнула Маня.

— Ага, — буркнул Деня, — и отпустили домой: беги, парень, здоров.

— Ладно глупости нести, — отрезал Кеша, хватаясь за телефон. — Я лично видел труп, там просто не было головы, сплошное месиво.

Банди взвыл в чуланчике.

Кеша взволнованно заорал в трубку:

— Алло, лаборатория? Вам сегодня привезли пита...

Мы молча слушали разговор. Ольга стояла на площадке второго этажа и рыдала в голос, как плакальщица на мусульманских похоронах.

— Хорошо, хорошо, хорошо, — повторял Аркадий.

Потом быстро записал что-то на бумажке и повесил трубку.

— Ну? — закричали все.

— Привезенный пит после анализов кремирован, — пояснил сын.

— Наверное, он ожил, — пробормотала Маня, — как птица Феникс.

— Дежурный очень удивился моим расспросам, — продолжал Аркашка, — сказал, что по ночам, как правило, ведут прием только в экстренных случаях, оказывают скорую ветеринарную помощь. Но все же поглядел в журнал и сказал: труп питбуля, окрас черный, возраст около двух лет, клеймо на животе ОК-742, уничтожен в 20.00. Справку могут дать завтра, вернее — сегодня, с девяти.

— Банди старше! — завопила Маня.

— У нас нет клейма! — одновременно с ней выкрикнула Ольга и кинулась вниз. — Бандюшик, выходи...

Ничего не понимающий пес кинулся к хозяевам. Мы принялись, рыдая, осматривать и целовать его.

— Знаете что... — пробормотала Оксана. — Я, конечно, не судмедэксперт, но похоже, что его держали где-то на привязи, а пит поднапрягся и разорвал ошейник. Скорее всего посадили на кожаную удавку. Отсюда и кровавый след на шее...

Очень похоже на правду. Только мы знаем, что Банди терпеть не может, когда его привязывают, и запросто разрывает путы. Поэтому в случае необходимости мы надеваем на него железный «воротник».

— Значит, на тебя кинулся не Банди, — протянула Маня, — а чужой пит! Как такое возможно?

Все потрясенно молчали. В полной тишине Ольга вновь зарыдала.

— Думается, могло быть так... — тихо сказала Оксана. — Все питы на первый взгляд похожи. Наверное, другой хозяин привязал там еще одного, точь-в-точь такого же пса. Потом спутал и взял нашего. Бандюша, дурачок, пошел, а тот остался. И когда Ольга принялась отвязывать его, пес, естественно, озверел. Может, его специально злобили, питов-то для охраны заводят... Только нам выродок попался — тюфяк, а не собачка!

— Да-да, — радостно закивали все, — именно так и произошло...

— Во всяком случае, — резюмировал Кешка, — есть клеймо, и следует установить владельца. Мать, ты обожаешь детективные истории, вот и займись этим!

Все разбрелись по комнатам, я же пошла на кухню заварить кофе. Версия Оксаны хромала со всех сторон. Ни один собачник не привяжет своего пита возле чужого. Две бойцовые псины могут запросто передраться в отсутствие хозяев. И потом, кем надо быть, чтобы спутать свою собаку с чужой? Хотя Зайка наклонилась же к чужому питбулю... Правда, она ожидала увидеть на этом месте Банди, была уверена, что это он, а питы и впрямь на первый взгляд безумно похожи... Вот на второй не очень... Но других объяснений происшедшему просто невозможно подыскать. Ладно, будем считать, что на Зайкином пути попался дебил, к тому же полуслепой и глухой, так как первое, что делает хозяин, подходя к привязанной собаке, — произносит ее кличку... Более чем странное происшествие, которое, к счастью, для нас хорошо закончилось.

Утром Банди окружили невероятной заботой и лаской. Маруся завалила диван пледами и подушками. Дениска обработал рану на шее, потом пита осторожно водрузили на приготовленное ложе. Зайка принялась потчевать воскресшего из небытия сливочным мороженым. Банди жмурился от восторга и вытирал довольную морду о чехол. Еще вчера за такое поведение он тут же заработал бы пару подзатыльников. Но сейчас все умилялись, глядя на липкие капли, покрывающие мебель. Оставив детей восторгаться здоровым аппетитом пса, я пошла в кабинет и позвонила в клуб собаководства.

Как и предполагал Кешка, дело не стоило выеденного яйца. Милая женщина тут же сообщила, что кобель, имеющий татуировку ОК-742, носит кличку Самсон и принадлежит Ежовой Анастасии Михайловне. Тут же дали ее адрес и телефон. Трубку сняла молодая женщина. Слегка запыхавшись, она сказала:

— Слушаю.

— Питбуль Самсон вам принадлежит?

Анастасия Михайловна настороженно ответила:

— Если покусал кого, я не виновата. Собака продана.

— Давно?

— Вчера.

— Кто купил?

— Почему я должна отвечать на ваши дурацкие вопросы? — вскипела баба.

— Можно я подъеду?

— Только до трех, — отрезала тетка и бросила трубку.

Пришлось спешно собираться в путь на Нововыхинскую улицу. Сегодня ради разнообразия выглянуло мутноватое зимнее солнце, снежок прекратился, и, если не обращать внимания на мерзкую грязь под ногами, погода радовала.

Анастасия Михайловна оказалась молодой и очень хорошенькой. Девочка-статуэтка с длинными ножками и точеной фигуркой. Квартира выглядела уютно, но как-то пустовато, словно из апартаментов вынесли часть мебели.

— Что случилось? — поинтересовалась она и добавила: — Кобель продан, назад не возьму.

— Самсона застрелили вчера возле магазина «Марквет».

Но Настя совершенно не расстроилась.

— Туда ему и дорога, — заявила бывшая хозяйка. — А я тут при чем?

— Самсон напал на мою невестку и чуть ее не загрыз.

— Ну и дела! — вздохнула бывшая хозяйка пса. — Только никакой компенсации я вам платить не стану. Сами пса купили, я предупреждала. Видели же!

Она задрала широкую брючину и продемонстрировала большой след от укуса.

— На меня бросаться начал, просто жуть!

— Как такое получилось? — осторожно принялась я разведывать обстановку.

Но Настя ничего не скрывала и абсолютно откровенно рассказала историю пса. Самсона завел муж, исключительно для охраны. Настин супруг Николай зарабатывал на жизнь угоном автомобилей и постоянно боялся ареста. Пита Коля кормил только сам, не разрешая жене приближаться к щенку.

— У собаки должен быть только один хозяин, — объяснял муж.

Потом отдал животное дрессировщику, и через полгода по комнатам бродило тихое существо, абсолютно подчиненное Николаю.

— Я его боялась, — делилась девушка. — Колька уйдет на работу, а Самсон так нехорошо смотрит, будто злобно ухмыляется.

Потом Николая арестовали и отвезли в СИЗО. Настя осталась с собакой. Первые три дня пит не прикасался к еде и гадил возле входной двери. Девушка просто не могла натянуть на него ошейник. Наконец он смирился и принял пищу из чужих рук, затем разрешил вывести себя на прогулку. Настю он абсолютно не слушался и таскал ее за собой на поводке. Хрупкая хозяйка цеплялась за фонарные столбы и взывала:

— Фу! Стой! Кому говорю!

Но великолепно понимающий все команды пит упорно мчался вперед. После ареста Коли у Насти стало плохо с деньгами, и из рациона Самсона исчезло обожаемое им мясо. Пит брезгливо жевал геркулес и исподлобья поглядывал на девушку.

В один из воскресных дней Настя никак не

могла проснуться. Тяжелая голова не отрывалась от подушки. Привыкший выходить в семь, Самсон не стал долго ждать и цапнул хозяйку за голую ногу, свисавшую из-под одеяла. Настино терпение лопнуло, и она решила избавиться от пса.

Первым на объявление «Отдаю бесплатно в хорошие руки обученного питбуля» откликнулся молодой парень. Щенок такой породы стоит полторы тысячи долларов, и юноша решил сэкономить.

Самсон с трудом разрешил ему приблизиться к себе. Хозяйка предусмотрительно нацепила на монстра намордник и строгий ошейник, и пес только злобно рычал, пытаясь сорвать батарею, к которой был привязан цепью. Юноша убежал. Точно так же поступили и другие, пожелавшие иметь даром дорогую собаку.

— Лучше пристрели пса от греха, — посоветовал последний, — он у тебя ненормальный.

Но Насте все же было жаль собаку, и она решила дать еще одно объявление. Вчера рано утром к ней пришла женщина, худенькая блондиночка.

— Знаете, — усмехнулась девушка, — сначала, когда я увидала вас, думала, что Люка вернулась. Очень вы на нее похожи, потому и про компенсацию заговорила...

— Кто?! — воскликнула я в изумлении.

— Она так назвалась — Люка. Правда, идиотское имя?

Не в силах говорить, я кивнула.

— А вы с ней просто как две капли воды, —

продолжала как ни в чем не бывало Настя, — волосы, глаза, нос... Вот только сейчас понимаю, что Люка все же моложе вас и когда говорит, у нее делается немного странное лицо, да и улыбка другая. Взгляд у нее такой жесткий, недобрый. Но когда молчит — вы безумно похожи. А издали просто не отличить, я прямо прибалдела — бывают же такие совпадения!

Словом, Люка пришла и заявила:

— Пит нужен нам для охраны дачного участка.

Самсон задыхался, хрипел на цепочке.

— Он совсем дикий, — честно предупредила Настя.

— Мне такой подойдет, — одобрила Люка.

— Да как же его увести? — изумилась хозяйка. — Никого не слушает.

— Без проблем, — заявила Люка и, достав из кармана пистолет, запулила в пита ампулу.

Самсон свалился наземь.

— Снотворное, — пояснила спокойно женщина и крикнула, приоткрыв дверь: — Мальчики, входите!

Появились два мужика. В одном Настя узнала местного бомжа Мишку, постоянно толкавшегося во дворе. Пришедшие взяли Самсона и поволокли наружу.

— Не волнуйтесь, — успокоила Люка, — через полчаса он очнется.

Настя высунулась в окно и, не веря своему счастью, глядела, как Самсона запихивают на переднее сиденье машины. Потом девушка залилась слезами, ощущая себя отпущенным на свободу пленником. Поэтому, увидав меня на пороге, испугалась ужасно. Решила, что Люка одумалась и привезла назад пита...

— Какой автомобиль у женщины, помните?

Настя пожала плечами.

— Иномарка, бордовая. Я в них совершенно не разбираюсь. Вот Колька даже год выпуска назвал бы...

Выйдя из квартиры, я пошла разыскивать бомжа Мишку. Долго бегать не пришлось. Грязный, испускающий всевозможные запахи мужик устроился на втором этаже возле батареи. На мое счастье, он не был окончательно пьян, а лишь слегка подшофе.

— Ну, че? — спросил красавец, увидав, как я спускаюсь по лестнице. — Опять собачку нести, теперь назад?

— Разве мы знакомы? — осторожно улыбнулась я.

Мужик крякнул.

— Вчерась видались, когда Самсона в больницу возили...

При каждом слове из его рта вылетало зловоние — в организме бродила вчерашняя выпивка.

— Выпить хочешь?

— А то!

— Тогда двигайся.

Мы вышли на улицу, и в ближайшем магазинчике я приобрела большую, аппетитно выглядевшую бутылку «Брынцаловки», немного колбаски, батон хлеба и парочку плавленых сырков.

— Ну прям пикник, — начал пускать слюни Мишка.

— На обочине, — машинально добавила я, отпирая машину.

— Где? — изумился бомж, влезая в «Вольво».

Я вздохнула. Естественно, мужик не читал бессмертного произведения братьев Стругацких «Пикник на обочине».

— Пахнет у тебя тут сегодня по-другому, — шмыгнул носом мужик, опрокидывая стакан, — елкой какой-то... Нос у меня нежный, любой аромат чует.

Странно тогда, как парень еще не задохнулся от собственного амбре.

— Вчера чем пахло?

— Ну не таким, другим, вроде печенья или конфет.

— Так здорово запомнил за одну минуту?

— Почему одну? — икнул пьянчуга. — Почти полдня просидели с собачкой...

— Рассказывай, — велела я, — как мы с тобой вчера денек провели.

— Зачем?

Я вытащила из кошелька бумажку и повертела перед его носом.

— Видишь, что это?

— Сто рубликов.

— Выполнишь просьбу — получишь.

Мишка с готовностью принялся излагать, как провел вчерашний день. Вчера он, как обычно, маялся в подъезде, поджидая кого-нибудь, кто нальет стакан. Внезапно к нему подошла женщина, то есть я, и попросила помочь.

— Собака заболела, — пояснила дама, —

только очень злобная. Поэтому ей сделали укол. Пес спит, надо снести его в машину.

Мишка обрадовался, он вообще был не прочь подзаработать, только голова очень болит и руки трясутся. Бомж мгновенно смотался к ларькам и кликнул дрожавшего в алкогольном ознобе бомжа Лешку. Вдвоем парни поднялись в квартиру и, отдуваясь, поволокли тяжеленное тело Самсона в машину. Дама велела уместить кобеля на переднем сиденье, пристегнула его ремнем, а мужикам предложила сесть сзади. Куда они поехали, Мишка не помнит. В конце концов тетка притормозила, надела на пита какой-то странный ошейник и вручила Мишке коробочку с красной кнопочкой.

— Пойду договорюсь с врачом, — сообщила она. — Если проснется, тут же жми на кнопку.

Не успела женщина отойти и двух шагов, как пит напрягся, открыл глаза и попытался освободиться от крепкого ремня. Мишка моментально пустил в ход коробочку. Пес страшно дернулся и затих. Ситуация повторялась несколько раз. Наконец женщина вернулась и села к мужикам на заднее сиденье.

— Там очередь, — пояснила она, — надо подождать.

Часы Мишка давным-давно пропил, поэтому, сколько времени провели они в машине, он не знает. Пит пытался шевелиться, но каждый раз волшебная коробочка останавливала бешеную собаку.

Потом тетка опять вышла и, вернувшись, произнесла:

— Пора.

Она схватила коробочку, пощелкала какими-то торчащими сбоку рычажками, и кобель был обездвижен. Парни подтащили тело к входу. Дама привязала кобеля возле двери, где сидела еще какая-то собака, сняла с него намордник, ошейник и принялась бросать на неподвижное тело пригоршнями снег. Пит начал шевелиться. Женщина отскочила в сторону и велела мужикам садиться в машину. Пока те допивали вторую бутылку, тетка вернулась, ведя на поводке собаку. Бомжи перепугались. Злобная тварь шла без намордника, а вместо железного «воротника» с шипами ее шею охватывала тоненькая кожаная полосочка. Когда зверюга легко впрыгнула на сиденье, Мишка чуть не описался от страха. Но пса как подменили. Он вертел длинным тонким хвостом, пытался облизать тетку. Весь его вид излучал добродушие, радость и счастье.

— Не поверишь, — удивлялся Мишка, — он улыбался ну прям как человек! А когда я протянул ему чипсы, так мне всю руку облизал. Во, блин!

Отчего не поверю?.. Бандюша приветливый пес, а за «Принглс» душу продаст. Странно, что только пальцы облизал. Обычно при виде лакомых картофельных кусочков наш храбрец тут же лезет целоваться... А в том, что в автомобиль привели Банди, я уже не сомневалась.

— Чего это с ним сделали? — недоумевал Мишка.

— Укол от плохого характера, гормоны, — пояснила дама.

Бомж не удивился — мало ли какие чудеса проделывают! Вон людям новое сердце вшивают, небось и с собаками ловко управляются. Женщина дала парням триста рублей и высадила их у родного подъезда. На радостях пьяницы устроили пир горой.

— Уверен, что это я тебя нанимала?

Мишка вздохнул.

— А как тебе надо? Чтобы ты или нет?

Хорош свидетель, просто находка, сообщит за бутылку все, что желаете. Как только милиция работает, ума не приложу.

— Правду говори.

Мужик напрягся.

— А по правде, у меня с глазами плоховато, вижу будто в тумане. Ну что-то навроде марли висит, соображаешь?

Понятно, скорее всего прогрессирующая глаукома, если не начнет лечиться, быстро ослепнет.

— Кажись, ты была, — продолжал Мишка, — щупленькая, беленькая, носик остренький, а может быть, сестрица твоя младшая...

— Отчего решил, что младшая?

Пьянчуга пожал плечами.

— А машина твоя и игрушечка висит. — Он ткнул пальцем в мотающегося на заднем стекле Дональда Дака. — Только пахнешь по-другому, елкой, а вчера воняла дрянью какой-то, меня чуть не стошнило, сладко так, вроде шоколадки с такими беленькими штучками...

— Баунти?

— Точно! — обрадовался парень. — Один раз купил, так выплюнул разом. Дрянь начинка.

Вот здесь я с ним согласна. Тоже терпеть не могу кокосы, но моим нравится, и отдушка с запахом этого ореха часто встречается в продаже.

Глава 15

Высадив мужика, я открыла все окна. Холодный декабрьский воздух уносил ароматы помойки, но мое тело абсолютно не ощущало мороза. Знаю, какую коробочку Люка давала парням. Управление электрошоковым ошейником. Нажимаешь на кнопочку, и пес ощущает удар тока. Такими жестокими приспособлениями пользуются профессиональные дрессировщики, кинологи и владельцы непослушных злобных животных. Купить можно в любом специализированном магазине. Дорого, зато эффективно.

Я развернулась и понеслась в «Марквет». Увидав меня, продавцы моментально бросили покупателей и ринулись к двери.

— Как ваша невестка?

— Бедняжка Банди! — закричал выскочивший из подсобки директор. — Ну почему он взбесился? Милейший, интеллигентный пес, как войдет, всегда первым делом Чучу оближет!

Чуча — мелкая собачка непонятной породы, живущая при «Марквете», приветливо трясла лопушистым хвостом.

— Банди жив, — успокоила я директора, — не волнуйтесь, Константин.

Костя замер, потом потрясенно сказал:

— Жив? Но такое просто невозможно! На моих глазах в него всадили всю обойму, голова просто развалилась! Бедную Ольгу всю кровью залило. Марина с Ниной кое-как обтерли ее в туалете. Пока они приводили вашу невестку в порядок, я стоял на улице и поджидал спецмашину. Честно говоря, жаль было пса, я любил его, вот и принес мешок накрыть труп... Милиционеру сердечного накапали — он прямо побелел весь...

— Костя, — прервала я его, — тут произошла невероятная история. На Зайку накинулся озверевший пит Самсон, а не Банди...

— Не понимаю, — пробормотал хозяин.

— Сама пока не могу врубиться, — успокоила я его, — лучше скажите, вчера ничего странного не произошло? Ну хотя бы в медицинском кабинете?

Директор вызвал ветеринара Олега. Тот тоже потерял дар речи, узнав, что Бандюша жив и здоров, затем принялся вспоминать пятницу.

Все шло, как всегда. «Марквет» занимается благотворительностью. За прием владельцы кошек и собак не платят ни копейки. Кто побогаче, оставляет посильную сумму в коробке с надписью «Для бездомных животных». Но мы всегда, когда заходим в кабинет к Олегу, даем пятьсот рублей, поэтому, услышав голос Ольги, доктор высунулся в приемную.

— И чего вчера Зоя Филипповна разоралась? — удивлялся Олег.

— Кто это?

— Старушка одна, живет в этом доме, носит

нам через день кота Филимона, уколы делаем. Доходяга совсем, усыпить бы надо, да жаль бабульку. Очень милая и спокойная старушка. А в пятницу в нее как бес вселился.

Оказывается, Зоя Филипповна налетела на Зайку с криком, требуя убрать пита из приемной, пока она не унесет своего кота. Ольга решила не спорить и увела собаку.

— Очень и очень странно, — удивлялся Олег, — раньше такого никогда не случалось. Она тихонько так сидит, а Филимону все до лампочки: собаки, попугаи, слоны — старый он очень...

Чувствуя, что в темном деле потихоньку начинает брезжить свет, я пошла искать Зою Филипповну.

Бабуля и впрямь жила рядом, в соседнем подъезде. Открыв мне дверь, старушка забормотала:

— Ну, чего еще? Все вчера сделала, как вы просили, больше позориться не стану.

Войдя в темную резко пахнущую кошкой прихожую, я спросила:

— Сколько вчера от меня получили?

— Триста рублей. Или ты забыла?

— Дам еще пятьсот, если расскажете, о чем я с вами договорилась в пятницу.

На маленьком сморщенном личике божьего одуванчика отразилось колебание. Ей, безусловно, хотелось получить деньги, но и связываться с ненормальной она опасалась. В конце концов алчность победила.

— Ну проходи, коли не шутишь, — проворчала Зоя Филипповна.

И мы прошли в маленькую грязноватую кухоньку. На подоконнике вальяжно раскинулся огромный черно-белый кот.

— Кис-кис-кис, — позвала я.

Котяра даже ухом не повел.

— Глухой совсем, — вздохнула бабушка, — а я почти слепая...

Да уж, сладкая парочка «Твикс».

— Деньги вперед дашь? — осведомилась Зоя Филипповна.

Я вытащила пятьсот рублей и протянула бумажку. Зоя Филипповна вынула из кармана кофты простенькие очки в светло-коричневой оправе и медленно водрузила их на нос. Потом принялась недоверчиво мять в морщинистых руках ассигнацию.

— Не доверяю такой штуке, — в конце концов пробормотала бабуля, — вдруг фальшивая?

Я протянула ей пять бумажек по сто рублей.

— Так-то лучше, — успокоилась Зоя Филипповна, — забери этот фантик. В пятницу ты такими платила, нормальными. А я тебя знаю, — неожиданно заявила бабушка, — частенько в «Марквет» приезжаешь. Сынок у тебя и две дочки беленькие. Старшенькая вчера собаку приводила...

Она принялась долго и путано объяснять, что произошло. Все дело в Филимоне. У бедолаги на старости лет приключился диабет. Давно бы помер, да повезло коту. Прямо во дворе родного дома расположился «Марквет». Зоя Филипповна ходит туда как на работу. Денег с нее не берут, просто красота.

В пятницу старуха сидела, как обычно, в очереди. Внезапно на пороге появилась я и поманила ее пальцем. Бабуля вышла в коридор.

— Сейчас сюда минут через десять-пятнадцать приведут большую собаку. Сделайте милость, начните ругаться, что она без намордника, а это за услугу, — проговорила я и протянула деньги.

Размер предложенной суммы ошеломил Зою Филипповну — почти целая пенсия. Перед глазами тут же встала большая коробка шоколадных конфет из ближайшей булочной. Пенсионерка до них большая охотница, только кто же позволит себе отдать за лакомство целых пятьдесят рублей?

— А зачем шуметь-то? — все же настороженно поинтересовалась бабушка.

— Да вот родственники глупые, — вздохнула я, — водят везде питбуля без намордника... Может, думаю, если кто возмутится, посерьезнее станут...

Бабушке такая аргументация показалась весомой, да еще три розовенькие бумажки приятно грели руки...

Зоя Филипповна пропустила несколько человек вперед и дождалась прихода Зайки.

Потом, пошумев, с чувством исполненного долга двинулась на выход. Вечером она узнала, что у дверей «Марквета» был пристрелен взбесившийся пес, и почему-то почувствовала себя виноватой. Да еще сегодня ветеринар Олег укорил ее:

— Что же это вы, Зоя Филипповна, скандал

закатили? Воронцова-то эта, что с питбулем, каждый раз много денег оставляет, мы на них, кстати, и для вашего котика лекарства закупаем. Вы уж в следующий раз не шумите. Хотя следующего раза, наверное, не будет, убили Банди...

Бабушке стало совсем неприятно.

— Все нищета проклятая, — каялась она, вертя в пальцах деньги. — Ох, чувствую, ты меня заставила какую-то гадость сделать, только вот какую именно, никак в толк не возьму.

— Абсолютно уверены, что это была я?

— Конечно, — обиделась бабка. — Раз старуха, так можно и дуру ломать. А кто? Афганский царь?

Хотела я ей сказать, что в Афганистане был шах, но передумала и пошла к машине.

Несмотря на энергичное проветривание и пихтовый ароматизатор, в салоне явственно ощущался запах бомжа Мишки.

Погода разгулялась. Голубое небо весело сверкало, даже грязь под ногами не казалась такой уж противной. Только меня все это не радовало. Зачем таинственная Люка придумала этот воистину дьявольский план? Озверевший от ударов шокового ошейника Самсон, естественно, окончательно всех возненавидел и кинулся на ничего не подозревавшую Зайку. Значит, пока Ольга мирно ждала внутри, Бандюшу подменили. Интересно, куда его отвозили? Жаль, что пес не умеет говорить, думается, он мог бы сообщить много интересного. И откуда похожая на меня мерзавка узнала, что Банди повезут в «Марквет»? Хотя этого никто и не скрывал. Все были в курсе — Кеша, Маша, Дениска, Оксана, Ирка, Катерина, Нюся... Подозревать кого-либо из родственников, друзей и прислуги глупо, у Нюси тут никаких знакомых... Хотя кто-то из своих мог сообщить кому-то из приятелей... Ой, слишком шатко и трудно! Вдруг Степан Андреевич или Жора знакомы с этой Люкой? Я ведь совсем не знаю этих мужиков, ведь Кеша просто позвонил по объявлению. Так, Люку следует срочно найти.

Я вытащила из сумочки фото, что дала мне Алиса — жена покойного Игоря. Снимки не слишком четкие, хотя видно, что мы с ней почти на одно лицо. Только я так никогда не улыбаюсь и не курю дамские сигары... Ладно, поеду поболтаю с Аллой Симоновой, соседкой Игоря Маркова, той самой, что приютила меня в своей квартире после пожара. Кстати, и повод есть — так я и не отдала девушке ее вещи.

Я завела мотор и сначала поехала в ГУМ, а потом на улицу Строителей. Аллочка была дома, в комнате работал телевизор. Судя по всему, девушка решила устроить себе небольшой кайф. На маленьком столике источала аромат чашечка отличного кофе, рядом стояла бутылка ликера «Бейлис» и лежала коробка шоколадных конфет.

— Большое спасибо, — с чувством произнесла я, протягивая пакет. Алла заглянула внутрь и замахала руками:

— Ну зачем было такие вещи покупать! Дала ведь старое, поношенное, а получила взамен фирму.

— Считай, что произвела выгодный обмен, — засмеялась я.

Аллочке ничего не оставалось, как пригласить гостью присесть. Примерно с полчаса мы щебетали о всякой ерунде, потом я осторожненько поинтересовалась:

— Вот ты сказала в милиции, что видела меня частенько у Игоря.

— Только на лестнице, — уточнила Алла, — ты все по вечерам приезжала.

— А в день пожара?

— Вот не помню, кажется, нет, — протянула Симонова.

— Может, ты встречала другую женщину? — уточнила я, вытащив снимок, на котором Люка стояла одетой.

— Так это ты и есть! — ответила Алла.

— Ну погляди внимательней.

Аллочка уставилась на фото и принялась морщить лобик.

— Не знаю, — протянула она наконец. — Вроде помладше будет... Хотя... лица-то я как следует и не разглядела.

— Зачем тогда в милиции набрехала, что меня видела? — обозлилась я.

— Ничего не брехала, — обиженно отозвалась Алла. — Фигуру я отлично разглядела, а лицо в глазок не так хорошо видно. К тому же волосы все время на морду падали. Так, пару раз мельком физиономия показалась.

— Так ты в глазок подглядываешь?

— Почему подглядываю? Бдительность проявляю. Мало ли что, — пробормотала Аллочка.

Ну, все ясно. Интересный внешне новый сосед понравился девушке, вот и подсматривала, кто посещает красавчика.

— А у машины я тебя великолепно рассмотрела, — горячилась Алла, — к самому подъезду подрулила, еще брюки мне грязью обдала.

— Слушай, — попросила я ее, — спустись, кинь взгляд на автомобиль и скажи — такой или нет?

Аллочка безропотно надела дубленку и потопала вниз.

— Ну и чего ждешь? — поинтересовалась она, оглядывая «Вольво». — Похожа машинка, что цвет, что вид и бампер задний погнут.

«Плохо дело», — подумала я, глядя, как Аллочка медленно обходит мою «лошадку».

— И игрушечка такая же болтается, — продолжала тарахтеть Алла.

— А номер?

— Грязью весь залеплен был. Вот морду твою злую хорошо помню. Говорю: что же это вы, девушка, паркуетесь на большой скорости, все брючки мне уделали. А ты глазищами зырк-зырк, рожу скривила и цедишь: «Не стой у края тротуара!» И топ-топ в подъезд... Ну, думаю, фря! Хотя... — И она, внезапно замолчав, уставилась на заднее стекло.

— Ну? — поторопила я ее в надежде.

— Утка не такая, — строго отметила Алла, тыча пальцем в Дональда Дака.

— Почему? — обрадовалась я.

— Цвет изменился, — сообщила девушка.

— Маловероятно, — вздохнула я, — все Дона-

льды Даки одеты в голубой костюмчик и фура-
жечку моряка.

— Голубой, — презрительно фыркнула Симонова. — Это, по-твоему, голубой?

— А какой же? — растерялась я.

— Ультрамариновый, — четко произнесла
Алла, — а в тот раз висел Дональд в курточке
цвета берлинской лазури.

— Уверена?

— Знаешь, кем я работаю?

— Понятия не имею.

— Художником в издательстве. Иллюстрации
рисую к книгам, обложки. Никогда не спутаю
ультрамарин с берлинской лазурью. Только ос-
новной массе людей это кажется просто голубым,
как тебе. Ну-ка, сядь за руль.

— Зачем?

— Садись-садись.

Я влезла внутрь.

— Рожу скорчи, — велела Аллочка, — злоб-
ную.

Глядя на мои оскаленные зубы, она громко
рассмеялась.

— Да не по-собачьи, по-человечьи обозлись!

Я представила себе, как таскаю за волосы не-
ведомую Люку, и затряслась от гнева.

— Да уж, — пробормотала Аллочка, — а теперь полайся!

— Гав-гав-гав, — в окончательном недоумении выдала я.

Аллочка принялась хохотать как ненормальная.

— Ну ты прикольная баба! Поругайся как следует, говори: «Чего у края тротуара встала...»

Я постаралась войти в роль и начала ругаться. Честно говоря, получалось плохо. Предпочитаю любые конфликты решать миром. К тому же, подъезжая к домам, стараюсь максимально сбавить скорость, чтобы не обдать людей фонтаном плохо отстирываемых брызг. Впрочем, если бы я и испачкала кого ненароком, тут же предложила бы денег на химчистку...

— Да уж, — покачала головой Алла, — нет в тебе окаянства. Знаешь что, хоть это, конечно, и глупо звучит, но, кажется, все-таки к Игорьку не ты шлялась.

— Вот видишь! — возликовала я. — Главное, скажи в милиции, а то, понимаешь, меня посадить могут.

Аллочка поскучнела.

— Все-таки во время пожара ты была, к тому же и голая... Лучше вообще ничего говорить не стану...

Я влезла в «Вольво». Больше всего мне хотелось газануть изо всей силы по глубокой луже и облить противную свидетельницу ледяной жижей.

Домой я приехала довольно поздно, злая и замерзшая. В доме светилось несколько окон: свет горел в столовой и в кабинете. Очевидно, Кеша работал, а остальные спали. В столовой я обнаружила абсолютно остывший чайник да Хучика, забившегося в груду пледов на диване. Я поднялась в кабинет.

В комнате, освещенной лишь торшером,

слишком близко друг к другу сидели Кеша и Нюся. Я с возмущением отметила, что рука девушки лежит на плече Аркадия. Услышав тихое поскрипывание двери, сын вздрогнул и с виноватым видом оглянулся. Такое поведение не понравилось мне еще больше, и поэтому я излишне резко спросила:

— Сумерничаете?

— Угу, — пробормотал Кеша, — в столовой телик сломался, а мы хотели комедию поглядеть, присоединяйся!

Я села в кресло и оглядела пейзаж. Да! На маленьком столике бутылка виски и содовая, тарелочка с крошками от пирожных, шоколадные конфеты и деликатесный сыр с плесенью. Что-то я сегодня своим приходом всем ломаю кайф. Сначала Аллочке, теперь этим голубкам.

— Где Зайка?

— Пошла в спальню, — пробормотал Кешка, — она же телик не любит.

Это еще одно небольшое разногласие между сыном и невесткой. Ольга не большая поклонница голубого экрана и предпочитает перед сном читать. Аркашка с удовольствием шарит по всем каналам и притаскивает в дом горы видеокассет. И вот теперь оказывается, что Нюся разделяет его увлечение. К тому же Зайка настоящая сова: норовит лечь спать попозже, зато, когда может, и встает около одиннадцати. Аркашка — классический жаворонок: поднимается в семь и, как правило, завтракает в одиночестве. Но в последнее время, как донесла мне Ирка, Нюся тоже повадилась появляться к утреннему кофе вместе с ним. Свеженькая, бодренькая... Интересно, что могло случиться с новым теликом в столовой?

Я спустилась вниз и попыталась включить наш «Филипс». Так... Ни звука, ни изображения, просто моргает белый экран. Заглянув за аппарат, я сразу уточнила причину столь странного поведения телевизора — из гнезда выдернута антенна. Именно выдернута, выпасть сама она никак не могла: штекер входит туго, кто-то очень постарался, устраивая «поломку». Зачем? Очень просто. Столовая — огромная залитая светом комната. Тут у нас не предусмотрены всякие бра и торшерчики. И потом сюда шляются все кому не лень. Только войдут в дом и бегут к столу, так что организовать интим в такой обстановке крайне трудно. Другое дело — кабинет. Здесь редко зажигается люстра. Чаще всего включаем настольную лампу или напольные светильники. И домашние заглядывают в кабинет реже. Самый частый гость там Кешка, ну еще я, когда вожусь со счетами и выдаю прислуге деньги. Именно там в укромном месте расположен сейф. Окончательно рассердившись, я вернулась назад и довольно бесцеремонно прервала воркование:

— Очень поздно, всем пора спать.

— Да-да, — тут же откликнулась Нюся и ужом проскользнула в приоткрытую дверь, — спокойной ночи.

После нее в воздухе остался знакомый аромат. Я настороженно принюхалась: «Аллюр» от Шанель. Да, быстро обучается скромная провинциалка. Небось глупая Зайка, не подозревая ничего плохого, презентовала нахалке флакон дорогих духов.

— Мать, — возмутился Кеша, — нельзя так!

— А что? — прикинулась я идиоткой.

— Ты же выгнала Анечку!

Услышав, как сын называет Нюсю Анечкой, я рассвирепела окончательно:

— Имей в виду, донжуан, другой невестки в этом доме не будет. У вас двое детей, и я не позволю проводить в семье рокировки. А если ты готов бежать за юбкой — пожалуйста, только Ольга останется здесь. Кстати, она не только твоя жена, но и моя лучшая подруга...

— Ну ты даешь, — только и сумел вымолвить Кеша, — сама четыре раза замуж выскакивала. Я тебе когда-нибудь замечание сделал?

— Нет.

— Вот видишь. А на меня налетела ни за что. Ну и глупости приходят тебе в голову! Мне никто не нужен, кроме Зайки, просто Нюся очень несчастна, круглая сирота, и жить ей негде. Квартира-то продана, а деньги негодяй увез. Ну не выгонять же девочку на улицу. Не спорю, кажется, я ей немного нравлюсь, но это так по-детски...

Я молча глядела на Аркадия. Знал бы ты, простофиля, сколько семей разбили несчастненькие, влюбленные простушки. Нюся просто талантливая актриса, и гнать ее надо в три шеи, только куда? Выставить прямо так совесть не позволяла.

— Кстати, телевизор в столовой в полном порядке, просто выпала антенна.

— Да? — удивился наивный сын. — Сам не видел, а Нюся сказала, будто он поломался, вот мы и устроились в кабинете.

Ага, она же небось и штекер вытащила.

— Ладно, мамуся, — принялся подлизываться Кеша, — ничего криминального, ей-богу. Главное, Зайку не заводи, а то насвистишь ей в уши ерунду... Она последнее время постоянно дуется...

— Хорошо, — пообещала я, и повеселевший Аркадий побежал в спальню.

Я отломила кусок остро пахнущего сыра и принялась жевать, тупо уставившись на экран. Там молодой человек смешил компанию, громко пукая и икая. Мне стало тошно, и палец сам нажал на кнопку. Фильм оборвался. Ладно, потерплю еще несколько дней, а потом займусь судьбой Нюси. Скорее всего придется купить негодяйке новую квартиру в Верми. Зайкино спокойствие стоит любых денег.

Глава 16

На следующий день я первым делом позвонила Надежде Фоминой домой. Трубку снял мужчина и весьма приветливо сообщил:

— Надюша приедет через недельку.

— А где она? — поинтересовалась я.

— В Эмираты поехала, — также любезно объяснил мужчина.

Решив не сдаваться, я принялась набирать номер, полученный от Анжелики. Понеслись длинные мерные гудки. Наконец в ухе прозвучало:

— Алле!

— Объявление вы давали?

— Да, — просипела бабуля, — мы.

— Как бы встретиться?

— Приезжайте сегодня к восьми вечера в кафе «Ромашка».

— Где такое находится?

— Скальская улица, 16.

— Как узнаю нужного человека?

Бабушка принялась судорожно кашлять. Я терпеливо ждала, пока она отхаркается. Не могли уж здоровую нанять!

— Женщину спрашивай у бармена, Таню Костину, — наконец выдавила старушка.

Я призадумалась. Значит, в отсутствие Фоминой дела вершит милая Танюша. Что ж, схожу на свидание и попробую узнать, как действует преступная группа! Но сначала нужно хорошо подготовиться.

Резкий звонок телефона заставил меня подскочить на диване.

— Дашенька, — ласково пропел Виталий, — ну наконец-то! Ты когда-нибудь дома бываешь?

— Занята очень.

— Новую работу нашла? Где? — не успокаивался кавалер. — А я все звоню да звоню. То с Ольгой говорю, то с Машей... Может, встретимся?

Я поглядела на часы.

— Сегодня не получится.

— Почему? — принялся настаивать Орлов. — Приеду, куда скажешь и куда прикажешь.

— Ну, если вечером только, около десяти...

— Отлично! Где?

— В центре, в «Макдоналдсе».

Виталий рассмеялся.

— Давай лучше у входа, там рядом есть чудесный ресторанчик, но одна ты его не найдешь. Он только для своих: ни вывески, ни таблички.

Попрепиравшись еще немного, договорились о встрече на Бронной улице, возле дома номер два. Потом я долго разглядывала себя в зеркале. Как бы загримироваться получше, чтобы меня не узнали? Трудная задача. Сидеть будем рядом, толстый слой косметики сразу насторожит. А Костина осторожная, умная, хитрая. Боюсь, спугну добычу... Придется посвятить во все Зайку.

Ольга лежала в кровати.

— Заболела?

— Мигрень разыгралась, — хмуро проговорила Ольга, отвернувшись носом к стенке.

— Жаль, тут такое дело...

Зайка приподнялась и подсунула подушку под спину.

— Выкладывай.

— Лучше потом.

— Давай-давай, — поторопила невестка, — раз уж явилась, значит, вляпалась в неприятности.

«Это еще мягко сказано», — подумала я, вводя Ольгу в курс дела.

— Да, — пробормотала Зайка, разматывая тугую повязку, обхватывавшую лоб, — чудные дела творятся. И кто еще, так сказать, в материале?

— Только ты и Александр Михайлович, но похоже, у него дело застопорилось. Не звонит, не заходит, чувствую, как ко мне подбирается рука правосудия.

— Ну и что же делать? — поинтересовалась Зайка.

— Да ничего особенного. Сходишь в кафе и запишешь весь разговор на магнитофон.

— Плевое дело, — сообщила Ольга. — Так и быть, не волнуйся, вечерком получишь кассету.

Я обрадовалась и решила, что могу перенести встречу с Виталием на более ранний час. Раздобыть его телефон пара пустяков. Сначала позвоню в журнал «Мир женщин». Приятная дама сообщила, что Орлов находится дома, но телефон дать отказалась. Подумаешь, и не такие задачки решали. Через две минуты я снова начала трезвонить в «Мир женщин» и, прикрыв трубку платком, загундосила:

— Модельное агентство «Элит» беспокоит.

— Слушаю, — обрадовалась секретарша.

— Проводим сегодня конкурс «Мисс Очарование», хотели пригласить фотокорреспондента Орлова. Он нас три раза снимал, мы им довольны — к девочкам не пристает. После показа ожидается фуршет и раздача сувениров. Начало в три.

— Какая досада, — пробормотала тетка, — он только что убежал... Вот что, запишите телефончик, он сейчас будет дома.

Первые цифры были 151, следовательно, живет он где-то около Ленинградского проспекта. Хороший район, сплошь застроенный кирпичными кооперативными домами.

Трубку сняла молодая женщина и на мою просьбу позвать Виталия вежливо ответила:

— Мужа нет дома, вернется очень поздно.

Не туда попала. Виталий — довольно распространенное имя... Пальцы вновь забегали по кнопочкам. На этот раз я действовала крайне внимательно. И снова ответил тот же голос.

— Можно Виталия?

— Муж вернется к полуночи.

— Простите, это квартира Виталия Орлова, фотокорреспондента журнала «Мир женщин»?

— Да, — подтвердила все так же безукоризненно вежливо собеседница.

От негодования у меня пересохло во рту. Виталий женат! Вот негодяй! А я-то... Провели стреляного воробья на мякине. Развесила уши и хлопаю ими. Ну погоди! Сегодня в своем изумительном ресторанчике ты, дружочек, напрочь лишишься аппетита. Потому что я обязательно приду на встречу при полном параде, так как хочу выяснить у мерзкого ловеласа, почему он сказал Александру Михайловичу неправду. Мы сидели в «Макдоналдсе» не в семь часов, а в восемь... И это мое единственное алиби!

Почти не помня себя от возмущения, я выскочила в коридор, и тут раздался жуткий грохот, звон и громовой вопль Семена Андреевича:

— Ах, етит твою ежу налево!

Не очень хорошо понимая, что он имел в виду, я подлетела к двери гостиной и распахнула ее. Взору предстали руины того, что еще сегодня утром было камином.

Когда мы строили дом в Ложкине, то решили воплотить в жизнь все свои мечты. Наверное, поэтому здание выглядело, мягко говоря, нелепо. Сначала домашние активно переругивались, каждый осуждал желания других членов семьи и смело выдвигал свои. Но к консенсусу прийти оказалось невозможно. Маруся хотела, чтобы комнаты второго этажа все как одна имели выход на гигантский балкон. Зайка освистала эту идею и предложила встречный план — все помещения первого этажа должны быть окружены террасой со множеством соломенных столов и стульев. Услышав это, Аркадий захихикал:

— Будет домик поросенка Наф-Нафа. Лучше оборудовать наверху зимний сад.

— Фу, — поморщилась Маня, — нужно, чтобы было два входа — с улицы и из сада, только не зимнего, а обычного, с розами.

Препирались мы недели две, страсти накалялись, и начались военные действия. Кешка и Маруся подрались, а Зайка, надувшись, перестала спускаться к ужину. Мне все это надоело, и я решительно объявила:

— Хватит, сделаем так, как хотят все!

Строительная фирма приняла проект без каких-либо возражений: первый этаж окружен со всех сторон террасой и имеет два входа. По периметру второго тянется балкон, а в торцовой части расположился зимний сад. То, что сваляли дурака, мы поняли сразу, как только увидели первый счет за отопление. Из-за огромного количества помещений батареи всю зиму работают как ненормальные. А в зимнем саду повадились писать кошки. Примерно раз в три месяца Кеша с криком выбрасывает очередную пальму, служившую кискам туалетом. Но никто не сочувствует сыну — он получил то, что хотел.

Следующий этап разногласий возник, когда стали покупать мебель и отделывать помещения. Но здесь также удалось довольно быстро разрешить все мирным путем. Каждый обставлял свою комнату сам. Кабинет оборудовала я, а в обстановку гостиной и столовой все члены семьи внесли посильный вклад. Полное отсутствие какого-либо стиля искупается тем, что все были довольны и любят эти комнаты.

Но существовала одна вещь, по поводу которой мы достигли редкого согласия. Все хотели камин в гостиной, ведь так приятно смотреть на огонь. И он действительно радовал нас чрезвычайно. Правда, топим мы не дровами, а газом, так чище... По бокам камин отделан красивой темно-синей плиткой, сверху на массивной мраморной доске Ольга расставила кое-какие фигурки собачек, в основном из бронзы.

И вот сейчас доска, расколотая на несколько частей, лежит на полу, а вокруг, почесывая затылок, бродит Семен Андреевич, без устали бормоча:

— Ах, етит твою ежу налево!

Надо узнать у него как-нибудь, почему налево посылается бедняга еж при каждой неприятности!

— Что случилось? — задала я идиотский вопрос.

До ремонта стены в гостиной были белыми, а камин темно-синим. Ольге надоела белизна, и она решила навести светло-зеленый колер, что абсолютно не сочеталось с цветом камина. Недолго мучаясь, плитку решили заменить на малахитовую. Семен Андреевич принялся отбивать синюю.

Мастер пустился в запутанные и непонятные объяснения:

— Дык, понимаешь, я молоток сюда, а он туда. Словом, стук, ажно вспотел от страха...

Понятно: случайно отколотил фундамент, на котором покоилась доска...

— Вы когда-нибудь камин облицовывали?

Семен Андреевич оскорбился:

— Чего трудного-то? Тюк-тюк — и все.

— Сколько каминов до этого сделали? — не отставала я.

— В первый раз взялся, — признался наконец неумеха, — просто ведь, тюк-тюк — и все.

Да, вот он, тюк-тюк, на полу валяется. Ну почему русский человек все делает наобум?

— Щас Жорку позову, он живо исправит, — пообещал Семен Андреевич и, высунувшись в коридор, завопил: — Жорик, ходи сюда, беда приключилась!

— Иду! — раздалось из кухни.

Я оставила их и пошла в спальню, занимаясь по дороге аутотренингом: «Абсолютно спокойно, ремонт затеяли дети, на гостиную наплевать, в случае чего вызову других мастеров чинить камин».

То ли психологические упражнения помогли,

то ли ложка коньяка, налитая в чай, возымела действие, но к Бронной улице я подкатила в лучезарном настроении. Чтобы добить кавалера, разоделась по полной программе. Сначала часа два провела в ванной, выполняя «омоложение». Есть у меня парочка привезенных из Парижа коробочек и тюбиков, стоивших в институте красоты целое состояние. Зато эффект!.. Сегодня, особенно в вечернем освещении, буду выглядеть двадцатипятилетней! Теперь одежда... Следовало показать фигуру в полной красе. Поэтому я надела узенькие черненькие вельветовые лосины. Они плотно обтянули ноги. Можете любоваться сколько угодно — ни грамма жира и абсолютно ровные, а чтобы ноги казались подлиннее, я нацепила туфли на высоких каблуках. Беда только с бюстом — по правде говоря, его просто нет. Но хитрые женщины давно пользуются лифчиками на поролоне. Есть и у меня такой, однако обычно мне глубоко наплевать на размер груди, и я его не ношу. Я и губы-то не крашу, но сегодня все будет по первому классу. Облившись в качестве последнего штриха новинкой от Шанель, я поехала на Бронную.

Терпеть не могу, когда кавалер опаздывает на свидание, но Виталий уже скучал на условленном месте. Мы заперли машины и вошли во двор дома.

— Не знаю, как тебе это удается, — отметил Орлов, — но ты кажешься младше своего сына.

— Всегда так выгляжу, я и в самом деле еще очень молода.

— А сколько лет Кеше?

Однако хамский вопрос. Он что, решил напомнить даме о ее возрасте?

— Аркаша уже успел закончить школу.

— А институт? — ухмыльнулся Орлов, но я сделала вид, что не слышу.

Ресторанчик и впрямь оказался из ряда вон. Обычная трехкомнатная квартира. В довольно большой гостиной всего четыре столика. Там царил полумрак, зажжены были только небольшие настольные лампочки, и лица посетителей скрывались в тени.

Хозяин, высокий худощавый брюнет лет шестидесяти, улыбаясь, усадил нас за столик.

— Что сегодня, Эдик?

— Надеюсь, дама любит рыбу, — воодушевился повар, — потому что сегодня у нас «рыба по-королевски».

— Странное место, — пробормотала я.

— Эдик — бывший шеф-повар одного из крупнейших ресторанов, — пояснил Виталий. — Решил открыть собственный трактир, да не осилил. Знаешь, сколько бумаг нужно собрать, да еще братки наедут. Вот и придумал кормить людей дома. Попасть сюда безумно трудно, записываются за месяц вперед, причем Эдик еще не всех пускает. Тут Баркашов рвался, так повар оскорбился до глубины души и сказал ему: «Вам не захочется есть ужин, приготовленный руками еврея».

Здесь таких людей можно встретить!

— Часто сюда ходишь?

— Что ты, это слишком дорого для простого журналиста.

— Я сама оплачу свою часть угощения. Счет пополам.

Орлов рассмеялся.

— Ну уж нет, любезнейшая. Свой бешеный феминизм спрячь в карман, я мужчина старой закалки и вполне способен не только развлечь даму, но и счет оплатить.

Эдик и впрямь оказался мастером. Принесенная рыба таяла во рту, к ней подали превосходное белое вино. Закурив, я глянула на довольного кавалера и спросила в лоб:

— Зачем ты сказал Александру Михайловичу, что ужинал со мной в «Макдоналдсе» в семь?

Виталий уставился на меня.

— Я такое говорил?

— Именно.

— А что произошло?

— Ничего, — обозлилась я, — из-за этого вранья меня подозревают в убийстве! Мы ели с тобой гамбургеры в восемь!

Журналист вытащил из кармана замшевый мешочек, достал красиво изогнутую трубку и принялся неспешно набивать ее ароматным табаком «Амфора».

— Извини, конечно, не думал, что это так принципиально, но мы действительно были там ровно в половине седьмого. В тот вечер я спешил на совещание.

— Врешь.

Виталий вздохнул и сунул руку в карман пиджака.

— Вот смотри, совсем старый стал, абсолютно все дела записываю в «склерозник» и всегда ношу его с собой.

Я взяла поданную книжечку и полистала крохотные странички. Странная вещь для мужчины, обычно представители сильного пола предпочитают солидные ежедневники в кожаном переплете. Но у меня в руках был какой-то детский вариант да еще с дурацкой картинкой на первом листке. Против роковой пятницы стояло несколько фраз:

10.00 — кинотеатр «Владивосток», выставка.

14.30. — зоопарк.

16.40. — совещание в отделе.

18.00. — Даша, ужин.

19.00. — редколлегия.

— Мы слегка засидели тогда, — напомнил Виталий, — и только в семь вышли из «Макдоналдса», поэтому я опоздал минут на пятнадцать. Вошел, когда народ уже расселся, но меня видело человек двадцать.

— Все равно перепутал, — настаивала я, — не могло это быть в семь, только в восемь.

Виталий вздохнул.

— Хорошо, если надо, я, безусловно, подтвержу твое алиби. Восемь так восемь. С меня взятки гладки, но как договориться с сотрудниками редакции? Я выступал на редколлегии, даже поцапался с заведующим отделом информации... Мы потом еще доругивались в коридоре. Может, ты сама ошиблась?

— Нет, — твердо заявила я.

— Ладно-ладно, — заспешил согласиться Орлов, — что-нибудь придумаю. А то наша милиция обожает сажать невиновных — хватают первого попавшегося. Не волнуйся, скажу что надо.

— Мне надо правду!

— Кофе подавать? — спросил Эдик, и они с Виталием принялись обсуждать способ варки кофе. Здесь подавали «Мокко».

Я глянула на часы: полдвенадцатого. Что ж, пора выпускать парфянскую стрелу.

— Кажется, засиделись...

— Куда торопиться, — усмехнулся кавалер, — сейчас торт принесут. Готов спорить на что угодно — такого ты никогда не пробовала.

— А твоя жена не возражает, когда ты заявляешься домой глубокой ночью?

— Моя кто? — искренне удивился Виталий.

— Жена, супруга, вторая половина, спутница жизни, теперь понял?

— Я не женат.

— Ой, не надо, — рассмеялась я, — мне, честно говоря, твое семейное положение до лампочки, просто очень не люблю вранья.

— Во-первых, не ругайся матом.

— До лампочки — вполне цензурное выражение.

— А вот и нет. Его ввели в оборот шахтеры. Знаешь, где у них лампочка?

— На голове.

— Это фонарик в каске, а лампочка свисает у пояса, как раз у причинного места, поняла теперь?

Тоже мне, этимолог нашелся.

— Во-вторых, где ты взяла мой телефон?

— В редакции дали.

— Попросила координаты Виталия Орлова из фотоотдела?

— Естественно!

— Так нас там двое, полные тезки. И оба фотокорреспонденты. Из-за этого часто случаются накладки, в особенности когда составляется график дежурств. Виталька действительно женат.

— Врешь!

Орлов вытащил мобильный и принялся ворчать, набирая номер.

— Ты сегодня утомительно однообразна — врешь, врешь, словно следователь КГБ. Еще лампу мне в глаза направь. Слышь, Витька, тут со мной дама сидит, так она нас перепутала и теперь готова посуду на пол швырять...

Он всунул мне в руки «Моторолу».

— Девушка, — произнес сонный голос, — Талька всегда врет, но это уникальный случай, когда он ненароком сообщил правду. В редакции действительно двое Орловых, и имена у нас одинаковые, постоянно в дурацкие истории влипаем. Его бабешки мою Ленку затравмировали. А вы хорошенькая? Может, плюнете на Казанову? Приезжайте в гости, договорились?

— У меня отстегивающаяся деревянная нога и вставные зубы, — мило прочирикала я, захлопывая крышечку.

Виталий рассмеялся:

— И с «Макдоналдсом» также напутала!

Мне оставалось только молчать. Еще пару минут, и я поверю, что собственноручно убила Маркова!

Глава 17

Утром в комнату влетела Зайка и тут же раздернула занавески. Яркий свет ударил в лицо. За ночь выпал обильный снег, к утру резко похолодало, и теперь во дворе все искрилось и переливалось под солнечными лучами. Градусник показывал минус двадцать пять. Интересно, Манька надела рейтузы? Скорее всего нет, щеголяет небось в колготках «Омса-велюр», рассчитанных на мягкую итальянскую зиму.

— Все сделала, как планировали, — тарахтела Ольга, — только мы с тобой одной маленькой детальки не учли.

— Какой?

— Кого убивать надо. Ну не могла же я с этой киллершей просто так трепаться.

Да, явная недоработка.

— Ты не волнуйся, — веселилась Зайка, — я очень здорово придумала, просто блеск.

— Что? — настороженно поинтересовалась я. — Что ты придумала?

— Ха! Отличную штуку! Заказала собственное убийство!

— Как?!

— Очень просто. Рассказала, будто есть сестра-близнец, желающая отбить у меня мужа. Словом, уезжаю в командировку, а она, гадина, супруга обольщает!

Боже! А еще говорят, что я обладаю буйной фантазией, да до такого мне никогда не додуматься. Но какая опасная затея пришла Зайке в голову!

— Зачем наболтала глупости?

Ольга рассердилась:

— Ты же сама хотела узнать, как они действуют? Ну, так я и заявила с самого начала, что желаю быть в курсе всех даже самых мелких деталей. А Костина усмехнулась и сообщила: вам результат важен или процесс? Как я ни старалась, она ничего не сказала! Да вот послушай сама.

И она кинула на кровать кассету. Запись шла двадцать минут. Зайка честным образом пыталась подобраться к Татьяне со всех сторон. Но ушлая киллерша ловко уходила в сторону. Госпожа Костина освоила излюбленный трюк политиков — говорила много, употребляя красочные метафоры, но сути за шелухой слов не проглядывало. Максимум грохота при минимуме информации.

— Вот я и решила, — болтала Ольга, — закажу свою смерть. Да не волнуйся так, ничего со мной не случится. Приняла все меры предосторожности.

— Какие?

— Во-первых, не заплатила пока ни копейки, сказала, что еще подумаю, так как сумма большая. Во-вторых, когда тетка принялась выспрашивать о привычках, переврала все. Сообщила, что сестричка обожает молоко, яйца и творог, да еще придумала ей страсть к кефиру! По-моему, они яд подкладывают в пищу.

— Мне тоже кажется, что они отравительницы. Но как они это делают? Пробираются в квартиры и подсыпают отравы в излюбленные кушанья? У тебя ключи просили?

— Нет. Вот и посмотрим, как они действуют! Я буду сидеть все время дома, — пообещала Ольга, — и не пущу никого из посторонних — всяких там слесарей, почтальонов и агитаторов от ЛДПР.

— Погоди, — испугалась я окончательно, — с чего бы убийцам начинать действовать? Или ты меня обманула и все-таки отдала деньги?

— Только часть, — потупилась Ольга, — половину, как раз столько в сумочке лежало, собралась подарки на Новый год покупать, вот и прихватила...

— Сегодня же ты отменишь мероприятие!

— Ага, а тебя посадят! А так схватим их за руку и велим признаваться в убийстве Маркова.

— Ну да, нашла дураков, так они и расскажут.

— Значит, передадим теток в руки Александра Михайловича, пусть расследует покушение на мое убийство, — серьезно заявила Ольга, — вот правда и выплывет.

— Так они сообщат, что ты их сама и наняла!

— И кто им поверит? Нет уж, будем рыбачить на живца.

— Очень опасно, — не сдавалась я. — Прямо сейчас звони Костиной и говори, что передумала. Черт с ними, с деньгами.

— Если ты настаиваешь, — протянула Ольга, — так и быть, дам отбой.

В столовой лежала записка: «Мусик, сломалась когтерезка, купи, пожалуйста, новую». Рядом красовались погнутые кусачки. У Снапа такие твердые когти, что приспособления для их стрижки регулярно ломаются.

Но в «Марквете» щипчиков не оказалось, и продавец посоветовал заглянуть на Птичку. Погода радовала глаз и душу — настоящая русская зима: солнечная, морозная, ясная. И потому поездка на Птичий рынок могла сойти за отличную прогулку.

Кусачек я не нашла. Повсюду лежали только маленькие щипчики с пластмассовыми ручками. Таких хватит лишь на одну лапу, потом обязательно сломаются. Нужны цельнометаллические, но они намного дороже и поэтому не пользуются широким спросом. Наконец один из торговцев посоветовал:

— Не ищите, не наш товар, лучше спросите у поросенка.

— У кого? — не поняла я.

— Пройдите по Таганской улице чуть вниз и там увидите огромный магазин, в витрине сидит игрушечный поросенок.

Я отъехала пару кварталов, и перед глазами предстала монстроподобная игрушка — огромный нахально розовый плюшевый хряк, стоящий на задних лапах. Место, где должна быть талия, охватывала широкая лента с надписью: «Магазин «У поросенка». Наверху красовался плакат: «У нас нет дешевых товаров. У нас низкие цены».

Я молча глядела на чудовище. В памяти моментально всплыли строки из ежедневника покойного Игоря Маркова: «Ночевал у поросенка», «Ездил к поросенку». Тюремная улица! Может, он имел в виду как раз Таганскую? Когда-то на Таганке помещалась известная Центральная тюрьма, воспетая в блатном фольклоре: «Таганка, все ночи, полные огня, Таганка, зачем сгубила ты меня? Таганка, я твой бессменный арестант, пропали юность и талант в твоих стенах, Таганка!» Здание тюрьмы разобрали, а песня осталась, ее поют нынешние молодые уголовники, не слишком понимая, при чем тут Таганская улица. Но Игорь, очевидно, хорошо знал историю Москвы. Скорее всего это здесь. Тогда простенький серенький ключик открывает какую-то из квартир в этом доме. Дело за малым: найти квартиру.

Через десять минут я узнала, что в доме 124 квартиры, и принялась действовать. Предварительно купила в магазине пару замков и пошла изображать коробейника.

Сначала долго звонила в дверь. Если никто не отзывался, аккуратно пыталась засунуть ключик в замочную скважину. Если же хозяева возникали на пороге, моментально предлагала приобрести новый замок.

— Да у нас свой хороший, — отбивались жильцы.

— Хотите, открою? — азартно спрашивала я и опять вставляла ключик в замочную скважину.

Он не срабатывал, и коробейницу с позором прогоняли. Обойдя впустую 122 квартиры, я приуныла. Может, мне в голову пришла идиотская идея? Вдруг это вообще не тот поросенок? Уже ни на что не надеясь, я принялась трезвонить в сто двадцать третью. Похоже, хозяев нет. Ключик легко вошел в железное гнездышко, бесшумно провернулся два раза, и дверь распахнулась. Я моментально переступила порог и заперлась изнутри. Надеюсь, что все же попала к Маркову, а не в квартиру, принадлежащую кому-то другому.

С первого взгляда стало понятно, что хозяева сюда давно не заглядывали. Повсюду ровным ковром лежала пыль, а в раковине на кухне образовался налет ржавчины.

Небольшая комната обставлена более чем просто, самой обычной, даже заурядной мебелью. Исключение составлял только роскошный телевизор с видаком, установленный так, чтобы экран было видно с кровати. Именно с кровати. В помещении стояла не софа, не раскладывающийся диван, а самая обычная кровать с удобным пружинным матрацем и деревянными спинками. Самое качественное ложе для ночного сна. У меня в спальне стоит похожая. Наверное, многие москвичи с удовольствием кайфовали бы в уютных постельках, да только скромные размеры жилплощади не позволяют заводить спальни. Вот и мучаются на неудобных лежанках. Но живущий в этой комнате мужчина не хотел иметь боли в спине. Похоже, он обитал здесь один. Этакая мужская берлога, где со вкусом проводят время, предаваясь милым слабостям.

Тут и там валялись порнографические журналы самого разного качества — от высококлассного «Плейбоя» до откровенно омерзительного «Мистера Икс». На кухне несколько чашек, электрический чайник и маленькая сковородочка. Игорь не утруждал себя готовкой. Зато в ванной роты шампуней и батальоны средств после бритья. Надо же, он даже пользовался женским кремом от морщин.

Бело-зеленая баночка «Синержи» могла навести на мысль о том, что его здесь посещала женщина, но я тут же отмела подобную возможность. Марков, безусловно, был бабником и имел массу любовниц, но водил их не сюда, а в другие, снятые для этих целей квартиры. Тут же он отдыхал: валялся на кровати, читал порнушку, глядел видик... Иногда оставался ночевать, кайфуя в одиночестве. Интересно, почему он не хотел разводиться с Алисой? Хотя мой прежний муж Макс Полянский, самозабвенный бабник и врун, тоже неохотно отпустил меня. И дело вовсе не в невероятной любви. Просто потаскуну выгодно иметь жену — все остальные дамы в этом случае не начинают предъявлять на него права. К тому же Макс всегда плакался в жилетку своим бабам, рассказывая о моем жутком характере и крайней болезненности. В ответ на советы бросить стерву Максик корчил унылую гримасу и бормотал: «Ну как оставить беспомощного инвалида? Грех смертельный».

На нежные женские души подобное поведение действовало чрезвычайно эффективно, и Полянский добивался, чего хотел, в один момент.

Я распахнула шкаф и присвистнула. Чего тут только не было! Несколько париков, коробки с гримом, накладные усы и бороды, связки отмычек, резиновые перчатки, коробочка с тальком... Если документы существуют, то они здесь!

Первый ящик письменного стола был заперт.

Я потратила почти целый час, взламывая неподатливый замок. Сначала честно пыталась открыть его отмычками, но я плохо владею «гитарой», поэтому притащила с кухни нож с широким лезвием и принялась расковыривать сверхтвердую, как назло, деревяшку. Наконец раздался треск, и перед глазами предстал... пустой ящик. От злости я выкрикнула:

— Еж твою налево!

Ну вот, набралась от Семена Андреевича дурацких выражений. Значит, документов нет и здесь! Я провела целый день в бесплодных поисках и когтерезку не купила. Очень захотелось курить, и я пошла на кухню. Марков тщательно следил за своим здоровьем, пепельниц в доме не держал, но на подоконнике стояла какая-то пустая баночка. Я отодвинула тюль и увидела в самом углу за занавеской плоский серый кейс. Вот оно! Леночка говорила, что Игорь носил документы в кейсе.

Трясущимися от возбуждения руками я схватила найденное и тут же удостоверилась, что «дипломат» заперт, причем на цифровой замок. Время подбиралось к десяти вечера. Ничего, прихвачу с собой и дома распотрошу находку.

Но разве у нас дома можно заняться чем-нибудь тихо и спокойно? Одиннадцать часов, ночь почти, а никто не собирается спать. Маня и Кеша ругались так, что их возбужденные голоса были слышны на улице.

— Это не малахитовый цвет! — вопила дочь.

— Именно малахитовый, — настаивал сын.

— Не спорь со мной, — продолжала злиться девочка. — Кто в художественную школу ходит? Просто колер взбесившейся жабы!

— С ума сойти! — зашипел Кешка. Машка таки сумела вывести брата из себя. — Жаба грязно-серая.

— Три ха-ха, — замогильным голосом произнесла Маруся. — Ты что, лягушек не видел?

— Жаба и лягушка — разные животные!

— Прекратите! — вмешалась Ольга.

— А по-моему, потрясающий цвет, — поддакнула Нюся. — У Аркашеньки просто изумительный вкус.

— Что случилось? — поинтересовалась я, заглянув в гостиную.

С комнатой происходило что-то ужасное. Чем дольше шел ремонт, тем гаже она выглядела. Семен Андреевич оказался слишком обстоятельным и неторопливым. Скоро три недели как он «улучшает» комнату, но пока добился прямо противоположного эффекта. Потолок мастер мучил, как маньяк жертву. В результате на нем были видны разводы и подтеки.

— Грибок в плите завелся, — безапелляционно заявил Семен Андреевич, когда ему указали на подозрительные сероватые разводы. — Строители плиту влажную положили, вот и результат.

Потом наступил черед стен. Уж не знаю, каким образом работнички добились такого результата, но все они были чуть разного цвета. Причем сочетание этого «чуть» способно довести впечатлительного человека до обморока. Кстати,

Жора в этом совершенно не виноват, он целыми
днями торчал на кухне, где у Катерины, как назло, испортились все электроприборы. Поэтому
парень без устали прокручивая мясо, месил тесто и взбивал белки. Не далее как сегодня утром
«перегорела» кофемолка...

— Кеша купил новую плитку для камина, —
принялась ябедничать Маша. — Смотри, ужасно, не правда ли?

Честно говоря, Маня права. Если цвет стен
колебался от светло-салатового до изумрудно-зеленого, то кафелинки походили на солдатскую
гимнастерку, причем не новую, а сильно поношенную, выгоревшую и явно нечистую. Но мне
казалось, что при таких стенах цвет облицовочного материала уже не имел никакого значения.

— Сами велели брать малахитовую, — отбивался Кеша.

— Это не малахитовая, — вновь завела свое
Манюня.

— Гляди, — велел брат и ткнул пальцем в бумажку, приклеенную на ящичке, — черным по
белому обозначено: «кабанчик малахитовый».

— Дожить почти до старости, — фыркнула
Манюня, — и обращать внимание на таблички и
вывески!..

— Ты, может, еще и газетам доверяешь? —
ухмыльнулась Зайка. — Этакое трогательное отношение к печатному слову.

— А мне кажется, что цвет потрясающий, —
неожиданно громко заявила Нюся. — И вообще,
в доме мужчина хозяин, как он сказал, так и

должно быть. Хватит спорить, чудесный кабанчик!

— Может, нам паранджу надеть? — ехидно спросила Ольга. — Кеша купил истинную жуть. Придется самой поехать.

— Ну и езжай себе куда хочешь! — внезапно заорал сын.

Его всегда бледное лицо неожиданно покрылось болезненными красными пятнами.

— В этом доме, — вопил Кеша, — меня совершенно не уважают, в грош не ставят!

Он выскочил в коридор, изо всех сил хлопнув дверью.

— Кешик, не волнуйся так! — взвыла Нюся и стремглав кинулась за ним.

Мы остались сидеть с открытыми ртами. Аркашка никогда не кричит, а когда злится, то, наоборот, начинает говорить придушенным голосом. Такой вопль из его груди на моей памяти вырвался впервые.

— Тебе не кажется, — пробормотала Зайка, — что эта пронырливая девица и впрямь решила, что она госпожа Воронцова?

— Не обращай внимания, — попыталась я урезонить Ольгу.

— Ах, так! — возмутилась невестка. — Конечно, сыночка защищаешь. Между прочим, я могу уехать! Если я тебя не устраиваю, получишь Нюсю в родственницы!

И она выскочила за дверь, так шарахнув ею, что в окнах задребезжали стекла.

— Эх, молодежь, — вздохнул Семен Андреевич, — из-за чего переругались! Тьфу!

— Действительно, — пробормотала пристыженная Маня, — нехорошо вышло. Пойду прощения просить...

Я отправилась в спальню. Нет, надо как можно скорей отправлять Нюсю домой. Вот только разберусь с Фоминой!

Вскрыть тоненький кейс оказалось невозможно. Я провозилась неимоверно долго и в конце концов признала свое поражение. Ну не знаю, как поступить! В доме стояла тишина. Наконец-то все угомонились, не кричат, не ругаются... А мне, как назло, страшно хочется есть. Стараясь не шуметь, я спустилась в кухню и обнаружила там мирно пьющих чай Жору и Катю.

— Не спится, — покраснела кухарка.

— Мне тоже, — призналась я и спросила: — У нас есть инструменты? Ну там стамески, долото, молоток...

— А как же, — успокоил Жора, — целый арсенал, только зачем вам?

— Закрыла портфель с документами и забыла, какой код поставила, хочу сломать замок...

— Давайте погляжу, — предложил парень.

В спальне он повертел «дипломат».

— Хорошая вещица, жаль портить. Есть карточка?

— Что? — не поняла я.

— Ну, кредитка или телефонная?

Я протянула пластиковый прямоугольник «Лионский кредит». Жора всунул твердый плоский кусочек в узенькую щелку возле замка, как-то быстро дернул рукой. Раздался тихий щелчок.

— Прошу, — ухмыльнулся Жора, — вход открыт.

— Ловко, — пробормотала я, разглядывая то, чего раньше не замечала: следы от плохо сведенной татуировки на его безымянном пальце.

Вероятнее всего, там был наколот перстень, подтверждавший ходку в зону. Жора перехватил мой взгляд и моментально сообщил:

— По глупости было, в малолетке сидел. Вы не волнуйтесь, это мы с пацанами спьяну в будку сапожника влезли. И не украли ничего толком — гуталин да тряпки. Только у родителей моих еще пятеро по лавкам сидели, вот и запихнули меня в спец. ПТУ, чтоб избавиться. А перстенек я из дури наколол, выпендриться хотел. Я с тех пор ни-ни, веду абсолютно трезвый и честный образ жизни. Насмотрелся в спецухе на тюремные порядки, на всю жизнь урок.

Однако навыков взлома не потерял! Господи, надеюсь, что Семен Андреевич не серийный убийца.

Выпроводив помощника за дверь, я заперлась на задвижку и подняла крышку. Внутри лежала всего-то лишь одна-одинешенька беленькая папочка. Самая обычная, с тряпочными завязками и надписью «Дело». Несколько листочков были исписаны мелким убористым почерком. Тут же нашелся список из двадцати фамилий. Против каждой адрес и телефон. Возле имен крестики — восемь черных, остальные красные. Сверху на одном листочке стояло: «Отчет». Я принялась читать аккуратные, написанные прямо-таки каллиграфическим почерком строчки.

Когда наконец я сумела оторваться от захватывающего материала, голова у меня гудела, как пивной котел. Мысли переплелись в тугой клубок. И я без конца повторяла про себя: «Какая я идиотка! Так фатально ошибиться!»

Глава 18

Ошибка произошла в самом начале моих поисков. Покойная Леночка, секретарша Маркова, сказала, что Игорь по просьбе Надежды Фоминой занимался делом Константина Яковлевича Точилина. А на самом деле его нанял Точилин для слежки за Фоминой. То ли Леночка недопоняла, то ли Игорь специально дезинформировал девушку. Свекор хотел знать всю подноготную своей невестки. Скорее всего он заподозрил женщину в неблаговидных поступках. Игорь блестяще справился с задачей.

Наденька Фомина родилась в неполной семье. Отца у нее не было. Вернее, как биологическая единица он где-то существовал, но девушка никогда его не видела. Более того, мать постаралась, чтобы у дочери не осталось никакой памяти об отце. Отчество и фамилию девочка получила от деда. Любящая мама во всем потакала Наденьке, и, пока был жив дедушка, полковник в отставке, они не нуждались. Пенсии бывшего военного вкупе с мамочкиной зарплатой хватало на все. Покупали продукты на рынке и каждый год ездили по льготным путевкам в Крым, в санаторий. Худо стало, когда дедушка умер. Пришлось затянуть пояса.

— Ничего, доченька, — утешала Наденьку мать, — вот поступишь в университет, выучишься, человеком станешь.

Но их мечтам не было суждено исполниться. На первом же вступительном экзамене Надюша получила двойку за сочинение. Пришлось распроститься с мечтой об университетском образовании и нести документы в малопрестижный Пищевой институт.

За пять лет, проведенных в вузе, Надя не приобрела практически никаких знаний, зато успела два раза выйти замуж, и оба раза крайне неудачно. Браки длились меньше чем по полгода, хотя и заключались по глубокой и страстной любви. Мамочка только плакала по ночам в подушку, сокрушаясь о дочуркином невезении.

После учебы Надюшу распределили в НИИ питания, и потекли годы унылой, неинтересной работы. Кавалеры появлялись часто, но замуж не звали. Из хорошенькой белокурой девушки Надежда постепенно превращалась в толстеющую разочарованную тетку. Умерла мама. В пустой квартире стало совсем одиноко, иногда за выходные дни Надежда не произносила вслух ни слова. Комнаты постепенно приходили в запустение: не для кого было убирать, некому готовить...

И все же Надюша решила еще раз испытать судьбу. Купила путевку в санаторий на берегу моря и назад вернулась с женихом — Яковом Точилиным. Их знакомство было изначально построено на лжи. Фомина была старше будущего мужа на двенадцать лет, но призналась только в двухгодичной разнице в возрасте.

Наивный Яша не заподозрил ничего дурного. У него не было опыта общения с женщинами, тем более с такими хитрыми и активными, как его невеста. «Забыла» новобрачная и о двух предыдущих супругах. Яков искренне считал себя первым. Нехитрая операция по восстановлению девственности освоена гинекологами в совершенстве, и муж получил в первую брачную ночь все необходимые доказательства «честности» — кровавое пятно на простыне и рыдающую любимую.

Естественно, свекор взял невестку на работу. Пожалел он об этом буквально через месяц. Грубоватая Наденька ухитрилась поругаться почти со всеми, кроме трех женщин из лаборатории — Люси Рагозиной, Светы Малаховой и Тани Костиной. Что связывало этих дам, Константин Яковлевич откровенно не понимал, а через некоторое время вообще заподозрил неладное. Четверка без конца шушукалась по углам. Потом Надежда внезапно начала хорошо зарабатывать. У них с Яковом появилась новая квартира, машина... Следом за ними переехали в комфортабельные апартаменты Костина и Рагозина... Константин Яковлевич насторожился еще больше и однажды, вызвав всех баб в кабинет, потребовал раскрыть секрет столь быстрого обогащения.

Женщины принялись рыдать. Надюша даже картинно упала в обморок, но на Константина Яковлевича этот спектакль совершенно не подействовал. Он запер кабинет, сунул ключ в карман и сообщил, что не выпустит никого, пока не узнает правды. После часовой истерики дамы принялись каяться. Собственно говоря, ничего страшного они не совершали. Просто выдавали некачественные продукты за хорошие, скрепляя подделку печатью, подписью и фальшивыми результатами анализа. Точилин пришел в ужас. Несколько лет он потратил на то, чтобы создать фирме безупречную репутацию, а теперь эти алчные бабы разрушали дело его жизни. Сотрудницы лаборатории были в одночасье уволены.

— Скажите спасибо, — бушевал директор, — что я не заявил в милицию.

Но Надежду пришлось оставить на работе — все-таки невестка, близкий человек, член семьи... Константин Яковлевич взял с нее честное слово.

— Клянись, что прекратишь безобразие, — потребовал свекор. Невестка, размазывая сопли, согласилась на все его условия.

Спустя некоторое время в душу Точилина вновь закрались сомнения. Надежда была тише воды, ниже травы, но благосостояние семьи росло. Яков стал ездить на новеньком «Форде», невестушка щеголяла в бобровой шубе до пят.

На этот раз Константин Яковлевич попробовал потрясти сына. Но Яша, целиком и полностью поглощенный компьютерами, только отмахнулся:

— Да ладно тебе, папа. И чего ты к Надюше вяжешься? Бабушка у нее умерла в Петербурге, квартиру оставила, вот она ее и продала...

— Почему мне не сказали? — возмутился отец.

— Так ты с ней все время ругаешься, — парировал Яков.

Но Константин Яковлевич не поверил. Гадкая невестка явно прокручивала какие-то незаконные делишки. Причем обстряпывала их теперь на стороне, потому что на работе ни с кем доверительных отношений не поддерживала.

Теперь Точилин жалел, что вспылил и опрометчиво выгнал «подельниц». Следовало отобрать у негодяек бланки и печати, но оставить их в лаборатории. Тогда можно было бы хоть проследить за ними.

Точилин решил нанять частного детектива, но мучился сомнениями. Сам факт тайного сбора информации казался ему гадким. Терпение его лопнуло осенью. В августе Константин Яковлевич уехал отдыхать, а в сентябре узнал, что Надя сделала ремонт в квартире. Размеры перемен ошеломили мужика: полная перепланировка квартиры, шикарная мебель... Доконала видеокамера у входа, передающая изображение на крохотный экран. Посчитав, сколько примерно могут стоить подобные преобразования, свекор рассвирепел и накинулся на сына:

— Откуда у вас такие деньги? Смотри, в тюрьму сядете — передачи носить не буду. Как только не стыдно, я всю жизнь честно...

— Ой, прекрати, папа! — снова отмахнулся Яша. — У Надюши бабушка умерла в Зеленограде, вот и продали квартирку, четырехкомнатную!

— Да сколько же, черт возьми, у нее бабушек?! — взревел отец, чувствуя, что его водят за нос.

— Две, — спокойно пояснил Яша, — как у всех, с папиной и маминой стороны.

Константин Яковлевич вылетел из невероятно преобразившейся квартиры сына с тяжелым сердцем. Яков, конечно, тюфяк и рохля. Энергичная жена вертит им как хочет. Еще втянет, не дай бог, в какую-нибудь опасную историю. Сама вывернется, а дурачок пойдет по этапу...

Точилин обратился к Игорю Маркову и поставил перед ним две задачи. Сначала узнать, чем занимается прохиндейка, а потом сделать так, чтобы Яша подал на развод.

— Только без криминала, — напутствовал он Игоря, — никакой стрельбы...

Марков взялся за дело и раскопал-таки удивительный бизнес. Собственно говоря, дамочки оказались его коллегами, тоже «устраняли» людей, только действовали нагло и совершенно ничего не боялись.

В газете «Из рук в руки» помещалось объявление. Клиенты, позвонив по указанному номеру, попадали на диспетчера, который отправлял их на встречу в какое-нибудь кафе. Бабулька, сидевшая на телефоне, состояла на учете в психоневрологическом диспансере и по закону не отвечала за свои действия. Мало ли что придет в голову шизофреничке, еще и не такое объявление напишет!

Недостатка в клиентах не было. Желающих избавиться от надоевших родственничков даже за крупную сумму находилось достаточно. Но дамы, проявив осторожность, старались иметь дело только с молодыми девушками. Расчет оказался верен — ни одна из них потом не предъявила никаких претензий. А поводов для недовольства было предостаточно. Потому что клиентов своих Фомина никогда не убивала. Дамы просто занимались мошенничеством. Сначала брали вперед деньги, потом наводили тень на плетень, усиленно интересуясь привычками, образом жизни и здоровьем «жертвы». Обещали результат, но не скоро — месяца через два-три. Иногда требовали ключи от квартиры или машины. Потом начинали тянуть резину. Если заказчица проявляла нетерпение, строго объясняли:

— Вы ведь не хотите, чтобы вас заподозрили? Быстро такие дела не совершаются, нужна осторожность и аккуратность...

Глупые девицы, желавшие избавиться от престарелых мужей, свекровей или родителей, покорно ждали. И иногда дожидались нужного результата. Любимый родственник тихо умирал, кто от инфаркта, кто от инсульта, кто в результате операции... Всего Игорь нашел двадцать «объектов». Восемь из них скончались. Причем Марков не поленился составить на каждого справку. Смерть и впрямь приходила к ним сама, без посторонней помощи. Двенадцать потенциальных «жертв» здравствовали и по сегодняшний день, совершенно не предполагая, что их милые жены или невестки, затаив дыхание, поджидают, когда же они наконец сыграют в ящик.

Естественно, в конце концов до заказчиц доходило, что их одурачили. Они принимались названивать диспетчерше. С такими разговаривали просто:

— Не хотите спокойно ждать? Пожалуйста, обращайтесь в милицию, деньги мы не возвращаем.

Конечно, в правоохранительные органы никто не совался. Если бы дамы не были так хитры и, погнавшись за выгодой, стали бы иметь дело со всеми без разбору, им давно бы накостыляли по шее. Но глупенькие, наивные девушки боялись «киллерш» до потери пульса. К тому же те запугивали их обещаниями рассказать правду недобитым родственникам. Словом, это была гениальная выдумка Фоминой — обычное мошенничество, за которое практически невозможно привлечь к ответственности.

Неизвестно, как бы отнесся к такому криминальному таланту своей невестки Константин Яковлевич, узнай он правду. Но Надежде в очередной раз повезло. Точилин умер, не дождавшись отчета от Игоря. В его смерти не было ничего странного. У мужчины давно болело сердце, врачи предлагали сделать аортокоронарное шунтирование, но Константин Яковлевич все тянул с операцией, снимал приступы таблетками. Наверное, он волновался из-за ситуации с Фоминой, у него то и дело поднималось давление, и в конце концов «мотор» не выдержал. Подозрительный Марков даже сумел получить копию патологоанатомического вскрытия мужчины. Нет, тут все было чисто. Пришлось Маркову, сложив документы в кейс, закрыть расследование. Заказчик умер, а шантажом Игорь никогда не занимался, ему хватало других заработков. Фомина с подружками преспокойненько продолжали прокручивать «убойный» бизнес. Игорь решил начать другое дело. Очевидно, прекратив работу, он уничтожал бумаги. Но папочку с разоблачением «Надежды и Ко» просто не успел сжечь.

Для того чтобы хоть немного успокоиться, мне пришлось выкурить несколько сигарет кряду. Безусловно, Фомина — мерзкая дрянь, но мне она совершенно не нужна. Не убивала баба Маркова, у нее не было причин это делать. Надежда даже не знала о существовании Игоря и не предполагала, что свекор установил за ней слежку. Ну и черт с ней! Пусть и дальше обманывает негодяев, замысливших убийство своих ближних или конкурентов. В конце концов она нарвется на нервную даму, которая пристрелит обманщицу. В этой ситуации никого не жаль: ни «киллерш», ни заказчиц... Обе стороны хороши, по тем и по другим тюрьма плачет, только мне-то что теперь делать? Рухнула такая замечательная идея! Оказывается, убийцу Маркова следует искать в другом месте, но где? Сдается, что и полковник не преуспел в розысках — не звонит, не приходит...

Утром я сползла к завтраку, плохо ориентируясь в действительности. Краем глаза отметила, как, нежно заглядывая в глаза Аркадию, Нюся наливает сыну кофе.

— Кешенька, — щебетала она, сияя свеженакрашенным личиком, — тостик вареньицем намазать? Смотри, твое любимое, вишневое!

Зайка, хмуро помешивая ложечкой чай, исподлобья наблюдала за этими ухаживаниями. Ну вот, еще одна проблема, и решать ее следует немедленно. Нахалку необходимо отправить домой. Только вот дома-то у нее и нет. Значит, нужно купить ей квартиру. Прямо сейчас и займусь!

Из многочисленных риэлтерских контор я доверяю только одной — «Галина». Основала ее моя давнишняя подруга, оставшаяся без работы. У Галки неожиданно открылся талант маклера, и в короткий срок она прошла путь от агента, стаптывающего подметки, до хозяйки довольно крупного предприятия. Всех родственников и знакомых я отправляю к ней. Ковалева никогда никого не обманет и не станет связываться ни с каким криминальным вариантом. В ее конторе работают несколько человек, проверяющих «чистоту» предлагаемого жилья.

Галка встретила меня радостно.

— Только не говори, — захихикала она, — что решила продать дом в Ложкине. На это идиотское сооружение никогда не найти покупателя!

Я плюхнулась в удобное кресло и пододвинула к себе пепельницу.

— Нужна квартира в Верми.

Галя уставилась на меня своими красивыми зелеными глазами. Потом сморщила покрытый веснушками нос и ехидно спросила:

— Думаешь, из-за Уральских гор ближе в Париж летать?

Я рассказала ей про Нюсю, Аркашку и Ольгу. Галка пришла в полное негодование.

— Гони наглую пройдоху. Ничего ты ей не должна! Мало ли кто завтра придет и назовется Кешкиной женой. Еще чего, квартиру нахалке! Да она, судя по твоему рассказу, уже намеревается жить в Ложкине, а в январе смотаться в Париж!

— Вот потому я и хочу по-быстрому отправить девицу на родину!

— Просто выстави вещи за порог!

— Не могу.

— Я бы тоже не смогла, — вздохнула Галя, — только советы давать горазда. Но денег жаль до жути! Ну почему ты должна поощрять чужую глупость и наглость!

— Зайкино спокойствие дороже любых денег, — отрезала я, и мы схватились за картотеку.

Потратив на поиски почти два часа, Галка безнадежно махнула рукой. На продажу выставлялись четырех- и пятикомнатные апартаменты, а то и двухэтажные частные дома. Но я не собиралась превращать Нюсю в богатую невесту с роскошной жилплощадью. Требовалась небольшая двухкомнатная квартирка. Найдется в центре — хорошо, а не найдется, я была согласна на любой вариант.

Но подобных предложений не оказалось.

— Дешевые квартирки разбираются на месте, — пояснила Галя, — в Москву доходят те, что подороже, причем цена в дороге возрастает. Иногда одна и та же жилплощадь выставляется на продажу по разным ценам. В Верми, предположим, за нее хотят двадцать тысяч, а в столице уже сорок просят. Считают, что все москвичи дураки и крезы. Знаешь, езжай-ка в Вермь. Тысяч за тридцать купишь. Я отправлю тебя к своему коллеге Володе Решетникову. Он встретит тебя как родную и быстро дело обстряпает. В Москве нужный вариант можно месяцами ждать...

Я задумчиво «листала» компьютер. Галка, как всегда, права.

— Ладно, созванивайся с этим Решетниковым...

Галя взяла трубку и принялась бурно договариваться. Дело было улажено в пять минут. Неизвестный мужик страшно обрадовался, пообещал встретить меня и разместить в гостинице...

— Какой прекрасный человек! — умилилась я.

— Не обольщайся, — засмеялась Галка, — он все в стоимость квартиры включит: и плату за такси, и счет за букет, ежели цветочки сунет... Жадный до жути, но честный. Не обманет. Когда полетишь?

— Да прямо завтра, — сгоряча ляпнула я и тут же пожалела. Что я скажу домашним?

Билет на самолет я купила по дороге домой, специально поторопилась, чтобы отрезать пути к отступлению. Мой рейс был в шесть утра. Страшно неудобно, но другого просто не было.

В столовой одиноко спал на диване Банди. После непонятного происшествия с Зайкой пса разбаловали окончательно, и он вольготно раскинулся кверху пузом, удобно устроив голову на подушке.

— Есть дома кто живой? — крикнула я, входя в холл.

— Незачем так вопить, — отозвалась со второго этажа Зайка. — Что-нибудь случилось?

— Нет.

— Приятная неожиданность, — злобилась Ольга, — ничего не произошло! Ну надо же! Ни пожара, ни землетрясения...

— Где Кеша? — прервала я поток издевательств.

— Кто это такой? — прикинулась дурой Зайка.

Я разозлилась окончательно:

— Аркадий. Если не помнишь, то это твой муж.

— Надо же, — ерничала невестка, — а тут другая дамочка на него претендует, Нюсей зовут. Все время с ним проводит, вот и сегодня вместе уехали, на новом джипе.

— Кеша купил джип? — изумилась я. — А как же «Мерседес»? Он всегда говорил, что джипы похожи на троллейбусы — большие и неторопливые.

— Вот именно такой он и приобрел — огромный, — вздохнула грустно Зайка. — Знаешь почему?

— Ну?

— Нюся сообщила, что такая машина самая безопасная.

— Не расстраивайся, — попробовала я утешить Ольгу, — скоро избавимся от докуки.

— Интересно как? — поинтересовалась Зайка.

Выслушав рассказ о предполагаемой покупке квартиры в Верми, невестка вздохнула.

— Ужасно, конечно, что придется выбросить столько денег псу под хвост, но, честно говоря, я больше не могу видеть улыбающуюся Нюшину морду. Сегодня за завтраком чуть не ткнула ей вилкой в глаз!

— Смотри, в мое отсутствие не сорвись!

— Попробую, — пробормотала Ольга, — хотя трудно. Знаешь, лучше никому не рассказывай про поездку. А то хитрюга что-нибудь придумает, прикинется больной, например. И потом...

Она замолчала.

— Говори, — велела я.

— Помнишь историю с... убийством Банди?

— Такое не забудешь.

— Все думаю, кто мог знать, что я поеду в «Марквет»? Кеша, Маня, Денька, Оксана, ты и... Нюся. Не нравится мне такое положение вещей. Или и впрямь думаешь, будто хозяин перепутал собак?

Я отрицательно покачала головой. Конечно же, нет.

— Потом, по-моему, у нее есть сотовый телефон...

— У Нюси? Мобильный? Маловероятно.

— Вчера вечером, вернее — ночью, я пошла на кухню и услышала из ее комнаты такое характерное попискивание, а потом тихий голос.

Утром Ольга как ни в чем не бывало спросила гостью:

— С кем так поздно болтала?

— Я? — деланно изумилась Нюся. — У меня в комнате нет телефона.

— Я слышала такое характерное попискивание, — настаивала Зайка.

— А, — засмеялась «вторая жена», — я играла перед сном в «Тэтрис». Действительно на сотовый похож.

Глава 19

Полет до Верми оказался не таким уж и утомительным. Зато я четко поняла, что Аэрофлот, летающий в Париж, и Аэрофлот, доставляющий пассажиров в Сибирь, — разные авиакомпании. В первом случае вам без конца улыбаются, хорошо кормят и по первому требованию заваливают пледами. Во втором — смотрят строго, рявкают по каждому поводу и дают пупырчатое, абсолютно несъедобное куриное крыло. А на мою робкую просьбу принести плед весьма немолодая толстая стюардесса гавкнула:

— Положены только пассажирам с детьми! На всех не напасешься.

Если учесть, что стоимость полета до Верми совсем немного уступает стоимости билета до Парижа, то такое положение вещей выглядит по крайней мере странно. Но неизбалованные отечественные пассажиры мирно дремали в креслах, кутаясь в пиджаки, кофты и шарфы. В салоне стоял отчаянный холод.

Решетников не подвел — стоял у самого трапа, держа в руках листок бумаги с надписью «Дарья Васильева». Окинув меня взглядом, он сказал:

— Получим багаж — и в гостиницу. Снял номер на три дня, думаю, управимся.

— Багажа нет.

— Как? — изумился Владимир, подходя к новеньким «Жигулям». — Вот так, налегке?

Я промолчала. Терпеть не могу огромных чемоданов и кособоких баулов. Предпочитаю мотаться по свету с минимумом вещей. Да и что нужно-то? Пара белья, запасные колготки, зубная щетка и детективчик... В случае чего необходимое можно купить, слава богу, не прежние времена.

Уже по дороге Владимир принялся рассказывать, какие имеются варианты, и, когда мы подъехали к небольшому только что отремонтированному зданию, моя голова уже гудела от разнообразной информации.

Галка оказалась права. Через полчаса нашли в компьютере нужный вариант. Двухкомнатная квартира с приличной кухней и раздельным санузлом, на третьем этаже. И цена смешная — девять тысяч.

— Смотреть поедете? — поинтересовался Володя.

— Давайте, — согласилась я.

«Жигули» запетляли по незнакомым улицам. Приятный домик из красного кирпича прятался за высоким забором.

— Почти самый центр, — пояснил Решетников, — вон там драмтеатр. Кстати, хотите сходить?

Я кивнула. Отчего бы и нет? Хоть развлекусь немного. Комнаты оказались небольшими, но квадратными. Та, что выходила окнами на восток, имела крохотный балкончик. Владимир не обманывал — косметический ремонт не требовался. Стены радовали глаз новыми обоями, пол был покрыт свежим лаком. Даже странно, что такое приличное жилье стоило так недорого. Впрочем, дешевизне нашлось вполне понятное объяснение. Не успели мы выйти из подъезда, как от соседнего дома донеслись пьяные песни и мат.

— Надо же, — удивилась я, — посреди рабочего дня пьют по-черному.

Шум усилился, теперь в нем прорывался гневный окрик:

— Давай-давай, шевелись быстрее, пьянь подзаборная!

— И-и-и, — завизжал мужик.

— Буйные, однако, соседи, — вздохнула я.

Володя на мгновение смутился, потом все же раскололся:

— Тут вытрезвитель располагается, вот и свозят сюда всякую шваль.

Сразу стала понятна дешевизна хорошей квартиры. Попробуй всунуть такую местным жителям. Небось ни днем, ни ночью покоя нет, поэтому и спустили цену ниже некуда. А тут покупательница из Москвы, грех не воспользоваться, вот только пьянчуга не ко времени разбуянился.

Решетников со вздохом поглядел на меня:

— Поедем другую смотреть?

— Зачем? — успокоила я хозяина. — Сама я тут жить не собираюсь, а даме, для которой покупаю, так и надо за скверное поведение. Не понравится — сама поменяет.

— Вот это будет трудно, — радостно признался Володя, — никто сюда ехать не захочет, я эту квартирку год с рук сбыть не мог...

Словно боясь, что клиентка передумает, Решетников изо всех сил погнал в контору оформлять документы. Часам к шести в сумочке у меня оказался договор и ключи.

— Здорово, — ликовал Володя, — ловко управились, завтра можете уезжать.

Но в моей голове неожиданно возникла мысль: «А мебель?»

Куда Нюся подевала столы, стулья и кровати из своей квартирки? Может, продала вместе с жилплощадью? Знаю, так иногда делают, покидая навсегда город, а Нюся собиралась жить в Москве... Впрочем, вдруг отдала на хранение? Чтобы разрешить сомнения, я позвонила Зайке и попросила:

— Узнай осторожненько у Нюси, где она жила до замужества, куда подевалась ее обстановка?

— Рада, что у тебя все благополучно, — ответила хитрая Зайка и добавила: — Ну как Киев? Небось теплее, чем у нас?

— Какой Киев? — оторопела я, глядя через окно на улицу, по которой пронизывающий декабрьский ветер гнал колкую поземку.

— Мама, наверное, пирог испекла, — продолжала Ольга, — фирменный, с мясом.

Господи, совсем забыла, что сообщили домашним, будто я отправляюсь к Зайкиной маме на день рождения. Слава богу, никто не помнит, что Марина родилась в августе. А готовила она и впрямь чудесно. Ее пышная, невероятно вкусная кулебяка оказалась бы сейчас очень кстати. Но обедать мне пришлось в небольшом кафе блюдом, которое гордо именовалось «мясо по-французски». Два жилистых кусочка, залитых кисловатой коричневой подливкой. В тот момент, когда я безуспешно пыталась прожевать этот деликатес, зазвонил телефон. Рискуя подавиться, я быстро проглотила неподатливую говядину.

— Мебель она продала вместе с квартирой, — шептала Зайка, — оставила только кое-что на память. Ну, альбомы с фотографиями, несколько картин, бабушкино пианино и свою спальню. С новыми хозяевами договорились так — в двух комнатах они обустраиваются, а в третьей в течение двух месяцев могут находиться Нюшины бебехи. Октябрьская улица, дом 2, квартира 1. Поняла?

Я посмотрела на уныло лежащий на большой тарелке волокнистый ломтик. Жаль, что рядом нет Снапа или Банди — вот кто моментально расправился бы с «деликатесом». Поеду на Октябрьскую, потолкую с людьми, но, думаю, и пианино, и спальня, и картины давным-давно перекочевали в другие руки. Если припомнить, как бедную Нюсю выставили из квартиры, то скорее всего мебель новые жильцы беречь не стали.

Отметив, что в душе вновь начинает шевелиться жалость к обманутой дурочке, я поехала искать Октябрьскую улицу.

Мне не пришлось пускаться в далекое путешествие. Нужная магистраль пролегала неподалеку. Контора Решетникова располагалась именно на этой улице, и я побрела в нужном направлении, чувствуя, как мороз подбирается к носу.

Дом 2 оказался обычной блочной башней. Такие строили по всей России. Двенадцать этажей, один подъезд и замусоренный до последней степени вестибюль. После свежего морозного воздуха мне показалось, что я задыхаюсь.

В нос ударил едкий аромат чего-то тошнотворного. Проскочив мимо лифта на лестничную клетку, я обнаружила шесть одинаково грязных дверей. Цифра 1 была намалевана мелом. Поискав глазами звонок и обнаружив только два свободно свисающих проводка, я стала колотить в дверь ногой. С той стороны послышалось покашливание, и на пороге возник глубокий старик. Не дай бог дожить до таких лет! Маленькую головку покрывала растительность, похожая на цыплячий пух, глубокие морщины бороздами спускались по щекам к шее, глаза сидели так глубоко, что в первый момент показалось, будто в черепе зияют пустые глазницы.

— Чем могу служить?

— Квартиру продаете? — сказала я неожиданно первое, что пришло в голову.

Наверное, дедуля в глубоком маразме, говорить следует с кем-нибудь из домочадцев, вот только дома ли они...

Мафусаил уставился на меня блеклыми глазками и неожиданно заявил:

— Jamaiz de la vie[1].

Я чуть не свалилась от неожиданности и в растерянности спросила:

— Pourquoi?[2]

— Вы говорите по-французски? — восхитился дедуля. — Входите, мой ангел, потолкуем.

Я втиснулась в узенькую прихожую. Места тут не было никакого. Слева — вешалка с большим овчинным тулупом, справа — холодильник.

— Раздевайтесь, душечка, — суетился хозяин, — небось продрогли, бедняжечка. Сейчас чайку глотнем с шанежками. У меня правнучка — мастерица печь.

Почти сдернув с меня шубку, дедуля неожиданно крепкой рукой поволок незваную гостью в комнату. Небольшое помещение было почти полностью забито книжными полками. Собрания сочинений Золя, Бальзака, Виктора Гюго, Анатоля Франса — все на французском языке. На обеденном столе лежал томик «Сокровища поэзии». Усаживаясь, я тихонько пробормотала:

> Под мостом Мирабо
> Тихо Сена течет
> И уносит нашу любовь...

— Ну надо же, — подпрыгнул на месте хозяин, — я тоже обожаю Аполлинера. Великий поэт!

Пока хозяин готовил чай и разогревал на сливочном масле круглые пирожки с мясом, оказавшиеся и впрямь волшебно вкусными, мы обсуждали поэзию начала двадцатого века. Отхлебнув

---

[1] Никогда в жизни (*фр.*).

[2] Почему? (*фр.*)

абсолютно черную жидкость, дедуля с чувством произнес:

— С удовольствием поставил бы вам «отлично». Можете спросить у студентов, меня не так легко расколоть на пятерки. Кстати, у вас прекрасное произношение, с трудом верится, что говорит не коренная парижанка.

Это точно. Языком я владею в совершенстве. В первые годы жизни в Париже меня принимали когда за немку, когда за голландку, и все из-за слишком твердого «л». Позднее уже никто не сомневался, что я родилась во Франции. Но дедушке знать мою историю незачем, поэтому я ответила:

— Здесь нет моей особой заслуги, просто попались замечательные преподаватели.

— Большая редкость в наше время, — покачал головой дедуля и церемонно представился: — Андрей Франсуазович Витепаш, профессор университета.

— Вот вы, наверное, имеете французские корни...

— Да, — оживился преподаватель, — мой предок был из тех самых наполеоновских солдат, отступавших по Старой Смоленской дороге. Драгун отчаянно голодал и обморозился, вот и пожалела его русская баба из деревеньки Мокеево. Так и пошли в России крестьяне Витепа, «ш» прибавилось потом, для удобства произношения. Затем родичи перебрались в Москву, стали служивыми людьми, чиновниками мелкой руки. Я же божьей милостью поступил в университет — видимо, с генами любовь к французскому передалась. Ну а потом так и остался при alma mater.

— А в Вермь как попали?

— Обыкновенно. Сначала посадили как врага народа, потом запретили въезд в столицу и вновь посадили... Только в 1955-м наконец вышел. Доехал до Верми, здесь и остался. Но не жалею, женился. Знаете...

Опасаясь, что профессор сейчас пустится в длительные и путаные воспоминания, я осторожненько прервала его:

— Как трудно переезжать с таким количеством книг!

— И не говорите, — вздохнул Андрей Франсуазович. — Когда супруга моя — царствие ей небесное, святой была человек — скончалась, я дочери и сказал: «Ну зачем мне одному четыре комнаты? Давай разменяемся». Вот и вышла мне двухкомнатная, а внучке трехкомнатные хоромы. Ну, доплатить пришлось, не без этого... Так еле перебрался, знаете ли. Книги полмесяца увязывал. Хорошо — помоложе был... Пятнадцать лет — это большой срок, а семьдесят и восемьдесят пять — две огромные разницы, как говорят мои безграмотные студенты.

— Как пятнадцать лет? — изумилась я.

— Что так удивляетесь, душечка? Дом построили в 1984 году, один наш преподаватель эту квартирку и получил как очередник. Вот с ним обмен и провернули.

— То есть вы хотите сказать, что живете здесь безвыездно с 1984 года?

— Конечно, а что же в этом странного?

— Сколько у вас комнат?

— Полторы, — усмехнулся профессор и толкнул небольшую дверь.

Я заглянула в открывшееся помещение. Да, такую квартиру действительно нельзя назвать двухкомнатной. В крохотном пенальчике еле-еле поместились небольшая софа и тумбочка, заваленная книгами.

— Тесновато, конечно, — вздохнул Андрей Франсуазович, — но я человек одинокий, мне вполне хватает. Вот надо мной Филимоновы проживают, так у них трое детей. Честно говоря, ума не приложу, как они на ночь устраиваются? А главное — как ухитрились при такой давке троих создать?

— И не меняли больше квартиру? — продолжала я тупо настаивать на своем.

— Зачем? Кто сказал, что я решил продавать жилье?

— В риэлтерской конторе.

— Ошибка вышла, ангел мой. Правда, я рад чрезвычайно: слушал ваш французский как музыку. Даже не представляете, какое удовольствие общаться с собеседником и не поправлять беспрестанно омерзительное произношение.

— Октябрьская улица в Верми одна?

— Конечно.

— Может, домов под номером 2 несколько?

— Как это? — изумился Андрей Франсуазович.

— Ну, допустим, 2а, 2б...

— Нет-нет, — замотал головой профессор.

— Домоуправление где находится?

— Зачем вам?

— Хочу узнать, в какой квартире жила семья Поповых. Бабушка, учительница музыки, и девочка Аня. Старушка умерла в этом году, кажется, весной, а осенью внучка продала квартиру.

Профессор в задумчивости покачал головой.

— Таких здесь не было.

— Точно знаете?

Андрей Франсуазович допил похожий на чифирь чай и с достоинством сообщил:

— Когда в несчастной России началось безобразие, именуемое торжеством демократии, в Верми стало стремительно разваливаться коммунальное хозяйство. Прокладку в кране поменять и то превратилось в проблему, к тому же мастеровой люд принялся ломить за работу такие деньги... Вот мы на собрании жильцов и решили: спасение утопающих — дело рук самих утопающих. Дом наш уникален. В 1984 году его заселили научные работники — преподаватели разных вузов Верми. Зарплаты у всех грошовые, зато руки умелые и мозги на месте. Вот и выгнали всех пьяниц. Ежели неполадки с сантехникой, пожалуйте к Никите Вадимовичу из 75-й. Он доктор технических наук. Коли неприятности с дверями или окнами — Олег Петрович из 12-й тут как тут. Вообще-то он пишет книги об истории Англии, но при этом изумительный столяр, можно даже сказать — краснодеревщик. Сделал мне полки лучше фабричных. По электрике Алевтина Герасимовна мастер. Да что там коммунальные неприятности, у нас и врачи тут свои... Меня же как существо бесполезное и неумелое, естественно, назначили начальством — председателем домового комитета. Слежу, чтобы в тесный коллектив не проникли «новые вермяки». Так что в доме знаю всех поголовно. Никогда тут не жила преподавательница музыки...

Простившись с говорливым и приветливым профессором, я выбралась на улицу и моментально затряслась от холода. Редкие прохожие кутались в дохи и огромные овчинные тулупы, под их ногами, обутыми в пимы, бодро похрустывал снег. На дворе было градусов тридцать, не меньше.

До гостиницы я добралась только к десяти вечера и сразу обнаружила массу «приятных» нюансов. Горячей воды не было. Ее тут, оказывается, после девяти отродясь не бывало. Электричество отключено, и буфет закрыт

— Тут близенько, — сообщила пожилая дежурная, — две остановочки на автобусе отъедете и попадете в ночной магазин. Правда, цены! Но москвичи — люди богатые!

Вылезти вновь на мороз было выше моих сил.

— Здесь нельзя такси взять? — спросила я, вынимая кошелек.

Через полчаса в моем номере появилась тарелка с горячей картошкой, утопавшей в растопленном сливочном масле, а поверх нее громоздилась горкой квашеная капуста. Принесли очень крепкий обжигающий чай со сладкими булочками и вареньем. На стол водрузили большой фонарь, работавший на батарейках.

— У сына в автомобиле взяла, — пояснила дежурная, устанавливая источник света, — в номерах ни свечей, ни ламп керосиновых не держим — пожара боимся. Люди-то ненормальные, напьются и дрыхнут, а ты следи за ними... Если помыться хотите, Петьке скажу, ведрами воды снизу натаскает, там газовая плита есть, вмиг согреется...

Но я отказалась. В номере собачий холод, лягу спать немытая, даже зубы чистить не стану...

В семь утра позвонил Решетников.

— Билет на Москву покупать?

— Боже, — простонала я, — ну зачем так рано, ни свет ни заря!

— Как? — изумился Владимир. — Уже почти одиннадцать.

Ничего не понимая, я уставилась на свои часы от Картье.

— На моих пять минут восьмого.

— Так это по московскому времени, — рассмеялся Решетников.

Ну надо же, совсем упустила из виду смену часовых поясов. Во сколько же я тогда заявилась вчера к профессору в гости? Небось вытащила старика из постели...

— Есть еще кое-какие дела в Верми, останусь пока.

— Тогда сегодня вечером в театр, — бодро пообещал Володя. — Билет оставлю у портье, только не опаздывайте. У нас спектакли начинают в шесть, потому что после девяти частенько электричество отключают.

Наверное, следовало поторговаться с мужиком из-за цены на квартирку. Небось и за семь бы отдал, вон какой любезный, Сахар Медович, да и только.

Весь день я провела в пустых поисках. Сначала отправилась в местное управление, ведающее народным образованием. Давно заметила: бо́льших ретроградов, чинуш и бюрократов, чем педагоги, нет. Вермские сеятели разумного, доброго, вечного не оказались исключением.

Длинные коридоры местной мэрии покрывали ковровые дорожки. Преподаватели устроились на последнем этаже. Двери кабинетов украшали таблички: «Отдел общеобразовательных школ», «Управление альтернативных методов обучения», «Отдел специализированных школ»...

Я толкнула последнюю дверь. Полная дама в громоздком мохеровом свитере грозно рявкнула:

— Ну?

До сих пор подобным образом меня встречали только в одном месте: СИЗО № 2, в Бутырской тюрьме.

— Учительница музыки...

— Что за народ, — замахала руками тетка, чуть не расплескав стоящий перед ней стакан с кофе, — читать не умеете? Для вас таблички понавесили, все равно претесь, абы куда. Работать мешаете, музыкальное образование дальше по коридору, надоело справки давать, глаза разуйте!

Волна злобы, исходившая от милой чиновницы, просто вытолкала меня за дверь, поэтому дверь с табличкой «Сектор музыкального образования» я приоткрыла совсем чуть-чуть и, просунув в щель голову, робко проблеяла:

— Не помешаю?

Пожилой мужчина отложил книгу и ласково ответил:

— Отнюдь нет.

Вот ведь какой милый, даже не хочется обманывать, но придется. Я устроилась на стуле и принялась самозабвенно врать.

Мой сын — гениальный пианист, победитель многих конкурсов. Давным-давно живет за границей, в Париже. Но первые гаммы сыграл в Верми под руководством замечательной преподавательницы Поповой. До юноши дошла весть, будто престарелая учительница скончалась, и теперь он хочет установить на ее могиле памятник. Попова была одинока, жила с внучкой Аней...

Инспектор полез в сейф.

— Имя и отчество подскажите, пожалуйста.

Я развела руками.

— Столько лет прошло...

— Попова, Попова, — бормотал чиновник, перебирая карточки. — Не было у нас такой. Вот есть Попова Марина Анатольевна, 1972 года рождения... Да и я не помню. Сам заведовал музыкальной школой, высококвалифицированные репетиторы у нас, знаете ли, наперечет. Тут их не так много, старой, так сказать, закалки. А молодежь — тьфу, не педагоги, а слезы одни — шлепают пальцами по клавишам, словно утки по песку. Нет, Поповой не встречал.

— Может, она преподавала частным образом?

Бывший директор поставил картотеку на место.

— Здесь не Москва. Хоть Вермь и большой город, да слухи среди своих разом разлетаются...

Перепутал ваш сынок. Вот Поповский Иван Сергеевич работал, класс виолончели вел.

Вермь, что и говорить, не столица. Многоэтажное административное здание вместило в себя почти все городские службы, в частности и загс, вернее, ту структуру, которая управляла местными дворцами бракосочетаний и районными конторами. Верховодила там юркая, похожая на ящерицу женщина. Сходство добавлял и костюм грязно-зеленого цвета с черными вкраплениями точь-в-точь кожа рептилии.

Пришлось вновь петь жалостную песню. Мой сыночек зарегистрировал в Верми брак. Сам москвич, но свадьбу играл на родине невесты. Так пожелали сваты. Потом молодые вернулись в Москву, да безголовая невестка потеряла свидетельство...

— Ну, невелика беда, — усмехнулась «ящерица». — Неужели из-за такой малости вы столько километров проехали? Прислали бы запрос! Ну да ладно, платите двести рублей в кассу и идите в архив.

— Где касса? — приуныла я, предполагая длительный путь на автобусе и утомительное заполнение бланка с бесконечными банковскими реквизитами.

— Здесь, — сообщила заведующая и вытащила круглую железную банку из-под печенья.

Сжимая в руке грязноватую бумажку с неразборчивой подписью, я полетела в другое крыло здания.

Бойкая девушка, укутанная в невероятное количество шарфов и шалей, моментально выдала нужную информацию: 17 сентября ни в одном отделении загса не был зарегистрирован брак гражданки Поповой с гражданином Воронцовым.

— Дату хорошо помните, — шмыгнула насморочным носом служащая, — а то иногда ищешь в сентябре, а на самом деле находишь в мае...

Я покачала головой. Отлично, великолепно, очень четко помню — именно 17 сентября. Дата просто врезалась в память, скорее всего от неожиданности.

— Давайте октябрь погляжу? — предложила девушка.

Я достала еще двести рублей. Девчонка моментально запихнула бумажки в карман и принялась яростно отрабатывать гонорар. То ли сумма впечатлила ее, то ли она просто оказалась исполнительным работником, но примерно через час стало ясно: такие люди никогда здесь не вступали в брак, по крайней мере в течение данного года...

Слегка прибалдев от полученных сведений, я вышла на улицу, не обращая внимания на трескучий мороз, и двинулась пешком в сторону гостиницы. Ну ничего себе! Кого же мы пустили в дом? Наглую обманщицу! Вдруг она член бандитской шайки, решившей ограбить богатых идиотов? Крупных ценностей у нас нет. Коллекция картин хранится в Париже. Но украшения и довольно большая сумма денег — вполне неплохая добыча. Но зачем так долго жить в доме? Двух дней хватит, чтобы понять — собаки не представляют опасности, а из слуг в доме только женщины.

Так и не придумав ничего толкового, я вошла в гостиницу и моментально получила билет в театр. Хорошо еще, что здание, где расположились служители Мельпомены, оказалось не так далеко. Ловкий частник домчал меня туда за несколько минут.

В гардеробе шубку приняла бойкая старушка.

— Ну и зритель пошел, — громко сообщила она скучающей неподалеку товарке, — никакого понятия о культуре. Как есть, так и идут — прутся в театр в грязных брюках.

Я оглядела вызвавшие такое неудовольствие строгой гардеробщицы слаксы от супермодного Валентино и обнаружила на коленях два серых пятна. Пришлось идти в туалет и чистить брюки. В дамской комнате у зеркала стояли две дамы. Обе в бархатных платьях до пола и с обнаженными до плеч руками. На шее у одной из них переливалось колье из крупных настоящих изумрудов, другая щеголяла ниткой натурального жемчуга, многократно обмотанной вокруг тощенькой шейки. Слишком яркие румяна, густо подведенные глаза, кровавая помада и мелькающие в разрезе юбки ажурные колготки без слов рассказали, чем занимались эти дамы до того, как удачно вышли замуж за представителей местного криминалитета. Бросив презрительный взгляд на мой простенький серенький свитерок, связанный вручную гением трикотажа Молино, и обтягивающие слаксы, зрительницы выплыли в фойе, распространяя излюбленный в этой среде запах духов «Пуазон». Через пару минут я тоже вышла в вестибюль.

Ощущение было такое, словно я окунулась в шестидесятые годы. По стенам развешаны фотографии картинно улыбающихся артистов. Капельдинеры в форме с золотыми пуговицами бодро продают программки. В буфете пиво, коньяк, шоколадные конфеты, бутерброды с сырокопченой колбасой и никакой фанты или колы. Только «Буратино», ситро и крем-сода. Крайне патриотично. Но главное — это публика!

Дамы все как одна в вечерних платьях. У одних декольте до пояса, другие обнажили обсыпанные веснушками спины. И море драгоценностей самого разного калибра — от золотых цепочек до массивных диадем. Подобное я видела только один раз, когда по недоразумению забрела в Ницце на пляж супердорогого отеля «Негреско». Содержимое лежаков напоминало разукрашенные новогодние елки, а мальчик, бегавший с подносом, шепнул мне: «Видали? Русская мафия отдыхает!»

Раздался первый звонок, старушка распахнула тяжелые двери. Из глубины зала пахнуло пылью и старыми декорациями. Усевшись в красное плюшевое кресло, я наконец-то удосужилась заглянуть в программку. «Анна Каренина», автор пьесы Михаил Никифоров. Интересное дело, а какое отношение имеет к данному действу граф Лев Николаевич Толстой? Впрочем, позднее оказалось, что почти никакого. Роман неведомый господин Никифоров переделал почти до неуз-

наваемости, оставив одну сюжетную линию —
роман Анны и Вронского.

Офицера-обольстителя играл весьма потас-
канный герой-любовник, обладатель плохо сде-
ланных протезов. Он все время чмокал языком,
пытаясь вернуть на место стремительно выпа-
дающую челюсть. Впечатляло и имя героя —
Аполлон Тараканов. Старика Каренина пытался
изобразить довольно молодой парень, чью лад-
ную спортивную фигуру и смазливое личико не
могли скрыть даже толстый слой грима и сборки
на талии. На месте Анны я бы осталась с мужем,
а шепелявого Вронского послала бы куда подальше. Впрочем, светскую красавицу представляла пятидесятилетняя дива, пугающе вращав-
шая томными коровьими глазами. На фоне
этого паноптикума казалось странным, что
мальчик Сережа превратился почему-то в девочку Машу. Наверное, в труппе не нашлось ребенка нужного пола.

Забившись в уголок пыльного кресла, я листала программку. Надо бы уйти, да неудобно —
сижу в первом ряду, на виду у отчаянно стараю-
щихся заинтересовать публику лицедеев. Ну не
виноваты же они, что стары и бездарны. К тому
же в зале постоянно звенели сотовые и пищали
пейджеры.

Много лет тому назад бабуля Афанасия Константиновна повела меня во МХАТ на «Анну
Каренину». Бабушка преследовала благородную
цель. Роль Анны исполняла гениальная Тарасо-
ва, и Афанасии хотелось, чтобы я запомнила ве-
ликую актрису.

— Будешь потом внукам рассказывать, как смотрела спектакль с самой потрясающей из мхатовок, — ворковала Фася, усаживаясь в кресло.

Мне тогда только-только исполнилось семь лет. Страдания толстой тетки, картинно заламывавшей руки, ничуть не тронули детскую душу. Бабушка не учла одного обстоятельства: Алле Тарасовой к тому времени исполнилось уже шестьдесят.

Честно отмучившись до конца спектакля, я пошла с бабулей домой. Фася пребывала в полном восторге и без устали нахваливала приму. Я молчала. Дома дедушка спросил:

— Ну, как спектакль?

— Замечательно, — ответила я, решив не разочаровывать Фасю, и добавила: — Вот только никак не пойму, почему мужчины повлюблялись в такую старую толстую тетю?

Дедуля заржал, как полковой конь. Бабуля только горестно вздохнула.

Воспоминаний хватило ненадолго. От тоски я пересчитала все колонны, нарисованные на заднике. К сожалению, антракт не предусматривался, и сидеть предстояло долго. Отчаянно скучая, я принялась изучать толстую программку. Помимо действующих лиц и исполнителей, она содержала массу сведений о работниках сцены — гримерах, костюмерах... Жаль, что в таких изданиях не принято печатать кроссворд... Я добралась до последней страницы и ахнула. С небольшой фотографии на меня смотрела... моя бабушка. Подпись под снимком гласила: старейшая художница, лауреат премии мэра Верми Афанасия Бабанова.

Брошюрка чуть не выпала у меня из рук. Просто невозможная, невероятная вещь. Бабуля умерла в конце семидесятых, я лично хоронила ее на Митинском кладбище. Дедушка к тому времени тихо скончался. Последние годы жизни ее никто не сдерживал, и Фася отчаянно играла в преферанс. Мне было не до нее — первая любовь, страстный роман... Опомнилась, когда бабушка со слезами на глазах сообщила, что обменяла нашу четырехкомнатную квартиру на улице Кирова на малюсенькую «хрущобу» в Медведкове, чтобы получить большую доплату.

— Где деньги? — наивно спросила я.

— Проиграла, — заплакала бабушка.

Пришлось утешать старуху. В конце концов мы решили, что центр столицы — не лучшее место для проживания. Экологически чистое Медведково куда привлекательней. Да и убирать четыре здоровенные комнаты трудно, в двух легче поддерживать порядок...

С тех пор я стала приводить к Фасе партнеров. В основном своих приятелей. Они торжественно усаживались за «Сочинку» и проигрывали старухе. В месяц выходило около ста пятидесяти рублей «прибыли».

Пришлось, чтобы давать друзьям деньги, наняться репетитором к избалованным детям. За полгода до кончины у Афанасии отнялись ноги. И мы с Оксанкой установили около нее дежурство. Честно говоря, подруга, только-только закончившая мединститут, справлялась с Фасей куда лучше родной внучки. К тому же как раз в это время я разводилась с Костиком и одновременно крутила роман с Кириллом. Бедной верной подруге приходилось не только заботиться о Фасе, но и возиться с четырехлетним Кешиком, оставленным мне в качестве нажитого имущества предприимчивым художником.

На мои робкие извинения Ксюта махала рукой:

— У тебя период брачных игр, как у обезьяны...

Однажды вечером Оксанка, улыбаясь, спросила:

— Знаешь, как мы развлекаемся, когда тебя нет?

Я отрицательно покачала головой:

— Играем в пуговицу.

— Что это еще такое? — искренне изумилась я.

— Я прячу в зажатом кулаке пуговицу, а Фася отгадывает, в какой она руке. Ставка — копейка. Вчера бабуля целый рубль утром выиграла, зато вечером полтора проиграла, — хихикнула Ксюта.

Вот так. До самой смерти Фася оставалась азартным человеком. Но художником она никогда не была, хотя неплохо рисовала и чертила. Даже частенько делала за меня школьные задания...

Но с фотографии на меня смотрела Фася. Хорошего качества цветной снимок отлично передавал необыкновенно синий цвет глаз и хитрую улыбку. Откуда тут взялось ее изображение и имя редкое, абсолютно невозможное для женщины... Афанасия!

Чувствуя, что начинаю тихо сходить с ума, я перевела глаза на сцену. Там творилось нечто невообразимое. Огромный деревянный паровоз, издавая утробные гудки, медленно подкатывал к стоящей на «рельсах» Анне. Героиня была закутана в какое-то покрывало. Откуда-то сверху гремел «Реквием» Моцарта, по подмосткам метались разноцветные лучи прожекторов.

— Господи, вот ужас какой, — прошептала сидящая рядом дама, усыпанная каменьями, как печенье сахарной пудрой, — неужели бросится под поезд?

— Обязательно, — пообещала я, — всенепременно погибнет.

Но тут вдруг разом вспыхнули софиты. На авансцену выскочил встрепанный Вронский и... выдернул Анну буквально из-под колес. Прижимая любовницу к груди, офицер принялся осыпать ее поцелуями. Занавес закрылся. Зал взорвался аплодисментами.

— Люблю, когда хорошо заканчивается, — вновь обратилась ко мне соседка. — А вы не правы оказались, думали, что она бросится, да?

Ага, именно это я и предполагала. Надеюсь, что тень Льва Николаевича Толстого явится ночью к господину Никифорову и придушит «соавтора», чтобы другим неповадно было.

Отбив ладоши, публика ринулась в гардероб. Я же влезла по боковой лесенке на сцену и пошла за кулисы.

Побродив добрых полчаса по извилистым коридорам, наполненным запахом грима, духов, пота и сигарет, я наконец наткнулась на маленькую дверку с табличкой «Главный художник». Умом понимала, что бабушки там быть не может, но сердце начало отчаянно колотиться.

Я толкнула дрожащей рукой дверь и увидела... Фасю. Она сидела у большого стола над какими-то рисунками. В комнатенке стоял полумрак, только небольшая лампочка бросала круг света на бумагу. Я глядела на до боли знакомую прическу.

Густые темно-каштановые волосы аккуратно подстрижены ровным кружком. Супермодная в семидесятых куафюра вернулась к нам в девяностых...

— Фасенька, — пролепетала я, — Фасенька, любимая...

Афанасия подняла невероятной синевы глаза, глянула на меня, и приветливая улыбка моментально слетела с губ женщины.

— Ты... — хриплым голосом пробормотала она. — Вот уж не рада этой встрече... Зачем явилась?

Ошарашенная грубостью, я отступила на два шага назад и протянула к бабушке руки:

— Фасенька, я счастлива видеть тебя.

— А я нет, — отрезала художница. — Судя по тому, как сладко поешь, ты снова вляпалась в неприятности. Быстро говори, Люка, что тебе опять понадобилось? Если снова деньги, то не по адресу: нам театр пять месяцев не платит зарплату.

Знакомая кличка больно ударила по ушам, но я слабо могла реагировать на внешние раздражители. Ожившая бабушка встала и щелкнула выключателем. Вспыхнул яркий безжалостный свет, и наваждение исчезло.

У стены стояла женщина, едва достигшая шестидесятилетия. Волосы оказались темно-русыми, глаза смотрели холодно, почти злобно.

— Простите, — прошептала я, нащупывая рукой табуретку, — вы ужасно похожи на мою покойную бабушку да еще носите такое же имя и фамилию. Невероятное совпадение...

— Вы не Люка, — протянула художница, — нет, не Люка.

— Нет, я Даша.

— Внучка Афанасии Константиновны?

Я кивнула головой. Собеседница схватилась за сигареты.

— Невероятно! А я дочь Анастасии Константиновны, ее родной сестры.

— Стюры-катафалк?! — вырвалось у меня.

— Небось бабушка рассказывала, — усмехнулась художница. — Вот что... Пойдем ко мне домой, там и поболтаем. Думается, нам есть о чем поговорить.

Афанасия занимала огромную запущенную квартиру в доме дореволюционной постройки. В гулких комнатах носился сквозняк, поэтому мы сразу прошли в грязноватую кухоньку. Художница пощелкала выключателем.

— Ну вот, опять отключили.

Из маленького чуланчика хозяйка достала допотопную керосиновую лампу и зажгла фитиль. Десятилинейка отбросила довольно широкий круг света, в нос ударил резкий запах.

— Хорошо еще, что у меня газ, — улыбнулась Афанасия, — тут у половины города электроплиты...

— А холодильники как же?

— Сейчас зима, за окошко вывешиваем. Правда, замерзает все: суп, каша, молоко, творог, зато не портится. А летом тяжело приходится. Кое-кто погреба вырыл. Хорошо, что хоть вода есть, правда, только холодная. Ну, давайте знакомиться... Ася.

— Я бабушку звала Фасей.

— Это Люка придумала такое сокращение, имечко-то у меня дурацкое, но мама очень хотела дочь в честь сестры назвать. Я и родилась-то только потому, что ваша бабушка отсоветовала сестре аборт делать.

— Кто такая Люка? — вырвалось у меня.

— Моя дочь, Иветта Воротникова, но давайте по порядку.

Ася налила в чашки крепкий чай, выставила на стол каменные пряники и сказала:

— Знаешь, все-таки мы родственницы, я прихожусь тебе двоюродной теткой, давай перейдем на «ты».

И, не дожидаясь согласия, продолжила:

— Знаешь что-нибудь о нас?

Я отрицательно помотала головой:

— Нет, только то, что Стюра семь раз выходила замуж. Когда-то она приезжала в Москву, но я была маленькой и плохо помню.

— Восемь, — вздохнула Ася.

— Что восемь?

— Мама восемь раз расписывалась, над ней просто какое-то проклятье висело, — пояснила художница.

Глава 20

Я не верю во всяческие порчи и «венчики безбрачия», но бедную Анастасию будто и впрямь кто-то сглазил. Рослая, красивая, обладательница роскошных волос и крепкого здоровья, Стюра пользовалась успехом у мужчин. К тому же у нее была замечательная профессия — портниха. Словом, ни в какие годы она не голодала. Господь наградил бабушкину сестру редким, просто счастливым характером. Она не унывала и все жизненные невзгоды переносила с улыбкой и смехом. Вот только личное счастье никак не хотело складываться.

Анастасия была младше Афанасии всего на два года, но старшая сестра считала своим долгом опекать Стюру. Замуж они выскочили почти одновременно — в 1916 году, еще до революции. Мой дедушка был тогда красавцем студентом, а Стюрин избранник имел хорошо оплачиваемую профессию — машиниста паровоза. Сестры разлетелись по разным городам. Фася уехала в Москву, где, благополучно пережив все войны и революцию с одним мужем, скончалась у меня на руках. Стюра отправилась в Бологое.

Вдовой она стала через полгода после свадьбы. Молодой муж, разгоряченный пышущей жаром топкой паровоза, выскочил теплым июльским днем на станцию попить водички. Невесть откуда налетела темная туча, пошел ледяной дождь и град размером с куриное яйцо. Машинист подхватил воспаление легких, антибиотиков в те времена не знали. Словом, через неделю, закутанная во все черное Стюра, рыдая, бросилась бабушке на шею.

Горевала она недолго. У дедушки в ту пору гостил близкий друг — блестящий офицер. В январе 1917 года сыграли вторую свадьбу. Молодые уехали в Киев. Потом началась Гражданская война, разруха, голод. Встретиться сестры смогли только в 1922 году. У Стюры уже был другой супруг. Офицер погиб от перитонита: врачи плохо сделали вполне обычную операцию по удалению аппендицита...

Стоит ли упоминать о том, что ее третий и четвертый мужья тоже вскоре скончались?

То ли оттого, что семейная жизнь шла урывками, то ли по женской части наблюдались неполадки, но Стюра ни разу не забеременела. В 1939 году, обнаружив полное отсутствие дамских неприятностей, она решила, что у нее начался климакс. Да и возраст был подходящим — катил сорок девятый год. Но гинеколог огорошил Стюру сообщением о ее беременности. В ужасе Анастасия кинулась к старшей сестре с вечным вопросом:

— Что делать?

— Рожать, — ответила Афанасия. — Господь тебе счастье послал.

— Боюсь, — засомневалась Стюра.

— Зря, — отрезала бабушка.

Так в октябре 1939 года на свет появилась девочка, названная в честь любимой сестры Афанасией. Рождение дочери не угомонило Стюру, и брачный марафон продолжался.

Последний — восьмой — раз она расписалась в 1960-м. Ей вот-вот должно было стукнуть семьдесят. Предполагаемого супруга, приятного полковника в отставке, отговаривали от необдуманного шага все знакомые. Но мужчина не поддался и прожил с любимой женой двенадцать лет, до самой смерти Афанасии.

Сестры нежно любили друг друга, но с начала шестидесятых перестали встречаться. Возраст все же давал себя знать. Судьба забросила неугомонную Анастасию в Вермь, и огромное расстояние между Москвой и сибирским городом стало непреодолимым препятствием для общения.

Наверное, семейная неустроенность передается по наследству, потому что Асенька почти повторила материнскую судьбу. Ограничилась, правда, только четырьмя замужествами. Дочку родила тоже не в молодые годы, в 69-м, на пороге тридцатилетия.

Девочка росла странная: тихая-претихая, лишнего слова не проронит. Все детство Иветта просидела над книжками и тетрадками, училась отлично. Но в классе ее сторонились. Неприветливая, хмурая, она предпочитала обретаться на последней парте, загораживая руками от одноклассников правильно решенные контрольные работы. В школе ее сначала прозвали Злюка, потом «З» потерялось, и кличка Люка прилипла к девочке намертво.

В пятом классе, обеспокоенная столь странным поведением ребенка, мать отвела девочку к педиатру. Тот, замороченный вызовами к настоящим больным — с насморком и температурой, только отмахнулся. Молчит целый день и ни с кем не дружит — эка невидаль. Подрастет — все наладится.

— Купите дочери домашнее животное, — посоветовал эскулап.

Ася прислушалась к совету и принесла хорошенького волнистого попугайчика. Птичка весело щебетала в клетке, и Афанасия за две недели чрезвычайно привязалась к ласковому неразлучнику. Но через четырнадцать дней случилось несчастье.

Придя с работы, Ася нашла на полу клеточки бездыханное тельце. Она похоронила Гошу во дворе и даже всплакнула. Иветта же совсем не расстроилась.

Погоревав немного, мать купила хомяка. Прожорливый зверек носился по своему загончику, уморительно пряча особо лакомые куски пищи...

Но через неделю веселый обжора скончался. Ничего не понимающая Ася завела морскую свинку, но и ту постигла печальная участь...

Испугавшись неведомой заразы, от которой в квартире мрет все живое, Афанасия оттащила трупик грызуна в ветлабораторию. Заключение эксперта оказалось ошеломляющим — свинку задушили, просто сломали ей хрупкую шейку.

Часа два Аса провела во дворе лечебницы, глядя, как другие дети, нежно прижимая к груди заболевших любимцев, тихо сидят в очереди.

Дома она устроила Люке допрос с пристрастием, но дочь совершенно не запиралась:

— Они мешали мне...

— Чем, — чуть не плача, спрашивала мать, — чем тебе не угодили маленькие невинные создания?

— Мешали, — упорно отвечала Люка, но в конце концов добавила: — Все время шевелились...

Вот тут-то Ася испугалась по-настоящему. Прокрутилась в кровати без сна до утра и с тяжелым сердцем записала дочурку к психиатру. Как потом выяснилось, повезло ей безмерно. На прием они попали к выпускнику московского вуза Анатолию Карякину. Толя интересовался относительно редким в те годы в СССР методом лечения — психотерапией, обожал свою профессию и ухитрялся читать почти все новинки, благо свободно владел немецким и английским.

Познакомившись с Люкой, Карякин поделился с встревоженной матерью своими соображениями. Но далекая от медицины и психологии Асенька практически ничего не поняла. Толя сыпал специальными терминами: эписиндром, фрустрация, либидо... Ясно стало только одно: заумный доктор берется лечить девочку, причем как-то странно — не таблетками и уколами, а обычными разговорами.

— И сколько такое стоит? — робко осведомилась мать, мысленно заглядывая в сберкнижку, где хранился «стратегический запас» — триста рублей.

— Ни копейки, — отмахнулся Анатолий, реший провести первый раз в жизни сеансы, — только строго выполняйте мои указания.

Поскольку в качестве альтернативы предлагался прием психотропных препаратов и постановка на учет в диспансер, Ася рискнула.

Целый год Люка лечилась у Анатолия. Первый месяц оказался ужасным. Дочка рыдала в голос и, цепляясь руками за косяк, вопила:

— Не пойду!

Асенька с трудом волокла девчонку по ступенькам. Затем Иветта смирилась, даже стала ждать сеансов с радостью. Может, Анатолий оказался талантлив, а может, решающую роль сыграл переходный возраст, но в шестом классе Люку просто не узнали ни учителя, ни одноклассники. Маленькое тощенькое злобное существо, косившееся на всех с задней парты, превратилось в красивого улыбчивого подростка. Иветта записалась в драмкружок, и режиссер не уставал расхваливать ее талант. Училась девочка по-прежнему отлично, но теперь больше не нарушала неписаных детских законов и охотно давала списывать.

Единственное, что осталось от прежнего «имиджа», — кличка Люка. Кстати, Анатолий настоятельно рекомендовал звать девочку только Иветтой.

— Ничто не должно напоминать ей о прошлом, — советовал врач. — Это Люка была агрессивной и неконтактной, а Иветточка — чудесный, милый человечек.

Но не объяснять же такое в школе? И лучшую ученицу по-прежнему звали Люкой, искренне забыв, откуда взялось это прозвище.

Когда дочка пошла в восьмой класс, у Аси появился жених — симпатичный инженер Федор Андреевич. После трех месяцев ухаживания он поселился у своей пассии. Может, в конце концов у них и сложилась бы вполне нормальная, счастливая жизнь, только наивный Федор принялся воспитывать Иветту.

— Что же ты, деточка, никогда матери по хозяйству не поможешь, — зудел, как осенняя муха, мужик. — Помой-ка посуду после обеда.

Иветта мило улыбалась, но выполнять требование не спешила. Федор Андреевич не успокаивался:

— Хоть трусишки свои постирай, лентяйка ты этакая, мать пожалей...

Потом принялся за будущую жену:

— Разбаловала девицу, замуж скоро выдавать, а она полная неумеха — ни щей не сварит, ни рубахи не постирает...

Мать призадумалась. Иветта действительно дома абсолютно ничего не делала. Уходя в школу, девочка даже кровать свою не застилала. Но раньше это как-то не трогало Асю, а сейчас начало раздражать. Однажды, придя домой, женщина обнаружила на столе грязные тарелки, чашку с остатками чая. Иветта же преспокойненько лежала на диване. Ася взорвалась:

— Ну как тебе не стыдно! Я целый день работаю, а ты ничегошеньки не делаешь! Прав Федор, белоручкой растешь!

— Ой, да ладно, мамуля, — заныла Иветта, — чего взбесилась, ну потом уберу, ерунда какая...

— Да как ты смеешь с матерью так разговаривать! — закричал Федор.

— Ты мне замечаний не делай, — отрезала Люка, — ты здесь вообще никто: ни маме муж, ни мне отец!

— Скоро буду, — пообещал потерявший терпение мужик, — на днях заявление в загс отнесем, вот тогда получишь ремнем по заднему месту, уже на законных основаниях.

— Это правда? — тихо спросила Люка.

Ася виновато кивнула головой. Не в такой обстановке хотела она сообщить дочери о предполагаемом замужестве.

— Ну что ж, — мило улыбнулась вдруг девочка, — желаю счастья! Очень рада за вас.

Ася чуть не села мимо стула. Подобной реакции она никак не ожидала.

Через неделю мать заметила, что Люка ходит по квартире как-то боком, кутаясь в длинный халат.

В ответ на настойчивые расспросы Иветта сначала отводила глаза, а потом пробормотала:

— Ты только не пугайся, — и распахнула полы халата. Ася чуть не лишилась чувств. На нежной коже девочки тут и там сверкали жуткие кровоподтеки.

— Что это? — только и смогла пробормотать мать.

— Федор, когда тебя нет, все время щиплет меня и говорит гадости, — зарыдала Люка, —

а вчера вообще догола разделся и... Ой, не могу, извини, мама...

Ася в ужасе слушала девочку. О подобных ситуациях она, конечно, слышала, но чтобы Федор!..

— Не хотела тебе говорить, — захлебывалась слезами Люка, — думала, отстанет, а он все сильней и сильней пристает, вот и придираться начал. Думаешь, почему он постоянно кричит, что я чашки не мою? Я ему по рукам, а он тебе жаловаться. Тоже чистюля нашелся, Макаренко фигов. Сам, между прочим, свою посуду после обеда немытой оставляет и вещи повсюду раскидывает... Понимаешь теперь, почему он меня воспитывать взялся?

Ася почему-то не зарыдала. Молча уложила вещи кавалера в чемодан и выставила его за дверь, тихо радуясь, что не успела официально оформить взаимоотношения.

Летом театральный кружок, куда ходила Люка, собрался на фестиваль детских самодеятельных коллективов в Москву. Всех артистов взять не могли, ехали лучшие из лучших. Педагоги поставили условие — в столицу отправят только тех, у кого в дневниках хорошие отметки. Люка совершенно не волновалась — у нее-то были одни пятерки, а руководитель театральной студии открыто называл Воротникову любимицей. Но неожиданно для всех в Первопрестольную велели собираться Оле Золотовой, дочери главврача крупнейшей городской больницы. Мало того, что Олечка слегка шепелявила, так еще и год закончила на одни тройки. Возмущенная Ася потребовала ответа от классной руководительницы. Та только развела руками:

— Безобразие, конечно, но у нашей директрисы муж хроник, его без конца в клинику укладывают.

— Но почему вместо Иветты? — добивалась ответа мать. Педагог вздохнула.

— В спектакле заняты четыре девочки. Леля — дочь заведующей городского отдела образования, Машин папа — директор нашего металлургического комбината, а родители Кати работают в торговле, мама — в гастрономе, отец — в обувном магазине... Понятно?

В коммунистическую эпоху, когда продукты и обувь были тотальным дефицитом, объяснять выбор не приходилось. Ася вернулась домой и принялась утешать Иветту, но девочка усмехнулась:

— Ой, мама, Оля такая болезненная, все время занятия пропускает, потому и учится плохо, так что небось снова сляжет.

Так и случилось. За два дня до отъезда Золотова свалилась с тяжелой желудочной инфекцией, и Люка отправилась в столицу.

Вернулась она просто другим человеком. Огромный город, кажущийся на первый взгляд беззаботным, отлично одетые москвичи... Да еще в эти дни в Москве проходил Международный кинофестиваль, и Люка на расстоянии вытянутой руки увидела Софи Лорен, получила автограф от Жана Маре и фотографию от Марины Влади. Великолепно говорящая по-русски Влади даже погладила девочку по голове и сказала:

— Да ты настоящая красавица! О киносъемках не думала?

Карьеру актрисы предрек Иветте и седеющий, импозантный Греков, председатель жюри. Вручая раскрасневшейся Люке диплом и коробку конфет, мэтр покровительственно произнес:

— Вижу недюжинный талант. Когда школу окончишь?

— Через два года, — пролепетала Люка.

— Приезжай в Москву, — пригласил мастер, — возьму на свой курс.

С того дня в голове девочки засела мысль о том, что она обязательно должна жить в Москве. Вермь Люка тихо возненавидела.

Самое удивительное, что ей удалось попасть в театральный вуз. Как ни странно, но Греков припомнил способную девочку и помог абитуриентке проплыть сквозь рифы вступительных экзаменов. Наступила чудесная пора. Ася просто светилась от счастья. Сама она работала художником в местном драмтеатре и в мечтах видела дочь сначала на подмостках столицы, потом Софии, а там, возможно, Парижа, Лондона, Нью-Йорка... Ей грезилось приглашение в Голливуд, вручение Оскара...

В декабре Люка со слезами позвонила матери. В общежитии завелся вор, и девушка лишилась всех денег. Естественно, Асенька выслала дотацию. Следующий крик о помощи прозвучал через двадцать дней. Старик Греков потребовал с Люки деньги — двести рублей в месяц.

— Грозит иначе выгнать, — рыдала в трубку Люка, — ему тут все платят...

Ася приуныла. Зарплата театрального художника невелика — те же двести рублей.

— Не надо, мамуля, — плакала дочка, — ну его, этот театральный вуз, вернусь домой, пойду на завод кладовщицей!

От такой перспективы Афанасия чуть не скончалась на месте. Ее дочь, красавица, талантливая, нежная, интеллигентная девочка, одетая в синий халат, будет выдавать брезентовые рукавицы матерящимся рабочим!..

Женщина нанялась расписывать вокзальный ресторан и начала посылать девочке необходимые деньги. В марте в театральном училище сделали платным общежитие — сто рублей ежемесячно. Ася только качала головой, осуждая жуткие московские порядки...

Летом Люка собралась на гастроли со студенческим театром в Ригу. Потребовалось купить билеты, а еще слушатели скидывались на костюмы — по двести пятьдесят целковых... Словом, к четвертому году обучения дочери в Москве Ася продала почти все свое имущество, бегала по трем работам и даже не брезговала причесывать за копейки соседок по дому, благо отлично управлялась с расческой и ножницами. Женщина стала бояться телефонных звонков и писем — из трубки и со страниц коротких посланий она получала только одну просьбу: вышли денег!

Подходил к концу пятый курс, и Люка сообщила о великолепном шансе. В московском Театре на Таганке есть вакантное место, ее возьмут, но за это главному режиссеру надо дать... четыре тысячи рублей. Иначе распределят в какую-нибудь Тмутаракань изображать в детском театре пионерок, собачек и снегурочек...

Огромность суммы просто убила Асю. На сберкнижке у нее была всего одна тысяча, собранная с огромным трудом. Художница, не отдыхавшая нигде почти пять лет, хотела в этом году поехать в Крым...

Естественно, эти деньги были отправлены в Москву. В мае Люка позвонила и спросила:

— Мам, где еще три куска?

— Может, одного хватит? — робко осведомилась Ася.

— Что ты, — закричала Люка, — тут по десять за подобное место платят, это мне по знакомству уступают! Найди и вышли к пятнице.

Асенька пометалась по знакомым, набрала еще две тысячи и решила тайком от дочери съездить в Москву, броситься в ноги жадному главному режиссеру Театра на Таганке.

Удостоверение театральной художницы открыло перед ней двери. Ася вошла в кабинет и с порога принялась умолять седовласого импозантного мужчину. Через полчаса она еле живая вползла в метро. Режиссер был изумлен до крайности. Ни о какой Иветте Воротниковой он слыхом не слыхивал, места в труппе случаются, но на них объявляют творческий конкурс, если актриса подходит, берут без всяких взяток. Может, где и принято раздавать вакансии за деньги, но только не в Театре на Таганке.

Ася, всю жизнь общавшаяся с актерами, знала, что этим вечным детям ничего не стоит с самым честным видом врать человеку в глаза. Но каким-то образом почувствовала — пожилой режиссер говорит правду.

Полная дурных предчувствий, мать поехала в институт.

Здесь ее поджидал сокрушительный удар. Поджимая брезгливо губы, секретарь ректора сообщила:

— Воротникова отчислена два года назад, в самом начале третьего курса, причем с формулировкой: «за поведение, порочащее звание советской студентки».

Ася, почти потеряв голос, прошептала:

— Где же она?

Секретарша дернула плечом.

— Не знаю и знать не желаю.

— Да что произошло, расскажите, — принялась умолять мать. — Не успевала, двойки получала?

Тут в приемную быстрым шагом вошел ректор, и секретарь сообщила:

— Мать Воротниковой приехала, Эдуард Васильевич, дочурку ищет...

— Проходите, — вежливо посторонился мужчина.

Ася рухнула в уютное кресло, чувствуя, как к горлу подступают истерические рыдания.

— Как же так, — бормотала женщина, — она отлично училась, может, секретарь ошиблась, я за общежитие платила, целых сто рублей в месяц...

— У нас иногородние учащиеся живут абсолютно бесплатно, — спокойно пояснил ректор, — никто никогда не брал с них денег, кстати, и с вашей дочери тоже.

— Что случилось? — пробормотала вконец раздавленная мать. — Скажите бога ради...

Эдуард Васильевич с жалостью глянул на художницу.

— Неприглядная история...

— Говорите, умоляю, — попросила Ася.

Люка всегда отлично училась, к тому же была любимицей старика Грекова и подавала большие надежды. Тем сильнее был шок для всего преподавательского состава, когда выяснилось, что девочка... обыкновенная воровка. В конце семидесятых была широко распространена подписка на газеты и журналы по месту работы. Тиражи изданий ограничивались, и на коллектив могли дать, например, только десять квитанций на «Литературную газету» или пять на журнал «Здоровье». В сентябре в институте начали подписную кампанию. Деньги собирала секретарь Эдуарда Васильевича Юля. Как раз накануне сдачи собранных средств в «Союзпечать» пухлый конверт, набитый купюрами разного достоинства, исчез из письменного стола. Сумма там лежала немалая — почти две тысячи. Юленька в слезах прибежала к Эдуарду Васильевичу. Бедной секретарше никогда бы не возместить эту пропажу, но преподаватели и сотрудники проявили чуткость и сдали деньги еще раз.

Неделю спустя Гульнара Бекетова, преподававшая в институте народные танцы, постучалась в кабинет ректора.

— Конечно, может, это случайность, — начала мямлить стеснительная дама, — но это мои 25 рублей.

Оказалось, что Гульнара стояла за Иветтой Воротниковой в буфете. В тот день студентам давали стипендию, и девушка гордо протянула купюру. Бекетова обратила внимание на то, что левый угол бумажки измазан лаком для ногтей. Преподавательница уставилась на ассигнацию. Она хорошо помнила, что покрывала лаком ногти, когда Юля предложила сдать деньги. Свежий лак запачкал двадцатипятирублевку...

Недолго думая, ректор кликнул Иветту. Естественно, девушка от всего отказывалась и даже картинно гневалась.

— Да как вы можете подозревать меня! — вскрикивала Люка. — Эти деньги мне в нашем же буфете вчера на сдачу дали...

В принципе такое могло быть, но опытный преподаватель актерского мастерства Эдуард Васильевич уловил легкую фальшь в возбужденных восклицаниях... Он перевел речь на постановку студенческого спектакля, а сам потихоньку велел Юле обыскать сумку студентки, брошенную в приемной.

Деньги нашлись под подкладкой, правда, не все, а только тысяча. Люка, увидав неопровержимые улики, сначала забилась в истерике, утверждая, что тайные недоброжелатели решили опорочить ее и подбросили купюры. Но Эдуард Васильевич строго сказал:

— Или говори правду, или вызываю милицию, пусть с тобой профессионалы разбираются!

Воротникова вновь зарыдала и призналась.

Да, она взяла деньги, называйте это кражей, но она никогда бы не пошла на такое, если бы чрезвычайные обстоятельства: любимая мама умирает в больнице от рака, требуется операция, необходимо хорошее питание...

Эдуард Васильевич отпустил Люку и решил проверить ее слова, но закрутился. Юлечка же не удержалась и поделилась информацией кое с кем из преподавателей. По институту пополз слушок. Люка как ни в чем не бывало ходила на занятия.

В пятницу к ректору явились студенты.

— У нас давно пропадали деньги, — заявила Женя Петренко, — только мы не знали, кто ворует.

— Девочки, девочки, — примиряюще начал Эдуард Васильевич, — только не надо на Воротникову всех собак вешать, у нее мама смертельно больна, вот и...

— Врет она, — продолжала Женя, — врет как сивый мерин. Иветта играет в карты.

— Где? — изумился ректор.

— Да в общежитии, со старшекурсниками и все время проигрывает. Как получит стипендию, тут же всю и спустит, поэтому и денег у нее нет никогда. Продукты у девчонок из холодильника тырила, а нам, между прочим, присылать дотации некому. Это ей мамочка почти четыреста рублей каждый месяц отправляет, сама почтовые переводы видела, — сообщила Петренко.

Ректор ощутил себя обманутым болваном, побагровел и пообещал разобраться. Результатом разборки явился приказ, повелевающий изгнать из вуза картежников. Воротникова забрала документы и исчезла.

— Но я писала ей письма на адрес общежития, — не успокаивалась Ася, — она же их получала...

— Почту там раскладывают по ячейкам, — пояснил Эдуард Васильевич, — наверное, она приходит и забирает.

— Где же она живет? — вопрошала мать.

— Понятия не имею, — пожал плечами собеседник.

Уничтоженная Ася вернулась домой и отправила дочери срочную телеграмму: «Деньги достала, боюсь высылать крупную сумму, берут слишком дорого за пересылку, приезжай сама».

Ничего не подозревавшая Иветта прикатила через неделю. Хорошенькая, веселая, красиво одетая. Она привезла матери в подарок коробку шоколадных конфет и польский шампунь.

— Здорово, мамочка, — щебетала Люка, — что ты смогла помочь. Такой шанс раз в жизни выпадает.

— Бери, — велела мать, кивая на стол. Люка схватила конверт и вытащила... копию приказа об отчислении из института.

— Что это? — пробормотала девушка.

Ася тяжело вздохнула.

— Я не упрекаю тебя за то, что четыре с лишним года ты тянула с меня деньги. То, что ты воровала, на твоей совести... Но скажи, как тебе пришло в голову объявить меня умирающей?

— Мамусечка... — завела Люка.

— Не надо, — остановила ее Ася, — не ври.

Оставайся здесь, иди работать и дай честное слово, что не станешь играть в карты...

— Мама, я замужем, — сообщила беспутная дочь.

Художница схватилась за сердце, но все же сумела спросить:

— Кто он?

— Сын профессора Грекова Вадим, — пояснила Иветта. — Живу у них, веду хозяйство, свекровь скончалась...

— И когда произошло счастливое событие?

— В конце второго курса, — потупилась девушка.

— Ты брала с меня деньги, чтобы платить Грекову, — медленно приходила в себя Ася. — Неужели свекор не мог помочь невестке бесплатно?

— Мусенька, — принялась оправдываться негодяйка, — мы долго скрывали брак, старуха Грекова была жуткой особой, ни за что бы не позволила Вадиму на мне жениться...

— Ладно, ладно, — пробормотала Ася, — и где же ты работаешь?

— Учусь, — поправила Иветта, — в театральной студии, на днях диплом получу...

— Дай свой адрес и телефон, — потребовала художница.

— Конечно, конечно, — засуетилась мерзавка и неожиданно спросила: — А деньги правда достала? Дай мне в долг.

Отметив, что Люка первый раз в жизни заговорила об отдаче денег, мать поинтересовалась:

— Проиграла?

Девушка в отчаянии заплакала.

— Это сильнее меня, держусь, держусь, потом — раз и все! Жутко не везет, катастрофически.

— Нет, — твердо заявила Ася, — денег не дам, я вся в долгах. Надорвалась уже на трех работах. Тебе не стыдно просить?

— Стыдно, очень стыдно, — зашептала Люка, заламывая руки, — но, если сейчас не отдам, меня могут просто убить. Знаешь, какие у картежников законы?

— И знать не хочу, — отрезала мать.

Люка упала на колени.

— Помоги в последний раз.

— Сколько надо?

— Тысячу.

Ася подошла к буфету, выдвинула ящик, достала жестяную коробку из-под печенья и, отсчитав десять бумажек, протянула девушке:

— На, но это в последний раз.

Иветта схватила купюры и кинулась целовать мать. Ася отстранила любимое существо и спросила:

— Скажи, только честно, Федор к тебе на самом деле приставал?

— Конечно, — закивала головой дочурка.

Но по быстро бегающим глазам и слишком честному взгляду дочери Ася поняла: опять соврала.

— Когда назад едешь? — поинтересовалась мать.

— Завтра ночью, — прозвучал быстрый ответ.

Больше они не разговаривали, молча пили чай с привезенными из Москвы конфетами. Ася жадно накинулась на угощение. Ей приходилось экономить на всем, и сладости в рационе не предусматривались. Скоро ее сморил тяжелый сон.

Утром она встала с гудящей головой и, спотыкаясь, пошла в комнату дочери. Люки не было, исчезла и ее дорожная сумка. Ничего не понимая, Ася выползла на кухню, и глаза тут же наткнулись на плохо прикрытую дверь буфета. Дрожащими руками она вытащила свой «сейф». Жестяная коробка была пуста. Еще вчера вечером там оставалось восемьсот рублей... Люка убежала, прихватив у матери последние деньги. Асе не на что было купить даже пакет кефира. Чуть позднее выяснилось, что дочурка утащила и драгоценности, оставшиеся от Анастасии: несколько колец, цепочек, изумительной красоты камею и абсолютно ненужную современным дамам шляпную булавку с головкой из горного хрусталя. Наверное, воровка решила, что это крупный бриллиант.

Любившая рыдать по каждому поводу, Ася не проронила ни слезинки. На следующий день позвонила по оставленному телефону. Подошла почти глухая старуха, долго переспрашивавшая имя:

— Как? Как? Какая Иветта? Отродясь таких не было.

Ася грустно усмехнулась: дочь опять соврала, небось и про брак с младшим Грековым набрехала, и про долг... Просто в очередной раз обобрала глупую, наивную мать.

Художница вновь заняла денег и вычеркнула Люку из своей жизни.

На вопрос лучшей подруги: «А как там Иветточка, скоро мы ее в кино увидим?» — Ася спокойно ответила:

— Она вышла замуж и уехала в Мценск, летать часто сюда не может — билеты дорогие, а поездом почти неделю ехать.

Шли годы. Слава богу, дочь не показывалась. Но этой осенью, придя домой, Ася неожиданно увидела в подъезде Люку. Она сидела на подоконнике и спокойно курила.

— Ты? — оторопела Ася. — Что надо?

— Мамочка, — заулыбалась Иветта, — так волновалась о тебе, как, думаю, ты все эти кризисы переживаешь?

— Поэтому, наверное, столько лет не писала и не звонила, — съехидничала Ася. — А я-то мучилась: почему меня обокрали? Оказывается, от волнения.

— Прости, мамуля, — протянула Люка, — глупая была, молодая. Давно за ум взялась, работаю.

— Где же? — усмехнулась мать. — В Голливуде? Часом, твой псевдоним не Шарон Стоун?

Люка рассмеялась.

— Да ладно, мамуля, ну полно, выучилась на парикмахера, стою в салоне. Но клиентура вся сплошь из мира театра... Ты домой пригласишь?

— Заходи, — пробормотала Ася, лихорадочно соображая, хорошо ли спрятан «сейф».

Вчера женщина получила большую сумму и всю сложила в жестяную коробку. Люка ужом проскользнула в дверь. На столе опять появился набор шоколадных конфет. Неожиданно дочь сказала:

— Давай, мамуля, посмотрим старые фотографии, как в детстве.

Ася дрогнула, и они начали переворачивать страницы. Как обычно, художница принялась рассказывать о давно ушедших людях. Люка слушала крайне внимательно, изредка прерывая рассказ матери вопросами:

— Это кто? А кем приходится?

Потом Асю вновь сморил сон. Стоит ли говорить, что утром она не обнаружила дочери. Вместе с ней исчезли «сейф» и альбом с фотографиями.

— Ну ладно деньги, — сокрушалась Ася, — вновь меня, старую, обвела вокруг пальца, но снимки? Зачем карточки уперла? Так жаль! Ни одной не осталось. Там, кстати, и ваши были.

— Да? — изобразила я удивление. — Откуда?

— Афанасия Константиновна присылала Анастасии. Довольно много снимков. Я еще всегда поражалась, какая причудливая штука — родство. Положить рядом детские снимки твои и Иветты, так не поймешь, кто где. Вижу, что и сейчас вы необычайно похожи друг на друга.

Она замолчала, я тоже не проронила ни слова. Генетика — удивительная вещь. Нет, не зря в прежние времена с некоторыми семьями никто родниться не хотел. Запойный дедушка, кокаинистка бабушка, неуправляемый бабник дядя... Монах Мендель еще не производил своих опытов с горохом, а наши прапрадеды уже знали: хочешь здоровых детей — узнай, чем болели родственники предполагаемого мужа. Очевидно, страсть к карточной игре у Бабановых в крови. И если Афанасия все же с грехом пополам могла остановиться, то Люка, впадая в истерический ажиотаж, проигрывала все.

Глава 21

Обратный путь до Москвы я проделала с тяжелым сердцем. Вместо одной нерешенной задачи появились две. Кто такая Нюся? Зачем девушка обманом проникла в наш дом, подделав свидетельство о браке? Кому пришла в голову идиотская идея выдать ее за жену Аркадия? Кто автор постановки и какова ее конечная цель? Отбить Кешку у Ольги? И для этого поселиться в доме? Чушь собачья, бред сумасшедшего!

Четыре часа раздумий во время полета до Москвы не внесли никакой ясности, и по трапу я спустилась с больной головой.

— Мусечка приехала! — кинулась ко мне Маня. — Засахаренные каштанчики привезла?

— Что? — изумилась я. — Какие каштанчики?

— Как? — расстроилась Манюня. — Не купила мои любимые каштаны?

Черт возьми, совершенно забыла, что ездила в Киев! На помощь пришла Зайка:

— Сейчас не сезон этого лакомства.

— А у нас Семена Андреевича током дернуло, — радостно сообщила дочь.

— Ой, — махнула рукой Зайка, — хорошо, что тебя не было.

Оказывается, неторопливый Семен Андреевич решил сменить розетки. Скорее всего он просто сделал что-то не так, хотя уверяет, будто ему попался дефектный провод. Словом, вылетели пробки, и весь дом погрузился на целый день в темноту. Пришлось вызывать мастеров из Мосэнерго.

Маня захихикала и шепнула мне на ухо:

— Знаешь, как специалист обозвал Семена Андреевича? Жопорукий!

Что ж, грубо, но справедливо. Зайка распахнула дверь в гостиную и пробормотала:

— Гляди, только пол остался.

Я уставилась на результаты проделанной работы. Прежде комната казалась очень уютной, правда, Ольге не слишком нравились белые стены. Зато теперь, сделав наконец задуманный ею ремонт, она получила, что хотела, — белое исчезло начисто.

Потолок радовал глаз серо-голубыми разводами. Красивая лепнина кое-где отколота, а кое-где замазана. Стены переливались всеми оттенками зеленого колера — от нежно-салатового до светло-лягушачьего. Как мастер ухитрился достичь подобного результата, было непонятно, так как на всех банках с немецкой краской было указано: «Оттенок молодой листвы». Зная немного трудолюбивых граждан Германии, я ни минуты не сомневалась, что все эти емкости имели совершенно одинаковое содержимое. Злосчастные розетки висели чуть криво, из-под плинтусов выступала грязно-серая масса весьма неаппетитного вида. Похоже на собачью блевотину.

Гаже всего выглядел камин. Мало того что «малахитовый кабанчик», купленный Аркадием, отвратительно смотрелся на фоне стен, так его еще как-то странно уложили — слегка неровно, причем плиточки разделяли огромные, ужасающе толстые швы...

— Ну как? — гордо спросил Семен Андреевич.

— Уж мы постарались, — произнес невесть откуда взявшийся Жора, — теперь только полы сделать...

Я поглядела на вполне нормальный по виду паркет и вздрогнула:

— Может, пол так оставить?

— Никак нельзя, — сообщил Жора, — паркет всему голова, даже стены не так важны. Отциклюем по первом классу, да не машинкой, а руками. Не волнуйтесь, отлично выйдет, не комнатка, а пасхальное яичко.

— Еще диван перетянем, — сообщил Семен Андреевич, — обивку вам кошки подрали, а я отлично с мебелью управляюсь.

Увидев мое вытянувшееся лицо, мужик быстренько добавил:

— Не беспокойтесь, хозяйка, дорого не возьмем. Сами понимаем, дом огромный, пока все комнаты в порядок приведем...

Они собираются делать такой ремонт во всем здании? Ну уж нет! Но Семен Андреевич никак не мог остановиться:

— Столовую надо красной сделать, а потолок розовым помажем. У меня дома так — красота, глаз радуется, а спаленки — желтые, опять же в коридорчике можно апельсиновый колер пустить. И за краской сам поеду. На фиг немецкая нужна, ложится плохо, ни разбавить, ни развести. Чуток олифы подлил, а она, зараза, цвет меняет. То ли дело наша. Пусть Аркадий меня на рынок свозит, выберу, как себе, а главное, недорого, почитай, бесплатно.

Не хочу бесплатно. Лучше дорого, но хорошо! Еле сдержавшись, я ответила мастеру:

— Сначала доделайте гостиную, потом поговорим.

— Не понравилось! — расстроился Жора.

— Что вы, — лицемерно заявила я, — выглядит чудесно, просто с деньгами сейчас напряженка.

— За весь дом три тысячи всего и просим, — с надеждой сообщил Семен Андреевич и добавил: — С вашими материалами, конечно.

Хорошо, дам им всю сумму сразу, как только закончат мучить гостиную, и выгоню вон. Иначе придется продавать изуродованный дом.

Мы вышли в коридор.

— Ну как? — робко спросила Зайка.

— По-моему, жуть.

— Мне тоже так кажется, — вздохнула Ольга, — но вроде неудобно сказать, ведь от души старались, бедняги.

Я хихикнула, вспомнив определение «жопорукий».

— Купила квартиру? — поинтересовалась невестка.

Мы поднялись к ней в спальню, и я отчиталась о поездке. Зайка медленно переваривала информацию. Целых полчаса мы думали, как поступить, наконец, Ольга произнесла:

— Вот что... Эта наглая кошка явилась сюда с неизвестной целью. Не станет же она жить тут вечно? Что-то ведь ей надо?

— Наверное, — осторожно согласилась я.

— Давай лучше подождем развития событий.

Я вспомнила Нюсину улыбку и поглаживание плеча Аркадия.

— Думаю, не стоит, лучше сразу выгнать — слишком уж она к Кеше липнет...

— Вот я и хочу посмотреть, — протянула Ольга, — как далеко он зайдет... Казанова.

— Опасный эксперимент.

— Мне не нужен муж, бросающийся на первую встречную бабу, — процедила невестка.

Мы поспорили еще немножечко и решили: терпим неделю. Если ничего не произойдет, вежливо попросим Нюсю съехать. Станет жаловаться на отсутствие квартиры, вручим ключи от апартаментов в Верми.

— А где Кешка? — поинтересовалась я в конце концов.

— Поехал на встречу с клиентом.

— А Нюся?

Зайка фыркнула.

— Аркадий утром отвез мадаму в музей декоративно-прикладного искусства, вечером доставит в Ложкино. По крайней мере так они сказали, а там кто их знает!

Я взглянула на часы — полночь.

— Ничего себе, музеи-то небось до семи работают.

— Сейчас явятся, — ухмыльнулась Зайка, — без десяти восемь.

Я вновь посмотрела на циферблат. Почему у меня двенадцать? Ах да, забыла переставить стрелки!

На следующее утро первым делом я позвонила в Союз театральных деятелей и заныла в трубку:

— Журнал «Театр» беспокоит, подскажите телефон актера Грекова.

— Никогда, — отрезал дамский голос, — журнал «Театр» великолепно знает, что координаты артистов не сообщаем. Только при личной встрече и после предъявления редакционного удостоверения.

Скажите пожалуйста, какие сердитые, хотя если вспомнить безумное количество ненормальных женщин, мечтающих прикоснуться к кумиру... Бабушка рассказывала мне, как гардеробщик Большого театра брал деньги с поклонников Лемешева и Козловского. Ополоумевшие «лемешистки» и «козловитянки» платили по десять рублей за разрешение... постоять в калошах тенора, обнять пальто стоило немного дороже — пятнадцать целковых.

Так что великолепно понимаю нелюбезную даму, но нет крепостей, которые никогда не сдаются.

Около двенадцати, побрякивая золотыми цепочками, я влетела в маленький кабинет и сообщила:

— Добрый день! Я являюсь представителем благотворительного фонда «Помощь деятелям культуры».

Сидевшая за маленьким столиком дама принялась внимательно изучать мой весьма скромный макияж, пробежала взглядом по серьгам, кольцам и браслетам, скользнула по костюму, дорогой сумке и милостиво процедила:

— Ну и что я должна вам дать?

— Взять, — улыбнулась я.

— Не поняла, — настороженно протянула чиновница.

— Пришла предложить актерам материальную помощь.

Дама сняла очки и уставилась на меня. У нее был удивительный бюст — размера восьмого, не меньше. Он выдавался вперед наподобие журнального столика. Видя, что собеседница ничего не понимает, я пояснила:

— Наш руководитель, господин Ибрагим Оглы-Заде, страстный театрал. В особенности любит классическую русскую драматургию — Чехов, Островский, Грибоедов. Зная о тяжелом финансовом положении актеров, решил вручить двадцати пяти старейшинам премию «За вклад в культуру». Медаль и деньги.

— Сколько? — деловито поинтересовался «бюст».

— Пока не уполномочена сообщать. Господин Ибрагим Оглы-Заде просит дать список пожилых актеров, желательно тех, кому за семьдесят, а он выберет достойных. И еще их адреса и телефоны...

— Молодым тоже тяжело, — сопротивлялась дама.

— Наш хозяин считает, что люди, рожденные в 30-е годы и позже, вполне способны сами заработать себе на хлеб.

— Ладно, — смилостивился Аргус, — как раз недавно составляли такой списочек, министерство потребовало, тоже материальную помощь решили оказать. Дали по сто рублей. Смех, да и только, надеюсь, вы чуть побольше предложите.

И она протянула два листка. В десятой строке значились телефон и адрес Ивана Александровича Грекова.

Телефон не отвечал. Дождавшись двадцать пятого гудка, я щелкнула крышечкой мобильника. Проезд Куропаткина! Да это же совсем рядом, в двух шагах.

«Вольво» медленно поехал направо. С неба вновь летела жидкая каша, но после ужасающего вермского мороза такая погода мне даже нравилась.

Старик Греков жил на четвертом этаже. Интересно, как пожилой мужчина преодолевает гигантские лестничные пролеты и сколько ему может быть лет? Еще маленькой девочкой я смотрела фильмы с его участием, и уже тогда он не казался молодым. Хотя для пятилетнего ребенка человек в тридцать — дедушка...

Звонок отчего-то не работал, я стукнула кулаком в дверь, она приоткрылась, и я увидела огромную прихожую, заставленную гардеробами. Сверху на них громоздились картонные коробки и кипы пожелтевших газет. Пахло лекарствами, пылью, одинокой старостью.

— Есть кто дома? — крикнула я.

— Проходите, пожалуйста, — раздалось в ответ, — звонок не работает, вот я дверь и приоткрыл. Хотя вы, душенька, на целых два часа раньше назначенного пришли. Так нельзя, вдруг бы я ушел куда. Надо звонить, коли время встречи меняется.

— Так трубку никто не берет.

— А и правда, — снова донеслось из глубины квартиры, — я забыл с ночи включить. Идите, идите, да обувь не снимайте, не люблю этой привычки, ну давайте, не тушуйтесь.

Я пошла на голос и оказалась в темной комнате. Посередине в кресле сидел старик, на вид ему можно было дать лет двести. Костлявое тело укутано в теплую клетчатую куртку, ноги прикрыты пледом. Рядом на маленьком столике книга, очки, лупа и стакан холодного чая.

— Душенька, — пророкотал хорошо поставленным голосом хозяин, — сделайте старику одолжение, раздерните портьеры. Что-то сегодня совсем обленился — и телефон не включил, и занавески не раздвинул. Значит, надумали поступать в наш вуз?

Не отвечая, я распахнула пыльные драпировки. Грязноватую, заставленную антикварной мебелью комнату залил серый декабрьский свет.

— Ну-ка, ну-ка, — пробормотал актер, насаживая на нос очки, — поглядим на внешность.

Я подошла поближе. Дедушка побагровел, ни одного звука не доносилось из его раскрытого, как у засыпающей рыбы, рта. Не понимая, что произошло, я приблизилась почти вплотную к креслу, и тут старик ожил.

— Изыди, сатана! — прогремел он, вытянув вперед костлявую руку с артритными пальцами. — Как посмела явиться вновь в мой дом ты, виновница всех несчастий!..

Гнев выглядел слегка театрально, а слова напоминали текст какой-то роли, но мне было недосуг оценивать профессиональные качества актера, следовало немедленно внести ясность в ситуацию.

— Пожалуйста, успокойтесь, — попробовала я перебить страстное выступление, — вы перепутали меня с Иветтой Воротниковой. Но я — Дарья Васильева, просто мы с ней очень похожи.

Греков захлопнул рот и уставился мне в лицо неожиданно яркими черными глазами. Минут пять он разглядывал меня сквозь очки, потом заявил:

— Уж и не знаю, что думать. Вроде Люка, а вроде и нет.

Я вздохнула.

— Знаете про родимое пятно на ноге?

— Конечно, — закивал головой Греков. — Помню, ставили спектакль «Желтый дом», так Воротниковой по роли следовало выходить в мини-юбке. Гримировали не только лицо, но и ноги. Погодите, погодите, что вы делаете?

Но я уже стащила брюки и повернулась к Грекову спиной:

— Ну, смотрите.

Греков кряхтя вылез из кресла, подвел меня к окну и внимательно оглядел ногу.

— Да уж, — хмыкнул старик, — давненько молодые дамы не раздевались передо мной с такой скоростью и готовностью.

Я застегнула пуговицу.

— Скажите, где можно найти Люку?

— Понятия не имею, — отрезал Иван Александрович, — я отказал ей от дома.

— За что?

Греков молча повернулся к окну.

— За что? — настаивала я.

— А вам зачем знать? — тихо произнес Иван Александрович. — Ненужное любопытство.

Я вскипела:

— Меня обвиняют в убийстве, которого я не совершала. Единственный человек, способный подтвердить мою невиновность, — Воротникова...

Греков продолжал молча стоять у окна.

— Если не найду Люку, меня посадят за убийство, — пробормотала я.

Старик вздрогнул и резко, совсем по-юношески повернулся:

— Вы знаете, что произошло с моим сыном Вадимом?

— Нет, но Афанасия Воротникова сообщила, что Иветта вроде вышла за него замуж...

Актер неожиданно сгорбился и продолжал:

— Пошли на кухню, сварим кофе. Через два часа должна прийти девочка заниматься. Готовлю ее к поступлению в вуз, но времени хватит, если, конечно, вы не начнете по дурацкой дамской привычке без конца перебивать и переспрашивать.

Неожиданно бодрым шагом он пошел по длинному коридору, я заспешила следом.

Вот уж не думала, что пожилой человек может обладать юношеской быстротой. Через десять минут на столе дымились чашки с кофе и лежали аппетитные бутерброды с ветчиной и сыром. Греков вытащил «Мальборо» и, с удовольствием понюхав сигарету, вложил ее вновь в пачку. Я спрятала в карман вытащенные было «Голуаз».

— Курите, — махнул Иван Александрович рукой, — хоть чужим дымом понаслаждаюсь. Кстати, Люка тоже курит. Впрочем, все по порядку, слушайте и не смейте перебивать — меня это чрезвычайно бесит.

Глава 22

Иван Александрович обратил внимание на Иветту, когда был председателем жюри конкурса школьных театральных коллективов. Вермские любители приготовили к показу «Гамлета». Но выбрали орешек не по зубам. Плохи были все — сам принц, злодей дядя и королева-мать, которую играла щекастая, слегка нескладная девица. Но как только на сцене появилась Офелия, зал замер. Тоненькая, бледная, почти прозрачная девушка. Греков поймал себя на мысли, что именно такой он представлял себе несчастную невесту принца. После сцены безумия зрители даже не сразу смогли начать аплодировать. Юная актриса ничего не изображала, она просто была

Офелией и тихо сходила с ума на глазах у замершего зала.

Талант оценили по достоинству. Вручая девочке диплом и коробку конфет, Греков не удержался и предложил:

— Приезжайте поступать в наш институт, возьму без экзаменов.

Иветта запомнила предложение и спустя два года поймала Грекова у входа в вуз.

— Помните, вы звали меня в Москву, я играла Офелию...

Иван Александрович оглядел вытянувшуюся и повзрослевшую девушку. Она теперь носила волосы до плеч, но маленькое худенькое личико осталось прежним — вдохновенным, слегка отрешенным и удивительно красивым. Огромные чистые голубые глаза, не мигая, смотрели на профессора. Да еще именно в этот момент неожиданно из-за тучи вышло солнце. Его лучи запутались в белокурых волосах Иветты, и Грекову показалось, что над головой необычной абитуриентки сияет нимб. Художник при виде такого эффекта моментально схватился бы за кисть.

Греков крякнул и лично повел протеже в приемную комиссию. Здесь его поджидал приятный сюрприз. У талантливой и красивой абитуриентки в аттестате оказалась только одна четверка — по алгебре. Девушка была прилежна и умна.

На первом курсе Воротникова вела себя идеально. Сдала зимнюю и летнюю сессии на одни пятерки и покорила почти весь преподавательский состав. Правда, студенты ее недолюбливали, но Греков считал, что они просто завидуют более талантливой девушке. Иван Александрович, преподавательница сценической речи, ректор и даже библиотекарь — все предсказывали Люке блестящее будущее.

В самом начале второго курса Греков увидел в садике перед институтом плачущую Люку.

— Что случилось, детка? — испугался преподаватель.

Студентка помялась немного и сообщила:

— Деньги пропали из комнаты. Вчера лежали в чемодане, а сегодня их там нет.

— Много? — спросил Греков.

— Тысяча рублей.

— Откуда у тебя такая сумма? — насторожился Иван Александрович.

— Вы станете ругаться, — пролепетала Люка и зарыдала пуще.

Тут Греков совсем испугался и поволок слабо сопротивлявшуюся девчонку к себе домой. За столом, уставленным сладкими пирогами со сливами и яблоками, Иветта принялась каяться.

Стипендия маленькая, всего 40 рублей. Родители помогать не могут. Отца она не помнит, а бедная мамочка смертельно больна — рак в последней стадии. Мучается ужасно, нужно постоянно покупать дорогие обезболивающие и хорошие продукты — икру, сливочное масло, вырезку... Да еще живет Люка в общежитии, в комнате на восемь человек. К сожалению, четыре соседки — монголки. Ужасные грязнули, шумные, бесцеремонные, пьют жуткую водку и едят какие-то не в меру «ароматные» национальные кушанья.

Нечего и думать о занятиях в таких условиях. Поэтому Иветта сидит в библиотеке до закрытия. Ночью тоже нет покоя. Свет горит в комнате до четырех утра — монголки гуляют с кавалерами. Остальные соседки — три русские девушки — давно сбежали, сняв в городе кто комнату, кто квартиру. В конце концов Люка тоже не выдержала и нанялась на работу. Трудилась все летние месяцы и сентябрь в придачу, собрала достаточно денег, чтобы заплатить за жилплощадь, уже договорилась с милой старушкой, а денежки — тю-тю!

— Просто ужасно, — шмыгала носом Иветта, жадно поглощая ароматную выпечку, — столько трудилась!

— Где же ты работаешь? — аккуратно поинтересовалась жена профессора, сердобольная Александра Ивановна.

— Не скажу, — помотала головой Люка.

— Ну, — приказал Греков, — немедленно выкладывай правду.

— В варьете, — прошептала Люка, потупив взор, — танцую канкан в отеле «Метрополь». У меня пятерки по балету, я вообще хореографией увлекалась, а там девушки требовались — перед иностранцами выступать. Сначала стыдно было, потом привыкла. Только тяжело очень — спектакль в одиннадцать начинается, в три домой отпускают, а к девяти на занятия...

Грековы пришли в ужас. Советскому человеку тех лет девушка, танцующая по ночам в «Метрополе», представлялась проституткой. К тому же Иван Александрович хорошо знал, в каких условиях живут иногородние студенты. Общежитие находилось в ужасающем состоянии, было переполнено до невозможности, а о безобразном поведении студентов из братской Монголии уже не раз докладывали ректору.

— Ты немедленно бросишь это занятие, — заявил Греков.

— Не могу, — покачала головой Люка, — там хорошо платят, я посылаю маме деньги да еще хочу снять комнату...

— Нет, — твердо сказал Иван Александрович, — переедешь жить к нам. Мы в этих хоромах живем с Александрой Ивановной вдвоем, у сына с женой своя квартира.

— Что вы, — залепетала Иветта, — такое невозможно...

— Бросьте стесняться, деточка, — начала утешать студентку профессорша, — мы рады вам помочь.

Так Иветта поселилась в гостеприимном и хлебосольном доме Грековых. Естественно, никаких денег за проживание и еду с нее не брали, а Александра Ивановна постоянно подсовывала гостье приятно хрустящие бумажки, приговаривая: «Купи маме лекарства».

Потом Иван Александрович заметил, что их сын Вадим зачастил в гости. Раньше он не проявлял такой любви к родителям. Вопреки их желанию стал художником, а не актером. К тому же женился на совершенно невероятной женщине по имени Зинаида. Мало того, что супруга оказалась старше мужа на целых семь лет, так еще и работала педикюршей.

— Ужасный мезальянс, — жаловалась Александра Ивановна подружкам, — понять не могу, что их связывает. Зина — грубая, приземленная, жадная, а Вадим — тонкий, артистичный, нежный...

Свекровь упускала из виду одно обстоятельство. Хамоватая Зиночка работала как каторжная в две смены, без устали обрабатывая чужие ноги. Зарабатывала она вполне приличную сумму, которой с лихвой хватало на то, чтобы содержать мужа-художника, часами валявшегося на диване в ожидании вдохновения.

В первые годы их брака воспитанная Александра Ивановна пыталась соблюдать приличия и приглашала Зину на семейные торжества. Но невестка постоянно попадала впросак. То резала рыбу не тем ножом, то, услыхав фамилию Маркес, спрашивала: «А что он сделал?» Или, мило улыбаясь, заявляла: «Терпеть не могу консерваторию». Иногда, выпив водочки, Зинуля тоненьким фальшивым голоском затягивала: «Ой цветет калина в поле у ручья». Сидящие за столом гости переглядывались и переводили разговор на новый фильм Антониони. Заканчивалось это почти всегда одинаково.

— Твои родители меня терпеть не могут, — злилась Зина, заливаясь слезами в прихожей.

— Ладно, ладно, — бормотал Вадим, подавая рассвирепевшей жене пальто.

Однажды Вадим не выдержал и упрекнул Александру Ивановну:

— Мам, ну спела бы с ней разок, неужели трудно?

Александра Ивановна, в молодости блестяще выступавшая на подмостках театра оперетты, поморщилась.

— Извини, сынок, арию из «Веселой вдовы» хоть сейчас, а другим песням не обучена.

Вадим обиделся и практически перестал бывать у родителей. А тут вдруг зачастил. Пару раз профессорша ловила его взгляд, прикованный к Иветте. У бывшей актрисы забрезжила мысль: вот бы непутевый сын развелся с противной Зинаидой и женился на Люке. Девушка нравилась ей все больше и больше. Поэтому Александра Ивановна не стала поднимать скандала, когда, неожиданно вернувшись с дачи, застала Вадима и Люку в постели.

— Полно, полно, — принялась она утешать испуганно рыдающую девушку, — я давно считаю тебя дочерью. Что уж тут поделать, Вадя объяснит Зине...

Но Зинаида наотрез отказалась давать развод, не помогли никакие уговоры. Справедливый советский суд дал супругам полгода «на обдумывание». Александра Ивановна и Иван Александрович съехали на дачу в Переделкино, оставив Вадима и Люку наслаждаться жизнью вдвоем в их квартире. Через три месяца Вадя сбежал назад к Зине. При всей своей необразованности и грубости Зинуля была отличной хозяйкой. В холодильнике у нее всегда был обед, на ужин подавали любимые Вадимом пельмени. К тому же мужчина привык доставать из шкафа глаженые рубашки и никогда особо не задумывался над тем, почему дома всегда чисто...

Трех месяцев с Люкой ему хватило, чтобы понять свою ошибку. Вадя едва не заработал диатез от бесконечных яичниц. Да еще интеллигентная, нежная и талантливая Иветта считала святой мужской обязанностью ходить на рынок, убирать, стирать...

Словом, Вадим убежал к покинутой супруге. Люка бросилась к Александре Ивановне. Несостоявшаяся свекровь попробовала повлиять на сына, но Вадим совершенно неожиданно проявил несвойственную ему доселе твердость характера.

— Извини, мама, — твердил мужик, — ошибка вышла. Мы с Зинулей столько лет вместе, будем уж доживать, а Иветта молоденькая, найдет себе другого...

Старики Грековы не оставляли надежды и жали на сына, но тут неожиданно выяснилось, что противная педикюрша беременна. Тогда Александра Ивановна торжественно объявила Люку своей дочерью и запретила сыну приходить в родительский дом.

Через четыре месяца произошло несчастье. Плохо знакомая с законами физики, Зина решила уложить волосы феном, сидя в ванне. Следствие так и не установило: то ли несчастная уронила фен в воду и ее убило током, то ли она сначала получила смертельный удар, а включенный электроприбор упал в воду из разомкнувшихся пальцев.

Зину и не рожденного ею ребенка похоронили. А еще через месяц нагрянула следующая беда. Ночью арестовали Вадю. Ему предъявили обвинение в убийстве жены. Нашлось много доброжелателей, решивших утопить парня. Рассказали все: о его связи с Люкой, о постоянных скандалах с женой, плохих взаимоотношениях с родителями. Последний гвоздь в крышку гроба заколотила лучшая подруга Зинаиды.

— Он ее терпеть не мог, — шептала баба в кабинете у следователя, — требовал, чтобы аборт сделала, не хотел ребеночка, а однажды даже сказал: «Хоть бы вы подохли, я бы тогда освободился от обузы...»

Грекова-младшего поместили в Бутырку. Театральная Москва, охочая до лакомых сплетен, загудела. Стоило Ивану Александровичу появиться в театре или в институте, как присутствовавшие замолкали, а затем переводили разговор на нейтральные темы. Все тут же активно начинали интересоваться погодой, но старик великолепно понимал: перед его приходом обсуждалась его семейная ситуация. Александра Ивановна предпочитала не выходить из дома.

Вадим упорно отрицал вину. Да, ругался с женой, да, собирался даже разводиться, да, не хотел ребенка, но не убивал.

— Меня даже не было дома в тот момент, — клялся он, — пришел и обнаружил Зину в ванной.

Разбирательство шло медленно. Да и следователь попался настырный, въедливый и страшно ответственный — Кабанов Григорий Ефимович. Уже прошли все положенные сроки, а он все тянул и тянул с отправкой дела в суд. А потом и подозреваемого не стало, потому что слабохарактерный и изнеженный Вадим, не выдержав жутких тюремных условий и издевательств сокамерников, повесился на разодранной простыне.

Поскольку главный подозреваемый скончался, дело закрыли, суд не состоялся, тело Вадима отдали родителям.

На кладбище пришли только два человека — Иван Александрович и Люка. Мать слегла, а остальным просто не сообщили о дне похорон. Девушка упала на закрытый гроб.

Александра Ивановна умерла от сердечного приступа как раз на девятый день — просто не проснулась утром.

На этот раз площадь у крематория оказалась забита народом. Пришли даже те, кто терпеть не мог старика Грекова. Гроб усопшей завалили цветами, потом незнакомые Ивану Александровичу актрисы устроили поминки...

Старик совсем потерялся, без конца отмечая поминальные даты — девять дней со дня смерти жены, сорок — сына, сороковины Александры Ивановны. В доме постоянно толклись жрущие и пьющие люди... Но в конце концов поминальный марафон закончился. Дом опустел. Греков и Люка остались вдвоем. Первое время они даже не разговаривали друг с другом... Потом старик нанял домработницу Валю, и жизнь пошла по-старому.

Месяца через два после всех ужасных событий Люка показала Грекову... завещание. Вадим оставил любовнице свой денежный пай в кооперативной квартире — ни много ни мало десять тысяч рублей. По законам тех лет он не имел права завещать ей жилплощадь, а вот деньги мог.

— Прямо не знаю, — всхлипывала Люка, — зачем он это сделал? Деньги все равно не возьму — они ваши.

— Он очень любил тебя, детка, — пробормотал старик, разглядывая составленную по всем правилам бумагу. — Поговорю в кооперативе, чтобы тебя приняли в члены, будет квартира в Москве, хотя, когда помру, и эту девать некуда.

В правлении кооператива пошли навстречу Грекову, к тому же никто не хотел ехать в квартиру, где совсем недавно произошло убийство. На собрании решили отдать жилплощадь Иветте.

Обласканный властями Греков съездил в Моссовет, сходил на прием к тогдашнему председателю, и вопрос о московской прописке для Люки решился в одночасье. Но девушка не пошла жить на новую жилплощадь, осталась с Иваном Александровичем.

— Я должна заботиться о вас, — объяснила она свое решение.

Старик был тронут. Правда, Иветта не слишком перетруждалась на ниве домашнего хозяйства. В доме постоянно жили домработницы. Но с наемной прислугой Грекову не везло. Несколько раз из комода пропадали значительные суммы, и женщин с позором выгоняли. Все они как одна отрицали свою вину.

Потом разразился скандал с украденными деньгами. Ивана Александровича вызвал ректор и рассказал гнусную историю. Старик вышел из приемной ни жив ни мертв. Дома моментально спросил у Люки:

— Ну почему ты, деточка, не рассказала правды? Одна ты у меня осталась, неужели я тебе не помогу?

Иветта картинно расплакалась.

— Ах, милый папочка, все неправда, меня оклеветали.

— Зачем и кому такое нужно? — удивился Иван Александрович.

Люка потупилась, потом еле слышно пробормотала:

— Эдуард Васильевич ко мне приставал, вызывал без конца в кабинет, обнимал, а потом предложил... ну, сами понимаете. Я, конечно, отказала, тогда он сказал: еще пожалеешь! Уже жалею — он меня в воровку превратил.

— Но как он такое сделал? — изумился Иван Александрович. — Он говорит, у тебя в сумке нашли...

Люка грустно улыбнулась.

— Секретарша Юля подсунула, она что хочешь для Эдуарда Васильевича сделает. Меня ректор вызвал, я сумку в приемной оставила...

— А еще он говорит, что часть денег нашли у тебя в туфлях...

— Вот видите, — заплакала Люка, — и вы верите... Да не было этого, ловко придумано, и только...

Иван Александрович молча смотрел на названую дочь.

— Небось еще сообщил, что в карты играю, — пробормотала девушка.

Греков безоговорочно поверил Иветте. Было немыслимо представить, что она лжет. Ректор слыл страстным любителем дамского пола, недавно весь институт обсуждал его роман с красавицей-второкурсницей. А Люка была очень хороша: тоненькая фигурка, облако русых волос и огромные невинные голубые глаза. Греков не утерпел и сказал Эдуарду Васильевичу все, что он о нем думал. Ректор не остался в долгу и выпалил:

— Вы, мой друг, совсем разума лишились. Обвиняете меня черт-те в чем! Да ваша Воротникова — прожженная бестия, клейма ставить негде. Кстати, в институте поговаривают, будто вы после кончины Александры Ивановны отнюдь не монахом живете. Странно это выглядит — пожилой мужчина в одной квартире с молодой женщиной...

— Она мне дочь, — сказал обескураженный Греков.

— Да? — ухмыльнулся ректор. — А люди по-другому считают.

Слово за слово, и они поругались, не на жизнь, а на смерть.

Иван Александрович ушел из института. Люку он пристроил в другой вуз.

Следующие полгода прошли без особых изменений. Старик был сильно привязан к Иветте. Раз в месяц девушка обязательно ездила навещать мать. Иван Александрович давал денег на билеты и триста рублей на оплату медсестры и лекарств. Тяжело больная мать каким-то чудом все еще была жива.

Спокойная, размеренная жизнь кончилась весной. Греков шел по улице Горького, намереваясь купить в галантерее какой-нибудь приличный одеколон. Внезапно его окликнули. Актер повернулся, рядом улыбался крепкий, еще совсем не старый мужчина.

— Не узнаете? — спросил он.

— Нет, — покачал головой Греков, — не припомню. Где мы с вами встречались?

— Кабанов Григорий Ефимович, — сообщил мужик, — следователь, вел дело Вадима.

Иван Александрович инстинктивно отшатнулся.

— Понимаю, — грустно сказал Кабанов, — уж извините, не удержался, очень захотелось с вами поздороваться. Вчера по телевизору показывали фильм «Степан Разин», я просто в восторг пришел, даже плакал в конце...

Роль беспутного атамана была одной из самых любимых и у Грекова. К тому же он, как все артисты, обожал комплименты и похвалы, принимая словеса за чистую монету. Наивное почтение, выказанное Кабановым, растопило его сердце, и Греков пробормотал, показывая на Дом актера:

— Пойдемте кофейку глотнем, раз встретились.

Григорий Ефимович тут же согласился, и они сели в самом дальнем углу ресторана. После фирменной вырезки с грибами и хорошего вина Кабанова чуть-чуть развезло, и он вздохнул:

— Жаль Вадима, нелепая смерть...

Греков возмущенно заметил:

— Это вы его в тюрьму посадили.

— Верно, — согласился Кабанов, — только потом у меня возникли сильные сомнения в виновности вашего сына, я даже хотел подать рапорт начальству...

Иван Александрович от неожиданности опрокинул бокал с красным вином. Темная лужа потекла между тарелками. Подбежавший официант ловко сменил запачканную скатерть.

— Я, может быть, и отпустил бы его с самого начала под подписку о невыезде, да одна свидетельница дала совершенно убийственные показания. Извините за невольный каламбур.

Женщина рассказала, будто у них с Вадимом были интимные отношения. Художник хотел развестись с женой и связать себя браком с любовницей. Но Зинаида отказывалась дать развод и пригрозила Ваде, что выгонит его из квартиры. Да еще Зинка оказалась беременной невесть от кого, нагло заявив законному супругу: ничего не докажешь, на тебя запишу. Тогда Вадим, по словам свидетельницы, обезумев, убил жену...

Свидетельница говорила уверенно, не путаясь, не таясь, демонстрируя полное желание сотрудничать с органами.

— Не хочу, чтобы меня, не дай бог, заподозрили в соучастии, — сообщила дама, — только поэтому и откровенничаю.

Свидетельница утверждала, будто просила

Вадима просто уйти от Зинаиды к родителям. Но тот как с цепи сорвался:

— Оставить этой хабалке все? Превратиться в нищего? Никогда!

В день убийства он позвонил любовнице и попросил:

— Если кто станет спрашивать, говори: все время провели вместе.

— Зачем? — удивилась женщина.

— Сегодня наконец избавимся от Зинки, — ответил любимый.

Естественно, после таких показаний Кабанов моментально затребовал ордер на арест. Потом следователь пытался расколоть Вадима, но тот упорно открещивался от всего. Тогда Григорий Ефимович вынул козырную карту — устроил очную ставку своего подследственного и говорливой любовницы. Вадим пришел в ярость и с кулаками кинулся на свидетельницу. Конвой с трудом скрутил мужика.

— Убью тебя, стерва, врунья, негодяйка! — вопил потерявший разум Вадя.

Женщина только усмехнулась:

— Правда-то глаза колет, убийца!

Вадим плюнул ей в лицо. Конвойные поволокли его по коридору. Было девять утра.

Но почему-то именно после этой сцены в душе следователя зашевелились подозрения. Каждому опытному сотруднику МВД знакомо подобное чувство — вроде все доказательства в пользу только одной версии, а душа протестует.

Григорий Ефимович принялся листать дело и наткнулся на странные обстоятельства. Зина погибла из-за фена, который оказался в воде, когда она принимала ванну. Но при обыске в шкафчике нашли еще один прибор для сушки волос, довольно старый. В гребенке застряло несколько волосков с головы погибшей — значит, она пользовалась им не так давно. Волосы были рыжие, а Зина, желая привлечь внимание мужа, покрасилась незадолго до смерти в цвет «бешеной морковки». Фен-убийца был совершенно новым. Зачем было покупать второй? Хотя многие женщины обожают бегать по магазинам и приобретать ненужные вещи...

Григорий Ефимович узнал через завод-изготовитель, в каком универмаге продавался фен, поговорил с продавцами и с изумлением выяснил, что вещицу купила женщина, похожая на ту самую любовницу, давшую жуткие показания.

Кабанов решил изменить Ваде меру пресечения, но не успел. Мужчина покончил с собой. В вещах самоубийцы нашли записку: «Я не виновен, Зину не убивал. Ищите убийцу. Я-то знаю, кто та дрянь, которая засадила меня в тюрьму. Не хочу жить. Прощайте».

Григорий Ефимович кинулся к начальству. Но в просторных личных кабинетах бытовало иное мнение. Молодой полковник похлопал Кабанова по плечу:

— Ну к чему такая прыть? Покупка фена ничего не доказывает. Ты уверен, что она приобрела именно этот прибор?

Кабанов покачал головой.

— Нет, но покупала она такой точно фен в день убийства Зины. И потом предсмертная записка... По моему опыту, в таких случаях редко лгут...

— А по-моему, — ухмыльнулся полковник, — сколько угодно, лишь бы отмыться, а фен... Доказательств маловато, честно говоря, вообще никаких... У тебя сколько сейчас дел в производстве?

— Двенадцать, — уточнил Кабанов.

— Вот и работай, — напутствовал начальник, — а этому делу, слава богу, конец пришел. Главный подозреваемый мертв, сдавай папки в архив. Баба с возу — кобыле легче. Да, тебе сколько до пенсии осталось?

С тяжелым сердцем Григорий Ефимович оттащил дело в хранилище.

Иван Александрович молча выслушал следователя и поинтересовался:

— Как зовут женщину?

Кабанов покачал головой.

— Не хочу говорить, вполне мог ошибаться, а вы еще что-нибудь предприметите.

Греков не настаивал. Заказал еще коньяк и кофе, потом ликер и пирожные, потом коньяк, следом выпили шампанское за встречу... В общем, когда Иван Александрович вновь поинтересовался личностью предполагаемой убийцы, Григорий Ефимович слегка заплетающимся языком произнес:

— Иветта Воротникова.

Иван Александрович еле удержал рвавшийся из груди крик. Дома он первым делом бросился в ванную умыть разгоряченное лицо. Кинул взгляд в зеркало и издал душераздирающий вопль. На белоснежной рубашке застыли отвратительные бордовые капли. На секунду обезумевшему от горя старику показалось, что на него брызнула кровь сына, безвинно погибшего Вадима... Дрожащими руками он стянул испорченную рубашку и понюхал... вино. На ткани были всего лишь пятна «Хванчкары». Очевидно, когда опрокинулась рюмка, брызги попали на актера.

Глава 23

Греков замолчал и вновь вытащил пачку «Мальборо». Понюхал сигаретку, потом махнул рукой и закурил. Глядя, как дым медленно поднимается к потолку, я робко спросила:

— Что же дальше?

Старик вскинул брови.

— Ну, женщины! Просил не перебивать! Отвратительная привычка! Сам не знаю, почему тут каюсь перед вами. Никому до сих пор не рассказывал, но вы так похожи на Люку!

— Извините, — пробормотала я, — извините...

— Ладно, — помягчел старик, — потерпите еще чуть-чуть, скоро конец истории.

У Грекова был хороший приятель в МВД. К нему-то и отправился актер рассказать о полученных от Кабанова сведениях. Но друг безнадежно вздохнул:

— По свежим следам трудно раскрыть преступление, а ты хочешь старое дело подсунуть! Никто не возьмется, и не надейся. Официальным путем шиш получишь!

— Что ты имеешь в виду? — поинтересовался Греков.

Знакомый пояснил:

— Есть у меня сотрудник, бойкий парнишка, молодой да быстрый, земля под ногами горит. Недавно жена ему двойню родила. Сам понимаешь, пеленки, ползунки, кроватки. Нанял бы его приватно поразузнать о твоей «дочурке» правду. Он сейчас как раз в отпуске, на безденежье жалуется. Дело, естественно, никто заводить не станет, но хоть будешь знать, с кем в одной квартире живешь. Лопух ты, братец. Пустил к себе в дом человека, а ничегошеньки о ней не знаешь!

Недели хватило трудолюбивому оперативнику, чтобы собрать массу нелицеприятных сведений. Иван Александрович, пока читал отчет, безостановочно сосал валидол. Было отчего тронуться умом.

Милая, прелестная, воспитанная Люка не сказала о себе ни слова правды. Мама у нее действительно имелась, но отнюдь не была несчастной, умирающей онкологической больной. Дочь к родительнице не ездила, а приятно проводила время со своими любовниками. Настырный опер раскопал имена шести мужчин, пользующихся благосклонностью дамы. Все они расстались с ней из-за ее патологической страсти к карточным играм. Люка резалась по-крупному, в основном в покер — игру, требующую не только хорошего расклада на руках, но и умения блефовать, актерских способностей и наглости. Всеми этими качествами дама обладала в избытке, но ей фатально не везло. Блефуй, не блефуй, но когда у тебя только пара шестерок, а соперник, ухмыляясь, открывает каре на тузах, никакая наглость не поможет. Люку прекрасно знали на конспиративных московских квартирах, где шла серьезная игра. Пару раз она проигрывала такие суммы, что хозяева подпольных казино разрешали ей выплачивать долги частями...

Грекова неприятно поразил тот факт, что один из любовников Люки служил заведующим нотариальной конторой. Мужик носил неблагозвучную фамилию Сруль, и именно его подпись стояла под завещанием Вадима. Иван Александрович запомнил эту фамилию великолепно. Да и с самой квартирой произошла какая-то странная история. Оставшись жить с Грековым, Иветта через некоторое время объявила, что пустила в пустующие хоромы подругу с мужем. Дескать, та не ладит со свекровью, а денег снять жилплощадь нет. Иван Александрович еще умилился тогда доброте «дочурки». Теперь же выяснилось, что квартирка сдается, причем за приличную сумму. Дочитав до фразы: «расплачивалась с должниками золотым браслетом с мелкими рубинами», Греков побежал в спальню умершей жены, где на трюмо совершенно открыто стояла шкатулка с драгоценностями. Покойная Александра Ивановна обожала украшения, и муж дарил ей их по каждому поводу.

В шкатулке оказалось всего несколько колец, серег и пара браслетов. Остальное исчезло. Старик припомнил череду уволенных домработниц, обвиненных в воровстве, и пошел в комнату Люки. Открыл шкаф, вытащил вещи, методично упаковал их в большие чемоданы. Актер не забыл ничего, уложил даже косметику и зубную щетку...

Пришедшая домой Люка протянула ему с улыбкой коробочку конфет и сказала:

— Вот купила к чаю.

Старик молча подал ей милицейский отчет и указал на чемоданы:

— Убирайся!

Очевидно, у Иветты была железная нервная система, потому что она разрыдалась и стала лепетать про происки врагов, желавших разлучить ее с любимым «отцом». Но Греков был неумолим.

— Куда же я пойду? — вопрошала Люка. — На улицу?

— Зачем? — хмыкнул старик. — Ты имеешь квартиру, убирайся.

Поняв, что больше изображать из себя бедную сироту не получится, Люка ушла. Иван Александрович сменил на следующий день замки и зажил бобылем. Но на старика навалились болячки, началась бессонница. Однажды, промучившись полночи на горячей подушке, он взял невесть как оказавшийся в доме детектив «Коварный убийца». Скорее всего книга принадлежала Люке, большой охотнице до криминальных историй. От тоски старик принялся перелистывать сероватые странички и скоро почувствовал, как по спине текут крупные капли пота. Главный герой убивал свою жену весьма хитрым способом. Дождавшись, пока ничего не подозревающая женщина начнет мыться, он бросил ей в ванну включенный фен...

Иван Александрович замолчал. Я боялась разозлить его и тоже не проронила ни слова. Наконец старик выдавил:

— Все.

— А где Люка сейчас?

Греков отвернулся к окну и уставился на падающий сплошной пеленой снег.

— Наверное, дома, в украденной квартире, проезд Сомова, дом 9.

— Она работает?

Иван Александрович грустно улыбнулся.

— Насколько мне известно, ее отовсюду выгнали, вроде у Пашина подвизается. Знаете, что это за театр?

Я кивнула. Не уверена, что подобное действо можно назвать спектаклем. Эротическое, даже порнографическое шоу, но никак не театральная постановка. Сама я не ходила к Пашину, но Аркашка и Зайка один раз рискнули и потом долго плевались.

Я ушла от старика Грекова довольно поздно. Абитуриентка почему-то не явилась на встречу, и мы мирно пили чай, обсуждая постановки Штайна и гастроли Бежара. Наконец распрощались, и я вышла на улицу.

Мороз к вечеру усилился, снег перестал сыпать. Дорога блестела как стекло. Удвоив осторожность, я покатила в Ложкино. В голове роились мысли. Одна радость: наконец-то я нашла таинственную даму. Завтра же отправлюсь в проезд Сомова и попробую поговорить с негодяйкой. А может, рассказать все Александру Михайловичу? Дело почти сделано, осталось лишь допросить Люку.

Дом встретил меня раскрытыми дверьми. Во дворе возле двух берез сидели привязанные Банди, Снап, Черри, Хучик и Жюли. Рядом стояла кошачья перевозка, откуда поблескивали глазами Фифина и Клеопатра. Что такое? Отчего животных выставили на мороз? Нельзя ни на минуту отъехать по делам...

Я ринулась в холл и обомлела. По полу текли потоки воды, ноги погрузились в нее почти по щиколотку. Глядя, как мимо проплывают уютные домашние тапочки с помпонами, я выхватила из воды шлепанцы и побежала в столовую. Никого. Зато в гостиной слышались возбужденные голоса. Я распахнула дверь. Комната также была полна воды, одной батареи нет, из трубы хлыщет фонтан. Семен Андреевич и Жора изо всех сил пытаются запихнуть в дыру довольно большой кусок деревяшки. Рядом с разинутыми ртами стоят домашние. Наконец усилия трудяг увенчались успехом — пробка заняла предназначенное ей место. Все с облегчением вздохнули.

— Что происходит? — вырвалось из моей груди.

— Семен Андреевич решил перенести батарею на другую стену, — принялся объяснять Кешка, — отключил на чердаке вентиль...

— У вас дураки отопление прокладывали! — в сердцах воскликнул мужик. — Всегда отопление нужно отключать слева от котла, ну по всей стране — слева.

Ага, а у нас оказалось справа. Не спросил ни у кого, не предупредил и срезал батарею.

Вода снова фонтаном рванулась на волю. Семен Андреевич перепугался и понесся вновь на чердак. То ли от страха, то ли от излишнего рвения он вообще сорвал вентиль, и теперь вода начала хлестать на чердаке.

Аркашка вызвал аварийку, но она никак не едет. Животные эвакуированы во двор, близнецы вместе с Серафимой Ивановной отправлены к ближайшему соседу — банкиру Соломатину, а Жора и Семен Андреевич пытаются остановить потоп в гостиной.

— Вот не пойму, отчего она из батареи хлещет, — задумчиво пробормотал Семен Андреевич, — вроде должна бы перестать, раз на чердаке прорвало.

— Уже не хлещет, — радостно сообщила Маня.

— Так пробку забили, — пояснил Жора.

— А не начнет опять? — поинтересовалась Нюся, стараясь прижаться к Кешке бедром.

— Не должно, — с сомнением протянул Жора.

— Щас я ее поглубже засуну, — пообещал Семен Андреевич и со всего размаху стукнул по деревяшке молотком. Раздался треск, затем такой звук, будто откупорили гигантскую бутылку с шампанским. Труба выплюнула расколотую «плотину», поток воды вырвался с шумом и мощностью Ниагарского водопада.

— Во, блин, — изумился Семен Андреевич, — как получилось!

И тут, мигнув, погас свет. Минут пять мы шлепали по воде. Слава богу, она оказалась приятно теплой. Кто-то из домашних догадался сразу отключить котел.

— Мать, принеси свечи, — распорядился Кеша.

Я медленно, держась за стену, двинулась в сторону кладовой, но тут мощный луч света ударил мне прямо в лицо, и молодой веселый голос произнес:

— Вас, что ли, затопило?

— Не видите разве? — огрызнулась я.

— Вижу, вижу, — мирно подтвердил мужик и крикнул: — Эй, ребята, сюда!

Часа через два мы оглядели поле битвы. Свет, слава богу, зажегся, вентиль был благополучно водворен на место. Катерина, Ира, Кеша и Зайка вычерпывали воду и выносили ведрами во двор. Мы с Машей скатывали ставшие ужасно тяжелыми ковры. Семен Андреевич и Жора таскали мебель. В доме стоял пронизывающий холод и сырость. Замерзшие на улице собаки тихонько подвывали, не понимая, отчего их вытащили из уютного жилища на декабрьский мороз.

— Как бы Хучик не простудился, — кряхтя под тяжестью дорожки, сказала Маня.

— На него пальто надели, — успокоила я дочь, держа дорожку за другой конец.

В этот момент зазвонил телефон.

— Так, — прогремел в трубку Александр Михайлович, — просил никуда не уезжать, а ты в Киев каталась!

— Извините, — пробормотала я, придерживая рулон ногой, — всего на пару дней.

— Безответственная особа! — злился приятель. — Где целыми днями шляешься? Звоню сегодня весь вечер — никто трубку не снимает.

— Нас затопило, — пояснила я.

— Да ну? — воскликнул полковник. — Небось въехала в гараж и врезалась в трубу.

Совсем даже не смешно, к тому же в гараже нет труб, но я не успела сообщить данный факт приятелю. Семен Андреевич со словами: «Дарья Ивановна, давайте подержу дорожку» — шагнул вниз по лестнице. Его правая нога слегка подвернулась, и мастер рухнул вниз. В ужасе мы смотрели, как он катится, переворачиваясь через голову, по ступенькам. Все произошло в мгновение ока. Левой рукой недотепа попытался зацепиться за перила, но промахнулся. Тяжелое тело пролетело до первого этажа со скоростью камня, выпущенного из пращи. Голова стукалась о ступеньки. Наконец падение завершилось. Семен Андреевич лежал ничком, не шевелясь. Мы в ужасе тоже застыли.

— Да слушаешь ты меня или нет? — злился полковник.

— Извини, очень внимательно, — промямлила я, и тут раздался жуткий грохот. Огромная металлическая напольная ваза, идиотский подарок Костика, моего первого мужа, к дню рождения, неумолимо, как шар в боулинге, катилась со второго этажа прямо на распростертого Семена Андреевича.

— Блин, — завопила я, — блин, держите ее!!!

Куда там! Милая безделушка всеми своими килограммами упала на несчастного мастера, потом принялась, гремя боками, вертеться по холлу, сшибая все на своем пути. В конце концов Маня с Кешей ухитрились поймать «снаряд». Где-то вдалеке раздался вой сирены. Это подъезжала «Скорая помощь», вызванная Зайкой.

— Что происходит? — без конца взывал из трубки полковник. — Чего ты молчишь?

— Отстань, бога ради! — заорала я, трясясь от холода, сырости и ужаса. — Позвони позднее.

— И не подумаю, — злился приятель, — а ты, ненормальная, безголовая идиотка, изволь сидеть дома, а то изменю меру пресечения, будешь знать, как по заграницам кататься, дура безмозглая!

Из трубки стали доноситься противные гудки. Я, онемев, глядела на «Эрикссон». Безголовая идиотка? Безмозглая дура? Ненормальная? А я еще хотела ехать завтра к этому солдафону и подарить ему имя убийцы! Нет уж, пусть сам ищет. Пусть даже арестует меня, теперь ничего не боюсь, потому что знаю, кто преступник, и сразу расскажу следователю правду, а пока подожду, погляжу, как Александр Михайлович завязнет в топком болоте расследования, то-то я над ним тогда посмеюсь...

— Мусечка, — шепнула Маня, — а ты кричала «блин».

Ее голубые глаза хитро глядели на меня, маленький аккуратный носик сморщился. Ребенок едва сдерживал смех. Я на самом деле терпеть не могу данное слово, по мне так лучше, если душа просит, выругаться русским устным, а не употреблять заменителей.

— Извини, детка, — искренне раскаялась я, — сама не знаю, как вышло, просто вылетело, и все.

— Когда у меня вылетело, — обиженно засопела Маня, — ты страшно рассердилась...

— Можешь тоже на меня рассердиться, — милостиво разрешила я.

Машка открыла было рот, но, услышав, что в холл входит врач, моментально заткнулась. Молодой парень с грохотом поставил на пол железный чемодан и оглядел помещение. Повсюду осколки, перевернутые вешалки, мокрый пол, закатанные в рулоны ковры и стонущий Семен Андреевич.

— Разбирались, кто в семье главный? — хмыкнул парень, подходя к мастеру. — Чем мужа били?

— Глупости, — вспылила Зайка, — этот человек делает у нас ремонт...

— Что, так плохо обои поклеил? — продолжал интересоваться медик, ощупывая Семена Андреевича.

— Нет, — спокойно ответил Кеша. — Я вчера поругался с господином Лужковым, а тот велел метеорологам подогнать к нашему домику тучи и устроить тайфун «Анна».

Врач ухмыльнулся и загремел чемоданом.

...Завтрак мы проспали. Вылезли только к обеду, на который обалдевшая Катерина подала несъедобный суп и отварную курицу.

Поковыряв брезгливо кусок белого мяса, привередливый Кеша заявил:

— Думаю, мой биологический отец и твой первый муж Костик был бы крайне доволен, узнав, что наделал его подарок. Наверное, он и дарил этот жуткий сосуд в надежде на такой случай.

Я благоразумно промолчала. На самом деле милая металлическая вещица нанесла не так уж много ущерба. Разбила стеклянный журнальный столик, опрокинула пару вешалок и слегка ушибла Семена Андреевича. Доктор не нашел у него вчера ничего серьезного. Намного хуже сказалось на доме наводнение. Отопление, правда, работало, и от мокрых полов поднимались влажные испарения — ощущение было такое, словно находишься в джунглях Амазонки после тропического ливня: мокро, душно и парит.

— Где собаки? — удивленно спросила Нюся. — На столе курица, а Хучик даже ни разу не завыл.

— Дениска утром забрал всех животных к себе. Говорит, на пару дней, пока не просохнет, им вредно жить в такой атмосфере, — пояснила Манюня.

Представляю, что творится в тридцатиметровой квартире Оксаны! Три ее собаки и морская свинка с ужом плюс пять наших вкупе с двумя кошками... Да там небось ступить негде, весь ковер покрыт животными. Хотя скорее всего псы оккупировали диван и кресло, а на полу оказалась Ксюта!

— Интересно, — пробормотала Зайка, — телик работает?

Она щелкнула пультом. На экране возникло лицо журналиста.

— Еще одно убийство в центре Москвы, — донеслось до меня. — Вчера поздно вечером у подъезда дома номер 12 на Верхней Алабьевской улице был смертельно ранен выстрелом из револьвера 57-летний Григорий Яковлевич Сруль. Покойный работал нотариусом и являлся владельцем небольшой конторы. Дознаватели сейчас активно проверяют связи убитого, но похоже, что убийца не был профессионалом. Револьвер, из которого вылетела пуля, он унес с собой, а не бросил возле тела, как обычно поступают в подобных случаях...

— Просто Чикаго, а не Москва, — резюмировал Кеша, — скоро надо будет бронированные автомобили покупать...

В моей голове зашевелились смутные воспоминания. Где и от кого слышала я более чем неблагозвучную фамилию несчастного Григория Яковлевича? Кто-то совсем недавно упоминал ее... Но после вчерашнего происшествия память отшибло начисто.

Поднявшись в спальню, я услышала, что из сумки раздается деликатное попискивание мобильного.

— Где пропадаешь? Не могу дозвониться, — раздался приятный баритон Виталия Орлова.

— Да в Вермь ездила на пару деньков, — необдуманно ляпнула я и тут же пожалела о сказанном.

— В Вермь? — изумился Виталий. — Зачем? Это где-то в Сибири? Небось день лету.

— Всего четыре часа, — возразила я и добавила: — У меня там родственница живет, Афанасия Воротникова, хотела навестить ее, давно не встречались.

— Родственные чувства — прекрасная вещь, — ухмыльнулся Орлов, — а я соскучился, давай встретимся. Хочешь, зайдем в твой любимый «Макдоналдс»?

— Конечно, — обрадовалась я.

— Вот и чудно, — отозвался Орлов, — жду через час у входа.

В зале было полно народа, но мы уютно устроились в самом углу и принялись болтать о пустяках. Виталий начал расспрашивать о родственниках, и я рассказала ему про бабушку, Стюру и ее дочь художницу Афанасию. О Люке говорить не хотелось, что-то удержало от сообщения про безумно похожую на меня «сестрицу».

Около пяти кавалер глянул на часы и вздохнул:

— Увы, я существо подневольное, обязан бежать на редколлегию. Хочешь еще томатного соку?

— Давай по глоточку, — согласилась я.

Виталий отошел к кассе и вернулся, держа в руках поднос с большими картонными стаканами. Возле самого столика он запнулся о мою сумку, руки у него дрогнули, сок выплеснулся на пол, часть попала на мои брюки и свитер.

— Боже, как неприятно! — расстроился Виталий, рассматривая красные пятна. — Беги скорей в туалет и замой, свежий сок сразу отойдет.

Делать нечего, пришлось идти на второй этаж. Кое-как смыв основную красноту, я вернулась вниз.

— Извини, пожалуйста, — угрызался кавалер, — давай поедем завтра куда скажешь и купим тебе новый свитер.

Я оглядела испорченный наряд от Готье. Знал бы ты, дружок, сколько такой стоит, никогда бы не предложил возместить брючки с пуловером...

— Ну что ты, право, ерунда какая, — забормотала я, — сама виновата, бросила сумку на пол, надо на стул класть. Придется домой ехать, холодно в мокром.

— Конечно, конечно, — засуетился Орлов, — не прощу себе, если заболеешь, пойдем скорей.

Он посадил меня в «Вольво» и пошел к «Жигулям». Я включила печку и поехала по Тверской. Теплый ветерок наполнил салон, свитер и брюки в момент высохли, правда, на светлой ткани остались блекло-розовые разводы, но мне плевать на них. Сейчас вернусь в Ложкино, и день пойдет псу под хвост. Сразу налетят домашние со своими проблемами, заставят что-нибудь делать... Я развернулась и порулила в проезд Сомова.

В холле красивого многоэтажного дома из светлого кирпича восседала лифтерша — довольно молодая прилично одетая женщина, за ее спиной ветвились искусственные фикусы.

— Вы к кому? — спросила она серьезно, но вежливо.

Скрывать не имело смысла.

— К Иветте Воротниковой.

— К кому? — изумилась дама.

— К Воротниковой, в двенадцатую квартиру.

— Вы ошиблись, — протянула лифтерша, — там живут другие люди.

Тут с визгом раздвинулись двери лифта, и из него вышел довольно полный мужчина с лысой болонкой.

— Здравствуйте, Леночка, — царственно кивнул он дежурной, потом увидел меня, дернул плечом и процедил: — Добрый день, Люка.

— Подождите, — попросила я.

Мужик, не обратив на меня внимания, двинулся на улицу.

— Кто это? — поинтересовалась я.

Леночка в изумлении уставилась на меня.

— В кино не ходите?

Я отрицательно покачала головой. Некогда, целыми днями занята, а вечером лучше детектив почитать.

— Петр Михайлович Пронин, — с придыханием сообщила Леночка, — очень, очень, очень известный актер, настоящий...

Но я, недослушав, выскочила наружу и закричала:

— Петр Михайлович!

Артист соблаговолил повернуть голову.

— Что угодно?

— Я не Люка.

Пронин вздернул брови, вытащил из кармана куртки очки и принялся внимательно изучать мое лицо, потом спокойно признал:

— Верно, удивительное сходство.

— Хорошо знаете Люку?

— Любезнейшая, — пробасил Петр Михайлович, — по какой причине я обязан удовлетворять ваше любопытство?

Я ткнула пальцем в облезлую, дрожащую собачку.

— Не жаль псинку? Молодая совсем, а облысела.

— Да уж лечил, — отмахнулся Пронин. — Говорят, аллергия такая, вроде в Москве воздух ядовитый.

Я хмыкнула. Последнее время у врачей стало модно валить все на плохую экологию, скрывая тем самым собственную необразованность и глупость.

— Предлагаю бартерную сделку: вы рассказываете мне о Люке, а я даю телефон ветеринара, который абсолютно точно вылечит это несчастное создание от облысения.

— Что? — не понял Пронин.

— Опытные врачи знают, как вылечить собаку от этого недуга. Соглашайтесь.

Петр Михайлович крякнул:

— Уговорили.

Мы вернулись в подъезд и поднялись на пятый этаж.

Холл и кухня в квартире артиста были оклеены старыми афишами.

— Я бы вам посоветовал не слишком долго маячить в нашем доме, — усмехнулся Пронин, усаживаясь за стол. — Побить могут. Есть тут парочка особо нервных...

— За что?

Петр Михайлович вздохнул.

— За дело. Ваша родственница — натуральная мошенница. Как мы ей первое время сочувствовали, жалели, в члены кооператива приняли. Старик Греков всех уламывал: помогите девочке квартиру получить, Вадим ей пай оставил. Уж как Иван Александрович девицу нахваливал: и умная она, и порядочная, и талантливая... Вот последнее прилагательное верно — необычайно талантливая обманщица, просто гений. Столько людей вокруг пальца обвела!

Поселившись в доме, Люка вела себя тише воды, ниже травы, общаясь только с соседкой по этажу, местной главой сплетниц Варварой. Варя однажды поинтересовалась, отчего Греков·не ходит в гости к «дочке». Люка поморщилась и сообщила:

— Мы поссорились.

— Почему? — оживилась почуявшая дух скандала Варвара.

— Представляешь, — грустно вздохнула Иветта, — начал ко мне приставать. То в ванную дверь ненароком распахнет, то в спальню. А затем прямым текстом заявил: «Я тебе квартирку сделал, теперь благодари».

— А ты? — замирающим от восторга голосом поинтересовалась сплетница.

Люка пожала плечами.

— Деньги оставил Вадя, если бы он не убил Зину, мы стали бы мужем и женой, причем тут Иван Александрович? Не спорю, он помог выбить московскую прописку и в кооперативе поговорил. Но отдаваться старику за квартиру? Нет, я не проститутка!

Варвара согласно закивала, и новость вмиг разлетелась по двору.

Зимой та же Варя без звонка зашла к Люке. Девушка считала на кухне доллары.

— Надо же, сколько денег! — вздохнула соседка.

Иветта покосилась на нее и тихонько сказала:

— Могу устроить так, что и ты разбогатеешь.

— Ну? — изумилась Варвара. — Как?

— Очень просто, — объявила Люка. — Есть знакомый, который занимается финансовыми операциями. Даешь ему сто долларов, через две недели получаешь назад сто пятьдесят. Видишь, сколько я огребла...

Варя дала Иветте зеленую бумажку и двадцатого числа получила взамен две. Новость вновь разнеслась по двору, и финансовая пирамида заработала. Пару месяцев жильцы исправно получали огромные дивиденды, но настал момент, когда Иветта объявила новые условия: сдаешь не меньше тысячи долларов, а через полгода на руках — пять кусков. Желание получить побольше денег, не ударив при этом пальцем о палец, оказалось велико, и почти весь дом понес Воротниковой баксы. Собрав огромные средства, Люка пообещала вернуть их с лихвой ровно через шесть месяцев. Но за неделю до назначенного срока в квартиру Воротниковой въехала семья с двумя детьми. Иветта продала ее вместе с мебелью и исчезла в неизвестном направлении.

Обманутые «вкладчики» кинулись в фирму, осуществившую продажу. Но там ничего не удалось узнать. Хитрая Иветта велела передать ей деньги, вырученные за квартиру, наличными и испарилась. Жильцы обратились в милицию. Но здесь их ждало горькое разочарование. Никаких расписок с милой девушки они не брали, полагаясь на честное слово, поэтому в милиции дело заводить не стали.

— Сами виноваты, — попенял им серьезный лейтенант, — кто же такие деньжищи просто так дает, без всяких бумажек? Даже если, предположим, найдем мы вашу Воротникову, вменить ей нечего.

— А мы скажем, что она у нас деньги отняла! — принялась кричать Варвара.

— Как отняла? — уточнил следователь. — Напала с пистолетом в руках и бритвой по глазам?

— Нет, — растерялась женщина, — сами отдали, тихо-мирно, на кухне.

— Свидетели есть? — продолжил лейтенант.

«Вкладчики» примолкли. Ушлая Люка «работала» с каждым поодиночке.

— Так вот, граждане, — резюмировал сотрудник правоохранительных органов, — ваши заявления ничем не подтверждены.

— Но мы скажем, — упорствовала Варвара.

— А она отопрется и заявит в ответ, что вы клевещете на нее, — пояснил лейтенант. — Ступайте по домам и впредь не делайте подобных глупостей.

Я спустилась на лифте и вышла из дома, на всякий случай прикрывая лицо рукой. Еще двинет по носу какой-нибудь особо озлобленный «клиент». Но двор пустовал, и я, благополучно сев в «Вольво», поехала в Ложкино. На Кольцевой дороге в шум мотора вмешался посторонний стук, потом сзади затарахтело, и «Вольво» стало заносить. Кое-как припарковавшись на обочине, я вылезла и уставилась на левое заднее колесо — прокол. Вот неудача. Автомобиль я вожу крайне аккуратно, но любая поломка ставит меня в тупик. Как меняют колесо — представляю, но выполнить эту задачу практически не смогу никогда: физической силой не обладаю и ни за что не справлюсь с этой тяжелой работой.

Мимо со свистом проносились автомобили. Вид дамы, стоящей возле «Вольво», никого не трогал. Кое-кто, сбросив скорость, оглядывал спущенное колесо и мигом отъезжал. Да и понятно, кому охота на морозе возиться с чужим колесом. Попрыгав безрезультатно минут пятнадцать, я зажала в руке стодолларовую бумажку и выставила ее навстречу несущемуся потоку. Мигом остановились четыре машины и водители наперегонки бросились к заветной цели. Победил самый молодой и быстрый парень.

— Запаска есть? — деловито осведомился он.

— В багажнике, — сообщила я.

Жадный самаритянин нырнул под крышку, кряхтя выволок домкрат и колесо. Через пятнадцать минут можно было продолжать путь. Я протянула помощнику деньги.

— Ну ты крутая телка, — восхищенно заявил тот, пряча мзду. — Не боишься на патруль нарваться?

Так и не поняв, отчего мне следует дрожать при виде милиции, я села за руль и поискала перчатки. Их не было, скорее всего я случайно бросила их в багажник. Пришлось вновь вылезать на мороз и поднимать крышку. Белые лайковые перчаточки валялись возле аптечки. Я протянула руку и обомлела. Чуть в стороне, между ящичком с инструментами и домкратом торчала рукоятка пистолета. Я аккуратно вытащила находку, села в салон и принялась ее разглядывать. Большой черный тяжелый, из дула пахнет какой-то кислой дрянью. Страшно похож на настоящий, и скорее всего так оно и есть. У меня никогда не было такого. Таскаю в сумке зажигалку в форме пистолета. Стрелять не умею и, честно говоря, просто боюсь. Ну и что мне теперь делать?

Я медленно покатила по дороге, обдумывая ситуацию. Впереди показалась заправка. Спрятав револьвер в сумочку, я прошла в дамский туалет и запихнула страшную игрушку за один из трех унитазов. Вечером уборщица найдет и сдаст в милицию. Тут ежедневно останавливаются сотни людей, просто невозможно будет отыскать хозяина пушки. Избавившись от опасной штуки, я понеслась в Ложкино.

Там, где дорога делает поворот к охраняемому поселку, стоит пост ГАИ. Как правило, ложкинским машинам постовые приветливо машут рукой. Мы друг друга великолепно знаем и стараемся поддерживать хорошие взаимоотношения. Ко всем праздникам преподносим милиционерам приятные презенты — бутылки коньяка, блоки сигарет, шоколадные конфеты женам и детям. Доллары никогда не суем. Друзьям деньги не платят. Гаишники тоже стараются быть полезными. Во всяком случае, когда Маруся и дочь банкира Соломатина Лиза, решив наплевать на родительский запрет, выехали на мотоциклах на Кольцевую дорогу, их тут же поймали и под конвоем отправили домой. На все крики несостоявшихся рокерш о том, что у них есть права, милиционеры миролюбиво отвечали:

— Знаем, знаем, только небось матери запретили вам по МКАД гонять.

Но сегодня дежурный при виде «Вольво» свистнул и недвусмысленно взмахнул жезлом. Я затормозила и, спустив стекло, весело спросила:

— Что случилось, Ванечка?

Но обычно милый, улыбчивый Иван не пошел на контакт и весьма сурово заявил:

— Выходите из машины и повернитесь лицом к автомобилю.

— Да что произошло? Вы же меня прекрасно знаете...

— Хватит болтать! — оборвал меня другой, совершенно незнакомый милиционер, а из стеклянной будки к нам медленно шли еще четверо ментов. — Быстро выполняйте приказ.

Не понимая, что происходит, я вылезла наружу. Меня моментально заставили расставить пошире ноги, упереться руками в крышу, отняли

ключи и принялись обыскивать машину. Минуты текли томительно, ступни в холодных ботин-
ках и колени в тоненьких брючках окончательно
закоченели, а постовые продолжали потрошить
автомобиль. Наконец один сказал:

— Ничего, пусто.

— А что хотели найти? — не выдержала я. —
Если сто килограммов героина, то я уже отдала
их колумбийским наркобаронам, они недавно на
вертолете подлетали.

— Дошутитесь сейчас, — буркнул незнакомый мент и велел: — Проезжайте.

— Да что искали-то?

— Отъезжайте, — не шел на контакт постовой.

— Поезжайте, Дарья Ивановна, поезжайте, —
забормотал Иван, — уж извините, служба, оши-
бочка у нас вышла.

— Закройся! — приказало ему начальство.

Оставаясь в полном недоумении, я стала поворачивать на Ложкино и, кинув взгляд в зер-
кальце, увидела, как старший по званию распе-
кает добродушного Ваньку.

Дома стало чуть суше. В холле стоял новый
журнальный столик, злополучная ваза была во-
дружена на прежнее место, и повсюду разложе-
ны ковры. Я пощупала дорожку — надо же, совсем сухая...

— Аркашенька такой умный, — раздался за
спиной тихий голосок Нюси, — свозил коврики
в сушку.

Решив проявить невоспитанность, я никак не

отреагировала на сообщение. Кешка лежал на диване в спальне.

— Куда возил покрытия?

Аркашка засмеялся.

— Тут неподалеку есть воинская часть, а у них прачечная — форму стирают, одеяла, ну и потом горячим воздухом обрабатывают. За сто баксов пригнали грузовичок с двумя первогодками, погрузили все дорожки и ковры и мигом привели все в порядок.

Надо же, мне подобная мысль никогда не придет в голову!

— Дарья Ивановна, — крикнула Ирка, — спуститесь на минутку, тут милиционер приехал на мотоцикле!

В холле, смущенно теребя шлем, стоял Иван.

— Уж извините, — забубнил он, — вы всегда такая внимательная, вот подумал, знать надо, мало ли...

— Да в чем дело?

Ванюша многозначительно глянул на стоящую в дверях Иру. Велев домработнице принести горячего чая с бутербродами, я втолкнула краснеющего постового в столовую и нетерпеливо попросила:

— Рассказывайте.

— Знаю вас давно, — завел Ваня, — семья хорошая, никто не пьет, правила соблюдаете...

Я терпеливо поджидала, пока он доберется до цели визита. Оказывается, несколько часов назад подъехал капитан из управления с невероятной информацией. По шоссе вскоре должен проследовать автомобиль «Вольво» бордового цвета, номерной знак 625 КЕ. Машину следует задержать и обыскать. Есть информация, что владелец провозит в багажнике оружие.

— Я сразу сообразил, чей «Вольво», — объяснил Ваня, — втолковываю этому козлу, что ошибка вышла. Дарья Ивановна, мол, такими вещами не занимается, слава богу, столько лет знакомы, а он — нет, и точка. Вот идиот! Уж извините, тот кретин старший по званию, я должен был подчиняться...

Я напоила Ванюшу вкусным чаем, накормила всевозможными бутербродами и пирожными и, сунув большую коробку рахат-лукума для его дочери, проводила парня до мотоцикла.

Непонятная ситуация на дороге получила объяснение, но туман не рассеялся. Кто знал, что у меня в багажнике покоится пистолет, если я сама впервые увидела его сегодня? Как он попал ко мне? Последний раз я открывала багажник позавчера. Кто и когда подложил пистолет? А главное — зачем?

Так и не найдя ответов на эти волнующие вопросы, я машинально выпила пару чашек чая, вяло почитала отвратительную газету «Глобус» и задремала на диване, укрывшись пледом. На улице вновь потеплело, повалил липкий снег, поднялся ветер... Как все гипотоники, я плохо реагирую на внезапную смену погоды, поэтому предпочитаю в такую бурю мирно похрапывать, забившись под тепленькое одеяльце. Морфей уже начал забирать меня в свои объятия, когда пришел обиженно сопящий Хучик и залез под плед, прижавшись горячим животиком к моим ногам.

Из сна меня вырвал резкий звук. Я подняла голову. В кресле перед телевизором сидел Кеша и смотрел «Криминальные новости».

— Мать, — сказал он, увидев, что я открыла глаза, — ночью опять будешь по дому бродить. Чего спать завалилась?

Я сладко зевнула и вздрогнула. На экране демонстрировали ужасного вида тело с отрезанной головой. Ну как можно смотреть на такое? Кешка, однако, преспокойненько лакомился йогуртом, облизывая ложечку.

Картинка сменилась. Появился толстомордый журналист.

— Сегодня в туалете автозаправочной станции был обнаружен пистолет, — зачастил он в микрофон.

Камера показала знакомую мне кабинку.

— Вот здесь, в дамской комнате, — тарахтел журналист, — за одним из унитазов и лежал «ТТ». Оружие немедленно доставили в специальную лабораторию, и только что, буквально несколько секунд назад нам сообщили, что именно из этого оружия был вчера застрелен хозяин небольшой нотариальной конторы Григорий Яковлевич Сруль.

Маленький заварочный чайник вырвался у меня из рук и разбился вдребезги.

— Бей, не жалей, — хихикнул Кешка, — брось еще блюдце об пол.

Но я не обращала внимания на насмешки. Как этот пистолет попал ко мне в автомобиль?

Представляю, что было бы, найди капитан оружие в багажнике «Вольво». Радостный журналист не утихал:

— Сотрудники МВД сообщают, что поимка киллера теперь дело считанных дней. На стволе обнаружено достаточное количество отпечатков пальцев.

Я похолодела. Господи, я вертела проклятый пистолет в руках, даже нюхала, хорошо хоть не лизала. Ну вот, теперь к обвинениям в убийстве Игоря Маркова присоединится новое обвинение — нападение на несчастного нотариуса.

А если мама несчастной Леночки вспомнит, что столкнулась со мной на пороге... Интересно, где содержатся дамы, осужденные на пожизненное заключение?

И вообще, в России уже есть такие женщины? Очень не хочется стать первой.

Глава 24

Почему-то всю ночь я преспокойненько проспала. Упала головой в подушки и прохрапела до одиннадцати. Домашние, как всегда, опаздывавшие на работу и учебу, не разбудили мать гневными воплями. Даже Хучик, пролезший под одеяло, не побеспокоил меня. Обычно стоит мопсу только прижаться к моему телу своим раскаленным животиком, как я подскакиваю на кровати. Но сегодня сон оказался таким крепким, что я не могла разлепить глаза, когда чьи-то руки сильно потрясли меня за плечи.

Кое-как приняв вертикальное положение, я простонала:

— Ну, что надо? В кои-то веки удалось крепко заснуть! Опять наводнение?

— Так дрыхнет только существо с младенчески чистой совестью, — раздался над ухом знакомый голос полковника.

Остатки сна мигом улетели прочь, и я уставилась на приятеля — свежего, благоухающего одеколоном и мирно улыбающегося. Увидев, что я вернулась из небытия, Александр Михайлович резким движением раздернул занавески. Неожиданно яркий солнечный свет ворвался в спальню, на улице стояла прекрасная погода, почти по Пушкину: «Мороз и солнце — день чудесный». Но я обозлилась до предела. Ну скажите, какой женщине понравится, когда мужчина, пусть даже и близкий приятель, застает ее с помятой мордой, нечищеными зубами и всклокоченной головой? Да еще когда безжалостный солнечный свет равнодушно высвечивает все морщины...

— Что тебе надо? — пробормотала я, кутаясь в одеяло. — Немедленно задерни занавески, глаза болят.

— Давно подозревал тебя в вампиризме, — хмыкнул Александр Михайлович, — светобоязнь уже присутствует, скоро начнешь по ночам кусать домашних и пить свежую кровь.

Я со стоном рухнула на подушку.

— Уйди, бога ради.

Полковник сел было в кресло, потом передумал, подошел к двери и крикнул:

— Ира, принесите кофе в Дашину спальню!

Глядите, он уже распоряжается здесь, как у себя дома. Несколько минут мы молчали, потом Ирка притащила поднос. Я машинально отметила, что Александру Михайловичу она подала горячий напиток, а хозяйке, как правило, достается чуть тепловатая жидкость. Приятель налил кофе в чашку и галантно подал ее мне. Кофе в постель — непременный атрибут любовных романов и сладкая мечта российских женщин. Но меня такое поведение Дегтярева пугало до крайности. Сейчас грянет буря. Но пока небеса сохраняли голубизну, полковник мирно прихлебывал из чашечки, нахваливая вкус напитка. Я держала свою порцию в руках, не в силах сделать глоток: ожидание казни еще хуже, чем сама казнь. Но удивление продолжалось. Откуда-то из глубины кармана Александр Михайлович выудил отличную дорогую трубку, набил ее табаком «Амфора», и изумительно пахнущий дым поплыл по комнате.

— Ты куришь? — только и смогла выдавить я.

Полковник засмущался.

— Представляешь, коллеги подарили. У меня через две недели день рождения, вот, поздравили заранее, не утерпели... Наверное, перепутали презенты. У Вити Маликова завтра юбилей, вот он как раз курит трубку, а ему преподнесли банный халат. Сначала я хотел предложить поменяться, а потом решил попробовать, и так понравилось!..

И он принялся с восторженным видом пускать ароматные клубы дыма. Я продолжала сидеть с чашкой в руках.

— Радость моя, — завел приятель, — хочу рассказать тебе захватывающую историю. Слушай внимательно, не перебивай, будь умницей, душечка.

Вчера на пульт дежурного 02 поступил звонок от неустановленной женщины. Добродетельная гражданка сообщила, что пистолет, из которого накануне был убит заведующий нотариальной конторой Григорий Яковлевич Сруль, находится в багажнике «Вольво», номерной знак 625 КЕ. Более того, информаторша любезно уведомила, что этот автомобиль скоро проследует мимо поста ГАИ на повороте в Ложкино. Дежурный не успел задать ни одного вопроса — дама бросила трубку. Потом установили, что звонила она из телефона-автомата на Тверской. На пост моментально отправилась специальная группа, им пришлось довольно долго ждать вышеназванной машины. Но тщательный обыск автомобиля ничего не дал, «ТТ» испарился, если он, конечно, там был.

Пока офицеры впустую трясли «Вольво», к дежурному вновь позвонили. На автозаправочной станции неподалеку от злополучного поста ГАИ в дамском туалете, за одним из унитазов, обнаружен пистолет. Проведенная спешно экспертиза подтвердила: пуля, нанесшая смертельное ранение несчастному нотариусу, вылетела именно из данного ствола. Уборщица, обнаружившая оружие, не видела никого, паренек, обслуживающий клиентов на заправке, лишь разводит руками. Единственное, что точно заявляют служащие: хозяин требует стерильной чистоты, и клозеты моют каждый час. Так вот, в 19.00 никакого «ТТ» в кабинке не было, а в 20.00 он уже лежал там как миленький. В 19.30 «Вольво» тормознули на посту.

Я потрясенно молчала, сжимая окостеневшими руками чашку с кофе.

— Ну, мое солнышко, — расцвел в сладкой улыбке полковник, — говори, что думаешь по поводу происшествия?

Я открыла было рот, но полковник тут же предостерегающе поднял руку.

— Только учти: неопытный киллер оставил на стволе полным-полно отпечатков пальцев, словно, балуясь, вертел «ТТ» в руках. Вот идиот, небось не читает, как ты, детективы. Сейчас даже грудные младенцы знают, что на преступление следует идти в перчатках, желательно кожаных!

И он довольно запыхтел трубкой. Ну просто Шерлок Холмс! Кое-как собравшись с мыслями, я рассказала правду про спущенное колесо и страшную находку в багажнике.

Дегтярев молча выслушал покаяние и заявил:

— Больше всего твоя история напоминает показания одного грузина: «Сижу на лестничной площадке и чищу картошку саблей. Тут появляется Гиви и тридцать три раза случайно натыкается на саблю».

Я обозлилась.

— Все, что я говорю, — правда.

Александр Михайлович ответил:

— Тот грузин тоже уверял, что тридцать три раны от сабли оказались на теле Гиви случайно.

— Я не вру!!!

— Ну тогда мне придется думать, что пистолет в багажник «Вольво» сунул тебе кто-то из домашних, больше некому.

Нюся! Неожиданная мысль влетела в голову, как пуля. Это Нюся зачем-то убила бедного Григория Яковлевича.

— Вспомнила что-нибудь? — тихо осведомился полковник.

Я вздохнула и рассказала все, что думаю про гостью. По мере того как из моего рта выливались потоки информации, глаза приятеля становились все круглее. Наконец он поинтересовался:

— Значит, ты летала не в Киев, а в Вермь, покупать квартиру несчастной сироте?

Я кивнула. Полковник вовсю пыхтел трубкой. Вся комната уже наполнилась сладковатым дымом, и мне перестал нравиться этот аромат.

— Арестуй девчонку, — потребовала я.

— Знаешь, — проговорил приятель, — давай пока понаблюдаем за ней, выявим сообщников.

— Нет, лучше арестуй, — настаивала я. — Она липнет к Аркашке как жвачка, Ольга нервничает, а теперь оказывается, что она еще и убийца.

— Ну, это не доказано, — бормотал приятель, — мало ли кто держал пистолет...

Только посмотрите на него! Меня обвинял с пеной у рта, а постороннюю девчонку, весьма гадкую особу, даже подозревать не хочет!

Не замечая моего гнева, полковник приказал:

— Сиди дома и не высовывайся, потому что, как только ты выезжаешь в город, к тебе тучами липнут неприятности.

— Сажаешь под домашний арест?

— Именно, — сообщил полковник и положил трубку на тумбочку возле кровати, — именно под домашний арест.

Он встал и подошел к двери.

— Кстати, если не послушаешься и все-таки поедешь в город, дальше поста ГАИ не прошмыгнешь. Патрульным я отдам строжайший приказ поворачивать «Вольво» назад.

Сообщив эту новость, полковник быстренько выскочил в коридор. Остолбенев от негодования, я продолжала сидеть в кровати с чашкой в руках. Нет, каков мерзавец! Меня под домашний арест, а Нюсю, явную мошенницу и почти наверняка убийцу, оставляет на свободе!

Дверь вновь распахнулась, я подобралась, ожидая увидеть полковника, но это оказалась красная от гнева Ольга.

— Слушай, — завела она с порога, разгоняя дым руками, — сколько раз можно тебя просить не курить в комнате.

Тут ее глаза нашарили трубку, и Зайка завопила:

— Совсем с ума сошла, просто окончательно! Давай посеем в саду табак и нарежем тебе аккуратными квадратиками газету. Станешь козьими ножками баловаться!

— Трубку забыл Александр Михайлович, это

он тут надымил, — принялась я нелепо оправдываться.

— Вот что, — отчеканила Ольга, — ври, да не завирайся. Придумала чушь! Полковник курит! Немедленно открой окно, проветри и выброси трубку, Жорж Санд недоделанная!

Повернувшись на каблуках, невестка вынеслась в коридор. Мои руки от негодования разжались, и чашка упала на одеяло. Коричневые потоки потекли по кружевному пододеяльнику. Я горестно уставилась на кофейное болото, образовавшееся в складках. Представляю, как начнет ругаться Ирка, обнаружив испорченное белье. Ну почему, когда я говорю чистую правду, никто мне не верит?

Кое-как скомкав пододеяльник, я оттащила его в подвал и запихнула в стиральную машину. В доме стояла тишина.

— Где Кеша? — спросила я у Ирки.

— Уехал на работу, — доложила женщина и добавила: — Вместе с Нюсей. Уж больно она к нему привязалась, Дарья Ивановна, как бы чего не вышло. Мужики — люди простые: зачем им упускать то, что само в руки плывет. Ольга прямо не своя ходит!

Я нахмурилась и пошла по коридору. Конечно, то, что я собираюсь сейчас сделать, крайне неприлично, но Нюся сама виновата.

Дверь в ее комнату оказалась незапертой. Я вошла в просторное помещение и огляделась. Там царил идеальный, просто казарменный порядок. Широкая кровать застелена без единой морщинки голубым пледом. Две подушки лежат в изголовье. В шкафу обнаружились только вещи, купленные Зайкой для мерзкой девчонки. В ванной по росту выстроились флаконы — шампунь, ополаскиватель, гель... На столе и в ящиках — ничего. Я методично обыскивала комнату, откинула ковер, пошарила за батареями, заглянула под кровать и диван, влезла руками между сиденьем и спинкой кресла — полный ноль. Больше всего спальня напоминала безликий гостиничный номер, снятый человеком на одну ночь. Никаких приятных пустячков, столь милых девичьему сердцу: ни мягких игрушек на кровати, ни конфет на тумбочке, ни безделушечек на подоконнике. Мы дали гостье вполне приличную сумму денег, и она могла купить хоть что-то, но, очевидно, не захотела. Не было здесь ни книг, ни газет, ни журналов, на полке в шкафу покоилось небольшое количество простого, совсем не кокетливого нижнего белья, сложенного аккуратной стопкой. Такой идеальный порядок человек соблюдает лишь в одном случае: когда ждет, что кто-то начнет копаться в его личных вещах. Ну подумайте сами, неужели у вас в шкафу нигде не валяются скомканные колготки или трусики? Из моего гардероба все просто вываливается на пол, хорошо, что Ирка раз в месяц делает генеральную разборку, методично раскладывая вещи по пакетам, но через неделю на полках вновь царит беспорядок.

Я задумчиво поглядела на нижнее белье. Оно показалось мне странным. Молодая девушка вовсю кокетничает с парнем, явно намереваясь затащить его в постель. Можно было бы купить какие-нибудь эротичные штучки вроде тех, что валяются у Зайки в комоде, — малюсенькие кружевные черные трусики со шнурочком вместо задней части, открытые лифчики, боди, украшенные ленточками. Именно так оденется женщина, предполагая, что ей придется раздеваться перед мужчиной.

Я же обнаружила белье аккуратной старой девы либо дамы, давно и прочно находящейся замужем, — трикотажные плавочки без затей и самые простые бюстгалтеры.

Удрученная неудачей, я вышла в коридор. И что прикажете теперь делать? Из дома не выехать — «Вольво» приказано останавливать, хотя... Кажется, я знаю, как обмануть бдительных стражей дорог. Но сначала следует подготовиться. Быстрее ветра я взлетела на второй этаж и поскреблась в Ольгину спальню. Ответа не последовало. Я толкнула дверь и увидела невестку, зарывшуюся носом в подушку.

— Заболела?

— Мигрень, — простонала Ольга, — так болит, что тошнит и голова кружится...

«Вот здорово», — чуть было не вырвалось у меня. По счастью, радость удалось скрыть, и я с удвоенным участием принялась суетиться вокруг страдалицы: принесла воды, заставила проглотить две таблетки радедорма, задернула занавески и, распахнув нараспашку форточку, укрыла Зайку вторым одеялом.

— Спасибо, — прошептала Ольга, — я тебя люблю.

Я тоже тебя люблю, и мне жаль, что с тобой приключился приступ мерзкой болезни, но как хорошо все складывается!..

Подождав, пока дыхание невестки стало глубоким и ровным, я приступила к выполнению задуманного плана.

«Вольво» остановят, а вот «Фольксваген», управляемый невесткой, — нет. Дело за малым — превратиться в Зайку. Самое сложное в этом плане было каким-то образом удержать Ольгу дома, но у нее очень кстати разыгралась мигрень.

Через полчаса я удовлетворенно разглядывала свое отражение в зеркале. Мы похожи — обе худощавые блондинки, правда, Ольга чуть поуже в бедрах, но, когда сидишь в машине, это не имеет принципиального значения. В качестве последнего штриха я нацепила на нос большие черные «блюдца». На улице сегодня светит яркое солнце, снег искрится, и очки в такой ситуации никого не удивят.

Мимо поста ГАИ я промчалась, как Зайка, взвизгнув тормозами, входя в поворот на третьей передаче. Невестка летает, словно ведьма на помеле, только пыль столбом. Гаишники приветливо мне помахали, я кивнула головой и понеслась по дороге, с ужасом наблюдая, как стрелка спидометра подбирается к цифре 100.

Театр Константина Пашина занимал небольшой полуподвал. В холле за столиком восседала дама лет пятидесяти в прозрачной шифоновой блузке, надетой на голое тело. Немного странный наряд, если учесть, что на дворе морозный декабрь, а формы не слишком молодой кассирши далеки от совершенства.

— Давай скорей, — поторопила она меня, — уже начинается.

Быстро купив билет и программку, я, спотыкаясь о чьи-то ноги, пролезла на свободное место в центре зала. Как раз вовремя. Занавес, шурша, раздвинулся, и перед глазами зрителей предстали декорации, изображающие небольшую избушку. На сцену вышла довольно рослая девица и принялась, слегка шепелявя, причитать, жалуясь на тяжелую долю бедной сироты.

Я с изумлением уставилась в программку — «Белоснежка и семь гномов». Может, я попала на детское представление? Но тут откуда ни возьмись выскочили почти голые парни в вязаных колпачках. Девушка начала деловито раздеваться, и понеслась, закружилась вакханалия. Не берусь описывать, что бравые гномики проделывали с Белоснежкой. Побывав четыре раза замужем, я наивно полагала, что знаю все о взаимоотношениях полов. Куда там! Создатели книг «Про это...», наверное, позеленели бы от зависти, посмотрев сие действо. В представление были вовлечены домашние и дикие звери, кухонная утварь и незатейливые предметы обстановки: стулья и журнальный столик. Публика топала ногами и подбадривала актеров криками. Парочка провинциалов, попавшая в «театр» по недоразумению, в ужасе вжалась поглубже в кресла.

Я опять нацепила на нос темные очки. Если Люка выступает в данном представлении, лучше спрятаться, чтобы не вызвать излишнего любопытства.

Спектакль обладал одним весьма серьезным достоинством: он шел всего 45 минут. То ли актеры дольше не выдерживали, то ли Пашин боялся, что зрителей хватит кондрашка...

Когда занавес опустился, я пошла к гримуборным. В первой вытирала лицо кремом Белоснежка.

— Ай! — вскрикнула она. — Куда вы лезете, я же не одета!

Потрясающий аргумент! Только что представала перед возбужденными зрителями в самых невероятных позах, а теперь нате — она не одета!

Не слушая возражений, я влезла в комнатенку и сняла очки.

— Люка! — подскочила на месте Белоснежка. — Не опасаешься у нас показываться? Пашин велел вышвырнуть тебя вон, боюсь только, что мальчики тебя предварительно поколотят...

Ситуация, когда все, с кем я встречалась, принимали меня за Воротникову, стала угнетать, поэтому я довольно бесцеремонно рявкнула:

— Разуй глаза, Белоснежка, я не Иветта!

Актриса с сомнением уставилась на меня слегка прищуренными глазами, потом произнесла:

— Смотрю прямо в морду — похожа до безумия, а сбоку вроде не Люка.

Было глупо спрашивать в подобной ситуации, видела ли она Воротникову обнаженной, поэтому я просто стащила брюки и повернулась спиной к Белоснежке. Та ахнула:

— Ну и ну! Кто бы сказал — не поверила бы. Думала, опять Люка дурит.

— Где можно ее разыскать? — спросила я, влезая в слаксы.

Собеседница принялась начесывать волосы.

— Понятия не имею. Ее выгнали.

— За что?

Белоснежка упорно молчала. Мой взгляд наткнулся на почти пустую бутылку из-под водки, стоявшую на столике.

— Вы, наверное, устали после спектакля, — пробормотала я, — здесь рядом чудесный ресторанчик, пойдем поужинаем и поболтаем...

Женщина рассмеялась.

— Я не пью, бутылка принадлежит другой актрисе, из второго состава, но за предложение перекусить спасибо, не откажусь — всегда зверски хочу есть после спектаклей. Только наденьте очки, а то не ровен час влипнете в неприятность.

На улице я обалдело закрутила головой в поисках «Вольво». Неужто угнали? Но уже через минуту вспомнила, что приехала в «Фольксвагене».

В ресторане спутница жадно накинулась на мясо. Я подождала, пока она утолит первый голод, и поинтересовалась:

— Ну так за что Пашин прогнал Люку?

Белоснежка улыбнулась и сказала:

— Мы еще не познакомились... Люда.

— Даша, — ответила я.

— Очень приятно, — подвела итог официальной церемонии Люда. — Можно поинтересоваться, зачем вам нужна Люка?

Поколебавшись минуту, я все же сказала правду:

— Похоже, она убила своего любовника, а обвиняют меня. Теперь я должна во что бы то ни стало отыскать Воротникову.

Люда аккуратно подобрала с тарелки последние кусочки картошки фри и, прожевав, пробормотала:

— Насколько я знаю Люку, ей на все плевать, лишь бы деньги получить. За ценой не постоит: украдет, обманет, под мужика ляжет.

— Хорошо ее знаете?

— В одной уборной раздевались, — пояснила Люда. — Я-то сначала стеснялась ее — как же, актриса настоящая! Нет бы подумать, с чего бы это она в таком театре оказалась.

— Давайте по порядку, — попросила я.

Люда не стала кривляться и, подкрепляясь время от времени коньяком, начала рассказывать.

Когда Иветта появилась в театре, Пашин представил ее актерам, гордо сообщив, что у новой примы за плечами театральный вуз и годы работы в самых разных коллективах.

Участники «эротических шоу» с уважением поглядели на будущую коллегу. Они все пришли к Пашину разными путями — кто из самодеятельности, кто из модельного бизнеса. Люда, например, трудилась секретарем у одного начальника в Министерстве культуры, в приемной ее и «открыл» Пашин. Профессионального образования не было ни у кого.

Люда сразу поняла, что у Иветты не все благополучно. Что бы ни кричал режиссер о своем особом видении пьес, о нестандартных постановках и оригинальном подходе к классике, большинство выступавших понимали: как ни назови, суть одна — порнография, или, как сейчас принято говорить, «крутая эротика». Публика в зале была соответствующая. Потные мужчины частенько всовывали актрисам деньги и записочки с телефонами. Люда четко знала, что после театра Пашина вход им на другие подмостки закрыт. Ни один приличный режиссер не захочет иметь дело с актрисой со скандальной репутацией проститутки. Правда, Пашин каждый день твердил своим примам:

— Не смейте даже мысленно сравнивать наше шоу с порнографией. Это просто глубинное прочтение известных произведений. И вспомните про Чичоллину. Снялась в ста с лишним порнолентах, а теперь депутат парламента и с Жириновским обнимается... Вас ждет великая карьера.

Актеры согласно кивали головами.

Люка выступала у Пашина около полугода. В один прекрасный день Леша Батов приехал на репетицию за рулем новеньких «Жигулей».

— Машину купил? — спросил Пашин. — Красивая, выглядит отлично.

Леша засмеялся.

— Она покажется еще лучше, когда узнаете ее цену.

— Ну? — поинтересовался режиссер.

— Две тысячи баксов, — гордо возвестил Батов.

Пашин онемел. За такую модель просят как минимум пять.

— Где взял? — спросил Пашин.

Леша хмыкнул:

— У Иветты Воротниковой брат работает на автомобильном заводе. Даешь деньги — через три месяца авто. Мне раньше досталось, поскольку кто-то отказался и Люка предложила купить, — откровенничал счастливый Лешка.

— Небось ворованные, — сомневался Пашин.

— За две тысячи-то? — засмеялся Леша. — Определенно не честным путем за ворота выкатили. Только мне какая разница? Да вы гляньте: сиденья, обивка — бархат. А работает, будто соловей поет.

Леша повернул ключ зажигания, и мотор ровно загудел. Пашин завистливо вздохнул. У режиссера в гараже стояла раздолбанная «копейка».

Через час к Люке явилась делегация. Женщина спокойно выслушала коллег и обещала поговорить с родственником. На следующий день она сообщила:

— Брат готов вам помочь, но при одном условии — берете не менее двадцати пяти машин. Они торгуют только оптом. Леше случайно повезло: один из предполагаемых покупателей умер.

Актеры принялись звонить друзьям и знакомым. К среде собралось тридцать два человека. Люка глянула в список и недовольно протянула:

— Сказала же: только двадцать пять для своих, самых близких, а вы небось всю Москву оповестили!

— Что ты, милая, — залебезил Пашин, — не гневайся, сейчас вычеркнем.

— Ладно уж, — смилостивилась девушка, — пусть остаются.

Большой пакет с долларами перекочевал к ней в руки.

Ровно через три месяца Иветта объявила:

— Завтра в двенадцать придут трейлеры с машинами.

Будущие автовладельцы, радостно гомоня, стали поджидать вожделенные тачки. Но ни в час, ни в два, ни в три никакие грузовики не въезжали во двор. Не было и Иветты. Когда в семь вечера стало ясно, что сегодня «Жигулей» не получить, Пашин принялся названивать Люке домой. Трубку сняла женщина, спокойно сообщившая:

— Иветты нет.

— Когда придет, пусть срочно позвонит на работу, — велел режиссер.

— Вы не поняли, — вежливо пояснил голос. — Иветта съехала вчера с квартиры.

— Как? — изумился Пашин. — Разве это не ее местожительство?

— Было ее, — ответила дама, — а теперь квартира сдана нам.

— Куда отправилась Воротникова?! — заорал режиссер.

— Не надо кричать, — осадила женщина. — Я абсолютно ничего не знаю, ей все время сюда названивают, и я, честно говоря, устала объясняться с людьми. Если по поводу турпутевок, то лучше обратитесь в агентство, где она работала.

— Мы по поводу автомобилей, — растерялся Пашин.

— Да? — удивилась собеседница. — Тут с утра звонят члены какой-то туристической группы. Стоят в Шереметьево и ждут Иветту. Она должна привезти им билеты и путевки, телефон оборвали. Просто осточертели.

В трубке раздались гудки. Режиссер наконец-то понял, что весь коллектив вместе с друзьями и родственниками стал жертвой наглой мошенницы.

— Она больше не приходила? — поинтересовалась я.

— Конечно, нет, — ухмыльнулась Люда, — дура она, что ли, да наши ее на части разорвут.

Обманутые актеры двинули в милицию, но здесь их пыл быстро охладили. Во-первых, никто не удосужился взять у Иветты расписку, во-вторых, оказалось, что пострадавшие запросто могут превратиться в подследственных.

— Ну и ну, господа хорошие, знали небось, что автомобили будут краденые, — укорил начальник отдела по борьбе с организованной преступностью. — Всем следовало явиться с заявлением, когда вам предложили вступить в незаконную сделку. Думали обойти закон и на пятак рублей купить?

Испугавшись, что их привлекут к ответственности за преступные замыслы, актеры поспешили убраться восвояси.

Я довезла Люду до дома и в растерянности закурила. Ну и дрянь же эта Иветта! Просто ужасно, что мы с ней так похожи! Может, покрасить волосы в черный цвет?

Мирное треньканье телефона вывело меня из задумчивости.

— Дашенька, — послышался голос Орлова, — как дела?

— Ничего, — протянула я.

— Какие-нибудь неприятности? — испугался Виталий. — Что такая грустная?

— Да так, ерунда, — пробормотала я, чувствуя, как огромная усталость наваливается на плечи.

— Вот что, — решительно заявил Орлов, — мне не нравится твой тон, носом чую крупные неполадки. Давай рули на Беговую в кафе «Мона», там и поговорим.

Все детство и большую часть юности я провела с авторитарной бабушкой, общавшейся со мной, как конвойный с зэком-первоходкой. Слушать внимательно, исполнять безоговорочно, шаг вправо или влево считается побегом. Поэтому, когда человек начинает железным тоном отдавать мне приказания, я в большинстве случаев машинально подчиняюсь.

«Фольксваген» подвез меня к нужному кафе.

— Новая машина? — поинтересовался Виталий.

— Нет, взяла у Зайки, — объяснила я.

— Помяла «Вольво»?

Я растерянно вертела в руках вилку. Ну как объяснить в двух словах происходящее?

Орлов нежно коснулся моей руки.

— Дашенька, ты очень нравишься мне, не стану скрывать своих чувств. Естественно, помогу, чем смогу. Расскажи, что стряслось. Древние считали: высказанная беда — уже полбеды. Вижу, что тебе тяжело.

Слезы потоком хлынули из моих глаз. Безумно обозлившись на себя за подобную реакцию, я схватила салфетку, но водопад не прекращался. Вообще я не принадлежу к плаксам, рыдать на глазах у других считаю отвратительной привычкой. Если и случаются припадки отчаяния, то предпочитаю переживать их наедине, где-нибудь в ванной, за закрытыми дверями, и наружу выхожу только тогда, когда нос приобретает нормальный цвет. Терпеть не могу, когда меня жалеют.

Но сегодня как-то все сошлось одно к одному. Все туже затягивается петля подозрений, а Люку я так и не нашла. Домашние разговаривают со мной сердитыми голосами, постоянно из-за чего-то злятся, полковник посадил под домашний арест. Никому не интересно, что творится у меня в душе, ни одному человеку я не нужна, все эгоисты! Даже если меня запихнут в тюрьму, они не обеспокоятся, небось и передачи не будут носить. А Александр Михайлович?.. Хорош друг, абсолютно не верит мне и готов ради торжества правосудия отдать меня на растерзание следователю. Еще позавчера Маня сказала, что я сварливая, а Кеша хихикнул. Зайка сегодня решила, что я курю трубку, да еще и кофе на кровать пролился. И Хучик намедни пописал в мои тапки... Обиды всплывали со дна души, слезы лились и лились.

Виталий подсел поближе и начал нежно гладить меня по голове.

— Хорошо, хорошо, успокойся, ты самая красивая, умная, ну перестань.

Я прижалась к его пиджаку и вдохнула аромат дорогого одеколона «Арамис». Вот человек, которому я нужна, настоящий рыцарь. Слава богу, что он встретился на моем жизненном пути... И я рассказала Орлову все.

Глава 25

Лучшего слушателя у меня никогда не было. Виталий сочувственно кивал, изредка ахал, поднимал кверху брови, но ни разу не перебил и не переспросил. Наверное, журналисты-профессионалы приучены внимать собеседнику. Наконец я иссякла и перевела дух.

— Да, — пробормотал кавалер, — ничего себе история! А ты уже рассказала подробности своему знакомому? Ну, тому смешному толстячку, которого дети прочат тебе в мужья?

Я отрицательно помотала головой.

— Не рассказала и не хочу рассказывать. Он меня совершенно не уважает, только кричит и ругается.

— По-моему, ты абсолютно права, — оживился Орлов, — сами справимся, поймаем Люку, скрутим ей руки и доставим на Петровку, пусть он потом локти кусает!

Я пришла в полный восторг. Наконец-то появился единомышленник.

— Вот что... — велел Виталий. — Ты ничего не бойся, я как-нибудь сумею защитить тебя. Жаль, что ты так поздно призналась.

Я с благодарностью взглянула на него. Все-таки тяжело решать проблемы одной, иногда хочется переложить часть груза на чужие плечи. Только, как правило, никто не спешит на помощь. Здесь же человек абсолютно бескорыстно занялся моими делами, я даже не просила его... Слезы вновь хлынули у меня из глаз, но я почему-то перестала стесняться Виталия. В одно мгновение он стал для меня близким, родным человеком.

— Езжай-ка домой, — ласково сказал Орлов, — выпей рюмашку, почитай детективчик, а я подъеду либо сегодня попозже, либо завтра с утра.

— Лучше вечером завтра, — проблеяла я, утирая сопли. — Мы собираемся устраивать торжественное зажигание камина.

— Что? — не понял Виталий.

— Семен Андреевич наконец-то закончил измываться над гостиной. Он что-то там нарушил в трубе, и камин не работал. Сейчас устраняет неполадки. С утра они с Жорой втащат на место мебель, а в восемь вечера решили собраться всей семьей и торжественно затопить камин в знак благополучного завершения эпопеи... Катерина испечет фирменный торт, откроем бутылочку «Куантро». Приходи, дети вовсе не такие противные.

— Спасибо, дорогая, — ответил Виталий, — только, думается, мне не следует пока принимать участие в ваших семейных торжествах. Давай приучать твоих домашних к мысли о моем существовании постепенно, не надо их злить. Поезжай в Ложкино и ни о чем не волнуйся.

И он нежно поцеловал меня в щеку.

В машине я выудила из бардачка пудреницу и обозрела морду лица. Глаза припухли и превратились в щелочки, нос, наоборот, увеличился в размерах и сильно покраснел, на щеках непонятные разводы и в довершение картины — размазанная по всей физиономии «несмываемая» помада от Диора... Если мужчина ласково целует такой натюрморт, это о многом говорит.

В Ложкино я прибыла в великолепном настроении. Зайка по-прежнему лежала, зарывшись головой в подушку. Сверху, прямо у нее на макушке устроилась кошка Клеопатра. Фифина развалилась у Ольги на спине. Наши киски обладают невероятным чутьем. Стоит кому-нибудь из домашних занедужить, и они тут как тут. Сначала больное место подвергается энергичному обтаптыванию, потом с громким утробным пением сладкая парочка укладывается спать ровнехонько в эпицентре болячки. Маня страшно злится, когда получает очередную ангину. Клеопатра в этом случае устраивается у нее на шее. Мохнатый «воротник», весящий почти семь кило, не слишком удобная штука, к тому же хвост «экстрасенса» регулярно оказывается у дочери во рту. Прогонять кошек бесполезно — дождутся, пока заснете, и вернутся. Покидают больного они только тогда, когда уверены, что исцеление близко. Кстати, именно кошки отучили Марусю заниматься симуляцией. Пару раз Маня накануне особо ответственных контрольных работ заваливалась под одеяло с предсмертной мукой на лице и громким криком: «Голова болит!» И каждый раз Кеша, возникая на пороге, заявлял ей:

— Не придумывай, быстро собирайся в школу.

— Ужасно заболела, — ныла хитрая девица.

— Позвольте вам не поверить, — настаивал брат, сам когда-то обожавший прогуливать школу.

Правильно считают, что самые ревностные ханжи получаются в старости из дам легкого поведения. Теперь Аркашка тщательно следит, чтобы Манюня, не дай бог, не пропустила занятия.

— Почему? — негодовала Маня. — Откуда ты можешь знать, что происходит с моей головой?

— А где кошки? — вопрошал братец. — Почему не лежат на тебе?

Приехав домой, я тщательно умылась. Маруся на занятиях в Ветеринарной академии, Кеша смотрит в столовой телевизор, Нюся, словно верный пес, сидит рядом. Нет, еще несколько дней — и я выгоню нахалку. А то девица стала чувствовать себя здесь как дома.

Попив чайку, я поднялась наверх и принялась читать новый детективчик «Заря над моргом». Минут через десять глаза начали слипаться. Надо же так скучно написать, словно это не криминальный роман, а милицейский отчет с места происшествия. Чего стоит этакая фразочка: «Посещение казино явилось для Элен спусковым крючком преступления». Внезапно в голову ворвалась мысль — казино! Вот где нужно искать Люку, небось она побывала во всех, а работники рулетки привечают таких ненормальных игроков, некоторых даже доставляют домой...

Соскочив с дивана, я посмотрела на часы — одиннадцать! Самое время ехать в злачные места. Вот только нужно убедиться, что домашние заснули.

В Зайкиной спальне обнаружилась прежняя картина, только прибавился мирно сопящий на соседней кровати Кеша. Маруся лежала, раскинувшись, поверх пухового одеяла. На тумбочке высился стакан из-под китайской лапши с грибами, валялось несколько банановых шкурок, конфетные фантики и книжка «Как сохранить стройность». Из-под дверей комнат Ирки и Катерины не пробивался свет, в комнате для гостей тоже тишина. Семен Андреевич и Жора — не москвичи, жилье сняли где-то на краю света да еще втридорога. Нам стало жаль мужиков — им приходилось вставать в пять утра, чтобы приехать в Ложкино к девяти. Дом большой, места хватит всем. Обрадованные рабочие предложили вычесть из их гонорара деньги за проживание, но мы, естественно, отказались. Дальше по коридору обиталище Нюси. Оттуда не доносится ни звука. Но не успела я прокрасться на цыпочках мимо ее двери, как услышала характерное попискивание. Тоненькое, еле слышное, но довольно назойливое. Я машинально схватилась за карман. Кто это звонит в столь поздний час?

Но «Эрикссона» не оказалось под рукой. Писк прекратился, и из-за Нюсиной двери донеслось тихое:

— Алло.

Замерев, я обратилась в слух. Гостья тем временем нашептывала:

— Пока без изменений. Сообщу, как только все станет ясно. Не волнуйтесь, он у меня крепко прихвачен, ни на шаг не отпускаю.

От справедливого негодования спина у меня покрылась потом. Знаю, знаю, кто у мерзавки крепко прихвачен! Значит, Зайка не ошибалась: у Нюси и впрямь есть мобильный. Дождусь завтрашнего дня и велю ей покинуть дом. Хотя нет, домашние решили завтра устроить праздник, не стоит портить людям настроение. Ладно, потерпим до послезавтра.

Визит в казино требовал особой одежды и более яркого, чем всегда, макияжа. Женщину в джинсах и свитере просто не пустят на порог.

После не слишком долгих раздумий я вытащила из шкафа ярко-огненное платье от Готье. Очевидно, в день покупки этого прикида я внезапно временно стала дальтоником. Но для дамы, увлекающейся азартными играми, это в самый раз — дорого, кричаще и слегка вульгарно. Теперь обвесимся золотыми цепями, влезем в неудобные лодочки на высоченных шпильках...

Слегка покачиваясь, я добрела до зеркала. Бесстрастное стекло отразило нечто, больше всего похожее на огнетушитель. Окрыленная успехом, я нарисовала на лице жуткие кровавые губы, навела кирпичный румянец и наложила на ресницы толстый слой туши. Потом, взяв туфли в руки, осторожненько на цыпочках пошла вниз по лестнице. Но все предостережения были излишни. Все в доме спали мертвецким сном, никто не проснулся, когда я аккуратно выкатила из гаража «Фольксваген».

На посту ГАИ тоже считали ворон. Дежурный не маячил, как всегда, на повороте, а мирно читал в будочке газету. Я выехала на Волоколамское шоссе, запарковалась у большого кирпичного дома и принялась изучать справочник. Казино там было видимо-невидимо. Но надо же с чего-то начинать. Поразмыслив, я порулила в «Амбассадор».

Швейцар подозрительно оглядел явившуюся без спутника даму, но, оценив машину и драгоценности, буз звука впустил внутрь. Я побродила по залам. Никто не бросался ко мне с воплем: «Люка!» Не выражали никакой радости и служащие. Бесцельно проведя в притоне разврата полчаса, я двинулась в следующий — «Метрополь».

К трем часам я успела побывать в пяти заведениях, но ни в одном не знали Иветту Воротникову. Я устала, ужасно хотела спать и сменить неудобные туфли на практичные ботиночки. Наверное, Люка играет на частных квартирах. Во всяком случае, моя бабушка Афанасия имела с десяток адресов, где шла азартная игра. С чего мне пришла в голову идиотская мысль о казино? Пора домой.

Развернувшись, я тихо покатила по проспекту. Все-таки ночью ездить по Москве одно удовольствие: никаких пробок, поток машин намного меньше. Не видно и гаишников.

Справа возникла яркая вывеска из электрических лампочек — «Клуб «Яблоко», казино». Ладно уж, загляну в последнее место, раз на пути попалось.

«Яблоко» оказалось рангом пониже, чем «Амбассадор», «Метрополь» и «Подкова». Да и публика толпилась в зале попроще, скорей всего мелкие торговцы. Парочка явных проституток, а в самом углу, возле огромного торшера, сжимая в руке стопку жетонов, сидел... Виталий.

Я растерялась, но через секунду решила бежать, и именно в этот момент Орлов оторвал взгляд от бешено скачущего шарика и заметил меня. Его и без того хмурое лицо потемнело. Он бросил пластмассовые кругляшки на сукно и резко встал.

Я пошла ему навстречу, глупо улыбаясь во весь рот.

— Ну какого черта ты явилась, все дело испортишь, — в сердцах заявил журналист, — велено дома сидеть, так нет, приперлась!

Удивленная грубостью, я принялась оправдываться:

— Вот, подумала, что, может быть, встречу Люку в казино...

В глазах Орлова заметалась паника, потом удивление, наконец он произнес:

— Даша...

— Что? — отозвалась я.

— Я очень зол на тебя, — продолжал Виталий.

У него резко улучшилось настроение, на губах заиграла улыбка.

— Ты же обещала сидеть дома. Разве можно ездить по таким местам одной, без сопровождения. Извини, нахамил тебе, но все только от страха за твою безопасность. Пришло же такое в голову!

— А ты здесь зачем?

— Да вот та же мысль посетила: подумал, что Люка небось в казино тусуется при такой страсти к игре... Сижу, притворяюсь азартным человеком.

— Ну и как?

— Да никак, знать ее тут не знают. Поеду в другие места.

— В эти можешь не заглядывать, — сунула я ему в руку бумажку, — там мадам тоже не бывает.

Виталий проглядел список и всплеснул руками:

— Нет, я хорошо понимаю полковника Дегтярева, теперь я сам хочу посадить тебя под арест. Давай отправляйся домой, а я продолжу поиски.

Спорить не хотелось. От высоких каблуков ломило поясницу и лодыжки, глаза слипались...

На следующий день я проснулась от грохота и бодрого крика: «Еж твою налево!» Семен Андреевич и Жора заносили в гостиную мебель.

— Дрыхнешь? — спросила, просунув в дверь голову, Зайка.

— Просыпаюсь, — пробормотала я, поглубже зарываясь в тепленькое одеяльце.

— Голова прошла, — объявила Ольга, плюхаясь на кровать. — Прикинь, какие у нас дома чудеса творятся!

— Что там еще? — пробубнила я.

— Утром я решила съездить в магазин, села в «Фольксваген», а сиденье кто-то вплотную придвинул к рулю да еще машину на ручник поставил! В гараже! Остается только думать, что у нас завелось глупое привидение с коротенькими жирными ножками, коли почти на руле сидит. Да ты просыпайся спокойно.

И она змейкой выскользнула в коридор. Сон покинул меня разом. Я слетела с кровати и подбежала к большому зеркалу. Коротенькие жирные ножки! Видали такое? Да у меня ноги почти такой же длины, как у самой Ольги. Просто я люблю сидеть поближе к ветровому стеклу, а Зайка откидывается назад, управляя машиной вытянутыми руками. Как-нибудь скажу ей, что она похожа за рулем на самку шимпанзе!

На первом этаже царило оживление. Мебель уже внесли в гостиную, занавески повесили, ковры расстелили. Зайка протягивала через дверной проем красную атласную ленту. Увидев меня, она радостно засмеялась.

— Устроим торжественное открытие. Позвали Оксану, Деньку и Александра Михайловича. В семь часов всех поставим в коридоре, а ты торжественно разрежешь ленточку, как показывают в программе новостей.

Дурацкая затея, но, если домашним хочется, пожалуйста!

— Может быть, Виталия пригласим? — предложила я.

Ольга поморщилась.

— Давай проведем этот вечер среди своих, и потом, уж ты прости, но твой кавалер мне очень уж не нравится: улыбается все время, комплименты рассыпает, а глаза ледяные.

Я постаралась скрыть негодование. Нет, Орлов прав, придется ему внедряться в семью потихоньку, мелкими шажками.

Виталий словно уловил мои мысли, потому что моментально зазвонил телефон, и я услышала ставший почти родным голос:

— Ну, как дела?

Мы договорились встретиться через час все в том же «Макдоналдсе», и я стремглав полетела одеваться. После многократных попыток найти семейное счастье я в конце концов решила, что жизнь замужней дамы меня не привлекает. Но чем черт не шутит, вдруг судьба посылает мне еще один шанс?

Сегодня Виталий никуда не торопился. Я побоялась воспользоваться собственной машиной и прикатила на такси. Сначала мы от души налегли на гамбургеры, потом сходили в кино, затем отчего-то заглянули в тир, и кавалер ловко уложил все мишени, выиграв для меня огромного рыжего медведя. Счастливый, бездумный день. Я словно вернулась на миг в раннюю молодость.

Ровно в полседьмого Виталий высадил меня у дома и молниеносно отъехал. Я влетела в дом, обнимая плюшевого мишку и чувствуя, как дурацкое хихиканье вырывается у меня из груди, а щеки горят огнем.

— Послушай, — крикнула мне со второго этажа Зайка, — ну зачем ты переоделась? В том красном костюме тебе было намного лучше.

Недоумевая, о каком костюме она говорит, я пошла на кухню взглянуть на торт.

— Дарья Ивановна, — зачирикала Катерина, — как вам красное к лицу, почему редко надеваете?

Искренне не понимая, что стряслось с домашними, я вышла в коридор. От двери мне улыбались Дениска, Оксана и Александр Михайлович.

— Ну, — закричала подруга, — показывайте свой Версальский дворец!

— Погоди, — велела Ольга, — начнем ровно в семь.

— Мамочка, — закричала, свесившись со второго этажа, Маня, — странно, что ты дома!

— Действительно странно, — пробормотал Кеша, спускаясь в холл и забирая у гостей шубу и куртки, — еще ночь не наступила, а маменька уж тут — редкое явление!

Но я упорно молчала. Пусть зубоскалят сколько хотят, буду сегодня милой и ласковой — не так уж часто мы собираемся все вместе последнее время.

Из комнаты появилась Нюся, следом подтянулись Жора, Семен Андреевич и Ирка. Тут же, чуя праздник, носились, подняв хвосты, собаки и кошки.

— Все равно странно, — не умолкала Маня, — как мама может стоять тут, когда она около шести села в красном платье в «Вольво» и уехала. Я еще подумала: куда это она, если в семь всех просили быть дома?

Но ее никто не слушал. Появилась Катерина, держа в руках огромный торт. Полковник, страстный любитель сладкого, шумно вздохнул. Горку взбитых сливок венчала огромная горящая свеча.

— А это зачем? — поинтересовалась я.

— Вроде как день рождения гостиной, — хихикнул Денька, — все чин-чинарем.

Но я слушала его краем уха. В голове всплыло странное замечание Зайки о том, что мне было лучше в красном платье, затем наивный восторг Катерины и, главное, Машины слова о том, что я села в «Вольво» и куда-то уехала...

Тем временем Ольге вручили ножницы, дверь распахнулась, красная лента упала.

— Прошу! — весело крикнула Зайка.

— Пусть Катя идет первой, — сказала Оксана. — Иди ставь торт на стол, а мы за тобой.

— Нет! — заорала я не своим голосом, бросаясь к входу в гостиную. — Нет, быстро уходите прочь!

Но было поздно. Катерина шагнула внутрь, а за ней плотной кучкой, пихая друг друга, в дверь пролезли Маня, Деня и Кеша, следом двинулись Ксюша, Нюся, полковник и рабочие.

— Стойте! — вопила я как безумная.

— Ладно тебе сердиться, что я ленточку разрезала, — мирно заметила Зайка, и тут раздался оглушительный взрыв.

По гостиной раскатился такой звук, что я разом оглохла. Впрочем, почти и ослепла. В воздухе метались тучи пыли, собаки бешено выли, кто-то стонал, слышался хруст стекла под чьими-то каблуками. Из клубов дыма, как Мефистофель, вдруг возник полковник и начал яростно трясти меня за плечи:

— Быстро говори правду. Ведь обманула и ездила, несмотря на строжайший запрет, в город?! А ну отвечай: с кем встречалась?

— Да ни с кем, — начала я.

Рот заполнился пылью, и кашель стал раздирать горло.

— Хватит из себя даму с камелиями изображать! — вопил приятель. — Дорога каждая минута, давай живо вспоминай!

— Была в «Макдоналдсе», — каялась я.

— Одна?

— С Виталием.

— Орловым?

Я кивнула. Александр Михайлович оттолкнул меня, вытащил мобильный и заорал:

— Николай, бери его, срочно!

Потом, не снижая голоса, крикнул:

— Семен, Жора, сюда! Нюся, ко мне!

Из клубов пыли вынырнули рабочие. У Жоры по лбу стекала струйка крови, Семен Андреевич прихрамывал, а Нюся вся была покрыта ровным слоем сажи.

— Вы в порядке? — деловито осведомился Дегтярев.

— Стеклом порезался, — сообщил Жора.

— Значит, так... — принялся отдавать приказания приятель. — Семен, поднимайся на второй этаж. Нюся, ты главная в гостиной. Вызы-

вай врача, ветеринара, а мы с Жорой проверим
низ и гараж.

— Есть! — в унисон крикнула троица и кинулась исполнять приказ.

Нюся извлекла откуда-то крохотный сотовый
и, потыкав пальцем в кнопки, железным голосом отчеканила:

— Второй? Я Снежинка, гони сюда врачей и
Седьмую.

Затем глянула на меня и нервно поинтересовалась:

— Все о'кей?

— Вроде бы, — окончательно обалдев, ответила я и, наконец-то вспомнив о домашних,
принялась истерически выкрикивать: — Кеша,
Маня, Зайка!..

В гостиной отчего-то стоял зверский холод и
невероятно противно воняло.

— Мы живы, — раздался спокойный голос
Оксаны, — только Катерина в обмороке.

Носящаяся в воздухе пыль наконец осела, и
глазам открылась страшная картина. Камина
нет, вместо него зияет гигантская дыра, сквозь
которую великолепно видно, как по дороге торо-
пятся к дому два милицейских микроавтобуса
и «Скорая помощь». В гостиной не осталось ни
одного целого стекла. Красивая венецианская
люстра, специально привезенная Зайкой из Парижа, валяется на полу, разбитая вдребезги.
Обеденный стол на боку, за ним сидит и трясет
головой Маня. Правой рукой девочка придержи-
вает Хучика, левой — Жюли. Рядом с ней полулежит Дениска, обняв Снапа и подмяв под себя

Черри. Чуть поодаль в луже собственного производства сидит Банди. Голову наш храбрый пит
уткнул в ноги Оксаны, а подруга обнимает кобеля за шею, совершенно не замечая, что ее юбка
окончательно промокла. Зайка скрючилась под
журнальным столиком. Довольно глупая идея,
если учесть, что столешница сделана из стекла.
Но она почему-то не разбилась. Кеша вытянул
ноги почти до середины комнаты, на коленях у
него полулежит Ирка. Кошки пристроились на
плечах сына. Катерина опрокинулась навзничь
между Зайкой и Кешей, волосы несчастной ку-
харки покрывают остатки фирменного торта.

— Боже, — простонала Зайка, — хорошо, что
близнецов с Серафимой Ивановной нет, а то мы
бы и их позвали тортик кушать. А ты, Кеша, еще
сердился, зачем детей зимой к киевской бабушке
отправлять.

Кеша молча спихнул с колен Ирку. Зайкина
мама несколько дней тому назад предложила
привезти к ней Аньку и Ваньку. Сын был катего-
рически против:

— Новый год следует встречать всем вместе.

Но Ольга настояла и оказалась, как всегда,
права.

— Господи, — ожила Оксана, — кому нужна
медицинская помощь?

— Мне, — пискнула Маня.

— Что такое? — испугалась я.

— Спина очень болит.

Мы подскочили к девочке, задрали кофточку
и увидели огромную ссадину между лопатками.
Денька тем временем ощупывал собак.

Во дворе захлопали двери машин, дом наполнился топотом и шумом. В гостиную вбежал Андрюша Крахмальников, сослуживец полковника. Я хорошо знала его, а Маша дружила с дочкой Андрюшки.

— Ну вот, — закричал Крахмальников, — вот жуткий результат идиотской затеи! Я тебе говорил, Дегтярев, что так нельзя, а ты: «На живца возьмем». Ну что, взял? А если б их поубивало? Ей-богу, глупость заразна, это ты от Дарьи набрался.

Полковник молча поднимал с пола плачущую Катерину.

— Честное слово, — продолжал злиться Андрюшка, — вы с Дашей два сапога пара. Тоже мне Шерлок Холмс с Ватсоном!

Я не знала, как реагировать. То ли тихо радоваться, что полковника ругают, то ли прийти в негодование. Ну почему во всех неприятностях всегда обвиняют меня?

Глава 26

Ночь мы провели у Оксаны. Спали вперемежку с животными на полу. Утром Ксюта впервые в жизни отменила намеченные операции и осталась дома. Сначала подвели итог жуткого происшествия. У Мани содрана кожа на спине. Очевидно, когда падала на пол, зацепилась за край стола. Зайка отделалась легким испугом и погибшими колготками. Аркашка вполне цел. Сын только просидел почти до рассвета в ванной, пытаясь истребить исходящий от него жуткий запах. В момент взрыва смертельно перепуганные кошки взлетели на плечи к Кеше и выполнили любимый трюк Банди — описались. Свитер и рубашку сын выкинул сразу, но никакие дезодоранты не могли убить вонь, и Аркадий подозрительно принюхивался к себе, снова и снова намыливаясь бактерицидным гелем. Ирка перепугалась почти до потери сознания, а у Катерины мелко-мелко дергалась щека. Денька порезался стеклом и невесть каким образом заполучил красивый синяк под глазом. Оксанку оглушило взрывной волной, и она слишком громко разговаривала.

Хуже всего пережили случившееся животные. Стоило нам выпустить из перевозки кошек, как Фифина и Клеопатра молнией метнулись под ванну. Сегодня с утра мы попеременно пытались выманить их из укрытия, но даже кусок сырой осетрины не возымел никакого действия. Снап залез в кресло и нервно лаял; Хучик и Жюли хвостами ходили за Марусей и жалобно выли, стоило ей скрыться в туалете; Банди превратился вновь в неразумного щенка и, не задумываясь, поднимал при первой необходимости лапу на столы и стулья, а Черри отказывалась от еды, начиная нервно икать при виде миски с мясом.

Гостиная, только что отремонтированная старательным Семеном Андреевичем, была превращена в руины, почти во всем доме выбиты стекла, и там дежурили сейчас привезенные Крахмальниковым милиционеры. Словом, нам предстоит вновь заниматься ремонтом, но, судя по всему, у

Зайки напрочь пропала охота приближаться к банкам с краской.

Выпив кофе, домашние и друзья устроили мне самый настоящий допрос. Наверное, так фашисты пытали пленных партизан. Правда, иголки под ногти они мне все же не стали загонять, но применили все возможные моральные меры давления. Пришлось подробно пересказывать события.

— Ничего не понимаю, — пробормотал Кеша. — Нюся-то кто?

— История и впрямь загадочная, — раздался знакомый голос, и полковник втиснулся в комнату. — Вы дверь не заперли, раззявы...

— Немедленно рассказывай нам все! — заорали Ольга и Оксана.

— Тише, тише, — отбивался Александр Михайлович.

— Кто такая Нюся? — твердил свое Аркадий.

— Что, никак успокоиться не можешь? — поддела муженька Зайка.

— Ну ну, не ругайтесь, — успокоил приятель. — Анна Попова, капитан по званию, выполняла спецзадание. Кстати, она давно замужем и обожает супруга.

— Что?! — завопили в один голос Маня, Кеша и Зайка. — Капитан?!

— Господи, — в сердцах воскликнул Дегтярев, — ну как с вами можно разговаривать, все время перебиваете! Замолчите наконец! Расскажу все по порядку.

— Давай скорей, — подгоняла Оксана.

Александр Михайлович вздохнул.

— История эта напомнила мне анекдот...

— Какой? — не утерпела Маня.

Приятель сердито покосился на девочку, Кеша быстро сунул сестре коробку чипсов.

— Ешь, только молчи.

— Представьте себе охраняемый коттеджный поселок, — объяснял полковник. — Один «новый русский» кричит через забор другому: «Слышь, братан, в натуре незадача вышла. Твоя теща упала в мой бассейн с крокодилами». — «Знаешь, братан, — доносится в ответ, — твои крокодилы, ты их и спасай».

— Ну и при чем тут это? — даже не усмехнувшись, поинтересовалась Оксана.

— А то, что Дарья угодила прямехонько в бассейн с крокодилами. Причем хищники пострадали, а она живехонька-здоровехонька, правда, сама ничего не понимает. Верно, моя радость?

Я осторожно кивнула.

— Так, — обрадовался приятель, — в данный вопрос внесли ясность. Теперь скажите, вы знали, что у Дарьи есть близкая родственница — дочь сестры ее бабушки?

— Про сестру бабушки, Стюру-катафалк, слышали, — ответил Кеша.

— Видели когда-нибудь фото?

— Нет, — сказала я, — альбом с семейными снимками потеряли очень давно, еще когда мы с бабулей перебрались в Медведково. Она все писала Анастасии, просила выслать дубликаты, да Стюра то ли не захотела, то ли денег пожалела... А про то, что у нее есть внучка одного со мной вида и возраста, я вообще узнала совсем недавно.

— Вот на этом-то и строили свои расчеты преступники, — вздохнул Александр Михайлович. — Слушайте внимательно.

Две сестры-погодки — Афанасия и Анастасия — нежно любят друг друга. Но жить рядом им не пришлось. Стюра с мужьями мотается по всей стране. Афанасия живет в Москве, но у нее своя страсть — карточные игры. Женщина отлично зарабатывает, держит на дому частную практику, имеет репутацию классного стоматолога. Казалось, деньги тут должны были водиться немалые. Но Афанасия постоянно проигрывает, ей фатально не везет, карты не любят женщин. Встречаются такие невезучие люди. Суммы дама теряет феноменальные, но, как честный человек, тут же расплачивается с долгами, продавая драгоценности и вещи из дома. Страсть к игре сильнее ее, Афанасия ничего не может сделать с пагубным увлечением. Окончательно она пустилась во все тяжкие после смерти мужа. Мужчина все время пытался удержать жену. Сначала уговаривал, упрашивал, потом стыдил, а когда понял, что имеет дело с невменяемым человеком, начал применять репрессивные меры. Но ничего не помогало. Если супруг запирал ее перед уходом на работу на ключ, дама перебиралась через балкон к соседям и исчезала.

— Что ты придумываешь! — в сердцах воскликнула я. — Бабуля никогда не делала такого.

— Делала, делала, — успокоил полковник, — только кажется, что 1961 год был давным-давно, на самом деле полным-полно людей, великолепно помнящих то время. Дочь ваших соседей по улице Кирова до сих пор живет на старом месте, так вот она с восторгом рассказывала оперативникам о том, как через балконную дверь к ним влезала дама. Это оказалось одним из самых ярких воспоминаний ее детства. Жив и великий игрок тех лет Арнольд Берг. Он только причмокивал, вспоминая Афанасию.

— Теперь таких уже нет, — качал головой старик. — Один раз уехала домой на такси, завернувшись в одеяло, босиком. Проиграла даже одежду и туфли! Из жалости я ей денег на дорогу и плед дал.

Я удрученно молчала. Александр Михайлович вытащил трубку.

— Ты куришь? — завопили все.

Полковник молча набил ее табаком.

— Какой аромат! — восхитился Кеша. — Мать, может, тебе тоже на трубку перейти?

— После смерти мужа, — продолжал приятель, — чтобы погасить карточные долги, Афанасия была вынуждена обменять роскошную квартиру на халупу в Медведкове. Они с Дашей оказались в малюсенькой «распашонке». Связи с сестрой прервались, Фася не хотела, чтобы та знала о продаже квартиры, нашла какой-то незначительный повод и разругалась со Стюрой в дым. Анастасия тоже пыталась в свое время удержать сестру от карт, предрекая: «Скоро ты все проиграешь, на улице останешься». И она оказалась права. Чтобы Стюра не упрекала ее, Фася прервала с сестрой всяческие отношения.

Последний раз они виделись в 1960-м. Правда, изредка поздравляли друг друга с праздниками. Фася даже потом посылала сестре фотографии — свои и Дашины, но Стюра, сильно разозлившись, никогда не отправляла снимков дочери и внучки. В 70-м после смерти Анастасии связь прервалась окончательно.

Тем временем у Стюры разыгрывалась своя драма. Один за одним погибали ее мужья. По-хорошему, ей не следовало связывать себя брачными узами, но с упорством, достойным лучшего применения, она продолжала выходить замуж. От одного из супругов родилась дочь, названная в честь любимой сестры Афанасией.

Катятся годы, сестры стареют, появляются внучки. Даша у Фаси и Иветта у Стюры. Генетика — дело сложное, и девочки оказываются очень похожими друг на друга. Английский ученый Джон Самуэльсон, крупный авторитет в области генеалогии, уверял, что раз в сто лет в каждой семье обязательно рождается чудовище — ребенок с лицом ангела, в котором аккумулируются все родовые пороки, например, пьянство дедушки, неразборчивость в связях отца, жадность матери, эгоизм сестры... И надо признать, что в случае Иветты Воротниковой «правило Самуэльсона» сработало на все сто. Девочке по наследству с материнской стороны перешли страсть к игре, безудержное сладострастие, а от отца, которого она не знала, — жадность, злость и невероятная хитрость.

Не слишком опытный психотерапевт не сумел исправить патологическую личность, но помог ей научиться ловко маскироваться. Иветта вышла в жизнь с твердым убеждением: не имеет значения, какова ты на самом деле, важно, кем ты кажешься. Весьма циничный вывод для ребенка, которому еще не исполнилось четырнадцати.

Потом она филигранно отточила искусство обмана. От неприятного ей ухажера матери, метившего в мужья, оказалось крайне легко избавиться. Иветта заперлась в ванной, с мазохистским удовольствием нащипала себя за бока, спину, ноги, а потом пожаловалась матери на приставания Федора. Ася безоговорочно поверила дочери, и Люка сделала следующий вывод: истина не всегда торжествует, главное — умело соврать в нужный момент.

Время бежало, личность формировалась. Еще один урок Люка получила, когда вместо нее, талантливой и красивой, на смотр театральных коллективов в Москву решили отправить другую только из-за того, что ее отец работал главврачом городской больницы. Не моргнув глазом девочка выдержала удар и даже пришла к заклятой подруге домой, чтобы отрепетировать с той сложную роль. Позвали пить чай. Наутро соперница слегла с ужасающим поносом и рвотой. Естественно, в Москву поехала Люка.

— Господь решил восстановить справедливость, — кудахтала глупая мать.

Иветта только улыбалась. Флакон сильных слабительных капель, подлитых в чай, с успехом заменил божий промысел, эффект получился потрясающий: все, включая папу-главврача, решили, что у девочки сильнейшее отравление. Сидя в самолете, летевшем в Москву, Иветта вывела еще один жизненный ориентир: хочешь получить приз — иди напролом. Цель оправдывает средства.

Затем встреча с актером Грековым, поступление в театральный вуз и знакомство со студенческой компанией, мирно играющей по ночам в покер. Люка словно с цепи сорвалась. Когда она брала в руки карты, внутри у нее что-то сжималось и действительность переставала ее интересовать. Девушка могла сидеть без устали за столом день, ночь и еще один день. Останавливало только одно — ей катастрофически не везло, деньги утекали ручьем. Скоро милую студенческую компанию сменяют мужчины и женщины, собирающиеся на «явочных» квартирах. Это настоящие подпольные игорные дома, и законы тут действуют волчьи. Уже нельзя, мило улыбаясь, прощебетать: «Слышь, Колян, прости должок».

Деньги принято отдавать сразу; редко, но все же принимают расписки. Суммы в игре крутятся бешеные, за один раз можно проиграть больше десяти тысяч. Столько стоили в те годы автомобиль «Волга» или хорошая кооперативная квартира. Люка по-прежнему сражается в покер — игру авантюрную, крайне азартную. Денежные ставки в ней ничем не ограничиваются. Иногда ей удается сорвать куш, но чаще всего Иветта в полном пролете, а стоп-сигнала у нее нет.

Воротникова принимается тянуть деньги с матери, со старика Грекова, потом пускается на воровство...

Тут судьба подбрасывает ей шанс. Сын Грекова Вадим увлекается хорошенькой студенткой и заводит с ней роман. Вадя абсолютно не нравится Люке, но у Грековых больше нет наследников, а после стариков останутся роскошная квартира, антикварная мебель, несколько дорогих картин, драгоценности Александры Ивановны, дача в Переделкино, «Волга» и крупная сумма денег на сберкнижке. Игра стоит свеч, и Люка дает себя соблазнить.

Но внезапно происходит облом, Вадим возвращается к Зинаиде. Иветта вне себя от злобы, но пытается сохранить лицо. Заверения стариков, что она им теперь как дочь, только подливают масла в огонь. Устные высказывания закон в расчет не берет.

Стоит Грековым скончаться, и все богатство достанется Ваде и ненавистной педикюрше — следовательно, они должны умереть раньше актера и его жены.

Сказано — сделано. Легче простого дождаться, когда Вадим в очередной раз явится к родителям с предложением мириться, и вытащить из кармана его пальто ключи. Пока мужчина ругается с матерью, в ближайшей мастерской за десять минут делают дубликат. Потом Люка назначает Ваде свидание на другом конце Москвы, обещая помочь ему наладить взаимоотношения с отцом. Наивный Вадим едет в Черемушки и долго ищет там несуществующее кафе «Глобус»...

Люка же, открыв дверь добытыми ключами, проникает в квартиру. Она пока не знает, как убьет Зину, но в сумочке у нее на всякий случай припасен пузырек с сильными сердечными каплями, можно подлить их в чай... Получается же еще лучше.

Ничего не подозревающая Зина наполняет ванну. Услышав шум воды, Люка несется вниз. В соседнем доме имеется магазин «Свет». Иветта только что прочитала детектив и моментально вспомнила, как убили главную героиню.

Дверь в ванну открылась без звука. Так и неясно, поняла Зина, что сейчас умрет, или просто получила сильнейший удар током. Фен упал на дно ванны. Квартира заперта. Люка дома. Зина лежит в горячей воде, в ванну продолжает литься горячая вода... Эксперт потом сильно затруднится с определением времени смерти.

План срабатывает на все сто. Вадима арестовывают, и Люка дает убийственные свидетельские показания. Неизвестно, как бы она действовала дальше, получи Вадя не смертный приговор, а длительный срок. Но мужик не выдерживает, он вообще не боец, а слабый, безвольный тип. И уже совсем повезло Люке, когда от горя погибает Александра Ивановна. На такую удачу убийца не рассчитывала. Старик Греков почти полностью деморализован и повсюду объявляет Люку дочкой.

Через два месяца Иветта решает поторопить события.

Греков почему-то не заводит с ней разговора о квартире Вади, и девушка начинает действовать. У нее есть любовник — неудачливый, как и она, игрок Григорий Сруль.

— Вот откуда я знаю эту фамилию! — закричала я. — Говорил же Иван Александрович, что подпись на завещании Вадима удостоверил Сруль. Ну как я могла забыть!

Полковник покосился в мою сторону и продолжил:

— Жуликоватому нотариусу ничего не стоит оформить бумагу задним числом, а подпись любовники скопировали с какого-то письма. В результате махинаций квартира сдана, а деньги уходят на игру.

Неизвестно, какая судьба поджидала Ивана Александровича. Вероятно, милая «дочурка» поторопила бы смерть «папеньки», но внезапная встреча со следователем Кабановым открывает Грекову глаза. Иветту выгоняют вон.

Дальнейшая ее жизнь — цепь бесконечных обманов и мошенничества. Люке постоянно нужны деньги, деньги и еще раз деньги... Она кочует из одного театрального коллектива в другой, скатываясь все ниже и ниже, пока не оказывается на самом дне — в эротическом шоу Пашина. Происходит это примерно полгода тому назад. Иветта к этому времени давно превратилась в законченную мошенницу, воровку и убийцу.

Как магнитом к ней притягивает таких же кавалеров, один Сруль чего стоит. Но последний любовник Люки — законченный мерзавец, даст сто очков вперед нотариусу. Тоже игрок, но более удачливый, частенько оказывается в выигрыше, зато по части отсутствия моральных принципов перещеголял Воротникову. При этом красавец, умница, великолепно воспитан и умеет влюбить в себя даму. Кстати, частенько пользуется этим качеством и не гнушается брать у любовниц крупные суммы «в долг». Именно ему, Виталию Орлову, и принадлежит идея использовать в своих корыстных целях Дарью.

— Как Виталий? — в ужасе переспросила я. — Он знал Люку?

Полковник кивнул.

— Очень хорошо и вовсю использовал вашу схожесть, вертел тобой, как хотел, пользуясь возникшей у тебя симпатией к нему.

У меня заломило в висках и тоненько запищало в ушах. Кто-то словно бы нахлобучил мне на голову тяжеленную шапку, а в глазах запрыгали черные мушки. Оксанка встала и сунула мне в руки чашку. Остальные с сочувствием смотрели, как я судорожно глотаю воду.

— Все равно ничего не понимаю, — только и сумела я выдавить из себя.

— Да уж куда там, — мрачно усмехнулся полковник, — тут такое придумали!

Орлов работает фотокорреспондентом и часто снимает всевозможные тусовки. На одной, устроенной банком «Омо», он случайно видит даму, невероятно похожую на Люку. Из любопытства Виталий расспрашивает присутствующих и узнает, что это Дарья Васильева, невероятно богатая дама, можно сказать, лучшая клиентка банка. Подвыпившие клерки даже называют Орлову примерную сумму вклада в долларах и завистливо сплетничают, что это только часть богатства.

В Париже у семьи несметные капиталы, дома, пароходы, заводы, земельные угодья...

— Чушь какая! — фыркнул Аркадий. — Мы, конечно, люди состоятельные, но отнюдь не Вандербильды...

— На то они и сплетни, чтобы приукрашивать действительность, — хмыкнул Дегтярев. — А еще Орлову сообщают, что вся пещера Али-Бабы досталась даме дуриком, после смерти престарелого мужа.

— Вот глупости! — не удержалась Маня. — Жан был молод, к тому же вдовой осталась Наташа.

— Но банковские служащие считают по-другому, — терпеливо растолковывал полковник. — Наталья безвылазно сидит в Париже, а Дарья постоянно приходит в банк, забирает валюту, да и счет на ее имя. Вот молва и поменяла подруг местами.

Виталий рассказывает Люке о встрече, и Воротникова припоминает, что вроде бы где-то в Москве живут ее родственники. Люка летит в Вермь, забирает альбом с семейными фотографиями, допрашивает Асю и понимает: таинственная богачка на самом деле связана с ней родственными узами. Парочка еще не понимает, как использовать шанс, но начинает собирать сведения о семье. Удостоверение журналиста открывает Виталию многие двери, и скоро психологический портрет Дашутки готов. Не слишком умная особа, даже глуповатая, обожающая таинственные истории и детективные расследования, наивно принимающая комплименты за искреннюю любовь.

Я потрясенно молчала, не в силах сказать ни слова. Вот почему Орлов так грубо разговаривал со мной в казино: он принял меня в первый момент за Люку, но ухитрился потом ловко выкрутиться!

— Сначала, — продолжал свой рассказ Александр Михайлович, — негодяи хотели похитить Дарью и подменить ее Люкой, но от этого плана пришлось отказаться. Женщины, безусловно, чрезвычайно похожи, но только на первый взгляд. Затем разница становится очевидной. И тогда в голову Виталия приходит гениальный план. Нужно убить Дарью, Кешу и Зайку, тогда деньги по наследству перейдут к родственникам — Асе и Люке.

— Вот ведь бредятина! — закричал Аркадий. — У матери и денег-то нет. Наследство получили Наташка, я и Маня.

— Но убийцы этого не знали, — резонно заявил Дегтярев.

— А почему Марусю решили не трогать? — поинтересовался Денька.

— Она еще мала, сама распоряжаться средствами не имеет права, в случае смерти матери, брата и невестки назначат опекуна, скорее всего из числа родственников, а это Ася и Люка.

— Я их ночью придушу, — выпалила Манюня, подскакивая.

— Ну, думаю, Ася не дожила бы до раздачи денег, — хмыкнул полковник. — Негодяи начали действовать. Был придуман дьявольский план.

У Иветты в любовниках ходит Игорь Марков, нелегально занимающийся деятельностью частного детектива. Мужчина увлечен частным сыском как ребенок: часто меняет место жительства, гримируется, требует, чтобы любовница пробегала в квартиру, прикрывая лицо. Это было на руку злоумышленникам.

Виталий берет напрокат автомобиль «Вольво», идентичный Дарьиному, калечит бампер и вешает на заднее стекло придурочную утку.

— Вот только с костюмчиком Дональда Дака слегка оплошали, — вырвалось у меня.

— Да? — удивился полковник.

— У меня он одет в ультрамариновую матроску, а у Люки красовался в курточке цвета берлинской лазури. Алла Симонова, соседка Маркова, художница, вот она и заметила разницу.

— Но, кроме нее, никто разницы не заметил, — протянул Дегтярев.

— Затем наступает момент, когда Виталий «случайно» сталкивается с Дашей на презентации нового магазина Полянского и предлагает ей... работу у частного детектива. Представляете реакцию Дарьи?

— Сняла туфли и побежала босиком по снегу, — резюмировала Оксанка.

— Именно так и произошло, — засмеялся Дегтярев. — Ухватила наживку вместе с крючком и проглотила.

Виталий — хитрый лис. Прежде чем предложить Даше «работу», он тщательно подготавливает Маркова. Игорь известен как малоуправляемый бабник, и он совершенно не подозревает, что Люка спит не только с ним, но и с Орловым. На этом решено сыграть.

Виталий близко знаком с Марковым. Однажды, зайдя к нему, он завязывает ничего не значащий разговор, во время которого сообщает «другу» пикантную феньку. На днях, мол, познакомился с женщиной, как две капли воды похожей на Люку. Вот бы Игорь постарался и соблазнил красотку, получилось бы прикольно — две совершенно одинаковые дамы в одной постели... Марков загорелся этой идеей. Секс — его второе страстное увлечение.

Распив бутылочку, Орлов предлагает Игорю план. Пусть детектив наймет Дарью в качестве «редактора», а там уж дело техники Казановы.

— Приведу ее к тебе в гости, — втолковывает Виталий слегка захмелевшему Игорю, — заведем разговор, ты и предложишь место, только смотри не скажи, что она страшно похожа на Иветту.

— Никогда, — помотал головой Марков и предложил: — Сначала я с двумя, а потом тебе передам...

— Да ладно, — засмеялся Орлов, — я не такой охотник до клубнички...

В назначенный день Виталий приводит ничего не подозревающую Дашу к Маркову. Глупые жертвы страшно довольны. Одна предвкушает карьеру Эркюля Пуаро, он — экзотические плотские утехи. Но, как истинный соблазнитель, Игорь знает, что женщин не следует принуждать, да и торопить события не стоит — чем дольше ожидание, тем слаще награда.

Наконец примерно через неделю Люка приезжает к Игорю, а Виталий тем временем звонит Даше от имени Игоря и предлагает ей приехать якобы для выполнения какого-то таинственного задания. Дарья ничего не заподозрила. Оба мужчины говорят приятным баритоном, в трубке что-то трещит, к тому же она впервые слышит голос Маркова по телефону.

Дарья мчится, не раздумывая. Пока она рулит по улицам, Виталий преспокойно входит в подъезд. Игорь уже мертв — где-то около восьми вечера мужик выпил коньяк, в который Люка подмешала яд. Виталий оттаскивает его в спальню, раздевает и укладывает в кровать. Но тут происходит неприятность — вторая ампула с ядом, предназначенная для Даши, падает на пол и разбивается вдребезги. Виталий приходит в ужас. Изменить что-либо он не в силах. Игорь мертв, вторая жертва мчится к месту своей казни, а Люка уже уехала.

В страшной спешке мужик роется в довольно обширной аптечке Маркова, надеясь найти что-либо подходящее. На глаза попадается сомбривин, бог весть как оказавшийся у злополучного детектива, здесь же лежит и шприц.

Орлов подготавливает лекарство, тушит во всей квартире свет, а тут и Дарья начинает звонить в дверь. Убийца впускает ее, потом, поинтересовавшись, одна ли приехала дама, быстро делает ей укол. Нивная Даша валится словно кегля.

Он ее раздевают и укладывает рядом с Игорем. Потом Виталий закуривает сигарету и подпаливает плед. Тот начинает тлеть. На столе пустая бутылка коньяка, остатки закуски, окурки... Тем, кто будет расследовать причины пожара, они покажутся очевидными: любовница крепко выпила и заснула, забыв потушить сигарету. Такое случается весьма часто. Виталий аккуратно закрывает дверь и уходит. Расчет прост: когда пламя вырвется наружу, приехавшие пожарники обнаружат два обгоревших трупа. Следствие сделает самый простой вывод: любовники погибли из-за собственной неосторожности. Соседи подтвердят, что Даша частенько приезжала к Маркову, опишут приметный «Вольво», дурацкую игрушку... Абсолютно уверенный в успехе, Орлов отправляется домой. Следующий на очереди Аркадий.

Но тут происходит неожиданное. Старый плед не горит, а медленно тлеет, да и дозы вколотого Дарье лекарства хватило лишь на короткую отключку. Словом, Дарья приходит в себя и выволакивает труп Маркова на лестницу.

Начинается расследование. Виталий в панике, а нам сразу становится понятно, что Даша тут ни при чем.

— Как это? — возмутилась я. — Ну ничего себе, ты же обещал меня посадить, пугал тюрьмой...

Дегтярев вздохнул.

— Орлов допустил несколько ошибок, и они бросались в глаза. Игорь был убит около восьми, а тебе он звонил в девять. Ну как такое могло быть? Ольга помнила, что телефон затрещал как раз в тот момент, когда по телевизору заиграла музыка, предваряющая программу «Время». Было еще одно. Дарья, когда я начал делать вид, что не верю ей, в сердцах заявила: «Орлов в семь только заехал за мной на работу. Секретарша включила телевизор, и по НТВ показывали рекламу прокладок!»

Мы проверили. Новости есть еще и в 18.00 по первому каналу; вдруг Даша перепутала, бывает такое. Но около шести ОРТ не давало рекламы прокладок, там крутили ролик про «Нескафе» и газировку «Айрн-брю». А вот НТВ «махало крылышками» — следовательно, Виталий врал. Стали осторожненько проверять у него на службе. И тут столкнулись с интересной ситуацией. Вместе с ним работает его полный тезка, тоже Виталий Орлов, к тому же еще и фотокорреспондент. Их постоянно путают. Редколлегия действительно была в семь. Участники безоговорочно подтвердили, что Орлов на ней присутствовал. Дознаватель уехал, следователь встал в тупик. Проверили еще раз и поняли: мужиков-то двое! Сначала на редколлегии сидел один, потом он убежал, а уже под самый конец явился другой и с ходу затеял какой-то ненужный, но шумный спор. Кричал, сердился, шумел, поругался с главным — словом, сделал все, чтобы у коллег отложилось в памяти, что Орлов на редколлегии присутствовал. Так оно и вышло. Но в начале-то заседания сидел другой Орлов. Стало понятно, что дело нечисто. Но арестовывать Виталия пока никаких оснований не было. И мы решили посмотреть, что он будет делать дальше.

— Ну ничего себе! — закричала Ксюта. — Посмотреть они решили, что этот негодяй будет делать! Вдруг бы он Дашку убил!

— Вот для того чтобы обеспечить полную безопасность семьи, мы и подселили в дом своих сотрудников — Анну, Семена и Жору.

— Какое безобразие! — не выдержала Зайка. — Нашли сексуальную маньячку да еще повод придумали классный!

Александр Михайлович расхохотался.

— А как ты ревновала, смех, да и только. У Ани чудесный муж, двое детей, нужен ей Кеша, как зайцу, прости за каламбур, стоп-сигнал.

— Нельзя было как-нибудь по-другому сделать? — плевалась огнем Ольга.

— Анне после аварии поручили не спускать с Кеши глаз. До этого она просто присматривала за ним дома, а после автокатастрофы ее обязали ходить с ним чуть ли не за руку. Ну как женщина могла объяснить свое такое странное поведение? Только неожиданно вспыхнувшей влюбленностью. А какой гениальный план с ее мнимым замужеством? Сам лично придумал, зная, что вы пожалеете бедную сироту, — хвастал полковник.

Мы молчали. Ольга сидела красная от злости.

— Ладно тебе, — примирительно пробормотал приятель. — Аня, кстати, отмечала в отчетах, что ей все трудней и трудней удерживать около себя Кешку. Тот не шел на контакт, отказываясь от совместного времяпрепровождения. Кстати, Попова отличный профессионал и однажды спасла человека, хотя сама при этом была ранена. А ее внешний вид ни о чем не говорит: маленькая, худенькая Анечка великолепно владеет самбо, стреляет с двух рук, управляет автомобилем, катером...

— Просто Джеймс Бонд, — фыркнула Ольга.

— Она иногда перегибала палку, — не выдержала я. — Ну зачем устраивать интимные вечера в полумраке кабинета, почему бы не сидеть в столовой?

Александр Михайлович вздохнул.

— Внизу вы никогда не задергиваете занавесок, включаете свет и сидите у всех на виду, как в аквариуме...

— Ну и что? — удивилась Маня. — Соседей вокруг нет, подсматривать некому, ближайший дом Соломатиных спрятан за елями...

— Так-то оно так, — сказал полковник, — только для снайпера лучшей позиции и не придумать. Анна обязана была предусмотреть все, вот и уводила Кешу в кабинет. Кстати, она передала конверт, там деньги, которые вы ей давали на покупки.

— Надо ей что-нибудь на память о нас преподнести, — сказал Кешка.

Зайка глянула на него, но не стала спорить.

— Как ты узнал, что Аркашка потерял паспорт? — поинтересовалась Маня.

— Да он сам позвонил и попросил, чтобы я ему помог по-быстрому получить новый, — ухмыльнулся Дегтярев.

— А Жора и Семен Андреевич как к нам попали? — настаивала Манюня.

— О!.. — оживился полковник. — Когда Дашка сообщила, что Ольга затеяла ремонт, я сразу подумал: надолго ее не хватит, ну дня на два, не больше, потом пригласят мастеров. Вот и приготовил двоих. Семен когда-то строительное училище заканчивал, даже штукатуром работал, а Жора в стройбате служил, и вообще он мастер на все руки...

— Только обе руки у него левые, — в сердцах сказала я, — всю комнату испортили, потоп устроили, умельцы...

— Ну, извини, — развел руками Дегтярев, — им было велено в случае проникновения в дом чужих людей моментально действовать. Семен даже волосами пожертвовал.

— Как это? — спросил Денька.

— Когда Виталий приехал к вам на дружеский ужин, — пояснил полковник, — Жора сразу сообщил нам. Мы велели найти способ, чтобы обыскать машину гостя. Вот они и разыграли спектакль. Пока все суетились вокруг прилипшего к полу «идиота», Жора спокойно порылся в «Жигулях».

— Между прочим, ты тоже присутствовал, — огрызнулась я. — Зачем приехал в тот день?

— Хотел познакомиться с Виталием поближе, — парировал приятель. — Интересно стало, чем он тебя пленил? Так и не понял, решил, что дело в трубке. Аромат она испускала великолепный.

Я так и подскочила — вот почему толстячок тоже решил курить «Амфору»! Кто бы мог подумать...

— Погоди, погоди, — медленно протянул Аркадий, — а как ты узнал, что я вызвал мастеров? Произошло-то все спонтанно. Увидал Зайку с перебинтованной ногой, обозлился, схватил «Из рук в руки» и набрал первый попавшийся номер.

— А мы, — растолковывал приятель, — мастеров у ворот перехватили и подменили своими.

— Да как узнали-то, что я звонил? — настаивал Кешка.

Полковник потупился.

— Дело техники...

— Хочешь сказать, что прослушивал наш телефон? — дошло до меня.

Александр Михайлович кивнул.

— Какая гадость! — возмутилась Оксана.

— Речь, между прочим, шла о жизни твоей ближайшей подруги и ее детей, — заметил полковник.

— Почему не арестовали сразу Виталия и эту Люку? — не успокаивалась Ксюта.

— Так еще не знали о существовании дамы, а вокруг Орлова скопились лишь неясные подозрения, ничего конкретного... Видно было только, что он во что-то впутывает Дарью.

— Ты знал, что она не удержится и начнет сама разбираться во всем, — налетела на Дегтярева Ольга.

— Даже рассчитывал на это, — кивнул полковник. — Стало понятно, что в деле есть безумно похожая на Дашку тетка, и твоя свекровь здорово путала планы преступников. Только сначала мы не догадались, что Люка — Дашина родственница. Думали, что она гримируется под нее.

— Мать носилась целыми днями по городу, — заявил Кешка; — ее могли убить...

— За ней следили, — утешил Дегтярев, — просто ходили по пятам, тщательно фиксируя все контакты.

— Никого не заметила, — сказала я.

— Еще бы, — засмеялся полковник, — куда тебе...

— Сделал из меня живца...

— Слушайте, не хотите знать, как все было...

— Хотим, хотим! — закричали все.

— Тогда не перебивайте, — обозлился приятель.

— Первое покушение не удалось. Виталию с Люкой приходится спешно заметать следы. Из опасных хищников они превращаются в трусливо убегающих гиен. Дарья упорно утверждает, будто Орлов заехал за ней в семь, и есть свидетель, способный подтвердить ее слова, — секретарша Леночка.

Виталий приходит к девушке на работу, они пьют кофе... Потом он относит чашки на кухоньку, пачкает одну помадой. Он знает, что Леночку быстро скрутит и она больше не встанет...

Но тут является Дарья, моет чашки... и невольно попадает под подозрение.

Тогда преступникам приходит в голову новый план. Катастрофы на дорогах давно никого не удивляют. А на поминках по Аркадию Дарья выпьет отраву... Опять же понятно — безутешная мать не смогла пережить смерть сына...

Виталий нанимает мусоровоз.

— Нанимает? — вырвалось у меня.

— Да помолчи минутку! — зашикали все.

— Да, нанимает, — подтвердил полковник. — Настоящий шофер недолго запирался. Ему позвонил по телефону мужик и предложил сделку. Утром он должен оставить «помойку» возле дома и не поднимать шума. Вечером автомобиль вернется. Если согласен — утром же найдет в почтовом ящике тысячу долларов. Негодяи настолько уверены в успехе, что заготавливают фальшивое завещание, где все свое состояние Дарья оставляет Люке, своей любимейшей родственнице. Оформить бумагу помогает все тот же Сруль. Он, как и Воротникова, постоянно играет в карты и вечно в долгах.

— Где они достали мою подпись? — удивилась я.

— Ты что-нибудь писала в присутствии Виталия?

— Да так, — промямлила я, вспоминая «расписку», — просто в шутку Орлов попросил написать какую-то ерунду...

— Вот и ответ на вопрос, а скопировать подпись — пара пустяков.

Виталий почти весь день катается за Кешей, но ему не везет. В машине все время есть еще кто-нибудь — то коллеги из конторы, то клиенты. Наконец на Рублевском шоссе наступает нужный момент, но Кеша неожиданно паркуется и ждет, пока мусорник уедет... Полный досады и злобы, Орлов видит издалека, что Аркашка встал у светофора, выезжает из кустов, где прятался, разгоняется и... понимает, что делает страшную глупость: в двух шагах пост ГАИ. Виталий пытается затормозить, но на скользкой дороге это не сразу удается, и «помойка» вламывается в багажник «Мерседеса». Тут повезло всем: Кешке — потому что тормозящий мусоровоз все-таки чуть сбросил скорость, а Виталию — потому что патрульные вначале кинулись к «Мерседесу» и Орлов, воспользовавшись моментом, удрал.

Покушение вновь не удается, и Люка ругает «подельника» на все корки. У них вообще возникают трения. Виталий просит любовницу не маячить перед глазами и посидеть месячишко дома. Куда там! Иветта пользуется малейшей возможностью, чтобы поиграть... Сообщники начинают ругаться, они нервничают и злятся. В конце концов Люка заявляет: «С Ольгой расправлюсь я, а ты увидишь, как нужно действовать!»

Виталий соглашается, и Иветта придумывает дьявольский план с подменой собак.

— Откуда она узнала, что Ольга поедет в «Марквет»? — поинтересовалась я.

Полковник сосредоточенно молчал, пытаясь раскурить потухшую трубку.

— Это я виновата, — заплакала Маша, — хотела как лучше. Банди поранил хвост в понедельник, а тут этот хмырь звонит и сладенько так заводит: «Машенька, позови мамочку». Очень хотелось чем-нибудь досадить ему, вот я и сказала: «Мама подойти не может, бинтует Бандюшку». А он заладил: «Ой, ой, что случилось?» Ну пришлось рассказать, и он каждый день трезвонил потом: «Как бедная собачка?» Вот я и сообщила, что в «Марквет» везут, ну чтоб отвязался!

— Мне почему не говорила про звонки? — возмутилась я.

— Да, — еще громче зарыдала Маня, — видела я прекрасно, как ты на него поглядывала...

— Ладно, ладно, — обнял девочку за плечи полковник, — теперь все понятно. С понедельника у них хватило времени на все приготовления.

— Куда они дели Банди? — поинтересовалась Оксана.

Полковник наконец раскурил трубку. Дым доплыл до моего лица, и я раскашлялась. Нет, в табаке «Амфора» определенно есть что-то неприятное.

— Да никуда они его не завозили. В городе не решились оставить, отвезли на озеро Круглое и привязали к дереву.

— Круглое! — закричали Зайка с Аркадием в голос. — Ну надо же!

— Что вас так поразило? — удивился полковник.

— Озеро совсем недалеко от Ложкина, и в хорошую погоду мы с собаками ходим туда пешком, — пояснила я. — Бандюша великолепно знает дорогу: всегда впереди нас бежит. Мы еще только из леса выходим, а он уже на пороге сидит...

— Ты не путаешь? — переспросил полковник. — Ложкино в одной стороне, а Круглое в другой.

— Это если ехать на машине, — засмеялся

Кешка, — а пешком тут полчаса медленным шагом, местные хорошо знают.

— Интересно, — протянул Денька, — отчего они его не убили?

Полковник пожал плечами.

— Не знаю, забыл поинтересоваться. Известно, что нацепили кожаный, на их взгляд, очень крепкий ошейник и оставили у озера. На дворе мороз, пит гладкошерстный, небось подумали, чего пулю тратить и так подохнет... Но опять вышел у них облом: и Зайка жива, и Бандюша прибежал домой.

Преступники начинают обдумывать новый план, а тут Дарья вдруг укатывает в Вермь. Но у мерзавцев возникает новая проблема — нотариус Сруль неожиданно начинает шантажировать Люку. Григорий Яковлевич проиграл невероятную сумму и теперь требует, чтобы Иветта оплатила долг, грозит рассказать про фальшивое завещание... Пришлось Воротниковой в спешном порядке избавляться от любовника. Она сильно нервничает — проклятое семейство живет и здравствует, а тут еще нотариус. И надо же такому случиться, что именно в этот момент возвращается Дарья и ничтоже сумняшеся рассказывает... как ездила в Вермь пообщаться с родственниками. Вот это был удар! Орлов чуть не лишился чувств, понимая, что жертва превратилась в охотника. От полного отчаяния они решают свалить на Дарью убийство Сруля. Абсолютно дурацкая затея, но у преступной парочки просто едет крыша. Второпях разрабатывается план. Виталий приглашает Дашу в «Макдоналдс» и обливает томатным соком. Пока та отмывается в туалете, Орлов прячет в багажнике «Вольво» пистолет, затем следует звонок в милицию и лицемерный совет поехать в Ложкино переодеться.

— Он так настаивал, беспокоился о моем здоровье, — прошептала я.

— Ага, — буркнул Александр Михайлович, — только опять ничего не вышло. Помогло проколотое колесо. Не скажу, что было очень умно прятать «ТТ» в туалете, но милиция ничего не нашла. Вот жалость!

— Почему? — выкрикнул Денька, в азарте ломая карандаш.

— Да потому, что за Дарьей постоянно следили, и наш сотрудник сделал много снимков: Виталий подходит к «Вольво», открывает багажник... Не видно только, что он туда кладет. Если милиция обнаружит пистолет, то легко доказать, что его положил Виталий. А так — мало ли почему он полез в багажник, может, за тряпкой какой-нибудь. Зато сохранилась запись у дежурного, та самая, где Люка анонимно сообщает про пистолет. Уже улика. Голос она постаралась изменить, но специалисты доказали тождество.

Когда Виталий понял, что птичка вновь улетела, он чуть не лопнул от злости. И тут судьба дарит ему шанс. Глупая Дашутка избирает его наперсником и рассказывает все. Орлов понимает: даму надо убирать, причем срочно. Он аккуратно интересуется, знает ли обо всем происходящем близкий друг полковник Дегтярев. Узнав, что нет, чуть-чуть успокаивается и пытается напроситься в гости. В этот момент он решает подсыпать отраву во время ужина всем сразу, и дело с концом. Вновь глупая затея, но земля уже горит у него под ногами, и хладнокровие окончательно покинуло его. В мозгах бьется только одна мысль: как можно быстрей завершить это дело. И тут снова судьба-индейка подбрасывает шанс. Даша сообщает, что в гости ему лучше прийти завтра, когда будут торжественно зажигать камин, который, оказывается, был сломан.

Вот это здорово: небольшой взрыв, и все кончено. А главное — виновных не станут искать. Неудачно сделанный ремонт, нарушенная подача газа...

Утром Виталий предлагает Дарье погулять и возит ее по разным местам. Наши сотрудники тщательно следят за ними, но парочка развлекается абсолютно по-детски...

И тут преступники первый раз обманывают нас. За ними тщательно наблюдают. Наружка докладывает: Воротникова зашла в парикмахерскую. Иветта регулярно подкрашивает волосы, чтобы походить на Дарью как две капли воды. От рождения ее шевелюра чуть темнее Дашиной. По городу Люка передвигается на такси, в «Вольво» садится, только изображая Дашу. Один из наблюдателей усаживается в холле и изображает из себя супруга клиентки. Он видит, как Иветта вместе с мастером уходит в глубь салона. И здесь сотрудник делает ошибку: расслабляется, полагая, что Люка с намазанными краской волосами сидит в дальнем углу. Через час он начинает волноваться и узнает, что клиентка не стала причесываться, а покинула салон через заднюю дверь. А тем временем Люка, совершенно не таясь, въезжает во двор, входит в дом. Ее видят Маня и Катерина, но никто, естественно, не удивляется. Люка проходит в гостиную, открывает кран горелки и быстро уезжает. Домашние привыкли к неожиданным отъездам и приездам Дарьи и не придают этому большого значения.

Но бог опять бережет семью. На этот раз в роли провидения выступает Семен Андреевич. Восстановив камин, он забывает поставить так называемую вьюшку, и основная масса газа уходит на улицу. Но в комнате все же достаточно пропана, чтобы произошел довольно ощутимый взрыв. Люку задерживают на посту ГАИ. Виталия через десять минут берут в редакции. Собранных доказательств вполне достаточно для сурового приговора.

— Как ты мог так долго смотреть на то, что Дарью пытаются убить, и не вмешаться? Почему разрешил этой Люке войти в дом? А эти двое — Семен Андреевич и Жора, — ну хороши охранники, прошляпили! — бушевала Оксана.

— Видишь ли, — пробормотал полковник, — мы все время держали руку на пульсе, а тут чуть-чуть не успели, не смогли предотвратить взрыв.

— Нас могло убить, — налетела Ольга на Александра Михайловича, — а ты спокойненько поджидал, когда наберется нужное количество улик!

— Да нет... — принялся объяснять приятель.

Но я не стала слушать его оправданий, а встала и пошла в спальню. Там на кровати сидел плюшевый медведь, подаренный Виталием. Я схватила ножницы и принялась яростно кромсать неподатливый плюш. Руки раздирали игрушку на части, а из глаз текли слезы.

Эпилог

Прошел месяц. В доме сделали ремонт, вставили стекла, починили камин. Холодным январским воскресеньем мы устроили праздничный обед. За стол сели все те же — Зайка, Кеша, Маня, Нюся, Семен Андреевич, Жора, полковник и я.

— Ну и жуть сотворили вы с гостиной, — хмыкнул Кеша.

— Уж старались как могли, — хихикнул Жора и протянул руку за хлебом.

Я машинально кинула взгляд на его татуированный палец.

— Да имя у меня там было, — расхохотался парень. — Наколол в восьмом классе «Лена», потом свести решил, когда в милицию попал на работу, да неудачно, след остался. Видели бы вы, Дарья Ивановна, свое лицо, когда я вам кейсик открыл!

— Я подумала: а мастер-то из бывших уголовников.

— Ага, — смеялся Жора, — а я подыграл, но больше всех Аньке досталось, ее Ольга просто видеть не могла, аж набок сворачивалась.

— Глупости! — фыркнула Зайка и повернулась к Нюсе. — Поедим и пойдем наверх, кое-что покажу. У тебя, кстати, дети кто?

— Мальчики, — улыбнулась Нюся, — девять и десять лет.

— Подожди, сколько же тебе? — оторопела я.

— Тридцать два, — спокойно ответила Нюся.

— Ни фига себе! — изумилась Маня. — Я думала, двадцати нет.

Нюся засмеялась:

— Работаю в мужском коллективе, вот и выгляжу хорошо.

Тут двери гостиной распахнулись, и на пороге появилась Катерина. В руках она несла свой фирменный торт. Горку взбитых сливок на этот раз украшала не горящая свеча, а большая круглая шоколадка.

— Вот, — проговорила Катя, — специально для вас делала.

Краем глаза кухарка глянула на Жору. Парень слегка покраснел.

Семен Андреевич вздохнул.

— Ну и красота, жаль, сладкое не люблю.

— А шоколадка похожа на боевую гранату, — ляпнула Маша.

И тут раздался взрыв.

— Ложись! — завопил полковник.

Все как подкошенные рухнули на ковер. Странные, грохочущие звуки неслись из холла, звон разбитого стекла, стук и вопли Ирки... Через пару минут наступила звенящая тишина. Я тихонько подняла голову. Домашние и гости в разных позах валялись на ковре. Роскошный торт растекся малоаппетитной кучкой взбитых белков и ошметков бисквита. Все боялись пошевелиться. Из-под дивана на животе, ловко вертя задом, словно десантник, выбрался Хучик. Мопс подполз к развалинам кулинарного шедевра и, удовлетворенно сопя, принялся подъедать руины. Откуда-то из холла понесся крик домработницы:

— Стой, негодяй! Немедленно остановись!!!

Семен Андреевич и Жора, подскочив как на пружинах, вылетели за дверь. Послышался смех, потом Жора, распахнув дверь, крикнул:

— Глядите, что получилось!

Мы с опаской вышли в холл. У подножия лестницы валялись разбитый журнальный столик, опрокинутые вешалки и... железная ваза. На площадке второго этажа стояла злая Ирка с веником в руках.

— Банди, — закричала она, — увидал мышь, погнался за ней, уродский пес. Ясно же, что никогда ему ее не поймать. Толкнул вазу, та слетела опять по ступенькам, хорошо хоть никого не убила!

Так, оказывается, теперь у нас еще и мыши завелись.

— Интересно, — протянул Кешка, оглядывая разгром, — кто из вас скомандовал: «Ложись!»?

Полковник сделал вид, что не слышит вопроса.

— Больше ни за что в жизни не испеку такой торт! — в сердцах воскликнула Катя.

— Почему? — испугалась Маша.

— И не проси, — сурово заявила кухарка. — Стоит его в гостиную внести, как сразу дом взрывается.

Мы не нашлись, что возразить, и молча смотрели, как подбежавшие собаки, радостно виляя хвостами, помогают Хучику уничтожать горы крема. Псы были явно довольны: не каждый день на их долю выпадает такой праздник.

— А камин-то цел, — невпопад заявил Семен Андреевич.

Все присутствующие разразились громким смехом и долго не могли успокоиться.

Литературно-художественное издание

Донцова Дарья Аркадьевна
БАССЕЙН С КРОКОДИЛАМИ

Редактор *В. Юкалова*
Художественный редактор *В. Щербаков*
Художник *А. Дубовик*
Технический редактор *Н. Носова*
Компьютерная верстка *Т. Комарова*
Корректор *В. Назарова*

Налоговая льгота — общероссийский классификатор
продукции ОК-005-93, том 2; 953000 — книги, брошюры

Подписано в печать с готовых монтажей 26.04.2001
Формат 84x108 $^1/_{32}$. Гарнитура «Таймс».
Печать офсетная. Усл. печ. л. 23,52. Уч.-изд. л. 15,89.
Доп. тираж 10 000 экз. Заказ № 4948

ЗАО «Издательство «ЭКСМО-Пресс». Изд. лиц. № 065377 от 22.08.97.
125190, Москва, Ленинградский проспект, д. 80, корп. 16, подъезд 3.
Интернет/Home page — www.eksmo.ru
Электронная почта (E-mail) — info@ eksmo.ru
Книга — почтой: Книжный клуб «ЭКСМО»
101000, Москва, а/я 333. E-mail: bookclub@ eksmo.ru

Оптовая торговля:
109472, Москва, ул. Академика Скрябина, д. 21, этаж 2
Тел./факс: (095) 378-84-74, 378-82-61, 745-89-16
E-mail: reception@eksmo-sale.ru

Мелкооптовая торговля:
117192, Москва, Мичуринский пр-т, д. 12/1
Тел./факс: (095) 932-74-71

ООО «Медиа группа «ЛОГОС». 103051, Москва, Цветной бульвар, 30, стр. 2
Единая справочная служба: (095) 974-21-31. E-mail: mgl@logosgroup.ru
contact@logosgroup.ru

ООО «КИФ «ДАКС». Губернская книжная ярмарка.
М. о. г. Люберцы, ул. Волковская, 67.
т. 554-51-51 доб. 126, 554-30-02 доб. 126.

Книжный магазин издательства «ЭКСМО»
Москва, ул. Маршала Бирюзова, 17 (рядом с м. «Октябрьское Поле»)

Сеть магазинов «Книжный Клуб СНАРК» представляет
самый широкий ассортимент книг издательства «ЭКСМО».
Информация в Санкт-Петербурге по тел. 050.

Всегда в ассортименте новинки издательства «ЭКСМО-Пресс»:
ТД «Библио-Глобус», ТД «Москва», ТД «Молодая гвардия»,
«Московский дом книги», «Дом книги на ВДНХ»

ТОО «Дом книги в Медведково». Тел.: 476-16-90
Москва, Заревый пр-д, д. 12 (рядом с м. «Медведково»)

ООО «Фирма «Книнком». Тел.: 177-19-86
Москва, Волгоградский пр-т, д. 78/1 (рядом с м. «Кузьминки»)

ГУП ОЦ МДК «Дом книги в Коптево». Тел.: 450-08-84
Москва, ул. Зои и Александра Космодемьянских, д. 31/1

Отпечатано с готовых диапозитивов
в полиграфической фирме **«КРАСНЫЙ ПРОЛЕТАРИЙ»**
103473, Москва, Краснопролетарская, 16.